이순신 정신과 리더십

이순신 정신과 리더십

초판 1쇄 인쇄   2020년 6월 10일
초판 1쇄 발행   2020년 6월 15일

지은이   지용희 외
펴낸이   전승선
펴낸곳   자연과인문
북디자인   D.room

출판등록   제300-2007-172호
주소   서울시 종로구 인사동7길 12(백상빌딩 1033호)
전화   02)735-0407
팩스   02)6455-6488
홈페이지   http://www.jibook.net
이메일   jibooks@naver.com

ⓒ 2020 지용희 외

ISBN 979-11-86162-39-2 03810
값 15,000원

이순신 정신과 리더십

지용희 외

자연과
인 문

문화재청 제공

지금과 같은 불확실성 시대에는 위기라는 먹구름이 언제, 어디서 몰려올지 모릅니다. 우리는 북핵에서 비롯된 안보위기, 저성장으로 초래된 경제위기에 직면하고 있습니다. 설상가상으로 빈부갈등, 이념갈등, 남녀갈등, 세대갈등, 노사갈등, 지역갈등이 심화되어, 국민들 간에 서로 적대시하는 '초갈등 사회'의 위기도 고조되고 있습니다. 이러한 위기들이 동시에 다가오고 있어, 마치 둘 이상의 태풍이 동시에 몰려와 그 피해가 폭발적으로 증가하는 '퍼펙트 스톰(perfect storm)'의 위기 가능성도 있습니다.

이러한 위기를 관리하고 극복하기 위해 우리는 임진왜란이라는 국가 존망의 위기에서 나라를 구한 충무공 이순신의 리더십을 배우고 되새겨야 합니다. 이순신은 병력, 전선과 무기, 군수물자의 부족, 모함과 백의종군 등 많은 악조건에도 불구하고, 유비무환 정신과 빈틈없는 위기관리로 한번도 패배하지 않고 연전연승을 이끌어냈습니다. 이순신은 선승구전(先勝求戰: 미리 이겨놓고 싸운다) 전략을 성공적으로 추진하기 위해, '이길 수 있는 조건'을 만들고 심혈을 기울였습니다. 이순신은 죽음을 무릅쓰고 싸우는 희생정신과 솔선수범을 보여줌으로써 부하들의 분투를 이끌어냈습니다. 또한 청렴결백과 공정한 업무처리, 엄격한 신상필벌과 연고주의 배격으로 부하와 백성의 신뢰를 얻어 군민이 하나가 되어 싸웠습니다. 이와 더불어 이순신은 적에 대한 정보도 세밀히 파악하고 이를 바탕으로 선제공격을 감행해, 적이 공격할 수 있는 틈새를 내주지 않았습니다.

충무공 이순신은 임진왜란 전에는 물론 전쟁 중에서도 적을 이길 수 있는 핵심역량을 쌓기 위해 병법, 전략, 전술을 끊임없이 연구하였으며, 이를 토대로 학익진을 해전에서 최초로 활용해서 한산대첩을 이끌어냈습니다. 이 밖에도 적의 강점인 조총과 칼싸움을 무력화시킬 수 있는 거북선을 개발하여, 우리 수군의 전투력을 크게 강화했습니다. 이순신은 전쟁 상황과 자신을 끊임없이 되돌아보기 위해 전쟁 중에도 일기를 썼으며, 유네스

코는 난중일기의 가치를 인정하여 세계기록유산으로 등재한 바 있습니다.

충무공 이순신은 자만과 오만도 철저히 경계 했습니다. 우리 수군이 매번 승리함에 따라 부하들이 적을 업신여기는 풍조가 생기자, 이순신은 "적을 업신여기면 반드시 패한다(輕敵必敗之理)"라며 자만이 스며들지 않도록 경계했습니다. 이순신은 모든 공을 부하들과 하늘에 돌리는 겸양의 미덕도 보여주었습니다. 이순신은 죽음을 무릅쓰고 기적과 같은 명량대첩을 이끌어냈지만, 이는 참으로 '하늘이 내린 큰 행운(天幸)'이라며 모든 공을 하늘에 돌렸습니다. 이와 같은 겸양의 미덕이 있는 리더만이 위대한 조직을 만들 수 있다는 연구결과가 있습니다.

지금 당면한 위기를 극복하기 위해 우리는 충무공 이순신의 정신과 리더십을 본받을 필요가 있습니다. 이러한 취지에서 사단법인 이순신리더십연구회는 창립 15주년을 맞아 이 책을 발

이순신 정신과 리더십

간하게 되었습니다. 이 책에는 연구회 회원들이 지난 15년 동안 총 77회에 이르는 이순신리더십에 관한 세미나를 통해 연구한 결과가 곳곳에 스며들어 있습니다. 집필자들은 이 책에서 다양한 시각으로 이순신의 정신과 리더십을 재조명하고, 위기극복을 위한 시사점을 논의했습니다.

바쁘신 가운데서도 흔쾌히 원고를 써주신 집필자와 책 출간에 아낌없는 후원을 해주신 '장은공익재단'의 오세종 이사장과 '주식회사 환경이엔지' 조기호 회장에게 감사의 말씀을 드립니다. 또한 편집과 출판을 맡아주신 '자연과인문'의 전승선 대표에게도 감사의 뜻을 전하고자 합니다.

2020년 봄

사단법인 이순신리더십연구회
이사장 지용희

Contents

李舜臣

구능회

충북 보은 출생으로 방송인,
수필가이며, 호는 도헌(陶軒)이다.
KBS 충주방송국장과 중앙대
신문방송대학원 초빙 교수를 역임하다.
현재, 송학선의사기념사업회 고문과
(사)노량진문화원장을 맡고 있다.
편/저술로는 '낙주선생문집'과
'시로 만나는 이순신' 등이 있다.

이순신 장군 추모시에 대한 이해와 그 특징

01

이순신 장군 추모시에 대한 이해와 그 특징

I. 추모시 개요

1. 추모시의 개념

'추모(追慕)'의 사전적인 의미는 '이별하거나 죽은 사람을 사모함'[1]으로 정의(定義)하고 있으며, 추모시는 이러한 추모의 정(情)을 표현한 시(詩)를 말한다. 이러한 추모시는 생존(生存)한 사람보다도, 이미 고인(故人)이 되신 분에 대한 추모의 정(情)을 나타내는 시로써 성격이 더 크다고 하겠다.

영어로는 이 추모시를 'memorial poem'이라고 하여 역시 '고인을 잊지 않고 기억한다'는 개념이 강하다. 유교 문화의 역사가 깊은 우리 역사, 특히 조선왕조 시대에는 고인에 대한 추모

---

1. 민중서림 편집국, 『漢韓大字典』 (서울: 민중서림, 2009), 2294쪽

의 정(情)을 시(詩)나 문장으로 표현하는 것을 하나의 미풍(美風)과 미덕(美德)으로 여겨 왔다.

그래서 당대에 이름을 떨친 인물들의 별세 후에는 너도나도 다투어 추모하는 시나 문장을 남겼다. 이러한 시문(詩文)들이 많을수록 고인에 대한 사후(死後) 평가에 적지 않은 영향을 미쳤다 해도 과언이 아니다.

2. 우리나라 추모시의 유형

추모시는 대체로 아래의 두 가지 유형으로 나누어 볼 수가 있다.

1) 자신의 가족들을 그리는 시이다.
- 자식으로 어버이를 그리는 사친(思親) 시가 있다.
- 먼저 세상을 떠난 아내를 그리는 시가 있는데, 흔히 '도망(悼亡)' 또는 '도망실(悼亡室)', '부인만(婦人挽)'과 같은 제목을 붙인다.[2]
- 아들이나 딸 그리고 손주나 손녀의 죽음을 애도하는 시들도 있다.

---

2. 정민, 『한시미학산책』 (서울: 솔, 2007), 473~476쪽

이순신 정신과 리더십

2) 가족 이외의 사람들에 대한 시다.

- 존경하는 스승을 기리는 시가 많고,
- 정든 벗의 죽음을 애도하는 시들도 있으며,
- 특별한 이해관계나 친분이 없어도 나라에 유공(有功)한 이들이나 평소에 학덕(學德)이 높은 분들에게 바치는 시로써, 이순신 장군을 추모하는 시(詩)는 대체로 이러한 유형에 속한다고 하겠다.

위에서 살펴본 바와 같이 추모시는 인간의 슬픈 감정을 잘 드러내는 시(詩)이다. 인간에게 있어서 슬픔은 가장 원초(原初)적인 감정이기에, 이를 표현하고 있는 수많은 한시(漢詩) 작품들이 오늘에 이르기까지 면면히 이어지고 있다.

3. 우리나라 추모시의 형식

이러한 추모시를 우리나라에서는 만시(挽詩 또는 輓詩)라고도 표현하였다. 시의 형식을 빌리면 '만시', 내용이 더욱 길어지면 만사(挽詞 또는 輓詞)라고 하였다. 이러한 만시나 만사를 천에 써서 애도(哀悼)의 정을 표하면서 장례(葬礼) 행렬 중에 망자(亡者)의 상여(喪輿) 뒤를 따르게 하였는데, 이를 만장(挽章 또는 輓章)이라고 불렀다.

이러한 '만시'의 경우에는 그 형식이 한시의 형식과 같다. 가장 짧은 형식으로는 오언절구이고, 형식에 따라서 칠언절구, 오언율시, 칠언율시 등이 있으며, 가장 긴 형식을 칠언배율이라고 한다.

(표1) 만시(추모시)의 형식

구분	오언시			칠언시		
	절구	율시	배율	절구	율시	배율
1구(一句) 글자 수	5	5	5	7	7	7
구절(句節) 수	4	8	12	4	8	12
운자(韻字) 배치 유무	있음	있음	있음	있음	있음	있음
평측(平仄) 규칙	있음	있음	있음	있음	있음	있음
운자(韻字) 배치 구절	2, 4	2, 4, 6, 8	2, 4, 6, 8, 10, 12	1, 2, 4	1, 2, 4 6, 8	1, 2, 4, 6, 8 10, 12

II. 이순신 장군에 대한 추모시 이해

1. 이순신 추모시 개요

이순신 장군에 대한 '추모시'는 다음 두 종류로 구분할 수 있다.

1) 하나는, 순수한 추모시로서 그 형식은 율시와 절구 등 한시 (漢詩)의 여러 형식을 망라(網羅)하는 비교적 다양한 형식을 보여 준다.

2) 다른 하나는, '차운시'이다. 공의 오언 절구인 '한산도야음'에 차운(次韻)한 시로서, 시의 형식은 모두가 오언절구(五言絶句) 형식이며 앞의 추모시에 비하여, 그 내용이 간결하다고 하겠다. 아래 추모시의 작품 현황을 알아보자.

이순신 정신과 리더십

(표2) 추모시 작품 현황

구분	시인 수(인)	작품 수(편)	비고
추모시	35	41	
차운시	48	55	
합계	83	96	

위의 표에서 보는 바와 같이 이순신 장군에 대한 추모시는 차운시를 포함해 필자가 수집하여 정리한 선현들의 작품이 모두 96편이다.

이 글에서의 이순신 추모시는 넓은 의미에서의 '차운시'까지를 모두 포함하고 있다. 이 차운시는 그 형식으로는 오언절구에 국한하고 있으며, 시의 내용은 추모시에 비하여 시상(詩想) 전개나 그 표현에 있어서 차이가 있기에, 이를 구별하여 살펴보도록 한다. 이에 본 고(稿)에서는 이순신 장군에 대한 추모시를 전체적인 개요에 대해서는 함께 묶어서 고찰(考察)하고, 그 이해와 특징은 '추모시'와 '차운시'로 각기 구분하여 살펴보고자 한다.

2. 이순신 추모시의 특징

이순신 장군에 대한 추모시는 장군께서 순국한 직후부터 속속 등장하였다. 이러한 추모시들은 다음 몇 가지 특징을 지니고 있다.

1) 통시적(通時的)인 측면

이순신 추모시는 16세기 말부터 20세기 초 조선 왕조 말(末)에 이르기까지, 약 300여 년간에 걸쳐서 면면히 이어져 오고 있다. 이러한 점은 이순신 추모시의 중요한 특징 중의 하나이다. 아래에서 시대별로 만들어진 추모시 작품들의 현황을 살펴본다.

(표 3) 시대별 추모시 작품 현황

구분	작품 수 (41)	비고
1590년대	2	류성룡 외 1
1600년대	18	이수광 외 17
1700년대	8	이숭진 외 7
1800년대	7	김양순 외 6
1900년대	4	조긍섭 외 3
연대 미상	2	박유 외 1

(표 3)에서 보는 바와 같이 장군에 대한 추모시는 17세기 중에 지은 작품들이 가장 많으나, 그 이후에도 계속해서 추모시들이 만들어져 왔음을 확인해 볼 수 있다. 이러한 현상은 일반 선현들의 경우와는 상당히 다른 점이라 하겠다. 다른 선현들의 경우에는 추모 작품들 대부분이 당대에 집중되는 경우가 많다. 또한, 추모시의 작품 수에 있어서도 다른 선현(先賢)들에 비해서 그 작품 수가 적지 않은 편이다.

2) 형식적(形式的)인 측면

이러한 추모시의 형식에 있어서는 전체 41편 중에서 대체로 5언 또는 7언율시(律詩가 28편으로 다수(多數)이며, 그중에서도 7언율시 형식의 작품 수가 압도적이다.

(표 4) 추모시의 형식별 분류

구분	오언율시	칠언율시	절구(絶句)	기타	비고
작품 수 (편)	6	22	6	7	기타는 만사(挽詞)와 4언시와 6언시 등이다.

3) 내용상(內容上)의 측면

(1) 시의 내용에 있어서 공의 위대한 공적(功績)에 대한 찬탄(讚嘆)을 중심으로, 극존칭(極尊称)의 추모의 정(情)을 드러내고 있다.

백전백승의 이 장군께서 한 손으로 친히 하늘을 떠받쳤다네
(当時百戰李将軍 隻手親扶天牛壁 / 류성룡)

우주에서 둘도 없는 명장이며 세운 공로가 으뜸이라
(宇宙無双将 樓船第一功 / 차천로)

나라를 중흥시킨 최고의 장수로서 위태로운 나라를 살리셨네
(第一中興将 艱危活我東 / 이수광)

당당하신 충무공의 사당에 백성들이 찾아와 영원히 흠모하네
(堂堂忠武有斯祠 東土蒼生永慕思 / 이기조)

삼도수군을 이끈 대장군으로 선조 임금 장수 중 으뜸이라
(三邊節制大将軍 宣武諸臣第一勳 / 이숭진)

눈부시게 빛나는 큰 은공에 영원히 잊지 못할 이충무공이시여
(光前耀後立恩功 有世難忘忠武公 / 신규식)

단군 성조 이래 위대한 그 충성과 빛나는 공로가 온 나라를 덮었네
(成仁取義精忠光於檀聖 補天浴日功德蓋於槿邦 / 정인보)

(2) 중국 역사상의 위대한 인물들을 인용하여 공을 찬양하는 시도 여러 편이다. 대표적으로 촉한의 제갈공명(諸葛孔明), 서진(西晉)의 양호(羊祜), 당나라의 곽자의(郭子儀 호는 汾陽) 등에 비견하여 공을 추모하고 있다.

그대는 현산(峴山)의 동쪽 언덕에 세워진 한 조각 비석을 보았는가? 양공(羊公)께서 떠난 후에 사람들이 이를 세우고 그리워하며 울었네
(君不見峴山東頭一片石 羊公去後人垂泣 / 류성룡)

촉한의 제갈공명 이후에는 여기 또 이충무공이 계시다네
(漢家孔明後 又有忠武公 / 이원회)

장군의 충성과 절개를 옛사람과는 짝할 사람이 없으나, 오직 제갈무후와 그 수레를 나란히 할 수 있으리라
(公之忠烈求之古人無其伍 党与諸葛武侯同駕而並鶩 / 박유)

역사는 악의(樂毅)가 참소를 입은 것을 가련해 하였고 하늘은

분양(汾陽)의 재기(再起)를 보살펴 주었네.
 (史憐楽毅罹讒日 天眷汾陽起廃時 / 황현)

(3) 장군의 인간성이나 인품을 알려주는 시들

 위엄있는 모습과 장한 그 기상은 적국에 떨치며 적의 우두머리의 야욕을 꺾었도다
 (威風已振扶桑国 壮気応摧日本王 / 정경달)

 열사들 소문 듣고 의기를 돋구며 남겨 둔 글 읽고서 눈물 흘리네
 (烈士聞声増意気 遺文読罷涕沾巾 / 조극선)

 공과 같이 죽는다면 진정 부끄럽지 않을 것이요, 하늘의 뜻이 있어 공을 보내셨도다
 (得如公死真無愧 也識天生早有心 / 조현명)

 산과 바다에 맹세하여 삼강오륜을 백 대에 이르도록 세우시고, 하늘과 땅을 다시 회복했어도 그 공로를 자랑하지 않으셨다네
 (一誓海山立綱常於百代 再造乾坤無伐矜於当時 / 정인보)

(4) 여러 편의 추모시를 남긴 시인들

 이수광(李睟光) 선생은 '만이통제', '좌수영', '충민사' 3편,

윤계(尹棨) 선생은 '감이통제', '복파관', '영파당' 3편,

이숭진(李嵩鎭) 선생은 '족성일절', '충무이공' 2편,

황현(黃玹) 선생은 '이충무공귀선가', '벽파진' 2편을 각각 남겼다.

이처럼 복수(複數)의 작품들을 남긴 분들은, 그 추모의 정(情)이 시를 읽는 이들에게 더욱 간곡하고도 절실하게 다가옴을 느끼게 한다.

4) 작자들의 신분(身分)적 특징

먼저 〈표 5〉를 통해 추모시를 남긴 분들의 신분적인 특징을 살펴보도록 한다. 시를 지은 작자(作者)들의 신분을 보면 재상(宰相)을 지낸 최고위층 인사(人士)로부터 포의(布衣)의 선비들에 이르기까지, 그 신분이 다양하다. 보다 구체적으로 살펴보면 영의정을 역임한 인사들이 세 분이고, 아상(亞相)으로 부르는 종1품의 좌, 우참찬이 각기 한 분이며, 정2품에 해당하는 6조의 판서들도 8명이다.

〈표 5〉 작자들의 신분 분포

구분	인(35)	비고
재상급 (종1품 이상)	5	류성룡, 조현명, 이병모(영의정) 이경전(좌참찬), 이기조(우참찬)
판서급 (정2품 이상)	8	이수광, 김창협, 정익하, 김상성, 이민보, 김양순, 이원회, 정낙용
당상급 (정3품 이상)	11	정경달, 조팽년, 곽열, 차천로, 윤계, 이경의, 이성윤, 조극선, 이세구, 김이성, 이건창
당하급 (종3품 이하)	5	정운희, 조경남, 이득원, 이숭진, 박 유
기타	6	포의(布衣)의 신분이거나 왕조 시대 이후의 인물들

위의 (표 5)를 보면, 추모시를 전하는 분들의 신분이 정 3품 당상관 이상을 지낸 분들까지를 포함하면 중요 관직을 지낸 분들의 수는 전체 35인 중에 24명으로, 추모시를 지은 분들이 조정에서의 직책이 비교적 높았고 조정에서의 영향력도 큰 편이었음을 짐작해 볼 수 있다.

5) 작자들의 당색(黨色) 성향

장군에 대한 추모시 작품 수가 비교적 많은 17세기와 18세기는 이른바 사색(四色) 당파(黨派)라 하여, 남인과 북인 그리고 노론과 소론 세력 간에 치열한 당쟁이 전개되었던 시기이다. 이러한 와중에서 탄생한 추모시 작자(作者)들의 소속 당색(黨色)을 살펴보면, 어느 특정한 당파에만 편중되지 않고 비교적 초당적인 분포를 보임을 알 수 있다.

(표 6) 작자들의 당색 분포

구분	인(12)	작자 이름
남인	2	류성룡, 이인빈
북인	1	이경전
노론	5	김창협, 신익상, 이유, 이성조, 민진원
소론	4	조현명, 윤증, 조지겸, 조상우

위 표에서 보는 바와 같이 추모시를 남긴 분들 모두가 특정한 당파에 속해서 활동한 분들은 아니기에, 개별적으로 당색을 구별한다는 것은 그리 간단한 문제가 아니다. 또한, 서인 세력이 노론과 소론으로 나누어지기 전에는 작자들의 당색의 구별이 두드러

지지 않고, 탕평책을 적극적으로 펼친 영조(英祖)와 정조(正祖) 임금 이후에는 사실상 노론과 소론의 구별도 큰 의미가 없어진다. 다만, 북인이 일찍 쇠퇴하고 서인이 노론과 소론으로 분화되어 예송(禮訟) 등을 중심으로 당쟁이 치열했던 현종과 숙종 연간에 활동했던 작자들은 어느 정도 객관적으로 분류가 가능한 분들이기에, 이 시기의 작자(作者)들을 대상으로 해서 당색(党色)을 구분해 보았다.

이 결과를 보면 전체 작가 35인 중에 당색이 뚜렷한 분들이 전체의 1/3 정도가 되며, 조선 왕조 후기에 대표적인 당파로써 치열한 경쟁을 벌였던 노론과 소론 계의 인사들이 서로 비슷한 숫자로 나타난 것은, 지은 이들의 당색(党色)을 참고하는데 있어서 그 나름대로 유의미(有意味)한 측면이 있는 것으로 보인다.

Ⅲ. 이순신 차운시에 대한 이해

1. 차운 원시(原詩)에 대한 이해

이순신 차운시의 운자가 들어있는 원시는 세간에 널리 알려진 오언절구 형식의 '한산도야음(閑山島夜吟)'이라는 시로써, 그 내용은 아래와 같다.

이순신 정신과 리더십

題 : 閑山島夜吟 / 이순신(李舜臣)

水国秋光暮(수국추광모) 바다의 진중에는 가을이 깊어가는데
驚寒雁陣高(경한안진고) 추위에 놀란 기러기 떼 높이 나른다
憂心輾転夜(우심전전야) 근심으로 잠 못 이루고 뒤척이는 밤
残月照弓刀(잔월조궁도) 새벽달은 칼과 활을 비추고 있어라

이 시는 한산도 수군 진영에서 나라의 수군을 이끄는 최고 지
휘관으로서 활약하던 이순신 장군께서, 전란 극복의 의지를 불
태우며 노심초사(勞心焦思)하면서 잠을 이루지 못하고 불면의 밤
으로 보내는 가운데, 지은 시(詩)로 후세에 널리 전해오고 있다.
시의 형식은 한시에서 가장 간결하다고 하는 오언절구이며, 이
시에서 운자(韻字)로 쓰인 글자는 제2구의 끝 글자인 高(고)와,
제4구의 끝 글자인 刀(도) 두 글자이다.

이 시는 이순신 장군께서 지은 한시 중에서도 대표적인 시라 하
겠다. 그 이유인즉슨, 이 시가 전해오는 이래로 많은 이들이 이
시를 애송하고 있다는 것이 그 하나요, 뒤에 언급하는 여러 차운
시들이 이 시의 운자를 차운(次韻)하여서 만들어졌음이 또 다른
이유라고 하겠다. 이제 이 시를 좀 더 구체적으로 감상해 보자

[작품감상]
먼저, 이 시의 첫 구절에는 장군께서 머무는 전투 현장인 '수국

(水国)'이 등장한다. 수국은 바다를 중심으로 펼쳐지는 또 다른 세계이며, 구체적으로는 우리 수군들의 진영(陣営)인 통제영을 표현한 것으로 이해한다. 삼도수군통제영과 이곳에 가을이 깊어진 시절을 기구(起句)로 하여 그 시상(詩想)을 펼쳐 보이고 있다.

제2구인 승구(承句)에서는 바다의 늦가을의 한기(寒気)와 이에 따른 기러기 떼가 이동하는 모습을 부연(敷衍)하며, 시상을 이어 나가고 있다. 미물(微物)인 기러기 떼의 움직임을 묘사하면서, 시정(詩情)은 점점 쓸쓸한 심사(心思)를 불러일으킨다. 앞의 기구(起句)를 이어받아 이 시의 분위기는 더욱 무거워진다.

제3구, 전구(転句)에서는 앞의 두 구에서 표현한 대물(対物) 정경과 묘사가 이제 시인(詩人) 자신으로 돌아온다. 그리하여, 이 시의 핵심 주제인 우심(憂心)으로 연결되고 있다.

그렇다. 시인은 당시의 어려운 나라의 상황과 전란의 현장에서 겪는 여러 일들로 인해 깊고도 무거운 시름 속에서 하루하루를 보내고 있었다. 처참하게 유린되는 국토와 백성들의 비참한 상태, 멀리 북쪽 끝까지 임금께서 몽진하여 나라의 구심점이 흔들리는 딱한 형편, 요동치는 나라를 회복할 기약이 점점 어려워지는 데서 오는 좌절감, 수군 내부의 일부 고급지휘관에 의해 일어나는 반목과 갈등, 고령이신 어머님의 안위(安危)와 함께 가족들에 대한 가장으로서의 책임감, 어려운 여건 하에서 겪어야 하는 부하 장수들의

30   이순신 정신과 리더십

열악한 전투 환경과 이로 인한 희생 등이 장군의 근심을 깊어가게 하는 요인들이었다. 이러한 가운데 장군에게는 불면의 밤이 늘어갔다. 이는 장군께서 기록으로 남겨놓은 난중일기(亂中日記)에도 잘 나타나고 있다. 그 일기 중에서 한 대목을 살펴본다.

[1593년 계사년 7월 15일 난중일기][3]
　아주 맑음. 늦게 사량의 수색선, 여도만호 김인영 및 순천 지휘선을 타고 다니는 김대복이 들어 왔다. 가을 기운 바다에 드니 나그네 회포가 산란해지고 홀로 배의 뜸 밑에 앉았으니 마음이 몹시 번거롭다. 달빛이 뱃전에 들자 정신이 맑아져 잠도 이루지 못했거늘 벌써 닭이 울었구나.

秋気入海(추기입해) 客懐撩乱(객회요란)
独坐篷下(독좌봉하) 心緒極煩(심서극번)
月入船舷(월입선현) 神気清冷(신기청랭)
寝不能寐(침불능매) 鶏已鳴矣(계이명의)

　새벽이 되도록 근심과 걱정으로 불면의 밤을 보낸 시인은 새벽 달빛 아래 싸늘하고도 무심히 서 있는 칼과 활에 눈길이 머문다. 칼과 활이 주는 섬뜩한 분위기가 새벽 달빛과 어우러져 더욱 차갑고도 무겁게 다가온다. 모든 사람들이 잠든 밤에 홀로

---

3. 노승석, 『난중일기』 (서울: 도서출판 여해, 2015), 155~156쪽

잠을 이루지 못하는 시인의 고독감(孤独感)이 우수심(憂愁心)과 어
우러지며, 시는 읽는 이들의 마음에 비장감(悲壮感)을 불러일으
키면서 감동을 안겨주고 있다.

또한, 장군께서 이 시를 지은 시기는 태촌(泰村) 고상안(高尙顔)
선생의 기록에 의하면, 1594(갑오)년 4월로써, 원문은 아래와

甲午四月。以武科別試試官赴統營。試取武士畢。
與權都元帥慄, 李統相舜臣, 全羅左水使李億祺, 忠淸水使具思
稷, 長興府使黃世德, 固城郡守趙凝道, 熊川縣監李雲龍。
謹和李統相閑山島吟一絶。呈李統相。

갑오년 4월에 무과 별시에 시관으로 통영에 가서, 무과시험을 마쳤다.
도원수 권율, 통제사 이순신, 전라좌수사 이억기, 충청수사 구사직,
장흥부사 황세덕, 고성군수 조응도, 웅천현감 이운룡이 참석하였다.
삼가 이순신 통제사의 '한산도음 절구시'에다 화답하는 시를 지어
이통제사께 올렸다.

같이 기록되어 있다.[4]

위 내용을 보면, 1594년 한산도에서 무과 별시를 치르고 관련
자들이 함께 자리를 하여 담소를 나누었는데, 이순신 장군께서
지은 시에 화답하여 자신도 시를 지어서 이순신 장군께 올렸다

---

4. 고상안, 『태촌집』 (한국고전번역원), 권1

이순신 정신과 리더십

는 기록이다. 다만, 위 내용 중에서 '전라좌수사' 이억기는 '전라
우수사'의 오기(誤記)인 것으로 보인다.

이 자리에서 고상안 선생이 이에 화답하는 시를 지었는데 인
용한 이충무공의 원시(原詩)의 제4구 세 번째 글자를 만(滿)으로
표현하여 이를 '殘月滿弓刀'로 남겨놓고 있다.[5] 이 원시에 대한
선생의 화답시는 아래와 같이 전해 온다.

忠烈秋霜凛(충열추상늠) 충렬은 가을의 서리처럼 늠름하고
声名北斗高(성명북두고) 명성은 북두칠성처럼 높고 빛나라
腥塵掃未塵(성진소미진) 흉악한 왜적을 쓸어버리지 못하여
夜夜撫竜刀(야야무용도) 밤마다 이 용검을 쓰다듬어 보네

위의 '고상안' 선생의 차운시는 함께 전해오는 배흥립(裵興立)
장군의 차운시[6]와 함께 가장 오래된 시가 아닐까 한다. 이후에
이어지는 차운시들은 그 대부분이 17세기 이후의 작품들이라
고 볼 때에, 고상안 선생의 이 차운시는 이순신 장군과 전란의
현장에서 함께 지낼 때 만들어진 작품이라 그 의미가 더욱 각별
하다고 할 것이다. 이밖에도 많은 후세인들이 이순신 장군의 이
시에 차운(次韻)하여 시를 남겼다. 이 원시에 대하여 공을 깊이

---

5. 고상안, 앞의 책, 권1
6. 구능회, 『시로 만나는 이순신』 (서울: 동서남BOOK, 2018), 204쪽

연구한 노산(鷺山) 이은상 선생은 아래와 같은 소감을 피력한 바
있다.

"과연 이 시는 동서고금 많은 영웅시 중에서도 가장 우수
한 작품인 동시에, 그의 나라를 근심하던 안타까운 심정을
가장 핍절하게 표현한 작품이다."[7]

비록 오언절구라는 형식의 짧은 시(詩) 한 편이지만, 이 시가
전해주는 그 울림과 감동은 크고도 강하여, 우리 한시 문학사에
위대한 발자취를 남겼다고 해도 과언이 아니다.

2. 이순신 차운시 개요

일반적으로 선작(先作) 한시를 차운하여 시를 짓는 경우는 대
략 다음 몇 가지 경우가 있다.

1) 차운시 '원시'를 지은 시인에 대한 경모(敬慕)의 정(情)이 절
   실한 경우
2) 선작(先作) 한시가 불후의 명시로 인정받는 경우
3) 절친한 친구 사이에 서로 차운하여 부담 없이 주고받는 경
   우 등이다.

---

7. 구능회, 앞의 책, 112쪽

이순신 정신과 리더십

1)의 경우에는 대체로 차(次)자 앞에 경(敬)자를 추가하여 시의 제목 앞에 '敬次'라는 표현을 써서 차운 원시 작가에 대해 공경하는 예(礼)를 표현하고 있다. 많은 후학들이 퇴계(退溪) 이황(李滉) 선생의 한시에 차운하며[8] 이런 표현을 즐겨 쓰고 있다.

2)의 경우에는 고려조에 정지상(鄭知常) 선생이 남긴 한시 칠언 절구인 '송인(送人)'이라는 시에 차운한 작품들이 그 좋은 사례라 할 것이다.

3)의 경우에는 서로 막역하게 지내던 보한재(保閑齋) 신숙주(申叔舟) 선생이 매죽헌(梅竹軒) 성삼문(成三問) 선생의 시의 운자에 차운하여 '次謹甫韻(차근보운)'이라는 제목의 시 등을 남긴 것이 좋은 사례가 될 것이다. [9]

이순신 장군의 한시 '한산도야음'에 차운한 것은, 위의 1)과 2)의 경우 모두에 해당된다고 할 것이다. 이렇게 보는 이유로는 시의 내용이 차운시 형식을 빌려서, 원시(原詩)의 작자인 이순신 장군을 추모하고 흠앙(欽仰)하는 것들이 대부분이기 때문이다.

---

8. 김성일, 『학봉집』 (한국고전번역원) 권1
9. 신숙주, 『보한재집』 (한국고전번역원) 권11

이러한 차운시를 지은 선현들은 모두 48인이고, 현재까지 알려진 작품 수로는 55편이다. 이 작품들은 특정한 시기에만 편중된 일시적인 현상이 아니고, 시대별로 꾸준히 만들어져 전해 왔다. 이는 원시(原詩)의 작가인 이순신 장군에 대한 후대 사람들의 경모(敬慕)의 정이 변함없이 이어져 왔다는 좋은 반증(反証)이 아닐까 한다.

어디 그뿐이랴. 이처럼 공(이순신 장군)을 경모하는 역사적 전통은 오늘까지도 이어져, 한시 세대를 지나서도 현대 시조와 현대 시의 형태로 계속해서 이어져 오고 있다.[10] 이는 참으로 놀랍고도 특별한 일이라 하겠다. 1945년 해방 이후를 기준으로 보면, 꼭 4백 년 전에 태어난 아득한 역사적 인물에 대해, 이처럼 추모의 정이 문학을 통해 꾸준히 이어져 오고 있다는 현실은, 동서고금(東西古今)에 있어서도 실로 드문 사례가 될 것으로 본다.

이러한 추모시를 남긴 것들에는 몇몇 특별한 작품들이 있다. 우선, 공과 함께 한산도에서 활약한 분들이 있는데, 앞에서 언급한 고상안(高尙顏) 선생, 공과 함께 생사의 현장을 넘나들던 배흥

---

10. 일제로부터의 해방 이전에는 이광수의 『우리 영웅』, 해방 후에는 이은상의 『거북선 찬가』, 정현민의 『독임란사유감』, 박병순의 『이충무공 한산섬 노래』 『화답가』 등이 있고, 최근에도 이순신 장군을 대상으로 하는 시집들이 출간되는 추세에 있다.

이순신 정신과 리더십

립(裵興立), 이응표(李応彪) 같은 부하 장군들의 작품이 그것이다. 또한, 같은 덕수 이씨 문중에서는 이유(李秞), 이희룡(李喜竜), 이병모(李秉模) 선생 등이 작품을 남겼다. 그리고, 공의 직계 후손 중에서도 몇 분이 차운시를 남겼는바, 종손(從孫)인 이지강(李之綱), 종증손(從曾孫)인 이속(李涑), 외증손(外曾孫)인 홍근(洪覲), 종현손(從玄孫)인 이홍진(李弘晉) 선생 등의 작품들이 바로 그것들이다.

3. 이순신 차운시의 특징

공의 차운시에 대한 특징을 앞의 추모시와 비교하여, 그 구체적인 내용을 알아본다.

1) 통시적(通時的) 측면

공에 대한 차운시 역시 아래의 (표 7)에서 보는 바와 같이 시대적으로 꾸준히 이어져서 그 작품들이 전해 오고 있다.

(표 7) 차운시의 시대별 분포

구분	작품 수 (55편)	작가 이름(48인)
1,500년대	3	배홍립, 고상안, 이응표 (3인)
1,600년대	32	홍처량, 유혁연, 이유(李秞), 임규, 이인빈, 남용익, 윤증, 이인환, 임홍량, 신익상, 임홍망, 조지겸, 이희룡, 조상우, 이유(李濡), 강세보, 조식, 이가적, 송징은, 유도옥, 유집일, 김유, 심육, 여필용, 이삼석, 홍서하, 오명준, 이지강, 이속(李涑) (29인)
1,700년대	8	이성조, 민진원, 조해수, 조태만, 이숭진, 이간, 홍근 (7인)
1,800년대	8	김양순, 백은진, 채동건, 신헌, 이홍진 (5인)
기타	4	이회, 이돈, 이준, 유화 (4인)

(표 7)에서 보는 바와 같이 시대별로 차운시가 등장하는 추이를 보면 공의 사후(死後) 1세기 이내에 지어진 작품들이 주류를 이루고 있다. 이는 전체 작자 48인 중 32인을 차지하며, 작품 수도 55편 중에서 35편이 된다. 그런데 이러한 시대적 분류에는 다소간 어려움도 따르는데, 이는 시를 지은 분들의 작시(作詩) 시점이 명확하지 않은 탓이다. 작자의 생존 연대가 17세기 중에 해당한다면 당연히 17세기 작품으로 볼 수 있겠지만, 17세기에 태어나서 18세기에 별세한 분들 경우에는 시작(詩作) 시기(時期)가 분명하지 않아서 이를 정확히 분류하기가 쉽지 않다.

이러한 경우에는 17세기 중에 태어난 분이라 하더라도, 대략 30세 이후를 18세기에 살았다면 그 작품은 18세기 작품으로 구분하였고, 공의 자손들 작품인 경우에는 증손(曾孫) 이후의 작품들은 세대 차이를 감안하여, 이를 18세기의 작품으로 분류하였다. 이러한 기준으로 분류표를 만들어 보았는데 시대가 지날수록 작품 수가 줄어들기는 하였지만, 일반적으로 다른 선현들의 '추모시'나 '차운시'에 비교해 본다면 공에 대한 추모시의 경우에는, 시대가 흘러도 꾸준히 그 작품들이 이어져 왔음을 확인하는 데는 별 무리가 없는 것으로 사료된다.

2) 형식적 측면

공의 원시에 차운한 시들은 모두가 오언절구 형식을 지닌다. 이는 원시인 '한산도야음' 자체가 오언절구 시이기 때문에, 당연한 귀결(歸結)이라 하겠다. 원시가 운자가 많은 '칠언율시'나 '칠언배율' 형식이라고 하면 차운(次韻)하는 분들이 작시(作詩)에 더 큰 부담을 가질 수 있겠으나, 차운 원시가 오언절구라는 가장 간결한 형식이기에 비교적 큰 부담감 없이, 많은 분들께서 차운시들을 남기지 않았을까 하는 생각을 해보게 된다.

물론, 시의 형식이 간결하다고 해서 시의 내용에 특별한 문제가 있는 것은 아닐 것이다. 오히려 간결한 시의 형식에다 정제되고 함축된 의미를 담아야 하기 때문에 시를 짓는 분들의 고심(苦心)이 또한 적지 않았을 것으로 생각된다.

3) 내용상의 측면
비록 차운시의 형식이지만, 그 내용은 대체로 장군의 공적과 인품을 현창(顯彰)하는 작품들이 대부분이다. 이를 몇 가지 주제로 분류해 살펴본다.

(1) 드높은 공적(功績)을 추모함
공의 공로를 해와 달에 비교하여 표현함 (유혁연)
공신각(功臣閣)에 올릴 정도의 높은 공로 (신익상)
공로의 수준을 천하제일(第一)로 표현 (이희룡, 이회)
삼한(三韓/조선)에서 으뜸이라고 표현 (강세보, 민진원, 이지강)
바다나 높은 산보다도 크다고 표현 (여필용, 채동건)
우주보다 크다고 표현 (조해수)

'곽자의' 같은 특정 인물보다 크다고 표현 (신헌)

나라를 살린 큰 공로 (홍근, 임홍량)

(2) 충의(忠義)나 충절(忠節), 기백(氣魄)을 찬양함

가을 서리처럼 늠름함 (고상안, 이유, 심융, 여필용, 이성조, 조해수)

명나라와 오랑캐들도 감복함 (홍처량)

해와 달처럼 빛남 (임규)

천추에 길이 빛남 (남용익)

의기가 드높음 (조지겸)

온 나라에 빛남 (송징은)

(3) 뛰어난 명성(名声)을 찬양함

북두칠성처럼 빛남 (고상안, 조식, 유화)

특정인(제갈공명)의 명성에 비교함 (윤증, 신헌)

세상을 덮을 만큼 높음 (이성조)

물과 구름처럼 깨끗한 명성 (이준)

(4) 고매한 인품(人品)을 찬양함

영웅의 마음과 풍모 (조상우, 이가적, 김양순)

충효 및 바른 행실 (이속)

장한 기백과 기상 (임규, 조지겸, 강세보, 유집일, 홍서하, 이지강)

(5) 기타

붉은 충성심 (이인빈)

장군에 대한 그리움 (남용익, 민진원)

장성(將星)이 떨어짐 (신익상)

'한산도야음'을 찬미함 (이인빈, 이인환, 조지겸, 강세보, 홍서하, 조해수, 이간, 신헌, 유화)

4) 작자들의 신분

시를 남긴 작자들의 신분을 아래의 (표 8)을 통해 알아보도록 한다.

(표 8) 작자들의 신분 분포

구분	인(48)	비고
재상급 (종1품 이상)	6	홍처량, 남용익, 신헌(좌참찬), 李濡(영의정), 신익상 (우의정), 민진원 (좌의정)
판서급 (정2품 이상)	5	유혁연, 유집일, 채동건(형조판서), 이인환, 김양순 (이조판서)
당상급 (정3품 이상)	19	배홍립, 이응표, 이유(李瑜), 임규, 임홍량, 임홍망 조지겸, 이희룡, 조상우, 강세보, 조식, 송징은 김유, 여필용, 이삼석, 이성조, 이간, 백은진, 이속
당하급 (종3품 이하)	10	고상안, 이인빈, 유도옥, 오명준, 조해수, 조태만, 이숭진, 유화, 심용, 이지강
포의(布衣) 및 기타	8	윤증, 이가적, 홍서하, 이회, 이돈, 이준, 홍근, 이홍진

차운시 작자(作者)들의 신분을 몇 종류로 분류해 보았다. 전체 48명을 대상으로 살펴보면, 고급 관료라 할 수 있는 정2품 이상

의 신분이 11명이고, 벼슬을 하지 않은 포의(布衣)의 선비들과 기타 파악이 곤란한 분들이 8명이 된다. 이 중에 기타로 분류한 명재(明齋) 윤증(尹拯) 선생은 우의정에까지 제수된 분이었으나, 자신이 끝내 사양하고 관로(官路)에 나오지 않은 분이어서 포의 (布衣)로 분류하였다.[11]

역임한 관직이 정3품 당상관 이상에서 종2품 이하인 분들의 분포가 19인으로 가장 많으며, 종3품 이하인 당하관 신분은 10 인으로 파악하였다. 이들 중 무과(武科)에 급제한 분들은 배홍립, 이응표, 신헌 등의 3인이며 무과를 거치지 않고 고위직 무신(武臣)으로 활약한 분들은 백은진과 채동건 두 분이다. 그밖에 다른 분들은 대부분 문과(文科)에 급제한 분들이고, 사마시(司馬試)에 합격하여 생원(生員) 또는 진사(進士)의 신분이었던 분들은 '포의 및 기타' 항목으로 분류하였다.

위에서 차운시를 남긴 작자들의 신분을 검토한 결과 정3품 이상의 고위직에 속한 분들이 모두 30인으로 전체의 60%를 차지하는 것으로 보아, 당대에 조정에서 상당한 영향력을 발휘한 분들이 공을 추모하는 헌시(獻詩) 활동에도 활발하게 참여하였음을 확인해 볼 수 있다.

---

11. 윤증(尹拯) 선생은 소론의 이념적 지도자로 숙종의 여러 차례 관직 제수(우의정 등)에도 모두 사양해서 세상에서는 선생을 '백의 정승'이라고 불렀다.

이순신 정신과 리더십

5) 작자들의 당색(党色) 분포

차운시 작자들의 당색 분포를 (표 9)을 통해 알아본다.

(표 9) 차운시 작자들의 당색 분포

구분	인(18)	비고
남인	2	유혁연, 조식
노론	10	홍처량, 이유(李濡), 남용익, 이인환, 신익상, 임홍망, 김유, 오명준, 민진원, 조태만
소론	6	윤증, 조지겸, 조상우, 송징은, 유집일, 이삼석

위의 (표 9)에서 당색(党色)을 확인해 볼 수 있는 분들은 전체 48인 중에 18인 정도였다. 그런데, 4색 당파라 하지만 북인(北人) 세력이 인조 이후에 사실상 사라지고, 남인(南人)은 숙종 조에 일어난 갑술옥사(甲戌獄事) 이후로 명맥만 겨우 유지하였음을 감안한다면, 노론과 소론에 속한 분들이 숙종(肅宗) 임금 재임 말기부터는 조정의 중심을 이루었다. 이러한 정치적 격변기에 노론 계통에 속한 분들과, 노론과 함께 중앙 조정을 이끌어 간 소론 계통 인사(人士)들의 수가 그에 버금가고 있음을 확인할 수 있다.

결론적으로, 차운시가 가장 많이 지어진 1,600년대 숙종 임금 재임 기간 중에 서로 치열하게 맞섰던 남인·노론·소론 계열에 속한 분들 특히, 노론과 소론에 속한 분들이 적지 않은 작품들을 남긴 것으로 보아, 여러 선현들이 당색을 초월하여 공을 추모해 왔음을 확인해 볼 수 있다.

IV. 맺는말

지금까지 이순신 장군을 추모하는 한시들을 추모시와 차운시로 나누어 살펴보았다. 우리 역사에서 가장 존경받는 어른으로 자리매김하고 있는 장군에 대한 존경과 추모의 정을 나타내는 것은, 우리 민족의 구성원이라면 인지상정(人之常情)이라 할 수 있을 것이다.

공에 대한 추모시를 '추모'와 '차운'이라는 두 유형으로 구별하여 살펴보기는 하였지만 그 특징에 있어서 두드러진 차이는 없는 것으로 보인다. 여기서는 이 두 개의 유형을 종합하여 이순신 추모시의 특징을 정리하면서 이 글을 마치고자 한다.

1. 시대를 뛰어넘는 추모시의 등장

장군을 추모하는 문학적인 추모 활동은 장군과 동(同)시대의 인물들로부터 현재에 이르기까지 면면히 이어지고 있다는 점이 가장 큰 특징이라 할 것이다. 전통적으로는 한시나 한문 형태로 추모 작품들이 전해 오지만, 일제에 의한 식민지 지배시대를 지나서는 한글과 현대 시 형태로 계속해서 추모시들이 이어오고 있다.

이러한 현상은 우리의 역사적인 인물들 중에서도 유일무이(唯

一無二)하지 않을까 하는 생각을 하게 된다. 특히, 해방 이후에 한시 시대를 지나서는 한글과 현대 시 형태로 공에 대한 추모 작품들이 꾸준히 이어지고 있다.

2. 다수의 추모 작품 수

공에 대한 추모 작품이 거의 100편에 이를 정도로 많다는 점도 중요한 특징이라 할 것이다. 필자가 수집하여 정리한 작품만 해도 추모시가 41편, 차운시는 55편에 이른다. 해방 이후에 현대 시 형태로 발표된 작품들은 제외하더라도, 특정인에 대한 추모 작품 수가 100편에 이른다는 것은 우리 역사에서도 보기 드문 현상이라 할 것이다.

3. 추모 작품들의 형식적 특징

이처럼 많은 추모 작품들은 한시(漢詩) 형태로 전해오고 있다. 공을 추모하고 애도하는 작품들은 오언율시와 칠언율시가 가장 많은 편이다. 대체로 고인의 죽음을 애도하는 만시(挽詩)나 만사(挽詞)의 경우에 율시 형식을 취하는 경우가 많다는 점과 관련이 있는 것으로 보인다. 다만, 차운시의 경우에는 공의 시를 원시(原詩)로 하여 운자를 차운하였기 때문에 작품들의 형식은 모두가 오언절구라는 통일된 형식을 취하고 있다.

4. 시인들의 신분적인 특징

추모시를 남긴 시인들의 신분을 살펴보면 당상관(정3품 이상)에 해당하는 고위직(高位職) 출신들이 다수를 이루고 있다. 한시를 이해하고 이를 익숙하게 지을 수 있는 것이 비록 양반계층의 독점물(独占物)로 내려왔다 해도, 조정에서 고위직 신분으로 나라를 이끌어 가는 그룹에 참여한 분들이 공에 대한 추모의 정을 표현하는 일에 적극적으로 동참해 왔다는 것을 알 수 있다. 이는 그만큼 나라를 위해 살신성인(殺身成仁)의 길을 가신 분에 대한 숭모(崇慕)의 염(念)이 컸음을 잘 보여 준다고 하겠다.

5. 초당적(超党的)인 흠모(欽慕)의 작품들

앞에서 추모 작품들을 남긴 시인들의 당색(党色)을 살펴보았다. 작품을 남긴 모든 분들의 당색을 일일이 파악하기 곤란하여, 자료상으로 명확히 인식할 수 있는 분들만을 대상으로 하였다. 그러다 보니 그 수가 충분하다고는 할 수 없다. 또한, 북인(北人) 그룹의 조기 퇴장으로 인해 노론(老論)과 소론(少論) 그리고 남인(南人) 간의 3파전이 일어난 숙종 재임 시기에 활동한 분들이 주요 대상이어서 자료연구에는 일정 부분 한계가 있다고 하겠다.

그러나 이 시기에 추모 작품들의 수가 비교적 많아서, 제한

된 분석 대상들이었지만 나름대로 의미 있는 결과를 얻을 수 있었다. 분석내용을 보면 대체로 노론에 속한 분들의 작품이 가장 많았고, 그 다음이 소론 계통의 인사들이었으며, 남인에 속한 인사들의 작품이 가장 적었다. 공께서 활동하던 시기에는 남인의 영수(領袖)인 류성룡 선생의 후원하에, 다른 당파에서는 오히려 질시(嫉視)와 폄하(貶下)를 받아 적지 않은 고초를 겪으셨음을 상기할 때에 이러한 현상은 좀 의외(意外)라 하겠다. 그렇지만 공의 일생을 돌아볼 때, 고결한 인격과 빼어난 공적은 그만큼 후세 사람들로부터 초당적인 지지와 존경을 받기에 충분한 어른이었음을 일깨워 주는 것으로 이해할 수 있다.

이상으로 공의 추모 작품들에 대해서 그 특징들을 살펴보았다. 이러한 추모시들을 통해서 우리는 선현들께서 시대를 초월하여 장군에 대한 경모(敬慕) 의식을 꾸준히 전해왔음을 확인해 볼 수 있었다.

지금까지 전해오는 이순신 장군에 대한 추모시들을 여러 측면에서 고찰해 보았다. 일부 제한된 자료의 한계와 함께 해당 자료들을 학문적으로 깊이 있게 분석해 보는 필자의 능력 부족으로 추모시의 주인공이자 우리 민족의 큰 어른이신 이순신 장군의 위대한 면모를 충분히 드러내지 못한 아쉬움이 남는다.

끝으로, 지금까지 공에 대한 추모시 이해를 통해, 우리는 다음

두 가지의 중요한 점을 인식해 볼 수 있지 않을까 하는 견해를 피력하면서, 이 글을 마치고자 한다.

하나는, 우리들이 존경해 마지않는 이순신 장군의 고매한 인품과 빛나는 공적에 대한 평가가 추모시 작품들을 통해 오늘에 이르기까지 면면히 이어지고 있음을 확인하면서, 공에 대한 감사와 추모의 정이 앞으로도 꾸준히 이어져야 한다는 당위성(當爲性)을 갖게 된다는 점이다.

다른 하나는, 이순신 장군께서 보여 주신 생애(生涯)와 공이 견지(堅持)했던 가치관(価値観)을 소중한 문화적 자산으로 활용하여, 우리 시대에 주어진 역사적인 무거운 과제들을 슬기롭게 해결하면서, 이를 국가 중흥의 디딤돌로 삼아가자는 다짐과 노력이 지속적으로 확산되어 나가야 한다는 것을 강조해 두고 싶다.

【참고문헌】

1. 고상안, 『태촌집』, (한국고전번역원), 권1

2. 구능회, 『시로 만나는 이순신』, (서울 : 동서남BOOK, 2018)

3. 김성일, 『학봉집』, (한국고전번역원) 권1

4. 노승석, 『난중일기』, (서울 : 도서출판 여해, 2015)

5. 신숙주, 『보한재집』, (한국고전번역원) 권11

6. 정민, 『한시미학산책』, (서울 : 솔, 2007)

7. 민중서림 편집국, 『漢韓大字典』, (서울 : 민중서림, 2009)

02

김성수

법무법인 아태(Kim & Kim) 대표변호사
사단법인 한국에너지법연구소 소장
LAWASIA 에너지위원장
서울·광주지방법원 판사
대한변호사협회 환경에너지위원장
사단법인 이순신리더십연구회 감사

나의 이순신과
몽클라르 만남

02

1. 머리말

10년 전 '9인의 명사 이순신을 말하다' 책에서 '법조인이 본 이순신 리더십'을 이야기하면서 Harmless Error 원칙(본체에 해가 안 되는 잘못에 대한 관용의 원칙)을 생각했다. 오늘은 이순신과의 만남을 이야기하려고 한다. 법조인으로서 법무법인 아태(Kim & Kim Law Office)에 39년 몸담고 있으면서 조선왕조 기둥인 무관 충무공(忠武公)과 6·25전쟁에 참전한 영웅 프랑스 몽클라르(Monclar) 장군과 가까워졌다. 조선과 백성을 일본 침략으로부터 지켜낸 충무공 이순신은 사단법인 이순신리더십연구회(이사장 지용희)를 통하여 자주 접하게 되었다. 6·25전쟁 중 대한민국과 국민을 지켜낸 UN군 프랑스 몽클라르 장군은 사단법인 '지평리를 사랑하는 모임'을 통하여 깊이 알게 되었다.

1597년 정유년(丁酉年)은 정유재란이 일어난 해이면서 이순신 장군의 나이 53세, 다음 해인 1598년 노량해전에서 전사하기 직전의 해이다. 이순신의 삶이 원숙한 해이기도 하고. 파란만장한 풍파를 한 해에 겪게 되는 정유년의 삶에 초점을 맞추었다. 난중일기 7권 중 정유일기 1년분 전체를 구하여 살펴보니 이순신의 필력이 수려함에 감탄했고, 전투 중에도 빠짐없이 기록하는 근면성도 놀랍다. 21세기 한반도가 새로운 세계 질서 속에서 재편성된다는 국제정치학자들의 이야기가 들려오므로 정유년 이순신의 삶에서 한반도 미래 해법을 혹시 찾을 수 있을까 하여 몽클라르를 상기하면서 졸필을 든다. 국가 흥망성쇠와 인간의 생로병사 흐름에서 비범한 헌신과 용기를 가지고 역사 속 삶을 살아온 사람의 비밀스러운 가르침은 놀라운 결과를 가져올 수 있기 때문이다.

2. 정유년 고난극복의 비밀

법무법인 아태 30주년 어느 날 행사 중 청계천 시작점에 있는 사무실과 지척지간에 광화문이 있는데 그곳 광화문 네거리에 우뚝 서 있는 이순신 동상을 다시 바라보게 되었다. 조선과 백성을 일본 침략으로부터 지켜낸 충무공 이순신이 의금부 재판과 인간적 고난을 극복한 삶의 비밀이 무엇일까. 충무공이 처절한 환경 속에서 몸소 보여준 역사 속 삶이 비밀이 아니었을까 생각하게 된 것이다. 땅 위에 살아 숨 쉬고 매 순간을 싸우면서도 삶의 순간이 끝난 후 비로소 시작되는 역사 속 삶을 스스로 선택하여 살고 있었던 것이 아닐까.

이순신 정신과 리더십

1597년 정유년에 53세 조선수군 무관 이순신은 그해 삼도수군통제사의 파직, 의금부 재판, 백의종군, 삼도수군통제사 재임명, 명량대첩, 조선수군의 재정비 등 생사를 넘나드는 변화 많은 삶을 살았다고 생각한다. 훨씬 전 1592년 말 일본이 임진왜란을 일으켰을 때 수군통제사였지만 정유년 1597년 3월에는 왜의 첩자 요시라에게 속은 선조의 무리한 출진 명령을 거부했다는 죄명으로 삼도수군통제사의 직을 박탈, 의금부 재판 후 백의종군하게 되었다. 정유년 다시 침략군을 보내는 도요토미 히데요시는 114,900명의 대군에게 노인, 여자, 어린이, 승려, 농민을 가리지 않고 조선사람의 머리를 베거나 코를 베어 일본으로 운송하도록 임진년 침략 때와 달리 혹독한 특별군령을 내렸다. 의병과 승병을 포함한 민관의 끈질긴 항쟁, 이순신의 무패전승과 명나라군 참전으로 1년 만에 일본군의 사기가 꺾였을 뿐만 아니라, 조선 국왕 교체와 한반도 분할 안이 명나라와 협상에서 거부되는 분풀이로 조선 백성 모두에 대한 보복과 학살 명령을 내린 것이다. 마치 2차 대전에서 나치 히틀러의 유대민족 말살과 같은 정도의 잔혹한 명령이라고 비유하는 역사가도 있다. 전투 요원이 아닌 민간인 보호를 선언하고 있는 인류 전투 규범 위반인 것이다.

　　도원수 권율 장군 휘하에서 이순신이 백의종군하면서 책무를 수행하는 기간 중 원균이 이끌던 조선수군이 칠천량에서 괴멸되자, 임금 선조는 이순신을 다시 삼도수군통제사로 임명했다.

백의종군 6개월 후 명량해전을 지휘하게 된 것이다. 1597년 9월 16일 오전 9시 일본 수군에 의해 침몰되고 겨우 남은 조선수군의 13척 전함을 이끌고 200여 척의 일본함대를 울돌목에서 격파했다. 이순신은 3시간 동안의 치열한 명량해전 끝에 조선전함은 한 척도 침몰하지 않는 승리를 이끌어내었다. 이순신은 명량대첩 이후 노량해전에서 전사할 때까지 후대 사람과 더불어 숨 쉬고 대화하는 '역사 속의 삶'의 모습을 보여주었다고 생각한다.

명량대첩을 앞두고 엄청난 일본함선 숫자에 겁먹은 조선수군을 격려하기 위해 이순신이 '일부당경(一夫當逕), 족구천부(足懼千夫)', 즉 "한 사나이가 길목을 지키면, 천명의 적군도 두렵게 할 수 있다"라고 한 말이 감명 깊게 다가온다.

이 말은 한국이 세계 속 강대국을 경제전쟁에서 상대할 의연한 기개를 깨우쳐주는 적절한 구절도 될 수 있으리라고 본다. 이순신과의 만남은 국제경영학 석학 지용희 박사가 이끄는 '이순신리더십연구회' 회원모임에 참가하면서 깊어졌다. 이순신 리더십을 법조인의 생활철학으로 섭렵하려는 노력도 하였지만 쉽지 않았다. 세계시장에서 경쟁하는 한국의 기업가들에게도 기회가 있을 때마다 국제계약의 계약조항 연구와 더불어 국제계약 협상에서 필요한 담담하고 당당한 협상 자세는 이순신 리더십의 자세라고 강조하기도 하였다. 스타벅스 커피를 세계기업으로 성공시킨 하워드 슐츠는 IQ와 EQ 이외에 역경지수(AQ

: Adversity Quotient)가 필요하다는 이야기를 시작했는데, 미국 경영인 슐츠도 이순신 리더십의 역경 극복 DNA나 비밀을 전수받은 것은 아닐까 생각해본다.

영화 '명량' 중 60분 실전 장면은 컴퓨터 그래픽으로 만든 장면이지만 여름 소나기처럼 시원하고 통쾌하다. 생사가 갈리는 험난한 파도 위 전쟁터에서 시원한 한판의 승리를 이끌어낸 이순신의 전략적 비밀은 무엇일까.

첫째, 지형과 지물을 우군으로 만들었다. 이순신은 진도 앞바다인 울돌목의 억센 역류를 거슬러 오르도록 조선수군의 배를 배치한 후 왜선이 물결을 타고 밀려 내려오는 힘을 천자총통 대포로 역으로 가격, 배에 구멍을 내고 그 기세를 꺾었다. 물결의 힘과 대포 탄환의 힘을 섬세하게 계산했으리라. 장군선의 노 젓는 조선 사공들은 힘들었으리라. 200여 척 많은 숫자의 왜선이지만 그중 30척 이상은 운신할 수 없는 명량의 좁은 협곡에서는 무용지물이 되도록 울돌목의 좁은 길목으로 싸움터를 유인했다.

왜군의 신무기 조총이 근거리에서만 위력이 있으므로 사정거리 밖 원거리에서 조선수군은 화포로 적선을 격침했다. 일본 최고 검객 미야모토 무사시도 최종결투의 장소를 바닷가 해변을 선택했고, 상대방 눈에 석양의 햇빛이 비치도록 검투사 칼의 위치를 변경, 자연스럽게 유리한 싸움판을 만들어 승리했다는 샌프란시스코 일본 타운(Japan Town)의 영화가 기억난다. 일본 검객 무사시도 이순신의 비밀을 배운 것인가? 이순신은 자주 병치레도 하고, 늘 가족 걱정도 하면서 애를 태우고, 소주 같은 독한 술도 마셨다. 일기장에도 강박증이 있는 것처럼 전쟁 중에도 기록하고, 백의종군 시 홀대한 지방관리의 처세에 실망하기도 하였다. 잠잘 때 땀을 많이 흘려 옷과 이부자리를 흠뻑 적시고, 코피를 흘리기도 했다. 아내의 위중한 병세에 아들 셋에 딸 하나와 어찌 살아갈까 하고 걱정도 하였다. 셋째 아들 면의 전사 소식에 오열했다. 이순신은 보통사람이면서 비범한 자기통제력을 지녔음이 분명하다.

둘째, 조선수군이 한 몸이 되도록 지휘하였다. 난중일기에서도 장군은 겁에 질린 장교와 수병을 한 덩어리로 뭉치게 격려하였음을 알 수 있다. "죽을 각오로 싸우면 살 것이다", "한 사나이가 골목을 지키면 천명의 적도 무서워한다"고 조선수군에게 사나이로서의 자신감을 고취시켰다. 단독으로 앞장선 이순신의 장군선은 선두에서 지휘, 모범을 보이고, 겁에 질린 거제 현령 안위 등 머뭇거리는 장교들을 다시 불러 전열에 세우고, 적진 앞에서 장군과 병졸이 한 몸이 되게 한 것이다. 이순신은 뱃전에 서서 직접 안위를 불러 말하기를 "안위야, 군법에 죽고 싶으냐? 물러나 도망가면 살 것 같으냐?"고 꾸짖었다. 안위의 배를 둘러싼 적선 두 척을 남김없이 섬멸하고 승리를 거두었다.

이순신 정신과 리더십

셋째, 왜적들에게는 공포심을 심어주었다. 적장 마다시의 시신이 물에 빠진 것을 포로가 된 왜군이 알아내어 보고하자, 건져내 토막을 내고, 장군선 선상 둘레에 달아매어서 적군 병사에게 보여주어 엄청난 공포심을 심어주고 사기를 떨어뜨렸다. 공포심도 무기로 이용한 것이다. 월남전 때에도 미군 장병 사이에 공포심에서 도망을 치려 하고, 상호 오인 사살이 발생했다고 한다. 공포심은 전쟁터에서 용감성을 흐트러뜨리는 심리적 무기인 것이다. 영화 '명량' 속에서 감독은 지적된 세 가지 이순신 장군의 전략적 리더십을 잘 묘사하고 있다. 컴퓨터 그래픽으로 울돌목의 회오리 격랑과 그 속에서 벌어진 수상전도 생동감 있게 잘 촬영하였다. 개봉 30일 이내 100만 이상의 관객이 몰려드는 충분한 이유가 엿보인다. IT 세계에서 역사 재현이 더욱 생생하게 이루어졌다.

사무실에서 가까운 광화문 네거리에 서 있는 이순신 장군 동상을 볼 때마다 장군의 '역사와 숨 쉬는 삶'의 비밀을 더욱 생각하게 된다. 젊은 새내기 변호사들이 사건 의뢰인으로부터 보관받은 주식을 내다 팔아 배임죄로 징역형을 받고, 변호사 자격을 박탈당할 정도로 지금은 변호사 30,000명 시대인 험난한 법조 분위기이다. "내일 지구 종말이 오더라도 오늘 사과나무를 심겠다"는 네덜란드 철학자 스피노자의 이야기도 생각난다. 사회 공익성도 있지만 이기적 요소도 많은 변호사 업계도 척박한 현실 속에서 헌신과 용기에 찬 충무공의 '역사 속 삶'을 살아가는 멋

있는 꿈을 꿀 수 없을까?

3. 丁酉일기 공백의 비밀

2년 전, '법조인이 본 이순신 리더십' 글에서도 정유일기 중 1월부터 3월 말까지 3개월분의 난중일기가 비어있음을 지적하였다. 거제도 조선수군 진중에 있던 장군이 의금부로 체포, 압송되어 서울로 이송되는 기간과 형사 피고인으로서 재판을 받는 기간 3개월 동안 자유로운 몸이 아니기 때문에 일기 내용에 공백이 생겼으므로 전혀 이상스럽지 않다고 볼 수도 있다. 그러나 이순신의 철저한 기록 정신에 비추어보면 반드시 채워졌으리라 생각된다. 왜 이순신처럼 군법을 철저히 준수한 사람이 일본군이 들어오는 날짜를 알려주고 출전 명령을 조정에서 내렸음에도 불구하고 이를 거부하여 의금부에서 항명죄로 재판을 받게 되었는지 류성룡과 정탁 등 남인들의 구명운동으로 사형을 면하고, 삼도수군통제사에서 면직되어 백의종군하다가 우리 수군이 괴멸되자 삼도수군통제사로 다시 임명되어 명량해전에서 큰 전과를 낸 이순신의 심경이 담겨있으리라 추측한다. 이순신의 난중일기는 일반적인 명상적 일기가 아니다. 오히려 이순신이 은밀하게 후세 사람과 속삭이고 싶은 바를 정직하게 사실 그대로 적은 글이라고 생각된다.

첫째, 난중일기의 어느 부분에도 군사적인 전략이나 정보에 대한 이야기는 쓰여 있지 않다.

둘째, 이순신의 글은 겸손하다. 1597년 9월 16일 4시간 동안의 명량해전 전투에서 큰 전과를 이룬 후에도 단순히 '천행이었다'라고만 기술하는 표현을 보면 자기 개인의 공적을 내세우지 않는 겸손이 배어 있다.

셋째, 당시 조정의 당파싸움을 전혀 언급하지 아니하여 탈 정치적인 입장을 고수하고 있는 것이다. 이순신 장군의 난중일기는 필자가 고등학교 때 쓰다 중단한 자기의 마음을 정리하는 명상적 스타일이라기보다는 역사와 후세에 자기를 이해하려고 하는 친구를 위한 메시지가 담겨있는 편지처럼 보인다.

넷째, 수군 진영이 있던 거제와 한성 길 연도에 늘어선 백성의 눈물을 보면서 서울 의금부로 붙들려오는 과정과 40여 일 동안 감옥 생활을 포함한 3개월 동안의 이순신의 고통은 지울 수 없는 아픔이다. 일기를 쓰지 않았는지 또는 쓴 일기가 훼손되었는지에 대한 미스터리가 있다. 장군은 격렬한 전쟁 중에도 매일 일기를 쓰는 기록 정신이 있는데, 3개월 90일 동안은 장군의 일생 중 가장 험난한 하루하루였다. 한반도 남쪽 끝에서 한성까지 압송되는 시간은 하루하루가 잊을 수 없는 순간의 연속이었으므로 반드시 메모 형식으로 남기어 일기를 채우고 싶었을 것이다. 채워진 일기가 후일 보존 과정이나 재정리 과정에서 훼손되었으리라 추측된다.

　10여 년 전 이순신을 그린 소설 '칼의 노래'를 저술한 김훈은
이순신의 무사도 자세를 그리면서 이순신이 잘 훈련된 신문기
자처럼 글로써 생각을 잘 표현했다고 칭찬했다. 이순신이 당시
당파싸움과 전쟁의 와중에서 스스로 겪고 있는 '마음의 지옥'에
대해서는 일부러 아무 말도 하지 않고 돌아가셨다고 판단한다.
이순신에게 가장 중요하고 신성한 것은 오직 '사실'이었고, 이
사실을 그대로 이해하고 써 내려가는데 탈 정치적인 길을 선택
할 수 밖에 없었다고 해석되고 있다. 이순신의 칼과 글은 현실
을 쳐부숴서 개조하려는 그의 꿈과 바람을 나타내는 소산이고,
이러한 메시지를 비밀스럽게 전달하고 싶었을 것이다. 난중일
기의 공백은 이순신의 침묵이 될 수 없다고 여겨진다.

　의금부의 재판 과정도, 이순신이 선조의 출격명령을 따르지
않았던 이유도, 이순신 장군이 보고 있는 '바다의 사실'도 후세
와 이야기하고 싶었으리라. 중국의 손자병법에 그려져 있는 전
쟁터의 모습은 멀리 서울 조정에 있는 임금이 판단하는 일이 아
니고, 싸움터에 있는 장군이 사실을 판단하고, 그 사실에 입각
한 군사작전명령을 수행해야 한다는 엄연한 자세를 견지하며,
죽음을 각오하고 그 '사실'을 존중했다는 이야기도 비밀스럽게
전하고 싶었을 것이다. 이순신이 함대를 몰고 바다로 나아가 가
토 기요마사의 부대를 기다리는 척만 하였어도 항명죄 혐의의

가장 무거운 부분은 피해갈 수 있었을 것이다. 출전 자체 거부는 조정과 정부를 신뢰하지 않았고, 정치적 동기에 따라 군대의 진퇴를 결정하지 않았던 '사실'도 이야기하고 싶었으리라. 이순신은 왜군을 앞에 둔 남쪽 바다의 비밀스러운 이야기를 정유년 3개월 빈 일기 속에 쓰지 않았을까? 사라진 일기 부분을 채울 수 없을까? 미스터리가 아닌가. 이순신 정유일기는 1월 1일이 아닌 4월 1일에서 시작된다.

"정유년 4월 1일(음력 신유) 맑음. 오늘 옥문을 나왔다. 남문 밖 윤간의 집에 이르러 봉, 분, 울, 사행, 원경들과 한방에 앉아 오랫동안 이야기하였다…… 취하여 땀이 몸에 배었다"라고 사라진 3개월 이후 처음 쓰여진 난중일기가 시작된다. 정유년 1월 체포, 서울 의금부 감옥에서 악형을 받고, 풀려난 첫날의 일기 내용이다. 이날이 바로 이순신의 백의종군 시작점이다. "맑음. 오늘 옥문을 나왔다"의 표현은 폭풍우를 겪고 난 후 잔잔한 바다를 향하는 돛단배처럼 우리의 마음을 울린다. 간단할수록 글은 힘이 있다는 것을 보여준다. 이순신 장군은 죽음을 죽음으로써 긍정하고 이를 극복한 담대한 자세를 보여주고 있다. 이순신은 비극이나 불행에 대해서 중언부언하지 않고 이를 받아들이고 있는 것이다. 난중일기 공백은 이순신의 침묵일까? 그럴 수가 없다.

명량대첩을 앞둔 이순신은 보유한 12척의 전함도 많은 배도 아니고 적은 배도 아니고, '사실' 그대로 받아들이는 담담한 입장이었을 것이다. 난중일기는 마음이 무서운 긴장과 억눌림 속에서 쓴 간략한 일기다. 이순신이 무관으로 습득한 정보는 '있는 사실'로서 받아들이지만, 개인의 의견을 섞지 않는 엄격성은 군인다운 강인함을 보여주는 사실적 자세이었을 것이다. 이순신은 임금이 본인에게 주는 고통과 적이 주는 고통을 함께 겪었고, '마음의 지옥'이 있었음에도 불구하고 이에 대한 아무런 표현도 하지 않았다. 난중일기의 공백도 그와 같은 의도적 침묵인가. 그 양쪽의 고통이 이순신에게 바다 날씨를 예견하고, 그후 노량바다를 향해 마지막 함대를 이끌고 간 임전 자세이었으리라. 이순신의 죽음은 전사이지, 결코 자살이 될 수 없다. 그는 바다의 사실과 아군과 적이 가지고 있는 사실에 충실하였고, 그렇기 때문에 그는 영원히 탈 정치적이었고, '사실의 영웅'이었다고 이야기한다. 사실을 증거로써 밝히는 역할이 직업인 법조인으로서는 무엇을 배워야 할 것인가? 사실과 진실에 바탕을 둔 이순신의 역사 속 삶을 배울 수 있지 않을까 생각한다.

한국의 미래는 주변 강대국 사이에 둘러싸인 남북한에 지구상의 가장 대조적인 낙원과 지옥이 병존하는 현실 속에서 결정되고 있다. 정치인들의 국회의원선거가 4월 15일에 있었다. 이순신 장군이 속삭이는 '사실을 사실대로 보는 자세', '죽음까지도 사실의 일부로서 받아들이는 자세', '진인사대천명 盡人事待天命'의 자세로서 역사 속 삶을 추구하는 이순신의 삶이 정치인

이순신 정신과 리더십

에게도 전달되었으면 하는 바람이다. 올해에는 여러 가지 국가
적 난제와 어려움이 이순신의 비밀 열쇠의 도움과 하늘의 도움
으로 해소되기를 기대한다.

4. 한국전쟁과 몽클라르 장군

프랑스 장군인 몽클라르와의 만남은 우연이다. 법무법인 아태
역사가 38년 이상 흘러 사건기록 및 법률 서적을 보관하는 서고
를 양평 용문역 앞에 마련하였다. 용문면 이웃인 지평면을 자주
방문하게 되었다. 여기에서 헌신과 용기에 찬 '역사 속 삶' 살기
를 선택하고 한국 땅을 밟은 프랑스 몽클라르 장군을 만난 것이
다. 한국전쟁 중 유엔군이 승리한 대표적인 2개의 전투는 1950
년 9월 맥아더 장군이 지휘한 '인천상륙작전'과 중공군의 참전
후 압록강에서 서울 남쪽까지 유엔군이 후퇴하면서 최초로 반격
전을 전개한 1951년 2월 13일 '지평리전투'라고 할 수 있다. 중공
군 총사령관 팽덕회는 지평리전투 7일 후 평소에 즐겨 타지 않
던 비행기까지 타고 급히 북경의 모택동을 찾아 새벽에 지평리
전투의 패배 사실을 보고하였다. 중공군의 인해전술이 더 이상
한국전쟁에서 무용지물이 되었고, 남한점령이 불가능하다는 점
을 이때 보고한 것이다. 그 후 중공은 휴전회담에 적극적으로 되
었고, 1953년에 휴전회담을 마무리하였다는 역사적 사실이 고증
되었다. 만약 지평리전투에서 미군이 패배하였다면 한국전쟁은

전환점에 서지 못했을 것이다. 1951년 2월 6일 미국 합동참모본부는 한반도에서 유엔군 철수라는 작전시나리오를 준비했던 사실을 생각하면 이 전투의 승리는 한국전쟁의 전환점이었다.

지평리전투의 역사적 현장이 용문 서고에서 바로 10분 정도 거리에 위치한 사실을 10여 년 전 처음 알았다. 지평면사무소 앞에 위치한 음식점을 찾아 건너가게 된 것이다, 도처에 남은 지평리전투의 전적비와 지평막걸리 공장을 알게 되었지만, 현지 주민도 그 전투 실상을 잘 모르고 있어 지평리전투에 대한 공부를 스스로 시작하게 된 것이다. 당시 아태의 군사 고문으로 있던 육군사관학교 22기 졸업생으로 훈육관을 지낸 고 김완배 장군의 참고서적 제공과 자문, 현장설명이 큰 도움이 되었다.

지평리전투를 공부하고 알리기 위한 동호인 모임으로 2009년에 시작한 '지평리를 사랑하는 모임(지평사모)'이 국가보훈처의 인가를 받은 후, 지평리전투에 19세 젊은 나이로 직접 참전한 미국 '바이어스' 일병을 지평리에서 만났다. 바이어스는 LA지역 신병훈련소에서 훈련 도중 "한국에서 전쟁이 났다"는 뉴스를 훈련 교관으로부터 처음 듣고 "코리아가 어디에 있는 땅인가?"하고 세계지도를 찾았다고 회상했다. 지평리전투는 한반도에서 후원군이던 중공군과 미군, 프랑스군 사이 한국 땅에서 있었던 외국군들만의 색다른 격전이었다. 지평리전투는 한반도 땅 위에서 손자병법으로 무장한 동양식 전쟁문화와 나폴레옹 전법과

이순신 정신과 리더십

워싱턴 장군의 전법으로 무장한 서양식 전쟁문화가 부딪친 전투이었다. 결과적으로 지평리는 동서문화가 접촉한 땅이 되었고, 양평군의 향토 유산적 문화가치로 남아있다.

전쟁 문화유산 중 후세 사람에게 남겨줄 이야기는 다윗과 골리앗처럼 전쟁 영웅들인 '사람' 이야기와 따뜻한 '인간적 체험'이 아닐까. 지평리전투 영웅은 프랑스육군의 대대장 임무를 마치고 1년 후 귀국한 몽클라르 중령, 실제로는 프랑스 육군 중장이다. 몽클라르 장군도 충무공 이순신처럼 헌신과 용기에 찬 '역사 속 삶'을 살아간 사람이었다. 놀랄 정도로 두 사람은 공통점을 갖는다. 몽클라르의 '역사 속 삶' 이야기를 더듬어 본다.

몽클라르의 한국과 인연은 6·25전쟁 3년 기간 중 1년뿐이다. 그는 유엔군 프랑스대대 대대장 육군 중령으로 부산 땅을 밟았다. 몽클라르는 원래 헝가리 태생 귀족 후손으로 6세 때 할아버지와 함께 자유 나라 프랑스로 이민하여, 상시르 프랑스 육군사관학교를 졸업한다. 외인부대 지휘관과 검열관으로서 제1차 세계대전과 제2차 세계대전을 치르고, 59세 나이로 한국전쟁에 1년 동안 프랑스 출신 장군으로서 유일하게 참전한 군인이다. 프랑스대대 장병 600명을 스스로 전국 모병 연설로 모집, 창설하였다. 몽클라르의 모병 연설은 군인의 삶은 모험가의 호기심과 용기를 충족하는 인생행로라고 설파하여 젊은이뿐만 아니라 노병까지 구름처럼 몰려오는 인기가 있었다. 특히 헝가리 민족은 한국인이 가지고 있는 몽고반점을 찾을 수 있는 유럽 종족이라는 점도 흥미가 있다.

2009년 '지평리를 사랑하는 모임'은 몽클라르 장군의 딸 파비안을 초청, 지평면 군민회관에서 군민과의 회식 기회도 가졌다. 아버지 몽클라르 장군이 타원형 진지 남서쪽 방어를 맡으면서 대대본부로 사용하였던 양조장을 둘러보고, 중공군을 상대로 2박 3일의 격전을 치렀던 지평리역 앞의 격전지 낮은 언덕도 답사하고 감동을 받았다. 2011년 7월 30일 몽클라르의 두 손녀 '아미시'와 '블랑시'는 가족 대표로써 고모 '파비안'이 쓴 할아버지에 대한 한글판 책을 발간하는 지평군민회관 출판기념회에 참석하였다. '나의 아버지 몽클라르 장군' 한글판 책 전달과 할아버지의 지평리 전적지를 둘러보는 체험도 가졌다. 몽클라르가 1950년 프랑스 정부가 파병할 장교 사병을 모집하기 위하여 전국을 순회하고, 프랑스대대를 구성, 스스로 장군 지위를 버리고 중령 계급의 대대장으로서 한국 땅을 밟고, 육박전까지 벌어진 전투현장에서 싸운 이야기를 들려주었다.

첫째, 할아버지 몽클라르의 명성 때문에 한국을 찾게 된 손녀들은 자기는 할아버지를 본 적도 없고, 전혀 한 일도 없는데 한국민이 이렇게 잘 대우해주는 것에 대해서 고마워했다. 그래서 명성이 높은 할아버지를 항상 자랑스럽게 생각했던 손녀들의 즐거움도 알게 되었다, 다른 한편 그 즐거움은 명성 있는 할

　　　　　　　　　　　　이순신 정신과 리더십

아버지 때문에 14살 때부터 회계사인 친아버지가 겪어야 했던 고생스러운 삶에 대한 간접적 보상이 되었다는 점도 느껴졌다. 즉, 아버지는 군인의 삶이 가족들에게 경제적으로 어려움을 많이 안겨주었기 때문에 육군사관학교를 가지 않은 점을 이해한 것 같다. 몽클라르 장군의 성취가 손자 손녀에게는 군인으로서 살아온 헌신과 용기에 찬 역사 속 삶이 회귀하는 시계추처럼 투영되고 있지 않은가 하는 느낌이 들었다.

둘째, 전쟁의 뼈아픈 경험은 오직 전쟁 시기를 살아온 세대에 한정될 뿐이고, 그 후손들에게는 먼 이야기가 되며, 오히려 이들에게는 '소녀시대'나 'K-POP' 등이 한국에 대한 큰 관심사라는 것이다. 그들은 남대문시장에 놓여진 한국풍물에 관심을 가졌고, 중앙국립박물관에 전시되어있는 한국의 예술품, 반가부좌상의 미륵불 등에 관심을 가졌다. 미래에는 '소더비' 예술품 경매 전문가가 되고 싶다는 꿈을 이야기하기도 한다.

몽클라르의 '역사 속 삶'도 양 국가의 젊은 세대에게는 하나의 교훈으로서 한국과 프랑스의 국민을 가깝게 하지 않았을까 하는 생각이다. '지평리를 사랑하는 모임'은 2014년 1월 국방부 국가보훈처에서 사단법인 인가를 받음으로 한국사회에서 공익활동단체로 인정받았다. 지평사모 운동이 일시적인 해프닝으로 끝나지 아니하고, 영속적인 헌신과 용기에 찬 역사 속 삶을 알리기 위한 모임의 첫 단추를 꿰맨 것이 아닐까. 문화와 친선의 교량이 되어 한국과 프랑스, 한국과 미국 사이의 연결점이 되고 영웅들의 '역사 속 삶'을 알리는 계기가 되었으면 하는 바람이다.

몽클라르의 헌신과 용기의 삶은 프랑스에서도 확인되었다. "한국전 같은 비극이 또 생긴다면 몽클라르 장군처럼 기꺼이 계급을 낮춰서라도 자유를 지키기 위해 싸우러 갈 것입니다. 왜 안 가겠습니까?"라고 2017년 5월 31일 프랑스 노르망디 지역의 생시르(Saint-Cyr)육군사관학교 박물관에서 육사교장 프레데릭 블라숑 중장은 이야기한다. 프랑스에서도 자유 수호 전사인 몽클라르 장군의 헌신과 용기는 계승되고 있었다. "몽클라르 장군은 내 군생활의 나침판이 되어준 대부 같은 존재이고, 한국인들이 그를 잊지 않고 기리니 감사한다."고 피력한다. 몽클라르 장군의 장군모가 박물관에 기증, 보관되어 있으므로 복제품 군모를 자유 수호의 상징적 징표로 한국에 기증한다고 덧붙였다. 몽클라르의 장군 군모가 이제 지평리 전쟁기념관에서 한국의 어린 학생을 기다리고 있다. 지평리전투 첫날밤 적군이 피리와 꽹과리를 울리면서 공포심을 자극하자 몽클라르는 대대 내에서 사용하던 '손 사이렌'을 밤새 울리면서 두려움을 없애고 병사들의 사기를 높이는 나폴레옹식 지혜를 발휘하기도 하였다.

조선 땅에서 16세기 말 丁酉년에 무관으로서 헌신과 용기에 찬 역사 속 삶을 살아낸 사람이 충무공 이순신이다. 임진왜란 시작 전 1년 2개월 전에는 수군통제사로 임명받았으나 5년 후

어리석은 임금의 그릇된 판단으로 삼도수군통제사의 직위를 박탈당하고 백의종군하라는 처벌도 받았다. 그 해 다시 삼도수군통제사의 지휘권을 수여 받고 전쟁터로 묵묵히 나아간다. 헌신과 불굴의 용기를 가지고 담담하고 비밀스러운 '역사 속 삶'을 택한 이순신은 조선시대의 군대 위계질서의 문란함과 사적 울분에 잠시 눈을 감은 것이 아닐까. 겨우 남은 12척의 함선을 이끌고 200여 척의 일본함대를 상대로 비좁은 울돌목 수로로 적함대를 유인해, 명량대첩도 이끌었다. 충무공은 다음 해 노량해전에서 전사할 때까지 당시 만날 수도 없고, 보이지도 않는 후세 사람과 더불어 사는 '역사 속 삶'을 살고 있었다.

사즉생(死則生), 즉 죽을 각오로 싸우는 군인은 생명을 지킬 수 있다고 훈시하고, 명량대첩을 앞두고 겁먹은 장병들에게 승리를 담보하는 명언을 남긴다. "한 사나이가 길목을 지키면, 천명의 적군도 두렵게 할 수 있다"는 긍정적 격려사이다. 한국처럼 작은 국가라면 철저한 준비로서 모든 무력전쟁이나 경제전쟁에서 강한 이웃 국가를 상대할 수 있는 기개를 보여주는 당당한 구절인 것이다. 폭풍우 속의 돛단배와 같은 인생의 참담함을 맛보면서 지켜낸 이순신의 헌신과 불굴의 용기에 찬 역사 속 삶의 비밀이 그 후 다시 4세기 후 실크로드 저편 서구 프랑스 몽클라르를 통하여 다시 태어났다고 이야기하고 싶다. 丁酉 이순신의 역사 속 삶의 비밀은 신비롭다.

5. 맺는말

16세기 한반도의 이순신이 보여준 헌신과 불굴의 용기를 가지고 조선 백성을 구해낸 역사 속 삶의 비밀은 20세기 유럽대륙 프랑스 몽클라르의 삶에서도 반복하여 나타나고 있다. 몽클라르는 전혀 알지 못하는 동양의 한반도에서 자유민주주의를 수호하기 위한 전쟁이 발발하자 즉각 본인의 계급을 스스로 크게 낮추면서 헌신하였고, 프랑스의 장군이 대대장으로서 미군대령 프리만 연대장 휘하에서 지평리전투를 승리로 이끌기 위한 헌신을 보여주었다. 더욱 쌍굴터널 전투와 지평리 전투에서는 프랑스대대 대대장으로서 직접 전투를 지휘하면서, 2차대전에서 사용했던 총검술 전투를 6·25전쟁에서 처음으로 보여주기도 하는 용기를 펼쳤다.

1597년 정유년 이순신 장군의 난중일기에서 1월 1일부터 3월 말까지 90일간 일기장 공백은 언젠가 장군의 헌신과 용기에 찬 역사 속 삶을 한국민 후세에게 알리려는 내용으로 채워지리라 믿고 싶다.

후일 언젠가 정유일기 중 사라져버린 부분이 발견되거나 채워지는 순간이 올 때 동양의 이순신과 서양의 몽클라르가 만난다는 기대와 추측을 하면서 붓을 놓는다. 이 글을 읽고 생각하는 후세의 독자들에게 이순신에 대한 많은 관심을 기대하면서

이순신 정신과 리더십

감사의 말과 함께 복을 기원하면서 글을 마치고자 한다.

— 한강이 보이는 서재에서

03

/

李舜臣

김영석

前 해양수산부장관/차관
대통령비서실 경제수석실 해양수산비서관
2012여수세계박람회조직위원회 사무차장
주영국대사관 해양수산관

리더십
빈곤의 시대,
그리운
이순신

03

리더십 빈곤의 시대, 그리운 이순신

장군님께 드리는 두 번째 편지

I. 소아(小我)주의, 부끄러운 자화상

장군님,

첫 글을 올려드린 지[1] 14년의 세월이 훌쩍 지나갔습니다. 이제 33여 년의 공직을 마치고 은퇴한 지 벌써 3년째입니다. 장관에 취임한 후 장군님의 묘소 앞에 헌화하면서 당신께서 남기신 '바다의 리더십' 정신을 잘 이어받을 수 있도록, 또한, 육당 선생께서 간파하였듯이 '바다에 곧추서는 나라'가 되도록[2] 도와주실 것을 간구하였지요.

---

1. 순천향대학교 이순신연구소(2005), 『다시, 이순신 리더십을 생각한다』 145~149쪽
2. 최남선, 『한국해양사』, '누가 한국을 구원할 자이냐. 한국을 바다에 곧추세우기 그것일 것이다'

제가 부족함이 많은 탓에 시련의 시기가 흘러가고 있지만 그래도 저의 발자취를 돌아보게 하고, 정신과 영혼을 강하게 단련시키는 귀중한 시간들이 주어짐을 참으로 감사하게 생각하고 있습니다. 매일 새벽기도와 수양과 독서에도 여전히 마음 한편에 어두움이 남아있는 것은 아직 속세에 대한 걱정과 마음의 찌꺼기들이 얽혀서 저를 건드리기 때문인 듯합니다.

지금의 주변을 돌아보면 우리 과거사에도 늘 그러했지만, 여전히 평안한 시기는 아닌 듯합니다. 어쩐지, 지구촌의 흐름을 지켜보거나 열강 통치자들의 움직임을 살펴보아도 여전히 불안하고 믿음이 가지 않는 것은 저만의 생각은 아닌 것 같습니다. 덩치 큰 강국들은 있으나 절제되지 않은 그 통치자들의 치희(稚戲)를 바라보며 공연한 걱정이 많습니다.

어른스러운 지도자, 성숙한 리더십은 사라진 걸까요. 우방이라는 미국은 물론 멀고도 가까운 이웃 일본과의 갈등적 관계나 소통의 어려움을 보아도, 또 중국과 러시아의 패권적이고 무도(無道)한 행태를 지켜보아도 저의 근심은 더욱 깊어집니다. 세계사적으로 최악의 전체주의 독재체제 아래에서 신음하는 북한왕조의 백성들을 생각하면 같은 형제민족이지만 너무 안타까운 회한뿐입니다.

그 무엇보다 자유는 털끝만큼도 없어 보이고 가혹하게 통제되고 억압받으며 심한 기근으로 인해 죽지 못해 숨만 쉬고 있는 것 같은 우리의 반쪽 핏줄을 생각하면 역사의 치욕이라 생각되어 분노가 치밀어 오릅니다. 우리 자신을 돌아보아도 아직도 편협한 소아(小我)주의에 사로잡혀 그야말로 자기편이 아닌 상대에게는 미움과 적개심으로 가득 차서 칼바람이 불고, 지역 간에는 여전히 삼국시대의 연장선에서 크게 벗어나지 못하고 있지 않나 하는 생각이 강하게 듭니다.

II. 역사적 리더십

존경하는 장군님,

저는 아직도 과문(寡聞)하여 수많은 얼굴을 가진 '리더십'을 모두가 공감하도록 쉽게 정의하는데, 어려움을 겪습니다. 다양한 조직의 특성에 따른 리더의 소양과 자질, 환경여건과 상황, 요소 간의 상호관계와 작용[3]에 따라 리더십이 여러 각도와 의미로 분석되지만 역시 결국은 목표달성 과정에 나타나는 영향력과 결과에 따라 그 성패를 평가받는 것이 일반적이지요. 그 과정에서 어떤 부분 요소나 특정한 여건에 힘입어 긍정적 결과나 성취가 있으면 성공적인 리더십의 요소로 인정하는 듯합니다.

---

3. 통상적으로 행정학이나 경영학에서 공히 이러한 요소들을 리더십의 주요 요소로 파악하고 있다.

저의 소견에 역사적으로 위대하거나 큰 리더들을 생각해 봅니다[4]. 그리고 보니 역시 BC 15세기로 거슬러 올라가 모세의 신적(神的)·카리스마적 리더십[5]을 많이 생각하게 됩니다. 모세를 이은 여호수아[6]도 떠올리게 됩니다. 다윗도, 솔로몬도[7] 생각납니다. 결함적 요소를 가졌지만 창조적 소수로서 특별한 용기와 지혜로 종교개혁을 이끈 마르틴 루터도 생각나는군요.

전쟁 영웅 알렉산더나 칭기즈칸, 나폴레옹 그리고 잔 다르크가 생각나기도 하는군요. 영국의 오늘을 이끈 엘리자베스 1세나 처칠, 대처도 생각납니다. 끔찍하지만 히틀러[8]나 스탈린, 마오쩌둥도 생각해 봅니다. (아무리 생각해도 그들의 리더십을 온전히 인정할 수는 없습니다) 그리고 보니 미국의 전환기에 빛난 워싱턴, 링컨, 루즈벨트 같은 대통령들도 의미 있게 다가옵니다. 역시 세계 경제를 주도한 록펠러, 포드, 스티브 잡스, 마윈 등 경영인들의 리더십도 빼놓을 수 없을 것 같습니다.

---

4. 다분히 주관적으로 생각해 보았다.

5. 『구약성경』 이스라엘 민족이 400여 년의 이집트 정착 생활로부터 파라오의 압제로부터 해방 시키고 가나안으로 대이동을 하는 소위 '출애굽'을 이끈 지도자이다.

6. 『구약성경』 모세를 이어 가나안 정착을 이룬 이스라엘의 지도자이다.

7. 『구약성경』 다윗은 이스라엘 통일왕국을 이끈 왕이며, 솔로몬은 다윗의 아들이자 왕위를 이은 최고 지혜의 소유자로 꼽히는데, 주변국과 혼인정책 및 문물교류를 통해 강성하여 최대 번영기를 이루었다.

8. 에리히 프롬, 『자유로부터의 도피』에서 나치즘이나 파시즘이 부각 된 원인으로 인간의 심리적 결함과 위험성을 분석하였다. 인간은 자유의 부담을 견디지 못해 나치즘 같은 전체주의 이데올로기를 적극적으로 희구하게 된다고 설파하고 있다.

이순신 정신과 리더십

우리 역사를 돌아보니 단군, 을지문덕과 연개소문, 김춘추(태종 무열왕)와 김유신, 진흥왕, 문무왕, 장보고, 태조 왕건, 태조이성계, 태종, 세종, 이순신 장군이 떠오르고, 여러 문제적 시각에도 불구하고 이승만과 박정희, 김영삼과 김대중 대통령도 그분들이 빚어낸 리더십의 색깔과 역할을 곱씹어 보게 됩니다. 한편 우리 경제성장의 주역 이병철, 정주영, 김우중이나 유일한[9] 같은 선구적 경영인들도 떠오릅니다.

Ⅲ. 리더십의 빈곤, 리더십의 속 얼굴

정말 요즘같이 리더십이 빈곤한 시대가 있을까요. 세계열강이나 주변국들의 대통령이나 총리, 수상, 주석들은 함량 미달 또는 기이한 행태를 보이거나 독재적인 장기집권 행보를 취하는 것이 그간의 존경받던 리더들과는 크게 다르다는 생각이 듭니다. 좁은 식견에 메르켈 같은 분이[10] 그나마 자존심을 지킨다고 생각됩니다. 아마도 국수적이거나 폐쇄적인 또는 이기적이고 소아병적인 지도자들의 모습이 언뜻언뜻 캡처되어 더 그런 것 같습니다. 무엇보다 기독교, 불교 등 인류가 공유하는 위대

---

9. 경영과 사회적 책임의 조화를 이루는 기업을 이끈 대표적 경영인 『위기의 시대, 이순신이 답하다』 방성석, (중앙books, 2013), 208~209쪽

10. 독일 총리. 이외에 프랑스의 마크롱 대통령도 여러 측면에서 괜찮아 보인다.

하고 보편적인 정신적 가치와 유산을 누릴 수 있는 최소한의 자유조차 허용하지 않는 나라는 지금의 문명 세계에서 부끄러운 레짐(regime)이라고 생각됩니다.

위험한 국가요, 독재국가일 뿐입니다. 역사가 증명하듯이 그들의 미래는 우울합니다. 제가 그리는 진정한 리더의 모습은 제일 먼저 희생과 헌신의 정신입니다. 으뜸의 요소라고 확신합니다. 고통과 시련을 거치고, 깊은 성찰과 단련을 통해 나타나는 진정한 용기와 함께 절제나 겸양도[11] 매우 중요하다고 생각됩니다.

많은 사람들이 인정할 수 있는 탁월한 능력과 경륜도 중요한 요소이고, 미래를 예측하는 예언자적인 또는 선구자적인 통찰도 참 중요하지요. 또, 주변과 소통하고 공감하는 능력을 빼놓을 수야 없겠지요. 어떤 상황에서도 꿈과 비전, 현안 인식을 공유하면서 구성원을 통합하여 최대한의 시너지를 이끌어내는 통합형 소양이야말로 매우 중요합니다.[12]

한편 꼼꼼한 경영관리, 성실성, 철저한 정보수집, 냉혹한 현실 직시, 문제 인식의 통합적 공유, 해결방안의 집단적 모색, 솔선 등도 어떤 상황에서건 목표를 달성하는 중요한 리더십 요소들

---

11. 폭력과 협박, 교만은 리더십의 요소가 아니라 치졸한 수단일 뿐이다.
12. 패거리 붕당정치는 감히 리더십을 논할 수 없을 것이다.

이순신 정신과 리더십

이라고 보입니다. 아마도 냉혹한 현실에 대한 직시, 집단적 문제 인식과 공유, 치열한 브레인스토밍을 통한 해결방안의 모색, 겸양과 헌신의 표출 등은 짐 콜린스가 '좋은 기업을 넘어 위대한 기업으로'[13]를 통해 말하고자 하던 핵심이며 가장 높은 단계인 5단계 리더십의 요소라고 생각됩니다.

이러한 짐 콜린스의 통찰은 조직 자체가 개인적 리더십에 대한 의존을 줄이며 학습을 통한 집단적인 리더십, 헌신과 겸양의 리더가 지속 가능하게 발전적으로 작동할 수 있다는 임상적 발견으로 보입니다.

IV. 우리 자화상의 모습, 그리고 굴레

장군님,

요즘 우리 주변은 아노미(anomie)현상 그 자체입니다. 나라가 갈래갈래 쪼개져서 미움과 분노와 적개심이 가득하여 서로 정체를 분명히 알 수 없는 원수가 되어있습니다. 통합의 리더십은 빈곤한 건지, 실종된 것인지 마치 좀비처럼 싸우고 있는데 그것이 나라의 지도계층의 내면 반영이며 그로 인해 촉발된 군중의 집단적 표출의 현상입니다.

---

13. 짐 콜린스, 『Good to Great』 (김영사, 2001)

서로 다른 진영[14]은 헐뜯고 싸우는데, 국회에서, 광화문에서, 서초동에서, 그리고 지역과 지역 간에 서로 미움과 분노와 화가 가득하여 지독하게 공격하고 있는데[15] 참 걷잡을 수가 없습니다. 미치광이 천재 환경주의자 리치몬드 발렌타인이 무료 유심 칩을 통해 신경파를 방출하여[16] 폭력성을 자극하고 서로 죽기까지 싸우도록 몰아가는 듯한 어처구니없는 분열상입니다.

　저 대책 없는 북쪽은 오히려 우리를 조롱하고 있는데 한쪽은 굴욕도 모르고 해바라기가 아닌가 할 정도이고 또 한편은 공감이 떨어진 비난을 하는데 서로는 치명적인 '혀의 독'을 내뿜고 있습니다. 나라는 온통 갈기갈기 갈라져 있습니다. 여기에 성숙한 리더십은 논하기 어렵습니다.

　상황이 이러한데 구(舊)왕조 붕당싸움의 악순환[17]의 유산인가 하는 자조적 한탄까지 하게 됩니다. 연산군[18]을 비웃겠습니까

---

14. 패거리라는 표현이 더 맞을 때가 있다.
15. 일찍이 경험해 보지 못한 아노미적 분열 현상이다.
16. 『킹스맨』 시크릿 에이전트, (매튜 본 감독, 액션 스파이 영화. 2015), 발렌타인 자신은 천재적 환경주의자로서 지구를 구하려 했으나 뜻대로 안 되자 '차라리 인류를 일정 부분 제거하자'라는 생각에 빠진 위험한 사악한 존재.
17. 조선 시대 사화나 당쟁처럼 무모할 정도로 나라의 지도층이 분열된 현상.
18. 무오사화(1498), 갑자사화(1504)

중종[19]을 나무랄까요 명종[20]을 탓하리까. 훈구와 사림[21]에게 책임을 물으리이까. 동인과 서인[22], 남인과 북인[23], 서인과 남인[24] [25], 노론과 소론[26] [27]을 욕해야 하나요, 선조와 광해군, 현종과 숙종, 경종과 영조의 무능한 리더십을 원망해야 할까요. 고상해 보이는 그분들의 부족한 경륜과 좁은 세계관을 탓해야 할까요.

그나마 그들은 보잘것없이 쇠락해 가는 왕조 주변의 이기적 권력다툼이요 명분을 앞세운 정쟁일 뿐, 지금의 현실은 아마도 우리 역사상 모든 지역과 국민이 촘촘히 갈라져 상상하지도 못했던 가장 심각한 갈등과 미움이 만연하게 되었다고 보는 것이 맞지 않을까요. 현재의 권력이 지나간 과거의 오물을 들추며 단죄하고 있습니다.

---

19. 기묘사화(1519), 충무공의 조부께서도 기묘사화에 연루되어 역적으로 몰리게 되었고 고초를 당하였으며 결국 세상을 뜨시게 되었다.
20. 을사사화(1545)
21. 성종 이후 성장한 사림세력이 훈구세력과 충돌하면서 발생.
22. 선조 때 붕당이 심화되기 시작하였다.
23. 북인 세력이 광해군을 옹립.
24. 이 두 세력이 인조반정을 일으키고 결국 서인 정권 수립.
25. 현종 때 예송논쟁으로 서인과 남인 간 당쟁이 심화, 숙종 때 다시 처참한 당쟁으로 살육.
26. 서인이 강경파인 노론과 온건파인 소론으로 분화.
27. 경종 때 장희빈 문제로 촉발된 이후 살육의 당쟁이 발행. 영조의 탕평책에도 불구 갈등은 심화 되고 사도세자는 그 희생양이 되었다.

혁명의 이름으로, 정의의 명분으로, 보복과 한풀이의 망령과 함께 처절하게 짓밟으면서 업보는 쌓이고, 미래의 또 다른 한(恨)의 바람을 부르고 있습니다. 현재 권력의 칼춤과 미래세력의 도발이 충돌하고 있습니다. 세대 간에 이념과 사상이 단절되어 어긋나 있습니다. 지역 간에 이익이 충돌하고, 권력의 배분을 놓고 사생결단 싸우고 있으며, 지금 아니면 미래는 없다는 듯이 주류는 물론 가상의 적까지 무차별 공격하고 있습니다. 이성을 넘어선 감정의 영역에 들어서 있습니다.

때론 국민감정을 선동하여 정략에 이용하고, 연예인처럼 연출하면서 희화화하는가 하면, 다수의 지지가 모든 정치 경제적 행위를 정당화한다는 편향적 집착 하에 여론 흐름까지도 서슴없이 조작하는 듯한 현실이 두렵기까지 합니다. 누구나 할 것 없이 보여 주기식 쇼업에 집중하고, 국민의 세금으로 무리한 포퓰리즘을 이어나가며[28],자신의 속내를 끝까지 고집하면서 잘못되어도 결코 바뀌지 않는 소통의 절벽이 안타깝기만 합니다. 그러한 편향적 아집이 만들어 낼 미래의 불확실성과 위험성이 불안하고 두렵습니다.

---

28. 짐 콜린스, 『위대한 기업은 다 어디로 갔을까』(김영사, 2010), 70~71쪽, '위대한 기업으로 성장한 기업이 몰락하는 첫 단계는 성공으로부터 자만심이 생겨날 때'라고 지적한다.

이순신 정신과 리더십

법조삼륜은 더 이상 존경과 믿음의 대상이 아닙니다. 불의와 타락의 오물을 스스로 뒤집어쓴 것처럼 보입니다. 스스로 불신을 불러일으키고 명예의 추락을 자초하였습니다. 정의의 이름으로 불리던 마지막 보루에 대한 국민의 믿음체계는 시름없이 무너졌습니다. 국민의 자유와 권리, 생명과 재산은 오로지 힘을 좇는 권력추구 집단과 이념적으로 비틀어진 세력군 앞에서 폭풍우 앞에 흔들리는 등불처럼 불안하기만 합니다.

역사상 가장 열악한 전체주의 체제인 북한이 어이없이 이 혼란을 비웃고 우리의 내부분열을 획책하고 있습니다. 어느 정당 권력 할 것 없이 선의의 경쟁을 염두에 두고 있지 않으며, 미래의 권력 이동(Power Shift) 또는 현상유지(Status Quo)는 자신들의 또 다른 정치적 죽음 또는 암흑기라는 전제로 무차별 정치투쟁을 펼치면서 민주적 정치과정을 부끄럽게 하고 상대의 과거사를 들추며 분열을 조장하고 있습니다.

모든 국민과 단체, 언론과 종교인들조차 이 거대한 소용돌이에 휩쓸리고 있습니다. 야누스의 두 얼굴이 무색하고, 일곱 머리와 열 뿔이 있는 붉은 용이 주변을 맴도는 듯합니다.[29] 참 리더십은 진작 죽었습니다. 중국과 러시아가, 미국과 일본이 서로 다른 색안경을 끼고 자국의 값싼 이익을 숨기면서 우리의 속내

---

29. 『요한계시록』 (12:3)

를 들여다보고, 비위에 틀린다고 우리를 압박하며 분열시키고 농락하고 있습니다.

역사와 역사의 편린이 갈등하고 있습니다. 조선말과 대한제국, 일본강점기, 군정과 정부수립 시기를 거쳐 동족상잔의 전쟁, 개발독재 시대, 민주화의 갈등기, IMF와 극복기, 전직 대통령의 안타까운 죽음이 우리 역사의 장을 메워왔습니다. 역사는 갈등하고 싸우며 한풀이의 먹구름이 덮고 결국 성장을 표방하던 두 대통령의 투옥이 상징하듯이 한과 복수의 칼바람이 쓰나미처럼 휩쓸어 버렸습니다. 수많은 상처들이 아픔으로 신음하고, 격앙된 감정으로 미워하고 싸우면서 지독한 독성(毒性)으로 나라는 깊숙이 병들어가고 있습니다.

과연 지도자는 있는 걸까요. 어른은 있나요. 신임장교 교본에 나오는 초보적인 리더십의 모양조차 실종되어 있습니다. 흉한 영혼의 모습을 한 권력투쟁의 화신과 미래권력을 둘러싼 사생결단 주구들의 싸움만이 있을 뿐입니다. 자신들의 발자취가 두려워 잠재적 권력 이동(또는 현상유지)을 무서워하고, 음습하게 다가오는 보복과 한풀이의 먹구름을 어떻게든 예방하려 하거나, 애써 외면하고자 합니다. 반사적 이익의 잠재적 박탈을 두려워합니다. 리더십은 총체적으로 실종되었습니다.

모든 파국의 원인은 이해관계가 다른 상대 패거리 또는 원수

이순신 정신과 리더십

들 때문이라고 합니다. 품격이 없다고도 합니다. 그 원수들은 자기 자신의 모습을 지독히도 닮은 반쪽일 뿐입니다. 국회에서, 정부에서, 기업에서, 교단에서, 언론방송에서 투쟁에 익숙한 세력들이 활개를 치는 한편, 무능하거나 학습되지 않은 구세력은 악에 받쳐 있습니다. 그간 보이지 않게 쌓아온 우리의 가치체계와 사회계약은 무너지고 '만인의 만인에 대한 투쟁'이 있을 뿐입니다.[30]

그 누구도 행복하지 않습니다. 모두가 화와 분노로 가득 차 있습니다. 권좌에 앉은 자들은 이런 상황을 해소하기보다는 아예 상대 패거리를 궤멸시키겠다는 아집으로 오히려 악화시킬 뿐입니다. 모두가 정의를 외치지만 정의보다는 사술(詐術)과 탈법, 불의와 음해의 칼이 우울하게 공중에 떠돌고 있는 듯합니다. 볼드모트(Voldemort)와 데스 이터(Death Eaters), 디멘터(Dementor)[31]의 망령이 음울하게 깃들여져 있습니다.

장군님, 희생과 헌신은 어디로 갔을까요. 포용과 사랑은요. 겸손과 절제, 그리고 진정한 용기는요. 현상을 바라보는 통찰과 지혜는요. 배려와 용서는요. 정의를 바탕으로 한 선의의 경쟁과 공

---

30. 토마스 홉스, 『리바이어던』에서 사고 실험을 하며 묘사한 문장이다.
31. J.K.Rowling, 『Harry Potter』 시리즈에서 차용했다. Voldemort는 악마적 절대자. Death Eaters는 볼드모트 추종세력. Dementor는 아즈카반의 죄수들을 지키는 간수로서 영혼을 빨아가는 유령 같은 존재.

감은요. 지역 간 통합과 탕평은요. 모든 역량을 융합하여 경쟁력을 극대화하고 미래로 나아가는 지도력은요. 소통과 화해의 대승적 노력은요. 끊임없는 혁신과 도전 정신은 어디 있나요.

인공지능 시대는 무섭게 다가오는데 과연 미래의 과학기술과 정보통신 지도(地圖)에 우리의 설 땅은 있는 걸까요. 첨단정보기술을 이끌던 우리의 기적 같은 포텐셜(potential)은 여전히 숨이 붙어 있나요. 우리를 이끌던 전략산업은 노사불신과 투쟁의 장으로 전락되어 있는데 우리의 먹거리와 주식회사 대한민국호의 미래는 어디로 가야 하나요.

참으로 선한 협력적 바탕 하에 미래의 평화적 통일은요. 불쌍하고 가혹한 북한 주민의 인권과 삶의 질 회복은 가능할까요. 과연 그들에게 미래는 있는 걸까요. (중국이 양강(兩强) 축의 하나로서 대립각을 세우고 전제적 사회주의 체제를 유지하며, 한반도가 거대세력 간 버퍼링 존으로 남아있는 한 쉽지 않아 보입니다) 소아병 걸린 덩치 큰 열강들이 어른거리는데 우리의 생존과 운명을 역사의 순방향으로 이끌 수 있을까요. 우리의 역량을 결집하여 보다 높은 미래로 가려는 꿈은 남아있나요. 진정한 선진국 진입은 가능할까요.

도대체 성찰의 의지는 있는지 의문입니다. 왜 정치를 한다는 것인지 알 수 없습니다. 극한의 싸움으로 몰아가고 다수(多數)만

이순신 정신과 리더십

이 무조건의 선이자 정의라는 생각이 참 맞는지 정말 알 수 없습니다. 이러한 말초적 전제하에 어두운 조작(manipulation)의 마법이 횡행하는 것은 아닐까요. 리더는, 참 리더십은 회복이 될까요.

V. 고독한 리더, 그를 그리워하며

존경하는 장군님,

바다의 지배자, 철갑(鐵甲) 돌격선인 거북선을 창조적으로 건조하여 진수하고 시험운항과 발포시험에 성공한[32] 직후[33] 임진왜란이 터지는 것을 보며 그때까지의 준비과정을 냉철하게 이끄신 선구적 리더십과 예지에 깊이 감동하며, 최선을 다하신 그 값진 희생과 귀한 열매에 감사드립니다.

우리의 영웅! 장군님,

당신께서 고지식하게 청렴과 원칙을 고집하다가[34][35] 무능하고

---

32. 『난중일기』 (1592년 3월 27일)

33. 『난중일기』 (1592년 4월 14일)

34. 시바 료타로, 『언덕 위의 구름』 (산케이신문, 1968~1972), 이순신은 당시 조선의 문무관리 중 거의 유일하게 청렴한 인물이었고, 군사통제와 전술 능력, 충성심과 용기가 실로 기적이라 할 만한 이상적인 군인이었다.

35. 훈련원 시절 병부랑 서익의 인사요청 거절. 『이충무공 행록』 (1579년), 결국 보복을 당함. 발포만호 시절 좌수사 성박의 오동나무 요청을 거절. 『이충무공 행

시기심 많은 임금과 고위직 상관들에게 미움을 사서 파직되거나 고문당하고[36] 백의종군한 게 몇 번인가요. 전장에서의 냉정한 전략적 판단에 따라서 절대권력자 임금의 명령조차도 거부하는 고집스런 당신의 모습[37][38]으로 인해 결국 조정 집권세력과 간신들의 공적으로 몰리게 된 것 아닌가요.[39] 무능한 조정과 경쟁자의 시기 질투로 끊임없이 음해를 받아[40] 고통 속에 있었고 결국은 그 악연으로 큰 낭패를 본 것 아니신가요.

정유년, 파직되어 서울로 압송되어 가는 곳곳마다 남녀노소 할 것 없이 백성들이 모여들어 통곡하던 것은[41] 장군님의 참된 존재가치와 백성 사랑이 그대로 반증된 것 아닌가요. 가혹하던

록』(1580년), 훈련원 시절 정승 유전의 화살통 요청을 거절. 『이충무공 행록』 (1582년)

36. 장군은 포악한 고문으로 한쪽 다리를 절다시피 하고, 한때는 산송장이 되도록 병약해졌으며 종종 피를 토했고 자주 혼절했다. 『다시, 이순신 리더십을 생각한다』 (순천향대학교 이순신연구소, 2005), 74쪽, 장군은 세 번의 파직과 두 번의 백의종군을 감내하셨다.

37. 『이충무공전서』(1594년 3월 7일), 왜적을 공격하지 말라는 금토패문에 대해 거절하였다.

38. 『난중일기』(1594년 9월 3일), 이번에는 반대로 선조가 적의 소굴로 쳐들어가라는 명에도 따르지 않았다.

39. 『난중일기』(1597년 1월), 선조가 반간계에 의해 가토 기요마사를 잡으라는 명령을 함에도 따르지 않았다. 결국, 이로 인해 장군은 격노한 선조에 의해 통제사 직에서 파직되고 한성 감옥에 투옥되었다. 또한, 이로 인해 사형을 당할 뻔하다가 간신히 풀려나고 백의종군을 하게 되었다. 『위기의 시대, 이순신이 답하다』 방성석, (중앙books, 2013), 134쪽

40. 『선조실록』(1597년 1월 27일), (1597년 2월 4일), (1597년 3월 13일)

41. 정경달, 1800년경 수익이 편집, 『반곡집』

이순신 정신과 리더십

바로 그 운명(運命)의 정유년! 교활하고 비열한 왜장과 정적들의 음해와 탄압[42]으로 파직당하고 백의종군하였으며, 더군다나 그 와중에 사랑하던 어머니의 죽음으로 깊은 고통 속에 있던[43] 그 때였지요. 이에 더하여 위대한 명량대첩이 있었고, 이후 왜장의 치졸한 보복 기습에 따라 고향 땅 아산에서 있었던 막내아들 면의 죽음은[44] 천붕(天崩)과 지괴(地塊)[45] 그 자체였지요.

칠천량에서 우리의 막강 해군이 전멸된 상황에서 오직 죽음을 각오하고 모든 것을 회복하고자 했던 그 절체절명 고통 속의 절대고독과 헌신의 정신이여. 식은땀 흘리며 고뇌하던 눈물의 勞苦여[46], 그 누가 또 이 처절하고 숭고한 정신을 이으리요.

장군님께서 칠천량해전에서 해군세력이 궤멸된 최악의 상태에서도 백의종군에서 극적으로 복귀하신 뒤 겨우겨우 열두 척을 수습하시고 맞이한 명량해전 하루 전 얼마나 간절하고 절박

---

42. 1597년, 정유년에 왜장 가토가 조정의 당쟁을 이용하여 이순신을 제거하려 하였고, 서인 세력의 모함과 선조의 오판으로 이순신은 파직, 투옥되었다.
특히 선조가 가토 기요마사를 잡으라는 명령을 함에도 따르지 않았다는 이유로 격노한 선조에 의해 통제사직에서 파직되고 한성 감옥에 투옥되었으며 이로 인해 사형을 당할 뻔하다가 간신히 풀려나서 백의종군하게 되었다. 『위기의 시대, 이순신이 답하다 방성석』 (중앙books, 2013), 134쪽
43. 『난중일기(정유일기)』 (1597년 4월 19일)
44. 『난중일기(정유일기)』 (1597년 10월 14일~10월 17일)
45. 하늘이 무너지고 땅이 꺼짐.
46. 『난중일기』 (1597년 9월)

하셨으면 꿈속에서까지 신인(神人)이 나타나 승리를 위한 전법을 알려주셨을까요.[47] 그 간절함의 리더십[48], 그 희생정신을 기립니다.

가혹하리만큼 철저히 군율에 따라 참수와 곤장을 집행한 기록들은[49] 죽음이 상존하는 전장에서의 엄중한 판단에 입각한 원칙고수의 발현이 아닌지요. 한편, 엄격함 속에서도 부하와 백성을 아끼고 사랑하였으며, 종일토록 전투를 한 뒤에 또는 절체절명의 전투를 앞두고 홀로 등불 돋우고 잠 못 이루시던 고독한 영혼 아니었습니까. 참혹한 시기를 거쳐 겨우 세력을 회복한 당시에 백성들은 '장군님과 함께라면 살리라'고 생각하여 전쟁터까지 쫓아다니고[50] 아낌없이 주는 곡물과 술잔을 건네받던 당신은 진정한 국민영웅 아니셨습니까.

장군님은 스스로를 낮추고 백성들과 함께하려고 하였으며 백의종군하시던 정유년에는 농사짓던 종의 집에서 비 내리는 밤

---

47. 『난중일기』 (1597년 9월)
48. 『난중일기』 (1597년 9월), 장군님은 또한, '한 사람이 길목을 잘 지키면 천명도 두렵게 만들 수 있다'고 부하들의 분발을 촉구하였다.
49. 『난중일기』 (1592년 1월 16일), 7년여에 걸쳐 96건의 군율집행 기록이 남아있다.
50. 『이충무공전서』 권9 행록1, '저희는 다만 대감님만 바라보고 여기 있는 것입니다'

을 뜬눈으로 새우기도 하지 않으셨습니까. [51][52] 장군님은 전장의 혼란 중에도 막다른 상황에서 왜구가 백성들을 해할까 하여 해로(海路)로 피할 여지를 남겨 두어[53] 보복적 2차 피해를 최소화하지 않으셨나요.

크고 작은 전투마다 살아있는 피아(彼我) 현장정보를 확보하여 활용하고, 모두가 참여하는 '열린전략회의'를 하는 것은 물론 평소에도 운주당(運籌堂)[54]에서 장병들과 함께 자고 누워서 토론하였으며, 병사와 종들의 의견까지도 허심탄회하게 받아들이던 그 모습은 참 아름답고도 합리적인 집단적 지혜와 소통의 리더십 아니던가요.

장인어른[55]의 도움과 백성들의 자발적 순응으로[56] 군수물자와 자금을 어렵게 확보하던 상황에서도 조정은 둔전의 운용[57]조차

---

51. 『난중일기』, (1597년 6월 1일), 백의종군하던 당시 단성과 진주 경계에 있는 박호원의 종의 집에서 밤을 지내시기도 하였다.
52. 이러한 정신과 행태는 Alexander J. Beradi가 설파하는 '서번트 리더의 조건'과 일맥상통한다. Beradi는 '역사상 가장 위대한 리더는 섬기는 것이 자신의 역할이라고 생각하는 사람들'이라고 하고 있다.
53. (1592년 6월 5일), 장계, (1592년 9월 1일), 장계.
54. 일종의 작전상황실.
55. 보성군수 방진.
56. (1593년 1월 26일), 장계.
57. 장군의 건의에 따라 논의가 이루어졌으나 조정에서는 탁상공론으로 결정이 매우 지체됨 『선조실록』 (1593년 12월 19일)

쉬이 허락하지 않았던 것은 참 부끄러운 모습 아니었던가요. 장군의 성실함과 꼼꼼함으로 군장비를 확충하고, 혁신적 사고로 막강 총통과 화포[58]를 개량하며, 판옥선과 거북선을 창조적으로 건조하고 개량하여 결국 화포의 장점을 접목시켜낸 그 탁월한 혜안과 완벽주의적이고 독창적인[59] 리더십이 그립습니다.

장군께서는 병서에 능하고[60] 늘 학습하였으며, 전장의 지리, 다도해의 지형, 물의 속도와 물길, 기상 등 모든 전투요소를 파악하기 위해 불치하문(不恥下問)하고, 정보원과 정탐선을 이용한 정보수집을 게을리하지 않았으며, 몸소 현장을 일일이 파악하던 그 치밀한 준비성이 세계 해전사(海戰史)에서 상상도 할 수 없는 기적과도 같은 위대한 전승(全勝)[61][62]을 일군 배경이 아니던가요.

러일전쟁을 압도적 승리로 이끈 '도고 헤이하치로' 조차도 계

---

58. 정철총통, 천자총통, 지자총통, 현자총통, 대장군전(화전) 등.
59. 이는 마치 스티브 잡스의 제1의 경영철학인 극단적인 완벽주의와도 매우 일치한다.
60. 장군의 전략적 사고와 대응은 손자병법, 오자병법, 증손전수방략 등의 병서에 매우 정통했기 때문으로 보인다.
61. 기준에 따라 17전 전승이나 23전 전승 또는 다른 수의 전투로 표현하기도 한다.
62. Homer B. Hulbert(역사학자, 우리나라에서 선교사로 활동)는 한산대첩만 하더라도 조선의 Salamis해전이라 할 수 있고 도요토미의 조선 침략에 사형선고를 내린 것이라고 평가하고 있다. 『지용희, 경제전쟁시대 이순신을 만나다』, (디자인하우스, 2015), 38쪽

이순신 정신과 리더십

기마다 당신의 영정 앞에 영적 가호(加護)를 갈구한 것은[63] 당신의 그 완벽주의적인 경륜과 전략전술의 탁월성, 최악의 여건에도 불구하고[64] 연전연승을 이끈 희생적인 영웅적 리더십에 대한 극한 경외심의 발로 아니던가요. 전장의 맥을 잡고 철저한 전략적 시각과 정보판단 하에 경거망동하지 않으려던 것이 윗분들이나 임금의 분노를 사게 된 것이 도대체 무슨 경우란 말입니까.

사실, 서애[65]의 확신에 바탕을 둔 인사 천거와 지지 외에 도대체 누가 또 당신을 인정하고 도와주었나요. 정탁의 통찰과 극적인 구명[66]도 감사한 부분이고, 또한, 덕형대감쯤 되니 그나마 흐름을 간파한[67] 것이겠지요. 그래도 사후에나마 장군님의 위대성을 인정한 정조[68]의 혜안과 지혜도 감사하게 생각됩니다. 장군님께서는 욕심과 사심으로 어떤 일을 도모하는 분이 전혀 아니셨습니다. 오히려 원칙을 지키다가 미움만 사신 분 아니었습

---

63. 시바 료타로, 『언덕 위의 구름』, (산케이신문, 1968~1972)
64. 도고는 장군님에 대한 조선 조정의 음해와 박해, 군수지원의 열악함 등이 일본 정부의 전폭적인 지원을 받은 자신과는 전혀 다른 점을 잘 알고 있었다.
65. 재상 류성룡
66. 정유년, 죽음 직전에서 이순신 구명 상소문을 올려 겨우 목숨을 건지게 됨 『다시, 이순신 리더십을 생각한다』 (순천향대학교 이순신연구소, 2005), 128쪽
67. 좌의정 이덕형이 노량해전에서 장군의 전사 후 선조에게 올린 글. '군량을 운반하던 인부들이 이순신의 전사 소식을 듣고, 무지한 노약자들마저 눈물을 흘리며 조문까지 했으니, 이처럼 사람을 감동시키고 있는 것이 어찌 우연한 일이겠습니까?' 지용희, 『경제전쟁시대 이순신을 만나다』 (디자인하우스, 2015), 113쪽
68. 이순신을 영의정으로 추서하였고, 이충무공전서를 펴내게 하였다. 『다시, 이순신 리더십을 생각한다』 (순천향대학교 이순신연구소, 2005), 165쪽

니까. 오죽하면 친척인 율곡 이이의 요청에 따른 만남조차도 혹 정실의 오해를 받을까 사양하던 그 고집스러운 모습이 안타깝고 아립니다.

사나운 명군 제독 진린과의 원만한 관계 설정을 위해 늘상 양보하고, 전과를 띄워주고[69], 위험으로 노출시키지 않도록 보호하여 결국은 진린 자신이 장군님을 진정 아끼고 존경하게 만든[70] 당신의 지혜와 포용적 인간미와 외교적 능력이 그립습니다. 시마즈 선단의 기습에 섣불리 적진 깊숙이 사지에 뛰어든 진린의 위기 속에서 의리를 지키고, 또 최후의 승리를 위해 온몸 바쳐 구하고, 결국은 자신이 치명상을 입은 막다른 상황에서도 침착하게 맏아들 회와 조카 완에게 죽음을 숨기게 하고 기를 휘두르며 독전하게 한 당신의 영웅적 최후를 생각하면 마음이 아프고 또 아려옵니다.

당신을 보낸 마지막 전투, 노량에서의 그 헌신과 희생이 안타깝고 그 위대한 정신이, 그 절정의 리더십이 그립습니다. 지금 이 어두운 시대에 진정한 리더의 모습을 어디서 보며, 또 어떻게 구한단 말입니까. 의병장 김덕령의 억울한 죽음과 홍의장군 곽재우의 이유 있는 도피적 은둔 등 상황에서, 여러 차례 무고

---

69. 방성석, 『위기의 시대, 이순신이 답하다』 (중앙books, 2013), 118쪽
70. 위의 책, 120쪽

이순신 정신과 리더십

하게 파직되고 또 백의종군하셨던 장군님의 최후가 선조나 조정의 질투와 오판에 깊이 연계되어 있다고 생각하는 시각[71]이 전혀 터무니없지 않다고 생각되기까지 합니다.[72]

장군님,
죽음을 무릅쓴 당신의 숭고한 희생을 깊이 기립니다.

VI. 에필로그 - 절대소망

장군님,
이제 제발, 가까운 시기에 국민정신이 깨어나고, 모든 분야의 리더십이 되살아나서 보다 큰 꿈, 비전으로 나아가는 희망의 미래가 되길 소원합니다. 지구촌이든 나라에든 어른 리더십이 필요합니다. 자기사람, 자기편의 이익에 집착하는 보스는 오만하고 성숙하지 못한 패당의 대표일 뿐입니다.

인류의 사상과 철학과 종교가 걸음마하고 있는 사이, 2차 세

---

71. 숙종 때 이조참판을 지낸 이여, 대제학을 지낸 이민서 등이 비슷한 시각(자살설)을 갖고 있었다.
남천우도 그러한 견해를 피력하고 있다. 『이순신은 전사하지 않았다』 (2004)

72. 장군의 조카 이분이 쓴 『이충무공 행록』에서는 이러한 측면을 부정하고 오직 장군의 충정과 희생만을 그리고 있다.

계대전 이후의 퇴행과 6·25의 참혹이 아직 우리의 기억에 흐르고 있는데, 지구촌의 리더십과 우리네 반도의 지도자는 성장을 멈춘 집단이기적 구(舊)시스템에 의존할 뿐 통합형 리더십은 실종되어 도무지 앞길이 보이지 않습니다. 과거의 망령이 여전히 호그와트[73]를 맴돌고 있습니다. 더 큰 꿈, 새로운 비전으로 나아가야 합니다. 영령이시여, 우리를 미래로 나아가도록 도와주십시오.

인디펜던스 데이[74]에서 외계인에게 마지막 지구통합 총공격을 앞두고 있었던 휘트모어 대통령[75]의 명연설이 듣고 싶습니다. 빙하기 재난영화 투모로우[76]에서 뉴욕에 고립된 아들 샘이 지혜와 용기로 생존을 이어가던 사이 아버지 잭 박사가 초인적인 구조활동을 성공해 내는 그 기적 같은 감동을 우리도 느끼고 싶습니다.

지금 지구가 온갖 환경오염과 온난화의 위기에 처하여, 또는

---

73. Harry Potter 시리즈에서 나오는 마법학교를 차용하였다.
74. 1996년에 개봉한 미국영화. 20세기 폭스필름이 제작하고 롤란트 에머리히가 감독한 SF영화
75. 빌 풀만이 역을 맡은 미국 대통령 역. 전 세계 인류의 대표지도자 역할을 하였다. 자신도 외계인을 공격하는데 전투비행사로서 죽음을 무릅쓰고 직접 참전하였다.
76. 2004년에 개봉한 미국의 재난영화. 이 역시 롤란트 에머리히가 감독하고 20세기 폭스사가 배급한 영화.

이순신 정신과 리더십

운명적인 아마겟돈 영화[77]처럼 혹성 충돌의 가능성이 예견되기도 하여 결국은 인터스텔라[78]처럼 새로운 차원의 지구 탈출이나 생존프로그램을 구축해야 하는 위기와 불확실성이 가상현실(virtual reality)처럼 우리 앞에 놓여있습니다.

지구촌 곳곳에는 아직도 많은 생명이 기아와 재난 앞에서 최악의 위험에 처해 있고, 종교갈등과 종족분쟁으로 심각한 내란이나 제4의 대전이 일촉즉발 위기인데, 깨어있는 어른 리더십과 집단적 해결시스템이 모두 고장난 채 광적(狂的), 집단이기적 소아병과 불확실성이 주도하면서 평화적 대응체계는 위태롭기만 합니다. 존경받는 글로벌리더, 리더십은 회복될 수 없을까요.

인류문명의 발전사를 외면한 채 최악의 궁핍을 재생산하고 있는 철저한 독재시스템과 잔혹한 통제사회가 우리 가까이 있는데, 우리는 그들의 낡은 전략전술의 덫에 붙잡히고, 흘러간 망령에 사로잡혀서 이념에 덧씌운 듯한 좀비적 현상이 우리를 위협하고 있습니다. 우리 주위를 돌아보면 선동을 통한 위험한 파시스트적 사회현상이 우리를 무겁게 짓누르고 있는데 오직 눈앞의 권력과 과실에 사로잡혀 자유로부터 도피[79]하고 있습

---

77. 1998년 마이클 베이 감독의 미국 SF영화.
78. 2014년 개봉한 미국, 영국의 서사 SF영화. 크리스토퍼 놀런이 감독 및 제작.
79. 에리히 프롬 『자유로부터의 도피』에서 인용되었다.

니다.

눈앞의 작은 이해관계나 집단적 반사이익, 또는 한풀이의 망령이 음울하게 돌아다니는 사이 더 큰 위험의 도래가 엄습하고 있는데, 우리는 애써 외면하고, 중국과 베트남과 구소련이 겪었던 그 위태롭고 치명적인 과오의 기억을 불러내고 있습니다. 아아, 우리가 그토록 갈망하던 자유주의 리더십은 정녕 죽은 것인가요.

장군님,
그립습니다. 저희를 도우소서. 저 관음포 앞 노량바다에서, 충절의 아산 땅에서 이제 일어나시어 구(舊)왕조부터 시작된 악몽의 덫을, 굴레를 벗겨주소서. 우리 조상들의 흠결을, 갈등 속에 싹튼 미움을 더 큰 포용적 사랑의 숨결로 덮어 주시고, 100여 년의 풍파 속에 켜켜이 침잠한 아픈 상처와 기억들을 보듬어 주소서. 이제 크고 새로운 세계를 열게 하소서.

이제, 미래로, 세계로 나갈 수 있도록 흰옷 입은 백성의 순결한 영혼을 깨우고 새롭게 하소서. 남들이 알아주지 않더라도 하나님(하느님)과 끊임없이 대화하며 의의 길을 걷고, 희생과 헌신의 정신[80]을 실천함이 리더십의 근본임을 알게 하시며, 눈앞

---

80. 어떤 고난과 도전에도 하나님의 뜻을 생각하며 희생과 헌신의 고독한 길을 걸어

　　　　　　　　　　이순신 정신과 리더십

의 그럴싸한 외형의 모습이나 짧은 기간 단맛을 내는 과실보다
는 호흡을 길게 하여 미래를 도모하고, 다음 세대(Next Genera-
tion)의 잠재력을 키우게 하소서.

진정한 정신 문화적 삼국통일이 이루어지고, 서로 다른 것을
융합하여 큰 기적을 만들어 내는 우리의 위대한 저력을 깨어나
게 하소서. 어떠한 내외의 위기와 도전도 위대한 정신과 이상의
깃발 아래 전정한 용기와 지혜, 소통과 화합으로써 넉넉히 극복
하게 하소서. 자유와 자율과 창조의 힘으로 미래를 개척해 나아
가도록 해주소서. 비록 외롭고 고독하더라도[81] 창조적으로 승
화하여 우리 민족의 가야 할 길을 개척하는, 그런 선구적 지도
자를 보내주소서.

우리는 흥이 나면 차범근과 손흥민, 싸이와 BTS, K-Pop, 박세
리와 박인비, 박성현과 고진영, 박찬호와 류현진, 박항서[82] 같은
레전드들을 마구마구 배출하는 신비한 신바람 민족 아닙니까.
그런 멋진 나라에 참 미래의 지도자, 모두의 힘과 지혜를 모아
가는 통합의 리더를 보내주소서. 모두가 존경하고 사랑하는 위

갔던 링컨처럼 위대한 정의의 길을 걷는 지도자 정신. 전광, 『백악관을 기도실로
만든 대통령 링컨』(생명의말씀사, 2003)
81. 장군님은 일기를 쓰면서도 매일매일 유서를 쓰는 듯한 절박함으로 한 것으로 보
인다. 지용희, 『경제전쟁시대 이순신을 만나다』(디자인하우스, 2015), 146쪽
82. 베트남이 사랑하는 축구지도자이자 영웅.

대한 신념의 리더를 기대합니다. 지구촌에서 자랑스러운 한국인이 되기 소망합니다.

어른스럽지 못한 덩치 큰 이웃을 탓하지 말고 실력과 성품으로, 한 차원 높은 도덕적 가치로 그들을 리드하는 성숙함을 주소서. 그리하여 소아병 걸린 이웃들을 우리의 기운으로 변화시키게 하소서, 우리 지구촌에 홀로 남은 분단의 고통에서 구하여 주시고, 기적처럼 찬란한 번영의 미래를 보여 주소서. 큰 믿음과 자유가 널리 퍼지고, 하늘의 축복을 다 함께 누리게 하소서.

장군님의 웅혼한 리더십을, 그 한없이 겸비(謙卑)한 영혼의 빛과 죽음을 마다하지 않고 죽음을 무릅쓴 (그래서 영원히 살게 된) 그 희생정신을 그리워합니다.

04

李舜臣

김종대

서울대학교 법과대학 졸업
부산지법, 대구고법, 대법원 등에서
판사, 연구관, 부장판사, 법원장 역임
헌법재판소 재판관(2006~2012)
시원공익재단 이사장
삼일회계법인, 법무법인 국제 고문
국회 공직자윤리위원회 위원장

이순신 내면의 가치체계와 그 수용

04

이순신 내면의
가치체계와 그 수용

I. 서설

　필자는 1975년 7월 2일 노산 이은상 선생이 쓰신 문고판 책 『충무공의 생애와 사상』을 통해 이순신을 만난 이후 지금까지 그와 소통해왔다. 처음에는 그의 수많은 영웅담을 읽고 그에 탄복하는 수준에 그쳤지만 10여 년 전부터는 영웅담 뒤에 숨어있는 그의 각종 리더십을 찾아 나섰고 궁극에는 그 리더십들의 원천이 되는 그의 내면가치를 찾아서 구도자의 길을 걸어왔다. 마침내 2012년 졸저 『이순신, 신은 이미 준비를 마치었나이다』를 출간하면서부터 그의 근원적 내면가치를 사랑, 정성, 정의, 자력으로 정돈했고 아직도 한편으론 이를 계속 검증하고 공부해 가면서 다른 한편으로 위 4가지 내면가치들을 전파하는데 진력하고 있다.

　필자가 이순신의 리더십을 규명하는데 그치지 않고 리더십의 근원가치를 찾아 나간 데에는 이유가 있다. 우선 세상에서 말하는 이순신의 리더십들이 수십 가지가 되어 한 영웅의 성공가치를 체계적으로 설명하기가 어려웠다는 것이고, 그보다 더 큰 이유는 이순신의 정신가치를 오늘에 수용해 오늘의 각종 위기를 극복하고 나라를 살리는 방안을 찾기 위해서다. 만약 우리가 수십 가지 이순신 리더십을 그 뿌리까지 파헤쳐 그 원천가치를 찾아낼 수만 있다면 그 가치는 400여 년 전이나 지금이나 공통적으로 통용될 성공가치가 될 수 있을 것이므로 이 가치는 오늘날 우리가 수용해 오늘의 위기를 극복하는 데도 유용할 수가 있기 때문이다. 이것은 사람 사는 이치는 옛날이나 지금이나 그 근본에서는 다를 바 없다는 믿음에 바탕한 것이다.

본고에서는 이미 발표한 이순신의 위 네 가지 내면가치를 소개하고 나아가 오늘날 우리 사회가 어떻게 그의 가치체계를 수용해야 할 것인지를 그 필요성, 당위성, 방법론 등으로 확대시켜 논해보기로 한다. 이런 시도는 말할 것도 없이 '우리가 이순신 정신을 약제화하여 이를 복용하면 우리 국가사회 모두가 건강하고 행복할 수 있다'는 확고한 믿음이 있기 때문이다.

II. 이순신 내면의 가치체계

이순신의 말과 글 그리고 그의 영웅적 행적들 뒤에는 그를 성공으로 이끈 각종 리더십들이 산재해 있고, 한발 더 나아가 각종 이순신 리더십들의 원천이 되는 그의 내면 가치를 더 이상 이유를 찾기 어려운 정도로까지 탐구해 나아가 보면 사랑과 정성이라는 기층적 가치와 정의와 자력이란 중층적 가치를 추출해 낼 수 있다.

이 가치들은 일정한 가치 회로를 이루어 이순신이 어떤 상황을 맞았을 때에도 오작동 없이 가동되었기에 이순신은 전승의 기적을 이루었고 그로 인해 풍전등화의 나라를 굳건히 지켜내는 대성공을 거둘 수 있었다. 그러면 이순신 내면의 네 가지 원천가치들을 몇 가지 실례를 들어가며 이를 관찰해 보기로 하자.

1. 사랑

(가) 무릇 사랑이란 ⅰ) 그 대상에 대해 항상 관심을 가져야 하고 ⅱ) 걱정이 생기면 이를 함께하며 ⅲ) 궁극에는 몸을 던져 걱정의 해결에 헌신함으로써 이루어지는 것이고 ⅳ) 끝으로 헌신했다는 생각조차 비워야 완성되는 것이다. 특히 이순신의 경우처럼 사랑의 대상을 나라로 삼는다면 나라를 사랑한다는 것은 ⅰ) 평소 나랏일에 관심을 갖고 살고 ⅱ) 나라에 걱정이 생기면 나랏일에 대해 온갖 걱정을 하다가 ⅲ) 나라가 위기에 처하면 나라를 구하기 위해 자신의 몸과 마음을 바쳐 헌신하되 ⅳ) 헌신한다는 생각을 넘어야 한다. 그래서 참으로 나라사랑하는 사람은 항상 나라의 가치와 이익을 자신의 가치와 이익에 앞세

워 생각하고 행동하게 되는 것이다.

(나) 이순신은 진정으로 자기가 태어나 자라고 죽을 이 나라의 국토를 사랑했으며, 함께 살아가는 이 나라 동포를 사랑했다. 이 같은 국토와 국민에 대한 그의 사랑은 생사 간에 일관되었다. 이 지극한 나라사랑은 그와 국민을 소통시켜 하나가 되게 함으로써 마침내 기적적으로 구국의 목표를 달성(성공)하게 된다. 웅천에 진을 구축한 왜적 진영 가까이 가지 말라는 명나라 도사 담종인의 패문에 대해 "거제, 웅천이 다 우리 국토인데 우리더러 왜의 진영에 가까이 가지 말라고 하는 것은 무슨 말이냐?"고 당당히 따진 것을 보면 그의 국토에 대한 확고한 사랑을 읽을 수 있다.

또 그는 백성을 사랑했다. 그의 글 속에는 한결같이 전란으로 고통받는 백성들의 아픔이 언급되고 있다. 가뭄이 계속되면 백성들과 가뭄 걱정을 함께 했고, 가뭄 끝에 비라도 오게 되면 백성들이 얼마나 좋아하겠느냐며 즐거워했다. 먹을 것이 없어 떠도는 피난민들에게 노획한 쌀, 옷, 베를 나눠주고 위로하며 혹은 수백 명에게 살 수 있는 장소까지 마련해주고, 영리나 부하들이 혹 백성에게 잘못을 저지르기라도 하면 반드시 중죄로 다스려 재발을 막았고, 또 바쁘게 길을 가다가도 피난민 행렬을 마주치면 말에서 내려 일일이 손을 잡아주며 지혜롭게 잘 숨어서 적에게 잡히지 말라고 위로해주었다.

이순신 정신과 리더십

전투할 때에 적선을 남김없이 다 파괴해 자신의 전공을 높일 수 있었지만 궁지에 몰린 적들이 혹시 우리 백성들을 해칠까 봐 적이 도망갈 배 몇 척은 남겨두었다는 얘기, 명량해전 전에 백성들을 가장 먼저 전장에서 피난케 한 얘기 등은 그에게 전쟁의 목적이 백성을 보호하고 사랑하는 것이었음을 단적으로 보여주는 일화다.

그의 이 같은 백성사랑은 가족사랑, 부하사랑으로부터 비롯된 것이다. 그는 누구 못지않게 가족을 사랑했다. 자식들을 사랑했고, 아내를 사랑했으며, 의지할 곳 없는 조카들을 친자식처럼 챙겨주었다. 특히 그의 어머니를 진중에 모셔놓고 조석으로 문안을 드려가며 효를 다한 것은 유명한 얘기다. 나아가 부하 장졸들에 대한 사랑도 뜨거웠다. 부산해전 중 정운 장군을 잃고는 애통해한 데에 머물지 않고 위에 포상 장계를 올리고 사당까지 지어서 나라를 위해 죽은 자에 대한 최상의 예우를 해주었다. 전투가 끝난 뒤에는 항상 군졸들이 세운 공을 빠뜨리지 않고 위에 보고했으며, 혹 전쟁터에서 싸우다가 다치면 극진히 치료해주었고, 죽으면 반드시 제사를 올리고 유족들을 위로했고, 유행병으로 죽은 군졸들까지 제사와 뒷일의 처리를 소홀히 하지 않았다. 이 같은 가족, 부하, 백성에 대한 그의 행적을 통해 우리는 그의 품성 밑바탕에는 사랑으로 충만한 어진 심성이 자리 잡고 있음을 읽을 수 있다.

여기서 하나 짚고 넘어가야 할 중요한 점이 있다. 그것은 이순신의 가족사랑은 자연스럽게 부하사랑, 백성사랑, 나라사랑으로 이어지며 상호 충돌을 일으키지 않는다는 점이다. 그것은 이순신에게서 나온 각양의 사랑이 대상에 따라 인위적으로 만들어진 것이 아니라 하나의 원천에서 자연스럽게 발현된 것이기 때문이고, 따라서 그의 사랑에는 하나로 순수해서 계산된 두 마음이 없었기 때문이다.

(다) 이순신이 산 시대는 군주국가였으니 이순신의 나라사랑은 통상 통치자에 대한 충성심으로 나타나는데, 이순신에게 있어 충성의 대상은 통치자인 왕이 아니라 오로지 사직 즉, 국가였다. 그의 삶은 철저히 탈정치·비정치적이었다. 참 군인은 정치권을 기웃거려서는 안 된다. 군인이 정치에 눈을 뜨면 그가 맡은 국가적 책무가 개인의 정치적 욕구에 따라 왜곡되고 경시됨으로써 본연의 소임을 다할 수가 없게 되기 때문이다. 이순신의 눈은 항상 적진을 향하고 있었다. 왕이나 대신들이 가진 정치 권력은 안중에도 없었다. 물론 그가 바친 충성의 추상적 대상으로 왕이 자주 등장하기는 한다. (무릇 남의 신하 된 자로 임금을 섬김에는 죽음이 있을 뿐 다른 길은 없다는 등).

그러나 그가 위에 바친 충성을 찬찬히 살펴보면 자기 출세를 위한 사욕에서 충성심을 발휘한 적이 한 번도 없고, 왕에게 바친 충성에는 한 점 비굴함도 찾아볼 수 없으며, 또 그가 전념한

이순신 정신과 리더십

것은 왕의 사적(私的) 일이 아니라 오직 바다를 지키는 나라의 공적(公的) 일이었다. 그래서 우리는 그의 사랑, 충성의 진정한 대상은 통치자라기보다는 국가임을 간파해내는 것이 별로 어렵지 않다.

 (라) 이처럼 이순신은 평생을 두고 나라(국민·국토·사직)에 지고의 사랑을 바침으로써 마침내 국토와 국민과 나라를 구해내는 기적(성공)을 이룰 수가 있었다.

2. 정성

 이순신은 지극히 정성스러운 사람이었다. 불성무물(不誠無物)이란 옛말이 있듯이 정성이 없으면 어떤 일에도 성공할 수 없다. 이순신에 있어서도 정성이야말로 그 성공의 요체다. 이순신의 정성스러움은 일이 있기 전에는 철저히 준비하는 것으로, 일이 있을 때에는 목숨을 걸고 그 일에 전심전력하는 것으로, 일이 끝나면 결과야 그냥 담담히 받아들이는 것으로 나타난다.

가. 일이 있기 전에는 철저하게 준비한다(유비무환)
 성즉명(誠則明)이란 말이 있듯이 정성이 지극하면 미래를 볼 수 있다. 이순신은 지극히 정성스러웠기에 나라의 앞날에 환란이 있을 것을 미리 내다보았다. 그리고 그 예측을 기초로 위기를 극복해낼 완벽한 준비까지 실행해 냈다.

전라좌수사로 부임해 임진왜란이 일어나기까지 그는 철저하게 전란에 대비했다. 각종 정보를 통해 왜의 사정을 면밀히 파악했고 류성룡이 보낸 '증손전수방략'도 감탄하며 연구했다. 경상도 수사나 병사들이 모두 전쟁 준비를 외면하고 안일한 세월을 보낼 때 오직 그만이 나라의 변란을 예견, 훈련하고 또 준비했다.

이같이 이순신은 전라좌수사가 되고 나서도 1년 2개월간 쉼없이 정성을 다해 준비했기에 전쟁 발발 하루 전에 거북선도 만들 수 있었던 것이 아닌가. 첫 옥포해전뿐만 아니라 다른 어떤 전투에서도 항상 용의주도하게 뱃길, 물길, 적의 주둔 상태와 전력 규모, 지형·지세 등을 소상히 조사했고, 그에 따른 훈련을 게을리하지 않았으며 7년간 전대를 풀지 않고 긴장 속에서 온갖 준비를 마쳤기에 왜적과 싸운 전쟁에서 백전백승할 수가 있었다.

나. 일을 당해서는 그 일에 목숨을 걸고 전심전력한다

이순신은 항상 최악의 조건에서 출발한다. 임진년의 4차례에 걸친 전투만 보더라도 그는 왜적의 절반에도 못 미치는 함대로, 그것도 수백 리 먼 뱃길로 원정 나가 대소 10여 차례의 전투를 치러야 했다. 심지어 사천해전에선 적의 총탄에 맞아 왼쪽 어깨에 중상을 입고도 중도에서 회군하지 않고 당포, 당항포, 율포로 나아가서 끝까지 적을 맞아 치열한 전투를 치른다. 명량해전

이순신 정신과 리더십

에서는 열두 척 전함과 패잔병을 모아 그 10배가 넘는 적의 정예병과 싸워야 했다. 그럼에도 어찌 단 한 번도 패배하지 않는 기적을 이룰 수가 있었을까?

거기에 대한 해답을 찾자면 일에 임하는 그의 정신자세를 살펴보는 것이 필요하다. 이순신은 일을 당해서는 항상 오직 그 일에만 몰입했다. 그가 글을 다 쓰고 수결을 놓을 때 일심(一心)이라 쓴 것도, 일심을 수양의 지표로 삼아 한마음으로 일에 전념하겠다는 지극정성의 한 표현이다. 전쟁을 당해 지극한 정성으로 전심전력한다는 것은 곧 '죽음으로써' 최선을 다하는 정신자세로 각종 전투에 임했다는 것을 뜻한다.

임진년 첫 해전 출전에 앞서 그는 왕에게 이렇게 말한다. "원컨대 한번 죽음으로써 기약하고 즉시 범의 소굴을 바로 두들겨……." 명량해전에 앞서서 조선 수군 폐지론이 나올 때에는, "아직도 신에게는 열두 척의 전선이 있습니다. 죽을 힘을 다하여 막아 싸우면 아직도 할 수 있습니다. 전선이야 비록 적지만 신이 죽지 않았으니 적이 감히 우리를 업신여기지 못하리이다"라 하였다. 명량해전을 당해서는 다음과 같이 장수들의 마음을 다잡는다. "죽으려 하면 살고 살려고 하면 죽는다. 너희 여러 장수들은 오늘 살려는 생각을 하지 말라" 또 마지막 노량해전 몇 시간 전에는 "이 원수를 무찌른다면 죽어도 유한이 없겠습니다"라며 저 유명한 최후의 선상 기도를 올렸다. 그리고 적의 총탄

에 맞아 숨이 넘어갈 때도 "지금 싸움이 한창 급하니 내가 죽었
단 말을 내지 말라"고 당부한다. 어느 경우에도 그는 죽음으로
써 최선을 다하는 지극정성의 자세로써 전투에 임했던 것이다.

바로 이것이다! 이순신이 만 가지 위기를 극복하고 승리할 수
있었던 것은 이같이 오직 지성으로 매사에 임하고, 목숨을 걸
고 최선을 다해 죽음에 이르러서도 이 정신자세가 오직 구국에
집중되어 흩어지지 않았기 때문이다. 24척이 있으면 24척으로,
12척이 남았을 땐 12척으로, 죽기로서 최선을 다해 집중하는 가
운데에서 백전백승의 기적은 이루어졌다.

다. 일이 끝나면 그뿐, 결과야 어찌 되어도 괘념하지 않는다

지극히 정성스러운 사람은 무슨 일이든지 그 일을 끝내면 지
나간 일을 다시 되짚어 앞날의 발전에 참고로 삼을 뿐, 이미 끝
나버린 일이 초래할 결과를 두고 염려하지 않는다. 이순신도 오
직 일념으로 목숨을 걸고, 털끝만큼의 사심도 없이, 매사에 집
중하여 최선을 다하였기 때문에 일이 끝나고 나서 나타날 결과
에 대해서는 그냥 기다릴 뿐 일체 괘념하지 않았고, 남들이 그
결과를 두고 무어라 얘기할 것인지에 대해 좌고우면하지 않았
다. 진인사대천명(盡人事待天命)이란 말 그대로 그는 그 일, 그 일
에 최선을 다하기만 한 것이다.

첫 출전에 앞서 임금에게 보낸 글의 말미가 이러하다. "성공

과 실패, 날쌔고 둔한 것에 대해서는 신이 미리 헤아릴 바가 아
닙니다" 명량해전에서 기적적인 승리를 거두고도 그는 "이는 오
직 하늘이 도운 것이다"라며 결과에 초연한 자신의 담담한 심경
을 일기에 썼을 뿐 상을 내리지 않는 선조에 대해 한마디 불평
도 하지 않는다.

그는 어느 전투에서나 적선 몇 척을 쳐부수고 잘 싸우면 조정
에서 무슨 훈장이나 상을 내릴 것이며, 잘못 싸우면 무슨 벌을
줄까 하는 등의 이불리(利不利)에 관한 사전 계산을 추후도 한 바
가 없다. 공과와 상벌을 미리 계산하는 마음에는 사심(私心)이
개입되게 마련이다. 오직 공심으로 최선을 다한 이상 이로운 결
과가 와도 좋고 불리한 모함이 따라도 좋았다. 그랬기에 그는
주위의 평판에 흔들림이 없었고, 벼슬이 높아도 넘치는 바가 없
었으며, 벼슬을 빼앗겨도 원망과 타락함이 없었던 것이다.

3. 정의

이순신은 구국을 목표로 삼아 살아가되 그릇된 길로는 가지
않았다. 목표를 달성하기 위해 수단과 방법을 가리지 않은 것이
아니라, 오직 바른 방법과 수단으로써만 구국의 목표를 이루어
냈다. 목적이 아무리 좋다 해도 부정한 방법과는 절대로 타협하
지 않았다. 진실을 가장해 꾸밈과 꼼수를 쓰지 않았고, 옳고 바
른 길이면 아무리 힘들어도 그냥 갈 뿐 좌고우면하면서 휜 길을

가지 않았으니, 그가 나아가는 길은 오직 바른 정의의 외길 하나였다. 이순신의 성공이 이 같은 정의에 바탕했기에 그의 성공은 결코 무너지지 않았다.

훈련원에서 봉사직에 있을 때 직속상관인 서익의 강압적 인사 요구에 법과 원칙에 어긋난다는 이유를 들어 거절한다. 또 발포만호 시절 직속상관인 수사가 거문고를 만들기 위해 만호영 뜰에 있는 오동나무를 베어가려 할 때에도 공물을 사사로이 처분할 수 없다며 거절한다. 또한 금오랑이 조대중의 집을 수색했을 때 압수 물품 가운데 이순신의 편지가 발견되었다. 혹시 정여립 사건에 연루되었다는 괜한 오해를 사전에 미리 차단하기 위해 금오랑이 그 편지를 빼내 주려 하자 이순신은 공물을 사적으로 처분하는 것은 옳지 않다며 금오랑의 호의를 거절한다. 그는 오직 정의의 외길로만 갔다.

정의의 외길을 갔다는 것은 그가 매사를 원칙에 따라 처리했지 이런저런 이유로 예외를 만들지 않았다는 뜻이기도 하다. 상사의 눈치를 보아 예외를 만들고, 자신의 출세를 위하여 예외를 인정하고서는 바른길로 갈 수가 없다. 그 당시로는 괴롭고 힘든 길이었지만 지나고 보면 그것이 그를 무너지지 않는 승리자이자 영원한 승자로 만들었다. 오늘날 우리가 이순신을 배우고 본받자는 것도 그가 걸어간 위기극복의 길이 오직 바른 길이었고, 바른 길을 가고서도 위기를 극복하고 성공할 수 있었기 때문이다.

4. 자력

이순신은 어떤 어려운 문제를 만나더라도 그 문제를 풀 주체
는 자신이며, 풀 수단은 자기가 가진 정신적 자주력과 물질적
자립력이라 생각했다. 그래서 그는 주위 사람들에게 항상 이렇
게 말했다. "제힘으로 세상을 살아 쓰이면 죽기로서 충성을 다
하고 쓰이지 못하면 농사짓고 살면 족하지, 권세 있는 남에게
아첨하고 의지하여 뜬 영화를 구하지는 않겠다"고. 그는 오직
자신의 힘만으로 닥쳐온 위기를 극복하려 했고, 설정한 목표를
이루려 했다. 자기에게 부여된 책임을 제힘만으로 완수코자 하
는 이 자력정신이야말로 진정한 주인정신이요, 자주정신이며,
자립정신이다. 이순신의 성공이 이같이 그의 자력에 바탕했기
에 그의 성공은 자기의 것이었고 남의 것이 되지 않았다.

류성룡이 어느 날 파면되어 쉬고 있던 이순신에게, 이조판서
이율곡이 한번 보자고 하니 만나보라고 권했다. 이순신은 같은
덕수 문중이라 만나볼 수도 있지만 그가 인사권을 갖고 있는 동
안에는 만나지 않겠다고 대답했다. 또 병조판서가 이순신의 화
살통을 탐내어 달라고 하자 서로의 이름을 더럽힐 수 없다며 이
를 거절했고, 다른 병조판서는 자신의 서녀를 첩으로 주어 그를
사위로 삼으려 했으나 이 또한 거절했다. 파면에서 벗어나 복직

해야 하는 절박한 상황에서도 그는 오직 스스로, 자신의 실력으로, 자기 힘으로만 일어서려 했다.

이순신의 이 같은 주인정신, 자주·자립정신은 젊은 시절을 지나 죽을 때까지 이어진다. 전라좌수사가 되어 거북선을 창제하고 전쟁 준비를 할 때도, 삼도수군통제사가 되어 군비를 확장할 때도, 정유재란이 나고 전멸한 조선 수군을 재건할 때에도, 그는 권세 있는 자에 아첨하거나 남(조정)의 도움을 기다리지 않고 제힘으로 그 힘들고 거대한 일들을 일구어낸다. 만약 이순신이 자력을 바탕으로 하지 않고 아첨으로 남의 힘을 이용해 자신에게 닥친 문제들을 풀어가려 했다면 그는 자신의 성공을 남에게 바쳐야 했을 것이니 그다운 값진 성공을 이룰 수는 없었을 것이다.

5. 이순신 리더십들의 원천인 내면가치의 정돈

이상 이순신의 각종 리더십의 원천이 되는 4가지 가치(사랑, 정성, 정의, 자력)가 이순신의 내면에 정돈되는 모습을 그려보기로 하자.

가. 4가지 가치의 발휘 정도
자력으로, 정성스럽고 바르게 산 사람이 어찌 이순신뿐이었겠으며, 나라에 사랑을 바친 사람 또한 어찌 이순신뿐이었겠는

가. 그러나 그 자력과 정성과 정의의 강도는 사람에 따라 다르고, 나라사랑의 정도도 사람에 따라 차이가 난다. 보통은 적당히 정성스럽고, 적당히 남의 힘에 의지하면서 살고, 바르게 산다고 하면서도 때와 장소에 따라 적절히 굴절되면서 원만하게 살아가고, 또 적당히 애국하다가 자기 이해와 나라의 이해가 충돌할 때는 슬그머니 피해 나에게 득이 되고 편한 길로 돌아서들 가지 않는가.

하지만 이순신에게는 '적당히'가 없었다. 적당히 남에 기대고, 적당히 정성스럽고, 적당히 바르고, 적당히 애국한 그런 사람이 아니었다. 그는 태어난 자신의 바탕과 치열한 자기 수행을 통해 그의 정성스러운 정도, 자력 자립의 정도, 바른 정도, 나라사랑의 정도는 인간이 접근할 수 있는 최고의 수준으로 끌어올렸다. (이 끌어올리는 힘을 양성하는 과정을 우리는 수양이라 하는데, 이순신을 본 사람들이 누구나 그를 깊은 수양을 쌓았다고 한 이유를 우리는 이 대목에서 깊이 음미해볼 필요가 있다) 그랬기 때문에 평생토록 자신과 어긋나는 다른 가치와는 어떠한 타협도 하지 않았고, 매사에 주인정신으로 열정을 갖고 임할 수 있었으며, 오직 정의의 외길만을 가면서도 나라사랑에는 목숨까지 던질 수 있었던 것이다.

나. 4가지 가치의 중층구조
이 사랑(愛), 정성(誠), 정의(正), 자력(自力)의 4가지 가치는 또 어떤 심층구조를 가지고 있을까. 공부가 부족하여 단정키는 어려우나 넷 중에서도 그를 성공으로 이끈 일반적이고 기층적인 가치는 충만한 사랑(愛)과 지극한 정성(誠)이라고 생각한다. 사랑과 정성이야말로 만사를 이루게 만드는 가장 기본적인 원천이기 때문이다.

성공의 핵심 요소인 사랑과 정성은 성공을 이루는 동전의 양면이요, 실과 바늘 같은 것으로, 목표에 대한 사랑이 없으면 힘이 나오지 않고 목표달성에 정성이 없으면 계속해 힘을 쓸 수가 없다. 정성은 일을 이루게 하는 힘이고, 사랑은 그 힘을 일어나게 하는 이유다. 사랑에 정성이 들어가지 않으면 그 사랑은 이루어지지 않고, 정성만 있고 사랑이 없으면 그 정성은 허망하다. 사랑과 정성은 정도의 차이는 있을지언정 반드시 합쳐야 성공을 낳는다. 그러므로 모든 성공의 가장 기본적 요체는 바로 이 사랑과 정성이라고 보면 틀림없다.

여기에 이순신 특유의 두 가치가 중층적으로 추가되니 그것이 곧 정의와 자력이다. 이순신 성공의 특성은 바른길로써 성공하는 것이고, 제힘으로 성공하는 것이다. 그래서 그의 성공은 영원히 무너지지 않게 되고 항상 자기의 것이 되는 것이다. 그러므로 우리는 정의와 자력을 이순신의 성공을 더 위대하게 만드는 특별한 성공 요인으로 본다.

이순신 정신과 리더십

다. 4가지 가치의 합일(合一)

이순신에게 있어 이 사랑·정성 그리고 정의·자력이라는 가치는 확고부동한 절대가치였다. 그리고 이러한 가치들은 그의 치열한 수양을 통해 최고도로 발휘되면서 한 인간인 이순신의 내면에서 합일되어 구국제민이란 목표달성에 집중되었다. 합일되고 집중되면 또 다른 상승(相乘)효과를 낸다.

이 합일된 사랑·정성·정의·자력은 이순신 내면에서 하나의 가치 회로를 만들었고 그 가치 회로는 한 번도 오작동 없이 작용해 각종 상황에 적응할 최적의 리더십들을 발현시켰다. 그리고 이렇게 발현된 리더십으로 그는 온갖 위기를 극복하고 자신이 세운 구국제민이란 목표를 이뤄낼 수 있었다. 그러므로 그의 백전백승(성공)의 리더십의 뿌리는 사랑·정성·정의·자력의 합일에 있고, 위에서 본 각종 리더십은 그 뿌리 위에 핀 꽃과 열매라 할 수 있다.

III. 이순신의 가치체계 수용

필자가 찾아낸 이순신의 4가지 근원가치가 과연 객관성을 지닌 완전무결한 답이라 단언할 수는 없다. 앞으로 많은 연구를 통해 더 완벽히 정립되길 바란다. 그러나 이하에서는 우선 위 4가지 가치들이 이순신 리더십의 뿌리가치임을 전제로 그 수용을 얘기해 보겠다.

1. 이순신 소환과 수용의 여러 형태

(1) 세상에서는 이순신을 여러 형태로 수용하며 만난다. 역사로서 연구하는 방법 외에도 소설, 시가(詩歌), 리더십연구회 등 기구 설립, 유적지 탐방, 영화, 이순신 교육, 동상 건립 등 수없이 많은 여러 형태로 이순신을 기리고 배운다.

(2) 그런데 우리가 수용하고자 하는 것은 이순신 리더십의 원천인 그의 근본적 내면가치의 수용이다. 앞서 말한 바 있듯이 우리는 이순신의 근본가치로 이 세상을 건강케 하고 행복하게 하자는 목적을 갖고 수용하려 하기 때문에 우리는 단순히 이순신의 영웅담에 감탄하거나 오락이나 일시적 흥미 위주로 이순신을 만날 것이 아니라 반드시 이순신의 근원가치를 찾아내 이를 수용하는 형태로 이순신을 만나야 한다.

(3) 편의상 과거에 이순신을 불러와 만나는 것을 소환으로 쓰고, 오늘날 우리가 다시 이순신을 불러오는 일은 수용이라 표현하기로 한다.

이순신 정신과 리더십

2. 이순신 소환의 역사

우리 국가, 사회는 이순신이 살아있을 때 세 번, 죽고 나서 세 번 그를 역사의 현장에 불러냈다가 일이 끝나면 다시 역사의 바닷속에 묻어놓고 잊어버린 채 살아왔다.

가. 살아있을 때 3차 소환

(1) 함경도 조산보 만호로 1차 소환

이순신은 39세 되는 해(1583) 함경도 남병사의 군관이 되어 두 번째로 함경도로 가고, 이어 건원보의 권관이 되어 여진족과 대치한다. 그때 그는 여진족 두목 우을기내를 사로잡아 북방경비에 큰 공을 세웠다. 그러나 부친이 별세함에 따라 일시 공직을 떠나 삼년상을 치르고 있을 때 나라가 그를 처음 찾는다.

여진족은 계속 발호하고, 이를 막을 적임자로 이순신 만한 장수가 없자 나라는 그를 찾아서 기다린 끝에 탈상을 하자마자 다시 그를 함경도 조산보의 만호로 임명해 북방경비의 책임을 맡기고 이에 더해 녹둔도 둔전관을 겸임시킨다. 이것이 살아생전의 1차 소환이다. 1차 소환으로 북방경비 책임을 다하던 중 여진족은 녹둔도로 침략했고 이순신은 목숨을 걸고 피를 흘리면서 싸워 잡혀가던 조선백성 60명을 구출해 왔건만 그의 상사인 함경도 북병사 이일은 이순신을 파직했고 조정은 그에게 백의종군을 명한다.

(2) 전라좌수사로 2차 소환

왜와의 전쟁이 임박해 오자 조정에서는 비변사를 통해 왜적을 막아낼 장수를 구하던 끝에 이순신이 47세 되는 해인 1591년 정읍현감으로 봉직하던 그를 전라좌수사로 소환한다. 이것이 그의 2차 소환이다.

소환된 그는 전라좌수사로 있으면서 옥포, 당포, 한산, 부산의 승첩을 통해 바다를 지켜 왜적의 수륙병진전략을 봉쇄했고 이로써 나라를 지켜내는 대공을 세웠건만 정유년 초 나라는 삼도수군통제사인 그를 감옥에 가두고 사형 직전까지 가다가 또다시 파면시키고 백의종군을 명한다.

(3) 3대 삼도수군통제사로 3차 소환

이순신의 뒤를 이은 2대 통제사 원균이 칠천량 해전에서 조선수군을 전멸시키고 그도 전사하는 참담한 상황을 맞자 나라는 흩어진 수군을 모아 다시 바다를 지켜낼 장수를 찾아야 했다. 이순신 밖에 누가 있겠는가. 그래서 백의종군 중인 이순신을 3차로 또 소환한다.

소환된 이순신은 아무런 원망 없이 나라의 부름을 받아들였고 그로부터 43일 만에 명량승첩으로 제해권을 되찾는다. 도요토미 히데요시의 사망으로 왜적이 철수할 때 이순신은 7년간의 나라의 한을 씻고 불의의 적을 응징하기 위해 노량 관음포에서 싸우다 전사한다.

이것이 마지막이니 다시 살아생전에 그를 소환할 일은 없었다.

나. 사후에 또 세 차례의 소환

이순신의 죽음과 동시에 전쟁은 끝이 난다. 그러나 당시 조선의 지도자들은 이순신을 다시 찾지 않았고 역사의 바다에 그를 묻어두고 다시 옛날로 돌아가 버린다. 이순신을 다시 찾는 일은 그의 사후 200년 가까이 지난 뒤 정조대왕 때부터 시작된다.

(1) 정조에 의한 1차 소환

18세기 말 조선에까지 서구 문명세력이 점차 동쪽으로 밀려온다. 그러자 정조는 외세에서 나라를 온전히 지켜낼 고민에 직면한다. 이 위기극복의 한 방편으로 정조는 역사의 바다에서 다시 이순신을 불러낸다. 이순신을 영의정으로 추존하고 왕명으로 그의 업적을 총정리해 '이충무공전서'를 간행하고 그의 정신을 통해 국가의 위기를 극복해 보고자 했다. 그러나 정조가 세상을 떠나자 이순신은 또다시 역사의 바닷속으로 들어가고 만다.

(2) 일제강점기에 2차 소환

이순신이 축출한 왜적은 조선을 떠난 지 300년 만에 또다시 조선을 침략해 그들의 속국으로 삼았다. 이순신을 300년간이나 묻어두고 반성 없이 살아온 업보이다. 임진 7년 전쟁의 아픔이 36년간의 노예 생활로 바뀐 것이다.

힘없고 헐벗은 망국의 백성들은 300년 전 침략자를 물리쳤던 이순신이 한없이 그리웠다. 역사가, 소설가, 언론인 등에 의해 이순신은 또 소환된다. 그들은 이순신이야말로 그들을 위로해 줄 유일한 인물임을 잘 알고 있었기 때문이다. 이것이 2차 소환이다. 그러나 일제가 끝나자 이순신은 또 역사의 바다에 잠기고 만다. 이순신을 영원히 살려내 다시는 위기를 맞지 않도록 하기까지 가는 데에는 불러낸 자들(민중들)의 힘이 미치지 못했기 때문이다.

(3) 박정희에 의한 3차 소환

일제가 끝나고 이 땅에 민주정부가 들어선다. 그러나 일제 36년의 압제 생활에다 6·25전쟁의 참화까지 겹쳐 민생은 우선 의식주 문제에서 가난을 벗어나야 했다. 생존을 위한 몸부림이었다. 가난을 벗고 우리도 한번 잘살아보고 싶은 것이다.

1961년 집권한 박정희 대통령은 나라의 기운을 의·식·주 생활에서 가난을 탈피하는 대로 모으고자 다시 이순신을 불러온다. 그는 현충사를 확대 복원하고 이순신의 유적을 복원 정비하며 그 정신을 새마을운동으로 변환시켜 국가의 부강에 이순신 정신의 활용을 시도했다. 그러나 이 시도도 그의 피살로 인해 물거품이 되고 이순신은 또다시 역사의 바다로 가라앉고 만다. 이때는 박정희가 독재정치를 한 부정의 무게가 덧붙여져 이순신은 그만큼 더 깊이 바닷속에 잠기고 만다.

3. 오늘날 이순신 가치체계의 수용

가. 이순신 수용의 필요

(1) 오늘날 우리는 3중의 위기를 느끼고 있다

첫째는 안보의 위기다.

미국은 자기의 경제적 이익을 위해선 동맹국도 가벼이 여기는 것 같고, 일본은 대륙진출의 꿈을 버리지 않고 있어 과거를 반성할 줄 모르고 반드시 재무장하려 할 것 같고, 중국은 우리가 그들의 속국 노릇한 과거를 그리워해서인지 지금도 자기들이 이 나라의 지배국인 양 역사의 착각을 벗어나지 않고 있는 것 같고, 러시아 또한 남방으로 세력을 뻗쳐 볼 심산인 것 같다. 이런 생각을 갖고 있는 강대국들로 둘러싸인 이 나라의 안보환경은 항상 우리로 하여금 위기를 느끼게 한다. 그런데다 북한은 말로는 형제라 하면서 무력도발을 계속하고 있으니 이 나라 국민은 항상 안보의 위기를 느끼지 않을 수 없다.

둘째는 경제의 위기다.

경제성장률이 둔화되고 각종 지표들은 나라의 경제가 어렵다는 것을 보여주고 있다. 고민과 걱정과 불만을 여과 없이 표출하는 불만의 사회를 사는 기업인들은 기업인들대로, 노동자는 노동자대로 이 나라 국민들은 경제적 몰락에 대한 위기를 절감하고 있다.

셋째는 사회의 위기다.

도덕과 윤리 등 인성적 가치는 경시되고 돈과 권력만 추구하는 물질적 가치만 소중히 여기는 사회는 필연적으로 양극화로 가고 만다. 사회가 양극화로 가면 갈등이 생기고 충돌이 생기며 대형사건과 사고가 양산된다.

이러한 사회 속에 살다 보면 우리 국민은 자신도 어떤 사건 사고에 휘말려 피해를 입지나 않을지 항상 위기를 느끼며 살 수밖에 없다.

(2) 그래서 오늘날 우리는 또 이순신을 불러오려고 한다. 우리는 오늘날도 위에서 본 엄청난 위기에 직면해 있는데 이순신을 통해 이 어려운 위기상황 속에서 위로받고 싶고 나아가 그 위기를 극복해내고 싶기 때문이다.

이런 목적을 갖고 소환하기 때문에 이제는 이순신의 영웅담을 얘기하는 데서 나아가 정신적 근원가치를 찾아내 이를 수용하는 형태로 소환해야 한다는 점은 수차 밝힌 바 있다.

나. 왜 하필 수용대상이 이순신?

(1) 우리가 우리의 위기를 극복하는 데는 외국의 영웅들도 있고, 반만년 우리 역사에서는 수많은 영웅들을 찾을 수 있을 터인데 왜 하필 가장 먼저 이순신을 불러오려 하는가 하며 의문을 갖는 사람도 있다. 답을 먼저 제시한다면 우리가 어떤 영웅의 내면가치를 수용해 그로써 오늘날 우리의 위기를 극복해내고자 함에 있어서는 이순신만 한 영웅이 없기 때문이다.

(2) 우선 우리 역사상 위인이 있는데도 굳이 외국으로 가서 우리 문제를 해결할 위인을 찾는 것은 부적절하고 불필요하다.

(3) 다음 위와 같은 목적하에서 적절한 인물을 찾을진대, 우리 역사상 영웅들 중 이순신만 한 영웅을 찾기는 어렵다. 외국의 침략으로 전 국토가 미증유의 국난 속으로 빠져든 적도 드물거니와, 무너져가는 나라를 거의 혼자의 힘으로 바로 세운 영웅을 찾기는 더 어렵고, 자기의 목숨을 민족의 재단에 던져 저는 죽고 나라를 살린 영웅은 그 어디에도 없었기 때문이다.

지금도 이순신의 묘소 바로 밑에는 정조가 만든 '어제신도비'

가 세워져 있다. 우리 역사상 제왕이 신하의 묘소에 비문을 지은 것은 오직 이곳 이순신 묘소 한군데밖에 없다. 그 신도비에서 정조는 이렇게 찬탄했다. '우리 선조께서 나라를 다시 일으킨 공로에 또 다른 기초가 더해진 것은 오직 이순신 이 한 분의 힘이라'

그렇다. 외침으로 무너져가는 나라에 기초를 더해 나라를 바로 세웠고 그 터전 위에서 오늘 우리가 행복을 추구하며 살아갈 수 있을진대, 우리가 우리의 영웅 이순신을 가장 먼저 불러와 그를 배우고 그의 내면을 닮아 가자는 것이 어찌 이상하다고 생각할 수 있겠는가!

다. 이순신의 무엇을 수용해야 하는가?

오늘날 거북선을 재현해 한산바다로 나가 학익진을 쳐 본들 거기에 갇힐 왜적선은 없다. 일본이 일으킨 경제전쟁에서 승리하자면 오늘 우리는 거북선의 동체가 아니라 거북선을 만든 이순신의 정신과 가치가 필요한 것이다. 400여 년 전 이순신이 쓴 전략·전술은 오늘날 재미 이상의 별 필요가 없다. 오늘날 우리에게 필요한 것은 이순신의 전략·전술의 바탕에 깔린 그의 정신적 가치이다. 거북선을 만든 그 정신으로 경제전쟁에 이길 지혜를 얻어야 하고, 학익진, 장사진을 친 전술의 뿌리가치를 찾아 창의적 생각을 함으로써 오늘의 위기를 타개할 방책을 얻을 수 있다. 그러므로 오늘날 우리가 수용하고자 하는 것은 이순신을 성공케 한 그의 내면의 가치체계이다.

라. 이순신의 근원가치 수용의 방법

우리가 처한 오늘날의 각종 위기를 극복하고 수많은 위기 속에 살면서도 위로받기 위해서는 나라를 구한 이순신 리더십의 근원가치를 불러와 이를 수용해야 한다면 그 방법은 어떠해야 하나?

(1) 수용함에는 어떤 일을 해야 하나?

국가사회의 위기를 극복하기 위해 이순신의 근원가치를 수용하자면 당연히 아래의 세 가지 일에 중심을 두어야 한다.

(가) 이순신을 연구해야 한다

무엇 때문에 이순신이 성공적으로 위기를 극복했는지, 그 까닭을 연구해야 한다. 그러자면 우선 역사적 사실을 객관적으로 탐구해야 한다. 정확한 이순신의 내면가치는 역사적 진실에 바탕해야하므로 1차적으로는 그의 생애와 당시의 주변 역사를 연구할 필요가 있는 것이다. 그리고 이 연구는 지금도 상당히 실적을 내고 있다. 그리고 그 역사적, 객관적 사실을 바탕하여 더 깊이 나아가 거기에서 그의 정신적 근원가치를 추출해 이를 밝혀내야 한다. 비록 완전치는 못하나 앞서 본 바와 같이 필자는 이순신의 말과 글과 행적에서 그의 리더십의 근원가치로 사랑·

정성·정의·자력을 얘기한 바 있다.

(나) 이순신을 교육해야 한다

이순신의 역사적 생애와 위기극복을 위한 근원적 가치를 연구한 다음에는 그 찾아낸 바를 교육해야 한다. 연구자만 알고 있어서는 국가적 문제를 해결할 수 없다. 대중이 함께 체득할 수 있도록 이순신의 생애와 승리가치를 교육해 널리 확산시켜야 한다. 그리고 그 교육을 통해 수많은 작은 이순신을 키워 내야 하고, 각자 스스로 이순신을 수용하는 작은 이순신이 되어야 한다.

(다) 이순신 사업을 해야 한다

이순신 사업이란 연구와 교육에 따른 사업과 그의 가치를 널리 펴나가기 위한 각종 사업을 포함한 말이다. 국가적 안목으로, 이순신리더십센타를 세우고 유적지를 발굴유지 관리해 나가고 기념공원을 조성하고 이순신학교를 설립하는 등 이순신 사상과 정신이 올바르고 효과적으로 전파되고 확산되고 실천될 수 있도록 하는 각종 사업을 해야 한다. 거듭 강조하는 것은 사업을 위한 사업이 되어서는 안 된다는 것이다. 사업의 목적은 반드시 이순신의 근본가치를 수용하는 데 있음을 항상 유념하며 사업을 해야 한다.

(2) 누가 앞장서서 수용해야 하나?

1948년 7월 17일 민주헌법이 제정되면서 5000년의 역사를 가진 이 나라에서 나라의 주인이 바뀌는 대혁명이 일어난다. '군주와 그 신료들이 주인 되는 나라'가 '국민이 주인 되는 나라'로 바뀐 것이다. 이제 군주와 그 신료들은 공무원이란 이름으로 바뀌고 더 이상 통치자가 아니라 주인인 전체 국민에 봉사해야 하는 봉사자로 거듭나게 된 것이다.

이러한 상황에서 국가사회의 위기를 성공적으로 극복하기 위해 이순신 가치를 수용한다면 가장 먼저 수용해야 할 사람은 누가 되어야 할까. 공무원이 가장 먼저 이순신의 가치를 수용해야 한다. 이순신은 모든 공직자의 사표다. 그는 왕정시대에 살면서도 군주가 아닌 백성사랑에 자기 생명까지 희생한 사람이다. 국민이 주인 되는 민주시대 공무원이라면 당연히 이순신을 사표 삼아 그의 가치를 수용해 자신이 권력자라는 의식을 버리고 나라의 주인인 국민 전체에 대한 봉사자의 길을 가야 하기 때문이다.

(3) 다음으로 연구·교육·사업의 주체는 누가 되어야 적절할까?

개인이나 특정 단체 혹은 특정 지자체가 이 일을 전횡하도록 해서는 안 된다. 개인 혹은 특정 단체나 지자체는 각자의 이해관계에서 벗어나기 어려우므로 이 일을 맡기기에는 적절치 않다. 이 일은 우리 국가와 사회를 어떤 위기에서도 견뎌낼 수 있도록 튼튼한 기초를 만드는 일이니 일의 성질상 어느 개인이나 단체, 지자체에만 맡겨 둘 일이 아니다. 그렇다고 공무원이 앞장설 일

도 아니다. 지금의 공무원은 가장 먼저 이순신에 의해 봉사자의
자세를 정립하도록 교육받아야 할 처지에 있으므로 아직은 이순
신의 가치를 가르치는 데 앞장서기에 적합하지 않다.

그렇다면 국민이 나서야 한다. 이순신 불러오기는 이미 10여
년 전부터 일부 민간인들에 의해 시작되었다. 그리고 그 동력으
로 이 일이 시작되었고, 지금은 이순신의 성공가치가 전 국민에
게 바르게, 고루 전해져야 할 시기가 되었다. 결국 이 일의 주체
는 민간주도로써 경영되게 해야 한다.

즉, 국가의 지원과 감독하에서 민간주도의 법인체가 경영 주
체가 되는 것이 가장 적절한 방법이라 생각한다.

IV. 결론

이상으로써 이순신 리더십의 원천이 되는 그의 가치체계를
살펴보았고 오늘의 국가·사회에 닥쳐온 위기를 극복해 나가기
위해서는 이순신을 마지막으로 다시 불러와 그의 정신적 가치
체계를 수용해야 할 이유와 방법 등을 살펴보았다.

또 이순신을 불러오는 것이 마지막이 되어야 한다고 말한 이
유는 첫째 앞에 말한 세 가지의 국가·사회의 위기는 우리가 극

복해 나가야 할 과정의 문제지 완전히 극복된다는 결과의 문제가 아니어서 어쩌면 우리가 영원히 당면해야 할 위기일 수도 있기 때문이고, 둘째 이젠 위기가 다소 누그러졌다 해서 다시 이순신을 바닷속에 빠뜨려 잊어버렸다가 문제가 또 커지면 이순신을 살리고자 야단법석 떨지 말고 언제나 그의 가치를 연구하고 교육하고 사업함으로써 이 국가·사회를 완전히 건강하게 할 때까지 계속해 그를 활용하자는 말이다.

 마지막으로 이순신 수용의 모습을 다시 정리해보면 1) 우리 모두가 쉼 없이 이순신의 가치체계를 우리들의 가슴가슴에 수용하여 나보다 사회·국가를 소중히 여기는 마음을 길러 이로써 국가·사회의 어떤 위기도 극복해야 한다는 말이고, 2) 모든 공직자와 지도자는 이순신을 사표로 삼아 국민에 대한 봉사자의 길을 가야 한다는 것이고, 3) 위기에 처한 국가·사회가 건강을 회복해 감에 따라 내 개인도 인격을 갖춘 인격자로서 이순신과 같은 성공적 삶을 살자는 것이다.

 이렇게 급하고 중요한 일을 앞에 놓고 또 이순신을 소환해 수용하고자 하는 이상, 국민의 대표기관인 국회가 앞장서서 이순신 정신 수용의 법률을 제정하고, 그 법률로써 이순신을 연구하고 교육하고 사업하는 일이 국가적 차원에서 제대로 이루어져서 성공적으로 완수되도록, 국가의 백년대계를 설계해야 한다는 점을 덧붙이고자 한다.

노승석

성균관대 한문학과 대학원에서
『난중일기의 교감학(校勘學)적 검토』
논문으로 박사학위를 받고 최초
교감완역서인『교감완역 난중일기』
(민음사)가 2013년 UNESCO 세계기록유산에
난중일기 등재 시 심의자료로 제출되고
자문을 맡았다. 순천향대 이순신연구소
교수 및 전문연구위원을 역임하고
KBS, 조선일보사, 현충사 등에서
이순신강의를 해왔고, 현재는 사단법인
이순신리더십연구회 자문위원과
여해(汝諧)고전연구소장으로서 이순신
문화재 발굴 및 인성교육을 하고 있다.

李

舜

臣

난중일기 유적을
통해 본
이순신의
삶과 정신

05

난중일기 유적을 통해 본 이순신의 삶과 정신

— 출옥에서 합천까지를 중심으로

1. 정유재란의 발생

    1596년 7월 조선의 선조(宣祖)는 임진왜란으로 인해 혼란해진 민심을 회유하고 민생안전을 도모한다는 교서[1]를 내리고, 일본에서 열릴 명일(明日)간의 강화협상에 통신사 황신(黃愼)과 박홍장(朴弘長)을 파견하였다. 이들이 명나라 사신과 함께 오사카[大坂]에 도착했으나[2] 도요토미 히데요시(豊臣秀吉)가 명나라의 사절단 접견만을 허락하여 조선사절단의 접견은 이루어지지 못했다. 황신의 병신년 윤8월 29일 기록을 보면 그 당시 상황이 자세히 적혀 있다.

---

1. 『난중잡록』 (병신 8월), "敎中外大小臣僚耆老軍民閑良人等書 王若曰 閔予一人 遭 玆洪亂 大讐未復 大恥未雪……"
2. 『난중잡록』 (병신 윤8월), "通信使黃愼朴弘長等 渡海向日本 …至對馬島 與天使向 大坂"

"계사일(29일) 저녁 평조신(平調信, 다이라 시게부노)이 통사 박대근을 불러 말하였다. '고니시 유키나가(小西行長)와 테라사와 마사나리(寺澤正成)가 즉시 판백(히데요시)의 처소에서 돌아와 판백의 말을 전하기를, 나는 당초 중국에 통하고자 했으나 조선이 막아서 군사를 동원하게 되었는데, 심유격이 양국을 화해하려 하자 조선이 또 불가하다고 했으며, 심유격이 일본과 마음을 함께 한다고 생각했다. 이 천사(이종성)가 도망한 것도 조선이 두려워하여 동요했기 때문이며 책사가 이미 바다를 건너는데도 조선에서는 사신을 보내지 않다가 이제 비로소 늦게 왔고 또한 왕자를 보내지 않았으니 나를 경멸함이 심하다. 나는 그 사신을 만날 수 없고 지금은 먼저 양방형·심유경을 만나야 하니 조선의 사자는 머물러 있게 하고 병부에 품첩하여 그 더디게 온 연고를 안 뒤에야 만날 수 있다'고 하였다"[3]

히데요시는 명과의 강화협상 과정에서 조선이 늦게 오고 왕자가 불참하는 등 비협조적인 데에 불만을 품고, 결국 북상을 계획하여 조선에 대한 재침략을 결정하고 휘하의 여러 장수들에게 이듬해 2월을 기한으로 정하고 재침준비에 착수하도록 명

---

3. 黃愼, 『資聞錄』『秋浦日本往還記抄節』 "癸巳夕平調信招通事朴大根謂曰 行長正成卽自關白所還 傳關白言 我初欲通中國而朝鮮阻遏 及至動兵 沈游擊欲調戱兩國 朝鮮又不可 且以沈游擊 爲與日本同心 李使之逃 亦因朝鮮恐動 冊使旣渡海而朝鮮不肯發使 今始緩來又不遣王子 輕我甚矣 我不可見其使 今當先見楊沈 留朝鮮使者 稟帖兵部 審其來遲之故 然後方可見也"

이순신 정신과 리더십

령하였다.

그런데 기존에는 9월 명일 간의 강화협상이 오사카에서 결렬된 것으로 알려졌지만, 이는 후대에 창작된 이야기로 실제는 오사카의 알현은 잘 끝나고 히데요시가 사카이(堺)에서 명사절을 환대하는 뜻으로 승려를 파견했다. 사카이에서 명사절이 일본 승려들에게 조선에 설치된 왜성 파각과 군대 철수를 요구하는 서한 전달이 화의파탄의 계기가 되었는데, 이때 서한 내용을 안 히데요시가 매우 분노했다고 한다.[4]

이때 조선의 조정에서는 이순신과 원균에 대한 논란이 한창 일었는데, 선조가 일찍이 원균을 우위 평가한 것[5]이 큰 영향을 미쳤다. 앞서 김응남은 거제도를 수비할 사람으로 원균을 추천하였고, 선조는 이몽학의 역모 사건으로 혼란해진 전라지역을 수습하기 위해 원균을 전라병사에 임명하였다. 선조가 김응남과의 대화에서, "이순신이 처음에는 힘써 싸웠으나 그 뒤에는 작은 적이라도 붙잡는 데 힘쓰지 않고, 군사를 동원하여 적을 토벌하지 않으니, 내가 늘 의심하였다. 동궁(東宮)이 남으로 내

---

4. 中野等, 『정유재란기의 도요토미 히데요시의 정세판단과 정책』, (진주박물관, 2017), 105쪽, 참고, 荒木潤 역.
5. 『선조실록』, (을미 8월 18일), "當今將帥 元均爲最 設使有過當之事 豈宜輕爲論啓 以解其心"

려갔을 때에 누차 사람을 보내어 불러도 오지 않았다"[6]고 불만스런 감정을 토로했다. 이처럼 선조는 원균에 대해 매우 긍정적인 반면, 이순신에 대해서는 매우 부정적이었다.

이해 겨울 황신의 군관 조덕수(趙德秀)와 박정호(朴挺豪) 등이 먼저 황신과 박홍장의 비밀 서장(書狀)을 가져 왔는데, 여기에 담긴 히데요시의 답변에는 조선에 대한 재침 의사가 분명히 드러나 있었다.

> "길을 빌어 상국에 통공(通貢)하려고 하는데 조선이 허락하지 않으니, 그 무례함이 심하다. 또 명나라 사신이 올 때에 따라오지 않았고 오는 것도 느려서 약속한 때에 미치지 않았으니, 한번 전쟁하여 승부를 결정해야 하겠다"[7]
>
> － 풍신수길의 답변(비밀서장)

이때 명나라의 두 사신 양방형과 심유경이 사절업무를 마치고 대마도에서 곧 조선으로 돌아올 예정이었고, 조정에서는 이 서장을 보고 가토 기요마사(加藤淸正)가 다시 공격해온다는 경보

---

6. 『선조실록』(병신 6월 26일), "舜臣初則力戰 而厥後雖零賊 不勤捕捉 而且無揚兵討賊之擧 予每疑之矣 東宮南下時 屢度送人 招之不來"

7. 『선조실록』(병신 11월 6일), "黃愼軍官趙德秀朴挺豪等 齎黃愼朴弘長秘密書狀來 略曰 兩天使皆在一岐島 關白只見天使 而陪臣則不爲許待曰 欲假道通貢於上國 而朝鮮不許 其無禮甚矣 且於天使之來 不爲跟隨 來又緩緩 不及期會 當一遭廝殺 以決勝負云云"

를 탐지하여 청야(淸野)[8]의 대책을 세웠다. 이에 각도의 백성들에게 명하여 부모 처자가 재산과 곡식을 갖고 모두 부근의 산성으로 들어가고 운반이 어려운 물품들은 깊은 산에 매장하고 청야하고서 대기하게 했다.[9] 이순신도 청야를 언급한 기록[10]이 있는데 아마 이때쯤 한산도에 있으면서 작성한 것으로 보인다.

12월 통신사 황신과 박홍장 등이 대마도에서 귀국하여 남원을 거쳐 서울로 가고, 명나라 사신도 유키나가와 함께 조선에 왔다. 정사 양방형(楊邦亨)이 부산을 출발하여 밀양으로 나오는데 유키나가가 호송하였다. 황신은 비변사를 통해 선조에게 2, 3개월 안에 왜적이 재침할 우려가 있다고 보고하였다.

"일본군은 먼저 전라도와 제주도를 침범하고 수군을 공격할 것이니, 도체찰사·도원수·경상·전라의 순찰사·통제사 및 제주 목사 등의 관원에게 새로운 각오로 대비토록 함이 마땅합니다"[11]

---

8. 청야(淸野)는 적이 이용하지 못하도록 농작물이나 건물 등 지상에 있는 것을 말끔히 없애는 일종의 전법(戰法)이다.

9. 『난중잡록』(병신 11월), "朝廷見黃愼啓 又因日本往還人 探知淸賊再擧之警 … 乃爲淸野之策 急令各道大小人民父母妻子 盡入付近山城 家財穀物 盡爲輸入 數多難移者 途遠未易者 近處深山 堅固埋藏 淸野以待云云"

10. 이순신이 작성한 고문서에 "堅壁[淸]野 遇賊始[制] 尅己之方"이라는 내용이 있다. (노승석 해독)

11. 『선조실록』(병신 12월 23일), "黃愼書啓之事 極爲詳盡 而大槪則二三月之後 將有再動之虞 至於先犯全羅及濟州 又欲衝犯舟師者… 更爲密諭于都體察使都元帥慶尙全羅巡察使統制使及濟州牧使等官 刻新待變爲當"

이에 조정에서는 철저한 대비책을 세웠는데, 체찰사 이원익은 왕명을 받들고 바로 양남(兩南, 호남·영남)과 호서지방으로 가서 여러 장수들과 사민(士民)들에게 청야하고 산성을 지키도록 하였다.

이순신이 선조에게 아뢰기를, "신이 마땅히 힘을 다해 기요마사의 오는 길을 막고자 하니, 각 도의 수령에게 명하여 수군들을 들여보내는 일에 힘을 다하게 하도록 하소서"라고 하였다.[12] 이에 조정에서는 부체찰사 한효순에게 수군의 일을 맡기어 3도의 수병과 격군(格軍) 등을 밤낮으로 선발하여 들여보내고, 병선(兵船)과 기계를 급히 수리하여 이순신이 적을 방어하는 일을 돕게 했다.

고니시 유키나가(小西行長)는 거짓으로 조선과 수호(修好)를 맺을 것을 청하고 포로로 잡아간 왕자(王子)를 돌려보내 왔다. 그리고는 이순신을 모함하기 위해 자신의 부하인 요시라(要時羅)를 시켜 흉계를 꾸며 도원수 권율(權慄)에게 다음과 같이 통보하였다.

"가토 기요마사와 사이가 안 좋아서 반드시 죽이고자 하는데 지

---

12. 『난중잡록』 (병신 상동), "統制使李舜臣啓曰 臣當竭力 欲防淸正來路 令各道守令
水兵等 盡力入送云云"

금 일본에 있는 기요마사가 곧 다시 올 것이다. 내가 날짜를 알아서 기요마사의 배를 찾아 알려주겠다. 통제사 이순신에게 수군을 거느리고 바다로 가서 요격하게 하면 수군의 백승(百勝)하는 위세로 반드시 사로잡아 참수할 수 있을 것이다. 그러면 조선의 원수를 갚고 유키나가도 통쾌할 것이다"[13]

이에 조정에서는 기요마사의 머리를 베어 올 수 있는 절호의 기회로 여기고는 이순신에게 요시라가 말한 대로 하도록 출동을 명하였다. 이것이 바로 이순신을 모함하기 위한 계략인 것은 전혀 몰랐다.

1597년 정월 윤근수(尹根壽)는 이순신에게 기회를 놓쳐서는 안 된다고 재촉했는데, 윤근수는 원균과 인척 관계였다. 이순신은 적의 말이 거짓임을 알고는 동요하지 않고 왕에게 글을 올렸다.

---

13. 『행록』 (병신 겨울), "倭將平行長 陣巨濟 憚公威名 百計圖之 使其下要時羅者 行反間 要時羅因慶尙左兵使金應瑞 通於都元帥權慄曰 平行長與淸正有隙 必欲殺之 而淸正今在日本 不久再來 我當的知來期 物色淸正之船而指之 朝鮮使統制使領舟師 往邀於海中 則以舟師百勝之威 蔑不擒斬 朝鮮之讎可報 而行長之心快矣"

"한산도에서 부산까지 가다 보면 반드시 적진을 경유하게 되는데, 반드시 적은 우리의 형세를 간파하게 되어 우리를 깔보게 될 것이며, 또 부산에 가면 바람을 등지고 적을 맞게 되어 이롭지 못합니다. 그러니 어찌 적의 말을 믿고 전쟁을 시험 삼아 해볼 수 있겠습니까"[14]

이순신은 왜적이 함정에 빠뜨리려는 계략임을 알고 끝내 명령을 따르지 않았다. 지혜로운 장수는 가능성이 보일 때 나아가고 불리하면 물러나는데, 윤휴는 바로 이순신이 이를 실천했다[15]고 평가했다. 춘추전국시대의 병법가 오기(吳起)는 "아군이 적만 못하면 의심하지 말고 피하라"고 한 점[16]을 볼 때 이순신의 판단은 옳았다.

이때 심유경이 명나라로 돌아가고 부찰사 한효순은 전라좌수영에 오자 이순신은 한산도에서 나와 방어할 일을 상의했다. 이때 기요마사가 병선 1만여 척을 거느리고 대마도에서 바다를 건너와서 다시 서생포·두모포·죽도 등의 옛 보루를 수리하였다. 이순신은 좌수영에서 한산진으로 돌아가는 도중에 풍우를

---

14. 윤휴, 『백호전서』, 「이충무공유사」 "舜臣以賊言詐詭 守便宜不動 奏曰 自閑山至釜山 路必由賊陣 必披我形勢 啓賊輕侮心 且到釜山 遡風逆賊不便 況豈可信寇賊言 嘗試戰事"
15. 윤휴, 『이충무공유사』 "見可而進 知難而退"
16. 오기, 『오자』「요적」 "凡此不如敵人 避之勿疑"

만나 남해현에 정박했는데, 정탐하는 배가 달려와서, "요시라가 사적으로 전하는 내용에, 이미 이달 10일 비바람이 부는 가운데에 기요마사 등이 병사를 거느리고 바다를 건너 다시 옛 진으로 들어갔다"고 보고하였다.[17]

얼마 후 요시라가 찾아와서 기요마사가 이미 지나갔다며 왜 기회를 놓쳤냐고 반문하였다. 1월 21일 도체찰사 이원익의 서장(書狀)에 의하면, "기요마사가 이달 13일에 다대포(多大浦)에 도착하여 정박하였는데 먼저 온 배가 2백여 척이라고 하였다"[18] 이원익은 권율과 논의하여 호남 군사 1만 명을 징발하게 하고, 각 도와 고을에서 지방 의병을 모집하고 통제력과 명망이 있는 자를 주장(主將)으로 삼도록 하였다.

도원수 권율은 한산도 진영에 와서 상황을 모르고 이순신에게 요시라의 약속대로 기회를 잃지 말라고 했다. 조정에서는 원균을 신뢰하고 이순신을 훼방하는 일이 그치지 않았기 때문에, 이순신은 요시라에게 속임을 당하는 것임을 알고서도 그 앞에서 거절하지 못했다. 권율이 육지로 올라간 지 하루 만에 웅천

---

17. 『난중잡록』 (정유 1월 10일), "淸正領兵船萬餘艘 自對馬島渡海 復修西生豆毛竹島等舊壘 時李舜臣自左水營還閑山鎭 路遇風雨 留泊南海縣 探船馳報慶尙左兵營消息云 要時羅私傳內 已於本月初十日風雨中 淸正等領兵渡海 復入舊鎭云云"

18. 『선조실록』 (정유 1월 21일), "兼慶尙等四道都體察使議政府右議政李元翼書狀機張縣監李廷堅馳報內 淸正今月十三日 多大浦到泊 先來船二百餘隻"

현감이 "1월 15일 기요마사가 장문포에 와서 정박했다"고 했다. 조정에서 기요마사가 건너온 소식을 듣고 이순신이 토벌하지 않은 것을 꾸짖자, 사헌부·사간원의 공론이 크게 발의되어 적을 놓쳤다고 논죄를 청하여 체포하여 신문하기를 명했다. 이때 이순신은 수군을 거느리고 가덕(加德) 바다에 갔다가 체포 명령을 듣고 본진으로 돌아와서 진중의 소유품을 모두 원균에게 넘기니 군량이 9,914석이고 총통이 3백 자루이었다.[19]

선조는 "유키나가가 자세히 가르쳐 주었는데 우리가 해내지 못했으니, 우리나라야말로 정말 천하에 용렬한 나라이다. 지금 유키나가가 조롱까지 하니, 우리나라는 유키나가보다 못하다. 한산도의 장수(이순신)는 편안히 누워서 어떻게 해야 할 줄을 몰랐다"고 이순신을 원망하였다. 이에 대해 윤두수는 이순신이 나가 싸우기에 싫증을 낸 것이라고 했고, 김응남은 해전에서 이긴 것은 이순신이 목을 베려고 하여 정운이 분발했기 때문이라고 하였다. 선조는 이순신에게 기요마사의 목을 베어오길 바란 게 아니고 다만 시위하며 해상 순찰을 하길 바란 것이라며, "이

---

19. 『행록』 (정유 1월 21일), "權元帥至閑山陣 謂公曰 清賊近將再來 舟師當從要時羅之約 慎毋失機 是時 朝廷方信元均 謗公不已 故公雖心知見欺於要時羅 而不敢擅有前却 元帥回陸纔一日 熊川報今正月十五日 清正來泊于長門浦 朝廷聞清正渡來 咎公之不能擒討 臺論大發 請以縱賊罪之 命拿鞫 時公領舟師 往加德海 聞有拿命 還本陣 計陣中所有 付于元均 軍粮米九千九百一十四石 … 銃筒 除各船分載之數 又有三百柄"

이순신 정신과 리더십

제 우리나라는 끝났다"고 개탄하였다.[20]

  조정에서는 신하들이 모두 이순신을 탓하고, 대간(사헌부)에서는 적을 놓쳤다는 이유로 이순신을 체포하여 신문할 것을 청했으며, 선비 박성(朴惺)은 "이순신을 참수해야 한다"고 상소하였다. 그 결과 선조는 왕명을 거역했다는 죄명으로 이순신을 하옥시키라고 명하고, 원균으로 삼도수군통제사를 대신하도록 하였다.[21] 이때 이순신은 선조에게 계(啓)를 올렸다.

> "신이 힘을 다해 바다를 건너는 적을 막으려고 했으나 군사기밀을 놓쳐 상륙하게 했으니 신은 죽어도 여죄가 있습니다. 다만 각고을 수령 등이 수군의 일에 전념하지 않는데, 그중에 남원·광주가 더욱 태만하였으니, 청컨대 군중에 효시하도록 명하소서"[22]

  이에 선조는 비변사에 재가를 내려 부체찰사 한효순에게 순천에서 두 원을 잡아다가 치죄하게 하였다. 이때 대구에 있던

---

20. 『선조실록』(정유 1월 23일), "上曰 今者舜臣豈望擒賊淸正之首哉 只揚於耀武 沿洄洋路 而終不得爲 誠可歎也 今見都體察狀啓 耀兵約束 旣已俱矣 上嗟歎良久 喟然言曰 我國已矣 奈何奈何"

21. 『선조수정실록』(정유 2월 1일), "命下統制使李舜臣于獄, 以元均代之" 선조실록 2월 6일 자는 김홍미에게 이순신을 원균과 교대한 다음 잡아 오도록 전교한 것으로 되어 있다.

22. 『난중잡록』(정유 2월 1일), "李舜臣啓曰 臣竭力欲禦渡海之賊 竟失軍機 使之下陸 臣死有餘罪 但各官守令等 舟師之事 專不用意 其中南原光州尤其慢忽 請命梟示軍中 懲一勵百云云 啓下備邊司 令副察推鞫兩邑太守 其後副察使在順天 拿治兩倅"

권율은 각도에서 군사 2만 3천 6백 명을 모으고 총통 천 개를 확보했다. 2월 21일 도요토미 히데요시는 일본군을 8개 부대로 편성했는데, 남해에 주둔하고 있던 잔병을 포함하여 수군과 육군이 모두 14만여 명이었다. 히데요시는 구체적인 작전 지시[23]를 내리고 부산과 대마도, 이키(壹岐), 나고야에 갈아탈 배를 배치하고 테라자와 마사시게(寺澤正成)에게 매일 정보를 보고하게 하였다.

2. 백의종군의 여정
① 출옥과 모친상

영남에 있던 도체찰사 이원익은 이순신의 체포 명령 소식을 듣고 급히 조정에 보고하기를 "왜적이 꺼리는 것이 수군인데 이순신을 교체해서는 안 되며 원균을 보내서는 안 됩니다"라고 했으나 받아들이지 않았다. 결국 2월 26일, 의금부 도사가 이순신을 체포하여 한성으로 압송하여 가는데 그 압송로에 남녀노소의 백성들이 모여들어 통곡하며 말하기를, "사또께서 어디로 가

---

23. 감군(監軍) 7명을 둘 것, 전라도를 빠짐없이 공략할 것, 충청과 경기도를 공략할 것, 공로자는 포상하고 위법자는 사형에 처할 것, 조선 진중에서 7명이 보고를 담당할 것, 나는 혼자 바다를 건너가서 즉각 섬멸하고 명나라까지 공략할 것이다. 『모리수원기毛利秀元記』(권3)

시옵니까. 우리들은 이제 죽을 것입니다"²⁴라고 하였다. 여기서 압송로는 바로 통영별로인데, 통영에서 고성으로 이어지는 한성을 오가는 길이다. 현재 이곳의 길가에 통제사 구현겸 불망비가 새겨진 바위가 있다.

한편 명나라에서는 특별히 군사를 출동시켜 재차 조선을 구하라고 명하고 양호(楊鎬)를 경리조선군무(經理朝鮮軍務)로 삼아 조선에 파견했다. 또 심유경을 조선에 보내어 먼저 왜적의 정세를 살피게 했는데, 그 후 의령으로 가서 고니시 유키나가에게 조선을 침범하지 말라고 역설했다. 이에 유키나가는 "나의 마음을 그대가 이미 아는 바이나, 기요마사 등이 다시 일으키기를 힘써 주장하여 내 말을 듣지 않으니 어찌하리요"라고 하였다.²⁵

3월 4일 이순신은 삼도수군통제사직에서 파직되고 한성의 감옥에 갇히게 되었다. 어떤 이가 말하기를, "주상의 노기가 한창 심해지고 조정의 논의도 중하게 되었으니, 일을 예측하기 어려운 상황임을 어찌하겠소"라고 하자, 이순신은 "죽고 사는 것은

---

24. 이분, 『충무공행록』. "二月二十六日 就途 一路民庶男女老幼 簇擁號慟曰 使道何之 我輩自此死矣"
25. 『난중잡록』 (정유 2월), "沈惟敬到宜寧 使人邀平行長 行長單騎出來 議話而還 惟敬力言勿侵本國 行長曰 我之心 天使已知之 清正等力主再擧 不聽吾言 爲之奈何 云云"

명에 달렸으니, 죽어야 한다면 죽을 것이오"라고 말했다.[26] 억울한 누명으로 옥살이를 하게 된 상황에서도 당당한 모습을 잃지 않았다.

이때 선조는 소문이 모두 사실이 아닌지 의심하여 성균관 사성(司成) 남이신(南以信)을 한산도로 특파하여 진상을 살피게 했다. 남이신이 전라도에 들어가자 군사와 백성들이 길을 막고 이순신의 원통함을 호소하는 자들이 이루 헤아릴 수 없었다. 그러나 남이신은 사실대로 보고하지 않고 "기요마사가 바다 섬에 7일간 머물렀으니 우리 군사가 갔더라면 잡아 올 수 있었으나 순신이 주저하여 기회를 놓쳤다"라고 허위보고하였다.[27] 김명원이 경연(經筵)에 들어가서 말하기를, "왜적이 배 젓는 일에 익숙한데 7일간 섬에 걸렸다는 말은 거짓말 같습니다"라고 하니, 선조가 말하기를, "내 생각도 그러하다"고 했다.

12일 이순신이 문초를 받았는데 사건의 전말을 진술했을 뿐 주변 사람을 끌어들이는 말을 조금도 하지 않았다. 우수사 이억기가 옥중에 있는 이순신에게 문후하기 위해 사람을 보내어 말

26. 상동, "三月初四日 夕入圓門 或曰 上怒方極 朝論且重 事將不測 奈何 公徐曰 死生有命 死當死矣"
27. 류성룡, 『징비록』, "上猶疑所聞不盡實 特遣成均司成南以信 下閑山廉察 以信旣入全羅道軍民遮道 訟舜臣冤者 不可勝數 以信不以實聞 乃曰 淸正留海島七日 我軍若往 可縛來 而舜臣逗遛失機"

이순신 정신과 리더십

하기를, "수군은 머지않아 반드시 패할 것이오. 우리들은 앞으로 죽을 곳조차 모를 것이오"라고 하였다.[28]

13일 선조는 비망기(備忘記)[29]를 통해 이순신의 죄목을 들어 신하로서 임금을 속인 자는 용서할 수 없으니 실정을 알아내어 극형에 처하는 문제를 대신들에게 문의하라[30]고 지시하였다. 앞서 조정으로 자주 보낸 원균의 잦은 투서와 조정 대신들의 이순신에 대한 평판이 선조의 이 같은 결정을 하기까지 악영향을 미친 것이다.

이때 이원익과 정탁 등 조정대신들과 이순신 휘하 장수들의 신원운동이 크게 일어났다. 북도의 토병들도 이순신이 감옥에 있다는 소식을 듣고 찾아가 상소하여 석방시키려고까지 하였다. 그 결과, 마침내 선조는 마음을 돌려 그간 이룬 이순신의 공로를 참작하여 이순신을 치죄하지 않고 사면하였다. 다만 이때 이순신은 한차례 고문(拷問)을 받고 삭직된 신분으로 합천 율곡 영전리에 있는 원수의 막하에서 백의종군하라는 처분을 받았

---

28. 『행록』 (정유 3월 12일), "公在獄時 右水使李億祺遣人奉書 問候於公 泣而送之曰 舟師不久必敗 我輩不知死所矣"
29. 1. 조정을 기망(欺罔)한 것은 임금을 무시한 죄.
　　2. 적을 놓아주어 치지 않은 것은 나라를 저버린 죄.
　　3. 남의 공을 빼앗아 남을 무함하며 매사 방자함은 기탄함이 없는 죄.
30. 『선조실록』 (1597년 3월 13일), "人臣而欺罔者 必誅不赦 令將窮刑得情 何以處之 問于大臣"

다.[31]

한성 출발(4, 3), 과천·수원·오산·평택·둔포→ 아산 도착(4, 5), 어라산
선친묘소 참배→ 모친사망(4, 11 / 13일 부고)→ 모친 영전, 사당에 하
직하고 출발(4, 19 / 아산 15일 체류)→ 순천 도착(4, 27)→ 순천 머뭄,
도원수군관의 위문(5, 13)→ 권율과 소식전달, 구례 도착(5, 14)→ 체찰
사 이원익 만남(5, 20)→ 배홍립 만남(5, 22)→ 하동 도착(5, 26)→ 합천
개비리 도착(6, 4)→ 모여곡 이어해(李魚海)집에 기거(6, 5)→ 도원수
권율 만남(6, 8)

4월 1일 이순신이 특사로 출옥하였는데, 현재는 그 당시 의금
부가 있었던 종각역 1번 출구 부근에 의금부터를 기념하는 비
석이 세워져 있다. 3월 4일에 투옥되었다가 27일 만에 나왔는
데, 이순신은 석방된 날부터 삼도수군통제사로 재임명되는 8월
3일까지 120일간의 백의종군의 여정에 오른다. 이때 그간 쓰지
못한 『난중일기』를 다시 쓰기 시작했다. 출옥한 당일에는 지인
들을 만나 술에 흠뻑 취했고, 다음날에는 필공(筆工)을 불러 붓
을 매게 하고는 류성룡을 만나 밤새 이야기하고, 3일 백의종군

---

31. 『행록』, "赦令白衣立功於元帥幕下", 『징비록』, "命拷問其情 受刑一次 減死充軍",
『재조번방지』, "拷問一次 減死削職充軍", 『난중잡록』, "上以李舜臣功過相准 赦不
治 命從軍于元帥府", 윤휴의, 『統制使李忠武公遺事』, "上亦念其勞 乃減死削職 命
從軍自效 赴都元帥慄幕下"

이순신 정신과 리더십

하기 위해 남쪽으로 길을 떠났다.

그 후 인덕원에서 잠시 쉬었다가 저녁에 경기 체찰사 휘하의 이름도 모르는 병사의 집에서 자고, 4일 오산시에 독산성 아래에 도착하여 판관 조발(趙撥)과 함께 술을 마셨다. 독산성은 독성산성으로 지금 오산 지곶동에 있고 오산과 수원, 화성을 아우른 높은 구릉에 설치되어 있다. 오후에 안성천 일대의 수탄(水灘)을 지나 팽성읍 객사 인근에 있는 이낸손의 집에 묵었다. 수탄은 조선 군영나루가 있었던 곳이고, 독산성에서 이 객사까지 약 25km이다.

5일 아침 이순신은 아산에 있는 부친의 묘소에 가서 참배하고, 오후에는 외가인 초계변씨 사당과 큰 형님인 희신의 사당에도 참배했다. 또한 저물녘 본가의 장인과 장모, 둘째 형 요신과 아우 우신의 부인 사당에도 참배했다. 여기서 본가는 아산 현충사 경내에 소재하는 방진의 집이다. 집안의 사당에 두루 들러 출정하러 감을 고유(告由)했는데, 원행할 때의 예법을 행한 것이다.[32] 또한 집안 친척과 친구들을 만나 회포를 풀었는데, 이때 의금부 도사 이사빈이 내려와 이순신 곁에서 수행했다.

---

32. 『주자가례』 권1, 「사당」 조의, "멀리 수십일 이상을 출행하게 되면 사당에 재배분향한다"고 하였다.

11일 새벽에 이순신은 매우 불길한 꿈을 꾸어 『난중일기』에 "매우 심란하여 이루 다 말할 수가 없다"고 적었다. 이날 여수에서 올라오던 모친이 태안 안흥량의 선상에서 실제 사망했는데, 이순신은 이를 꿈으로 선몽하여 예견했다. 다음날 안흥량에서 돌아온 종 태문(太文)이 모친이 위독하다는 소식을 전하고, 그다음 날 13일 이순신이 아산 바닷길로 모친을 마중 나갔는데, 얼마 후 종 순화(順花)가 와서 모친의 부고(訃告)를 전했다. (향년 83세) 당시의 안흥량은 지금의 안흥항 부근으로 서해 중부의 항구이다. 이곳을 출발한 배는 아산만과 삽교호, 곡교천을 지나 아산 해암(蟹巖, 게바위)으로 들어갔다.

　이순신은 해암으로 급히 달려가서 모친의 시신을 인계받고 입관하는 절차를 마쳤다. 16일 아산 염치읍에 있는 중방포(中方浦) 앞에 배를 대고 영구를 상여에 옮겨 싣고 아산 본가로 가서 빈소를 차렸다. 여기서 중방포는 모친의 시신을 실은 배가 마지막으로 정박한 곳이다. 이 중방포 위치에 대해 기존의 연구자들은 산과 인접한 중방리 부근으로 보았으나 이는 배가 갈 수 없는 곳이므로 논란이 많았다. 이에 필자는 수차례 실사를 통해 이곳이 수장골에서 내려오는 강물과 게바위 앞으로 흐르는 강물이 만나는 지점으로 비정했다. 이에 대해 현지 학자들과 주민들이 공감했고 실제 이 중방포 앞에는 지금도 배를 댈 수 있을 정도의 강물이 있다.[33] 이때 이순신은 남쪽으로 갈 일도 급박한데 모친상까지 당한 절망적인 상황에서 울부짖으며 죽기를 바랄 뿐이었다. 의금부 도사의 하급관리 이수영이 갈 길을 재촉하는데, 며칠 동안 지친 몸으로 내내 곡만 하였다. 이때 이순신은 다음과 같은 말을 한다.

"나라에 충성을 다하고자 하나 죄가 이미 이르렀고, 어버이에게

효도를 하고자 하나 어머니는 돌아가셨네[34]"

19일 이순신은 마침내 장례도 치르지 못하고[35] 모친의 영전 앞에 울부짖으며 하직을 고하였다. 다시 조상의 사당에서도 하직을 고하였다. 자식의 도리와 조상에 대한 예를 다하고자 한 것이다. 그 후 아산 배방 금곡(감태기) 마을의 선전관 강희중의 집 앞에서 강정과 강영수를 만나 조문을 받고 말에서 내려 곡을 했다. 이 장소는 현재 강씨의 후손들에 의해 확인되었다. 4월 5일부터 19일까지 이순신이 아산에 머문 15일 동안은 이순신의 일생에 있어 가장 절망적이고 참담한 기간이었다.

---

33. 『난중일기 유적편』 노승석 옮김, (여해, 2019), 361쪽, 사진 참고

34. 『행록』 "竭忠於國而罪已至 欲孝於親而親亦亡"

35. 조선시대 상례는 당상관 이상은 3개월 이후에 장례를 치렀다. 이순신은 4월 13일 모친상을 당하고 장삿날을 7월 27일로 정했다가 113일 만인 8월 4일에 장례하였다. 『주자가례』 「治葬」에는 "대부는 3개월, 사는 한 달 만에 장사한다(大夫三月 士踰月而葬)"고 하였다. 『경국대전』 「상장(喪葬)」조에 "4품 이상의 관리는 3월장(三月而葬), 5품 이하의 관리는 달을 넘겨서 장례를 치른다(踰月而葬)"고 하였다.

② 권율 진영

20일 이순신은 공주를 거쳐 논산 이산현의 관아 동헌에서 유숙했다. 여기는 현재 남은 것이 없고 5백여 년 된 느티나무가 옛 동헌자리를 지키고 있다. 이튿날 익산 여산(礪山)의 관노집에서 잤는데, 홀로 비통한 심정을 토로했다. 현재 여산면에 여산 동헌 건물이 남아 있다. 23일 아침 오원역 역참에서 말을 갈아타고 아침 식사를 했다. 오원역은 임실군 관촌면 오원 강변에 있는 역참으로 현재는 이 부근에 사선루가 남아 있다.

그 후 남원을 지나 원수 권율이 순천으로 향한다는 소식을 듣고 순천을 향해서 갔다. 27일 순천 송원에 이르자, 권율이 군관 권승경을 보내어 위로해 주었다. 송원은 순천 서면 운평리 송치 안에 소재하며 솔원이라고도 한다. 다음날도 권율이 군관을 보내어, "상중에 몸이 피곤할 것이니, 기운이 회복되는 대로 나오라"[36]고 하였다. 상중인 것을 알고 배려한 것이다. 인근의 관리들이 이순신에게 오가며 안부를 묻고 대화를 나누었다.

당시 조정에는 논자들의 의논이 심하게 양분되어 서인(西人)은 원균을 지지하고, 동인(東人)은 순신을 지지하여 서로 공격만 하고 군대 일은 안중에 없었다. 원균이 이순신을 대신하여 삼도수

---

36. 『난중일기』 (정유 4월 28일), "朝元帥 又送軍官承慶問候 因傳日 喪中氣困 從氣蘇 平出來云"

군통제사에 부임하자 이전의 규정을 모두 변경하고 모질고 괴팍하게 행동하니 군사들이 원망하고 분해했으며, 술주정이 심한 데다 형벌에 법도가 없어서 호령을 해도 시행되지 않았다.[37]

5월 단오절 원균에 대한 갖가지 안 좋은 이야기들이 들려왔다. 원유남이 한산도에서 와서 원균의 패악함을 전하고 장졸들이 이탈하여 형세가 위태롭다고 전했다. 이순신은 천애의 땅에와서 멀리 종군하여 어머니의 장례도 못 치르는 자신의 신세를한탄했다.

> "나와 같은 사정은 고금(古今)에 둘도 없을 터이니, 가슴 찢어지듯이 아프다. 다만 때를 만나지 못한 것이 한스러울 뿐이다"
>
> 『난중일기』 정유년 5월 5일

8일 권율의 명령으로 원균도 조문편지를 보내왔다. 이경신은원균이 서리의 아내를 간음한 사건을 전했다. 이순신은 "원균이온갖 계략을 꾸며 나를 모함하려 하니 이 또한 운수이다"[38] 하였다. 12일 이순신은 자신을 모함한 원균이 여러 가지 문제로 상황이 심각함을 알게 되었다. 그래서 신홍수(申弘壽)를 시켜 원균

---

37. 『재조번방지』 (정유 4월), "當時在廷諸人 議論分岐尤甚 西人主元均 東人主舜臣 互相攻擊置兵事於度外 國之不亡幸矣 元均旣代舜臣 盡變其約束 狠愎自用 軍心怨憤 嗜酒酗怒 刑罰無度 號令不行"
38. 『난중일기』 (정유 5월 8일), "元也百計陷吾, 此亦數也"

에 대한 주역점을 치게 했는데, "첫 괘가 수뢰둔水雷屯괘䷂가 나왔고 이것이 변하니 천풍구天風姤괘䷫가 나왔다. 용괘用卦가 체괘體卦를 극하여 크게 흉하다"[39]고 하였다.

 이 점괘에서 "용이 체를 극하여 크게 흉하다"는 것은 소강절의 체용론에서 나오는 내용이다. 천풍구괘는 건상손하(乾上巽下)로 구성되었는데, 위의 괘는 다섯 번째 양효가 포함된 상괘(소성괘)인 건(乾)괘가 용괘가 되고, 남은 하괘인 손(巽)괘가 체괘가 된다. 이 두 괘를 오행으로 보면 건괘는 금(金)이고 손괘는 목(木)에 해당하므로, 금이 목을 극하여(金剋木) 상극 관계가 된다. 따라서 금에 해당한 용괘가 목에 해당한 체괘를 극하여[用剋體] 흉하다고 판단한 것이다. 이 점은 결국 원균이 63일 이후 칠천량해전에서 패망함을 예고한 것이다.

 14일 이순신은 순천을 떠나 찬수강을 지나 구례의 손인필 집에 도착했는데, 낮고 누추한 집에서 숙박했다. 찬수강은 구례군의 신촌마을 강변으로 상류를 상찬수, 하류를 하찬수라고 부른다. 이때 남원의 정탐군이 와서 체찰사 이원익이 곡성을 경유하여 진주로 갈 것이라고 보고하였다. 20일 체찰사 이원익이 이순신에게 군관을 보내어 조문을 하였다. 이날 밤 체찰사를 만났

---

39. 『난중일기』 (정유 5월 12일), "申弘壽來見 以元公占之 則初卦水雷屯 變則天風姤 用克體 大凶大凶"

는데, 그는 하얀소복을 입은 채로 원균의 기만행위를 말하고 선조의 무능함을 개탄하였다. 박천 군수 유해(柳海)가 와서 당시의 형벌 제도를 말하는데, 고소한 사람이 형장을 맞아 죽어가고 물건을 바쳐 석방되었다. 이에 대해 이순신은 "백 냥의 돈으로 죽은 혼도 살린다"[40]고 말하여 그 당시 사회의 형벌 제도가 문란함을 비판했다.

23일 이순신이 초계로 가겠다고 하니, 이원익은 쌀 두 섬을 체지(물품권)로 써서 주었다. 다음날 이원익의 군관 이지각(李知覺)이 이순신에게 경상우도의 지도를 그려달라고 해서 그려주었다. 26일 폭우가 심하게 내릴 때 하동에 사는 이정란의 집으로 갔는데 거절을 당했다. 그러나 이순신은 체면을 가리지 않고 아들 열을 시켜서 억지로 들어가서 잤다. 그 후 28일과 29일 이틀간 하동현에 유숙했는데 현감이 원균의 비행을 말했다. 현재는 하동읍 성터에 구벽과 오래된 팽나무가 남아 있다.

6월 1일 이순신이 일찍 출발하여 청수역 시냇가 정자에서 쉬었다. 청수역은 하동군 옥종면 정수리 부근에 복원되어 있는데, 실제는 건넛마을 농지 안에 있었다고 한다. 이날 늦게 산청군 단성면 사월리에 있는 박호원의 농사짓는 노비 집에 투숙했는

---

40. 상동, 5월 20일, "內外皆以見物之多少, 罪有輕重, 未知結末之如何也. 此所謂"一陌金錢便返魂"者也

데, 누추하여 간신히 밤을 보냈다. 박호원의 노비 집은 바로 박
호원의 재실인 이사재(泥泗齋) 안에 있었다.

　2일 이순신이 산청 단계(丹溪)를 거쳐 늦게 삼가(三嘉)현에 도
착했다. 지금은 삼가현의 부속건물인 기양루(岐陽樓)가 남아 있
다. 기양루는 합천의 옛 명칭인 삼기현의 '기'자와 강양군의 '양'
자를 따온 것이다. 현감이 없는 빈 관가에서 유숙하는데, 고을
사람들이 밥을 지어 와서 먹으라고 하나 이순신은 종들에게 먹
지 말라고 당부했다. 그 후 삼가현 5리 밖의 홰나무 정자에서
노순(盧錞)과 노일(盧鎰)형제를 만났다. 현재는 그곳으로 추정되
는 곳에 홰나무정자가 남아 있다. 이튿날 비가 계속 내리는 가
운데 종들이 이순신의 분부를 어기고 고을 사람들의 밥을 얻었
다. 이 사실을 안 이순신은 종들을 매질하고 밥한 쌀을 되돌려
주었다. 이순신은 비록 백의종군하는 중에 끼니를 때우기 어려
운 상황일지라도 백성들에게 민폐를 끼치는 일은 결코 용서하
지 않았다.

　4일 이순신은 합천 관아에서 4km 되는 곳에 괴목정이 있어
아침을 먹었다. 괴목정의 위치는 합천 대양면에서 정확한 위치
를 찾았다.[41] 주민들은 40여 년 전 이곳에 4백여 년 된 홰화나무
가 있었다고 한다. 여기서 합천군까지 4km이고 2km를 더 가면

_____

41.『난중일기 유적편』 378쪽, 참조.

합천군과 초계로 가는 두 갈림길이 있다. 이 갈림길에서 4km를 가니 멀리 적포뜰에 있는 권율 진영의 수(帥)자 기(旗)가 보였다. 권율은 율곡면에 1593년 12월 25일부터 병영을 설치했는데, 현재의 지번으로는 율곡면 영전리 385번지이다. 이 병영 맞은편 둔전마을에 이순신이 농사지은 논과 무밭터가 지금도 남아 있다. 이곳은 합천의 향토학자 이강중님과 세거해온 주민들의 증언에 의해 고증되었다. 여기서 8km 지점 백마산성 아래 권율이 군사 수백 명을 훈련시킨 습전곡이 있었다. 개연(介硯, 개비리)으로 걸어오는데 기암절벽이 천 길이고 강물이 깊고 건너지른 다리가 높았다. 개비리는 합천 율곡면 문림리와 영전교 부근까지 기암절벽을 이룬 산으로 요새지로서 적합했기에 만 명의 군사도 지나가기가 어렵다고 했다.[42]

6일 모여곡의 이어해 집에서 기거하는데 잠잘 방을 도배했다. 모여곡은 옛날부터 매화나무와 모개나무가 많아서 매야, 모개라고 부른 것이 모여곡이 된 것이다. 현재 여기에 이어해 후손이 살던 집이 있는데, 실제 이어해 집은 매실마을 입구 좌측에 있었다고 한다. 8일 이순신이 점심을 먹은 뒤 드디어 도원수 권율을 진영에서 만나 이야기하고 복병 파견에 대한 공문을 보고

---

42. 『난중일기』 (정유 6월 4일), "行到五里前 則有岐路 一路直入郡 一路由草溪 故不越 江而行 纔十里 元帥陣望見矣 接宿于文珤寓家 介硯行來 奇岩千丈 江水委曲且深 路 亦棧危 若扼此險 則萬夫難過也"

작전업무를 도왔다. 백의종군하여 권율의 진영으로 들어가라는 왕명을 받고 감옥에서 나온 지 69일 만에 목적지에 도착하여 주어진 임무를 수행한 것이다.

이튿날 이순신은 무기와 칼을 갈기 위해 율곡면 매실마을에 있는 산골짜기에 가서 숫돌을 채취했다. 필자는 합천 향토학자 이강중 님의 증언을 듣고 그 숫돌 채취장소를 찾아갔는데, 과연 그곳에는 지금도 숫돌이 많이 박혀 있었다. 10일에 이순신이 가마말과 워라말, 간자짐말, 유짐말 등의 편자가 떨어진 것을 갈아 박았고, 6월 26일에 워라말이 죽어서 버렸다고 한다. 실제 매실마을에는 이순신이 말을 묻었던 말무덤골도 남아 있다.

그 당시 임시사령부로서 권율의 진영은 지금의 합천 율곡면 영전리에 있었다고 앞서 언급했다. 이곳은 주변 상황과 거리를 측정해 볼 때 『난중일기』 내용과 거의 일치한다. 이순신은 이곳에서 한산도 진영으로 보낼 편지와 3도 및 각 해안기지의 담당 관리들에게 편지를 보내어 작전 정보를 전달했다. 도원수 권율을 보좌하면서 작전을 도모한 것이다.

특히 권율은 이순신에게 원균의 일은 흉악함을 말로 다 할 수 없다고 말하고, 원균이 왕명에 반하는 무모한 작전을 감행하는 행위에 대해 매우 못마땅해하며 원균을 더 이상 지휘할 수 없다고 했다. 일찍이 선조가 안골포의 적을 경솔히 공격하지 말라고

이순신 정신과 리더십

했음에도 원균은 무리하게 안골포해전을 감행하여 사상자가 다수 발생했다.

이처럼 조선수군의 대응상황이 매우 불안한 상태에서 이순신은 조선군에게 식량을 공급할 둔전과 무밭 관리에 주력했다. 이러한 중에 6월 26일 아산에서 모친의 장사 소식을 듣고 그리움과 비통함을 드러냈다. 간혹 한산도 일대의 수군 부하들이 찾아와 전쟁 상황을 전했다. 7월 18일 이순신은 부하 이덕필과 변홍달을 통해 16일 칠천량해전에서 원균과 이억기, 최호 등이 전사한 소식을 들었다. 분한 심정을 참지 못한 이순신은 "내가 직접 연해 지방에 가서 듣고 본 뒤에 결정하겠다"고 말한 후 다음날 단성의 동산산성에 올랐다. 이는 단성현 북쪽 7리 지점에 있는 백마산의 산성으로 지금은 산청군 신안면 중촌리에 있다. 이때 이순신은 "동산산성에 올라 그 형세를 살펴보니, 매우 험하여 적이 엿볼 수 없을 것이다"라고 기록했다.[43] 현재 남아 있는 이 산성은 등반로를 찾기 힘들고 길이 매우 험하지만, 정상에 오르면 이곳이 사통팔달의 요새지임을 알 수 있다. 정상에 산성의 터가 남아 있고, 불에 탄 암석과 깃발을 꽂았던 구멍 난 바위가 있으며, 약 1km되는 절벽 아래 진주 진양호로 흐르는 남강의 상류가 보이고 서쪽으로는 단성, 남쪽으로는 적벽산이 보인다.

---

43. 『난중일기』 (정유년 7월 19일), "終日雨雨 來路上丹城東山山城 觀其形勢 則極險賊不得窺也"

이상으로 이순신의 69일간의 백의종군하러 가는 여정을 중심으로 살펴보았다. 이순신은 삼도수군통제사직을 잃고 27일간 억울한 옥살이를 하고 나와 백의종군하는 중에 아산에서 모친상까지 당한 악순환의 상황에서 뼈저린 아픔을 느끼면서도 결코 좌절하지 않고 주어진 사명을 다했다. 이러한 이순신의 백절불굴의 정신은 쉽게 포기하는 경향이 많은 현대인들에게 큰 귀감이 되어 준다. 특히 이 기간에 보여준 이순신의 모습이야말로 자신의 한 몸이 분골쇄신이 될지라도 최악의 고통을 감내하며 인고(忍苦)의 노력으로 위기를 기회로 승화시킨 점에서 7년 전쟁 기간 중에서 가장 위대한 것이었다.

李舜臣

방성석

주식회사 이글코리아 대표이사
사단법인 이순신리더십연구회 상임이사
해군사관학교 충무공연구 자문위원
이순신위기경영연구소 회장
광운대학교 국제통상학과 겸임교수
경제학박사

선조의
분노정치와
이순신의
충무정신

06

선조의 분노정치와
이순신의 충무정신

I. 머리말

정유년(1597) 3월 13일, 임금 선조의 분노가 폭발했다. 우부
승지 김홍미에게 비망기로 전교하기를. "이순신이 조정을 속이
고 임금을 무시한 죄이고, 적을 쫓아가 토벌하지 않은 것은 나
라를 저버린 죄이며, 심지어 남의 공을 가로채고 모함하여 방자
하고 거리낌이 없는 죄이다. 이렇게 허다한 죄상이 있고서는 법
에 있어서 용서할 수 없으니 율(律)을 상고하여 죽여야 마땅하
다. 신하로서 임금을 속인 자는 반드시 죽이고 용서하지 않는
것이므로 지금 형벌을 끝까지 시행하여 실정을 캐어내려 하는
데 어떻게 처리할 것인지 대신들에게 하문하라"[1]

---

1. 『선조실록』 86권, 선조 30년(1597) 3월 13일
    以備忘記, 傳于右副承旨金弘微曰: 李舜臣欺罔朝廷, 無君之罪也; 縱賊不討, 負國
    之罪也。至於奪人之功, 陷人於罪,(指以元均年長之子, 而小兒冒功爲啓聞。) 無非
    縱恣無忌憚之罪也。有此許多罪狀, 在法罔赦, 當按律誅之, 人臣而欺罔者, 必誅不
    赦。令將窮刑得情, 何以處之, 問于大臣。

선조의 분노는 경상도 위무사 황신의 장계가 기폭제였다. "이 달 12일에 가토 기요마사의 관하 일본군선 150여 척이 일시에 바다를 건너와 서생포에 정박했고, 13일에는 가토 기요마사가 거느리는 일본군선 130여 척이 비를 무릅쓰고 바다를 건넜는데 풍세(風勢)가 순하지 못하여 가덕도에 이르러 정박했다가 14일에 다대포로 옮겨 정박해 있는데 곧 서생포로 향한다고 한다"[2]

사헌부도 선조의 분노에 기름을 부었다. "통제사 이순신은 막대한 국가의 은혜를 받아 차례를 뛰어 벼슬을 올려 주었으므로 관직이 이미 최고에 이르렀는데, 힘을 다해 공을 세워 보답할 생각은 하지 않고 바다 가운데서 군사를 거느리고 있은 지가 이미 5년이 지났습니다. 군사는 지치고 일은 늦어지는데 방비하는 모든 책임을 조치한 적도 없이 한갓 남의 공로를 빼앗으려고 속여서 장계를 올렸으며, 갑자기 적선이 바다에 가득히 쳐들어 왔는데도 오히려 한 지역을 지키거나 적의 선봉대 한 명을 쳤다는 말은 듣지 못하였습니다. 뒤늦게 전선을 동원하여 직로로 나오다가 거리낌 없는 적의 활동에 압도되어 도모할 계책을 하지 못했으니, 적을 토벌하지 않고 놓아두었으며 은혜를 저버리고 나라를 배반한 죄가 큽니다. 잡아 오라고 명하여 율에 따라 죄를 정하소서"[3]

---

2. 『선조실록』 84권, 선조 30년(1597) 1월 23일
3. 『선조실록』 85권, 선조 30년(1597) 2월 4일

이순신 정신과 리더십

선조의 분노와 사헌부의 비난은 통제사 이순신을 죽음으로 몰아가고 있었다. 리더의 위기관리 능력은 정확한 상황 판단과 치밀한 대책 수립에 있다. 과연 선조가 분노한 '이순신을 죽여야 하는 세 가지 논죄'의 실체적 진실이 무엇인지 살펴볼 필요가 있다. 왜냐하면, 선조의 어명(御命)에 조정의 의견이 엇갈렸고 백성의 여론이 들끓었기 때문이다. 무엇보다 논죄를 당한 이순신이 동의할 수 없었기 때문이다. 오죽하면 감옥을 찾아온 친지가 이순신에게, "위에서 극도로 진노하시고 또 조정의 여론도 엄중하여 사태가 어찌 될지 알 수 없으니 이 일을 어쩌면 좋겠소?" 하니 "사생유명 사당사의(死生有命 死當死矣), 죽고 사는 것은 운명이요. 죽게 되면 죽는 것이요"[4] 라고 했겠는가, 선조의 부당한 논죄에 차라리 죽음도 불사하겠다는 무저항의 절제된 충정이었다. 선조의 논죄가 옳다면 이순신은 불충(不忠)을 한 것이고, 선조의 논죄가 그르다면 이순신은 충정(忠情)을 폄훼 당한 것이다.

Ⅱ. 선조가 분노한 세 가지 논죄와 실체적 진실

1. 조정을 속이고 임금을 무시한 죄

---

4. 『완역 이충무공전서』 권9 행록(1), 이은상 역, (서울: 성문각, 1988), 32쪽

1) 임금 선조의 분노와 논죄

정유년(1597) 3월 13일, 임금 선조의 분노가 폭발했다. 우부승지 김홍미에게 비망기로 전교하기를. "이순신이 조정을 속이고 임금을 무시한 죄이고, 적을 쫓아가 토벌하지 않은 것은 나라를 저버린 죄이며, 심지어 남의 공을 가로채고 모함하여 한없이 방자하고 거리낌이 없는 죄이다. 이렇게 허다한 죄상이 있고서는 법에 있어서 용서할 수 없으니 율(律)을 상고하여 죽여야 마땅하다. 신하로서 임금을 속인 자는 반드시 죽이고 용서하지 않는 것이므로 지금 형벌을 끝까지 시행하여 실정을 캐어내려 하는데 어떻게 처리할 것인지 대신들에게 하문하라"[5]

선조의 논죄 중 첫 번째가 '조정을 속이고 임금을 무시한 죄'이다. 이 논죄는 정유년(1597) 1월 1일과 1월 2일 연이어 올라온 두 통의 장계가 화근이 되었다. 먼저 1월 1일, 이순신이 올린 '군공이 있는 김난서·안위·신명학의 포상을 청한 통제사 이순신의 서장'이다.

"신의 장수 가운데 계려가 있고 담력과 용기가 있는 사람 및 군

---

5. 『선조실록』 86권, 1597년 3월 13일
  以備忘記, 傳于右副承旨金弘微曰: 李舜臣欺罔朝廷, 無君之罪也; 縱賊不討, 負國之罪也。至於奪人之功, 陷人於罪,(指以元均年長之子, 而小兒冒功爲啓聞。) 無非縱恣無忌憚之罪也。有此許多罪狀, 在法罔赦, 當按律誅之, 人臣而欺罔者, 必誅不赦。令將窮刑得情, 何以處之, 問于大臣。

이순신 정신과 리더십

관·아병으로 활을 잘 쏘고 용력이 있는 자들이 있는데, 항상 진영에 머물면서 함께 조석으로 계책을 의논하기도 하고 그들의 성심을 시험하기도 하고 함께 밀약하기도 하였으며 또 그들을 시켜 적의 정세를 정탐하게도 하였습니다. 그러던 터에 거제현령 안위 및 군관 급제 김난서, 군관 신명학이 여러 차례 밀모하여 은밀히 박의검을 불러 함께 모의했습니다. 그랬더니 박의검은 아주 기꺼워하여 다시 김난서 등과 함께 간절하게 지휘하면서 죽음으로 맹세하고 약속하였습니다.

같은 달 12일, 김난서 등은 야간에 약속대로 시간 되기를 기다리는데 마침 서북풍이 크게 불어왔습니다. 바람결에다 불을 놓으니, 불길이 세차게 번져서 적의 가옥 1천여 호와 화약이 쌓인 창고 2개, 군기와 잡물 및 군량 2만 6천여 섬이 든 곳집이 한꺼번에다 타고 일본군선 20여 척 역시 잇따라 탔으며, 왜인 24명이 불에 타 죽었습니다. 이는 하늘이 도운 것이지만, 대개 김난서가 통신사의 군관에 스스로 응모하여 일본을 왕래하면서 생사를 돌보지 않았기에 마침내 이번 일을 성공한 것입니다. (중략) 안위·김난서·신명학 등이 성심으로 힘을 다하여 일을 성공시켰으니 특별히 논상하여 장래를 격려하소서"[6]

다음은 1월 2일, 이조좌랑 김신국이 올린 '지난날 적의 소굴을

---

6. 『선조실록』 84권, 선조 30년(1597) 1월 1일

불태운 것은 이순신의 부하가 아니라 이원익의 부하 허수석'이
라는 서계이다.

"지난날 부산의 적 소굴을 불태운 사유를 통제사 이순신이 이미
장계하였다고 합니다. 그런데 도체찰사 이원익이 거느린 군관 정
희현은 일찍이 조방장으로 오랫동안 밀양 등지에 있었으므로 적
진에 드나드는 사람들이 정희현의 심복이 된 자가 많습니다. 적
의 진영을 몰래 불태운 일은 이원익이 전적으로 정희현에게 명하
여 도모한 것입니다. (중략) 그래서 이원익은 허수석이 한 것을
확실하게 알게 된 것입니다. 이순신의 군관이 부사의 복물선을
운반하는 일로 부산에 도착했었는데 마침 적의 영이 불타는 날이
었습니다. 그가 돌아가 이순신에게 보고하여 자기의 공으로 삼은
것일 뿐 이순신은 애초 이번 일의 사정을 모르고서 치계한 것입니
다. 허수석이 작상(爵賞)을 바라고 있고 이원익도 또 허수석을 의
지해 다시 일을 도모하려 하고 있습니다. 그렇다고 지금 갑자기
작상을 내리면 누설될 염려가 있으니 이런 뜻으로 유시하고 은냥
(銀兩)을 후히 주어 보내소서. 조정에서 만일 그런 곡절을 모르고
먼저 이순신이 장계한 사람에게 작상을 베풀면 반드시 허수석의
시기하는 마음을 일으키게 될 것이고, 적들이 그런 말을 들으면
방비를 더욱 엄하게 할 것입니다. 그렇게 되면 도모한 일을 시행
할 수 없을 것입니다"[7]

---

7. 『선조실록』 84권, 선조 30년(1597) 1월 2일

이순신 정신과 리더십

이상 두 통의 장계는 병신년(1596년) 12월 12일 '부산왜영 방화'에 대한 내용을 담고 있다. 통제사 이순신은 자신의 부하인 김난서 등이 이번 일을 성공시켰다고 했고, 이조좌랑 김신국은 도체찰사 이원익의 부하인 허수석 등이 도모한 일이라고 했다. 선조는 이 장계에서 두 가지 문제점을 들어 이순신을 논죄하고 있다. 하나는 '이순신이 부산왜영을 불태웠다고 조정에 속여 보고하였는데, 반드시 그랬을 이치가 없다'라는 것과 다른 한 가지는 '김난서와 안위가 몰래 약속해서 했다고 하는데, 이순신은 자기가 계책을 세워 한 것처럼 하니 매우 온당치 않다'라는 것이다.[8] 이순신이 부하들의 작상을 청하며 올린 장계가 선조에게는 분노를, 자신에게는 재앙을 불러오고 말았다.

2) 통제사 이순신의 충정과 실체적 진실

선조의 분노는 '이순신이 조정을 속이고 임금을 무시했다'라는 것이다. 그렇다면 이순신의 장계는 거짓이고 김신국의 장계는 사실이라는 선조의 판단이다. 그러나 이 일은 어느 한쪽을 일방적으로 의심하거나 두둔할 일이 아니었다. 사안의 중대성을 생각할 때 이순신이 임금을 무시하는 속임수도 아니고, 김신국이 없는 사실을 꾸며낸 무리수도 아니라고 보인다. 부산왜영 방화는 조선군 수뇌부의 계획된 거사였고 여러 진영에서 동시에 추진된 일이라는 추정을 하게 된다. 이날의 방화는 공교롭게

---

8. 『선조실록』 84권, 선조 30년(1597) 1월 27일

도 이순신의 부하들과 이원익의 부하들이 같은 날 거의 같은 시각에 불을 질렀다는 합리적 추론을 가능케 하는 여러 정황을 발견하기 때문이다.

정황 1.

조정의 여론이 이순신이 거짓 장계를 올릴 리 없으니 신중히 판단해야 한다는 것이었다. 예컨대 지중추부사 정탁은 "통제사 이순신이 정신병자가 아니라면 일의 사정을 모른 채 그런 보고를 할 리가 없다"[9] 라고 했다. 호조판서 김수도 아뢰기를, "불태우는 일을 이순신이 처음에 안위와 밀약하였는데, 다른 사람이 먼저 불사르니 이순신이 도리어 자기의 공로로 삼은 것입니다. 그러나 그 일은 자세히 알 수가 없습니다"라고 했고, 이조참판 이정형도 아뢰기를, "변방의 일은 멀리서 헤아릴 수가 없으니 서서히 처리해야 합니다"[10] 라고 했다.

정황 2.

이순신의 장계와 김신국의 장계는 거사의 구체성에 차이를 보인다. 예컨대 이순신이 올린 장계에는 부하들이 방화를 거행하는 동기와 과정, 시기와 장소, 방법과 성과 등이 소상하게 보

---

9. 정탁, 『藥圃集1』 황만기 역, (서울: 안동대학교 퇴계연구소, 성심인쇄소, 2013), 366~372쪽.

10. 『선조실록』 84권, 선조 30년(1597) 1월 27일

고되어 있다. 반면 김신국이 올린 장계에는 거사의 구체적 내용
보다는 '이순신이 일의 사정을 잘 모르고 치계 했다'라는 것과,
'허수석에게 포상해야 한다'는 작상의 당위성을 주로 강조하고
있다. 더욱이 김신국의 장계에는 '이원익이 자신에게 계달(啓達)
하도록 한 것이며, 또 비밀리에 의논한 일은 이미 이원익의 장
계에 있다'라고 했는데, 정작 이원익의 장계에는 "이 밖의 다른
사정은 모두 신국이 계달한 내용에 있습니다"[11] 라는 내용뿐 구
체적인 사실이 없다는 점이다.

정황 3.

부산왜영 방화는 명군과 조선군 수뇌부가 오래전부터 계획하
고 거행한 일이었다. 예컨대 "부사 양방형의 역관인 박의검을
인견하여 왜의 정세 등에 관해 묻다. 부사가 이 중군(李中軍)·황
배신(黃陪臣)을 시켜 함께 감독하여 왜영을 불사르게 하였으므로
소신도 가서 살펴보았더니, 적진의 방옥(房屋)·목책(木柵)은 죄다
불탔고 그때 남아 있던 배가 47척이었는데 이 또한 바다를 건너
갈 참이었습니다"[12]

또 다른 이원익의 장계다. "도원수 권율과 상의하였는데, 율
은 근일 부산에 있는 적의 소굴 중 상당수가 불에 타 어느 정도

---

11. 『선조수정실록』 31권, 선조 30년(1597) 1월 1일
12. 『선조실록』 76권, 선조 29년(1596) 6월 1일

는 당초 계획대로 되었으나, 곧바로 부산의 군영을 치는 일은 실로 경솔하게 거사하기 어렵다"[13] 라는 내용이다. 여기서 도원수 권율의 '어느 정도는 당초 계획대로 되었다'라는 언급으로 보아, 부산왜영 방화는 조선군 수뇌부의 계획된 거사로 도체찰사, 도원수, 통제사, 경상수영 등에서 동시에 추진한 일이다.

정황 4.

여러 진영에서 방화를 했다는 주장이 장계에 나타나 있다. 예컨대 이 사건을 최초로 조정에 알린 명나라 도사 호응원(胡應元)의 게첩이다. "왜영에 불이 나서 1천여 가옥이 불에 탔고, 미곡 창고·군기·화약·전선이 모두 타버렸습니다"[14] 또 경상수영에서 방화했다는 주장을 알리는 이순신의 장계다. "경상수영 도훈도 김득(金得)이 부산에 머물러 있었는데 그날 밤 불타는 모습을 보고는 이달 12일 2경(更)에 부산의 왜적 진영 서북쪽 가에다 불을 놓아 적의 가옥 1천여 호 및 군기와 잡물·화포·기구·군량 곳집을 빠짐없이 잿더미로 만들었습니다. 그러자 왜적들이 서로 모여 울부짖기를 '우리 본국의 지진 때에도 집이 무너져 사망한 자가 매우 많았는데 이번에 이곳에서 또 화환을 만나 이 지경이 되었으니, 우리가 어디서 죽을지 모르겠다….'라고 했다 합니다. 이 말을 믿을 수는 없지만, 또한 그럴 리가 전혀 없는 것도

---

13. 『선조수정실록』 31권, 선조 30년(1597) 1월 1일
14. 『선조실록』 83권, 선조 29년(1596) 12월 19일

아닙니다"[15] 이 내용으로 볼 때 김신국의 장계에서 '이순신이 일의 사정을 모르고서 치계한 것'이라는 주장은 사실과 맞지 않다고 볼 수 있다.

정황 5.

선조의 논죄에 일관성이 없다. 처음에는 '이순신이 그랬을 이치가 없다'라고 했다가 나중에는 '이순신이 부하인 김난서와 안위가 모의한 일을 자신의 계책으로 삼으니 온당치 못하다'[16] 라고 했다. 이는 전면부정에서 부분부정으로 논리가 바뀐 것이다. 군영의 모든 작전은 지휘관의 명령으로 이루어진다. 이순신이 부하들과 논의했다는 사실조차 인정하지 않으려는 임금 선조, 당색에 따라 원균을 옹호하고 이순신을 비난하는 조정 대신들이었다.[17] 이러한 사실들로 보아 '부산왜영 방화'는 이순신이 조정을 속이고 임금을 무시했다는 죄상은 어불성설이다. 따라서 이순신의 부하들과 이원익의 부하들이 같은 날 거의 같은 시각에 거행한 일이었고, 조선군 수뇌부가 계획한 작전의 일환이었다는 것이 합리적 추론이라고 사료 된다.

---

15. 『선조실록』 84권, 선조 30년(1597) 1월 1일
16. 『선조실록』 84권, 선조 30년(1597) 1월 27일
17. 『선조실록』 84권, 위와 같은 날 1, 3번째 기사

2. 적을 쫓아가 토벌하지 않아 나라를 저버린 죄
(縱賊不討 負國之罪)

1) 임금 선조의 분노와 논죄

'종적불토 부국지죄(縱賊不討 負國之罪), 적을 쫓아가 토벌하지 않아 나라를 저버린 죄'야말로 선조가 폭발한 분노의 핵심이었다. 거듭되는 실록의 기사가 그러하다. "통제사 이순신은 나라의 중한 임무를 맡고서 마음대로 기망하여 적을 토벌하지 않아 가토 기요마사로 하여금 안연히 바다를 건너게 하였다"[18] "이순신은 적을 토벌하지 않고 놓아두어 은혜를 저버리고 나라를 배반한 죄가 크다"[19]

병신년(1596) 9월, 4년 가까이 끌어온 강화교섭이 성과 없이 끝나자 일본이 재침을 시도했다. 일본에 가 있던 근수사신 황신이 군관 조덕수와 박정호를 11월 6일 급거 귀국시켜 일본의 재침 소식을 알려왔다.[20] 이에 놀란 선조는 12월 5일 승정원에 전교하기를 "가토 기요마사가 1~2월 사이에 나온다고 하니, 미리 통제사에게 정탐꾼을 파견하여 살피게 하고, 혹 왜인에게 후한 뇌물을 주어 그가 나오는 기일을 말하게 하여, 바다를 건너오는

---

18. 『선조실록』 84권, 선조 30년(1597) 1월 28일
19. 『선조실록』 85권, 선조 30년(1597) 2월 4일
20. 『선조실록』 82권, 선조 29년(1596) 11월 6일

이순신 정신과 리더십

날 해상에서 요격하는 것이 상책이다. 다만 바다를 건너오는 날을 알아내기가 어려울 따름이다"하였다.[21] 그렇다면 통제사 이순신에게 가토 기요마사의 도해를 막으라는 어명이 전달 된 것은 12월 중순쯤으로 보아야 할 것이다.

12월 21일, 근수사신 황신이 일본에서 돌아와 서계한 내용은 더욱 급박 했다. '가토 기요마사가 금년 겨울에 먼저 바다를 건너올 것이고, 후속 대군은 2월경에 나올 것입니다'[22] 임금은 황급히 자문을 보내 명의 지원을 다시 요청했다.[23]

사태가 절박하던 정유년(1597) 1월 19일, '경상우병사 김응서의 장계가 올라왔다. 적장 고니시 유키나가가 첩자 요시라를 통해 가토 기요마사의 도해를 알려오는 첩보였다. 즉 1월 11일에 요시라가 나왔는데 고니시 유키나가의 뜻으로 말하기를, 가토 기요마사가 7천 명의 군사를 거느리고 4일에 이미 대마도에 도착하였는데 순풍이 불면 곧 바다를 건넌다고 하니 대비해야 한다는 것이다. 그런데 요즈음 잇따라 순풍이 불고 있어 바다를 건너는 데 어려움이 없을 것이니 조선 수군이 속히 거제도에 나가 정박하고 있다가 가토 기요마사가 바다를 건너는 날을

21. 『선조실록』 83권, 선조 29년(1596) 12월 5일
22. 『선조실록』 83권, 선조 29년(1596) 12월 21일
23. 『선조실록』 83권, 선조 29년(1596) 12월 29일

엿보아야 한다. 다행히 동풍이 세게 불면 거제도로 향할 것이니 거제도에 주둔하고 있는 조선 수군이 공격하기 쉽겠지만, 만약 정동풍이 불면 곧바로 기장(機張)이나 서생포로 향하게 될 것이므로 거제도와 거리가 멀어 막을 수가 없다. 따라서 이 경우를 대비해서 전함 50척을 급히 기장 지경에다 정박시켰다가 경상좌도 수군과 합세하여 결진하고 5~6척으로 부산 바다가 서로 바라보이는 곳에서 왕래하면 가토 기요마사의 도해가 어려울 것'[24] 이라는 내용이었다.

선조는 1월 21일 부랴부랴 황신을 한산도에 내려보냈다.[25] 그리고 비밀리에 통제사 이순신에게 요시라의 첩보대로 부산 앞바다로 출동하여 가토 기요마사를 막으라고 지시했다. 그러나 이순신은 "바닷길이 험난하고 왜적이 필시 복병을 설치하고 기다릴 것이므로 전선을 많이 출동시키면 적이 알게 될 것이고, 적게 출동하면 도리어 습격을 받을 것이다"[26] 라며 거행하지 않았다. 그러나 이때는 어명을 받은 이순신도, 어명을 전한 황신도 이미 가토 기요마사의 도해 사실을 알고 있었을 가능성이 크다.

왜냐하면 황신의 어명이 이순신에게 전해지는 1월 21일, 가토

24. 『선조실록』 84권, 선조 30년(1597) 1월 19일
25. 이긍익, 『연려실기술』 권 17, 「宣祖朝故事本末」 丁酉倭寇再出 283~285쪽
26. 『선조수정실록』 31권, 선조 30년(1597) 2월 1일, 이긍익, 『연려실기술』 권, 17 285쪽,

이순신 정신과 리더십

기요마사의 도해 사실을 알리는 도체찰사 이원익의 서장 "가토 가요마사가 이달 13일에 일본군선 2백 척을 끌고 이미 다대포에 정박했습니다"[27] 라는 보고가 올라왔고, 바로 다음 날 1월 22일 황신의 서장 "1월 12일, 가토 기요마사 관하의 배 1백 50척과 휘하의 배 1백 30척이 비를 무릅쓰고 바다를 건너 서생포로 향하고 있는데, 고니시 유키나가가 송충인에게 말하기를 '조선의 일은 매양 이렇다. 이런 기회를 잃었으니 매우 애석한 일이다' 라고 하였다"[28] 라는 보고가 연이어 올라왔기 때문이다.

가토 기요마사의 도해 소식을 전해 들은 선조의 분노가 이순신을 향했다. "이번에 이순신에게 어찌 가토 기요마사의 목을 베라고 바란 것이겠는가. 단지 배로 시위하며 해상을 순회하라는 것뿐이었는데 끝내 하지 못했으니 참으로 한탄스럽다 하고, 상이 한참 동안 차탄하고는 길게 한숨지으며 이르기를, 우리나라는 이제 끝났다. 어떻게 해야 하는가, 어떻게 해야 하는가?" 하였다.[29]

분노한 선조는 이순신을 파직시키고 그 자리에 원균을 앉히기로 작정했다. 1월 27일 상이 이르기를, "이순신은 조금도 용

---

27. 『선조실록』 84권, 선조 30년(1597) 1월 21일
28. 『선조실록』 84권, 선조 30년(1597) 1월 22일
29. 『선조실록』 84권, 선조 30년(1597) 1월 23일

서할 수가 없다. 무신이 조정을 가볍게 여기는 습성은 다스리지 않을 수 없다"[30] 라며, 전라도 병마절도사 원균을 경상우도 수군절도사로 임명하고[31] 바로 다음 날 겸 경상도 통제사로 삼았다.[32] 그리고 사흘 후 2월 1일 통제사 이순신을 하옥시키라 명했고[33] 닷새 뒤 2월 6일, 이순신을 잡아 올리고 원균과 교대할 것을 명하니[34] 원균이 전라좌수사 겸 삼도수군통제사가 되었다.

그러나 이순신은 자신에게 닥칠 불행을 감지하면서도 끝까지 통제사의 사명을 수행했다. 이미 도해한 가토 기요마사를 유인하여 참살하겠다고 경상우병사와 우수사와 연합하여 2월 10일부터 다대포로 출동했기 때문이다.[35] 그리고 2월 26일 원균에게 임무를 교대했다. 한산도에서 한성으로 잡혀 온 이순신은 3월 4일 의금부에 투옥되어 3월 12일 한차례 고문을 당했다. 결정적으로 3월 13일 이순신을 죽이라는 임금의 비망기가 내려졌다. "이순신이 적을 쫓아가 토벌하지 않은 것은 나라를 저버린 죄이다. 율(律)을 상고하여 죽여야 마땅하다"[36]

30. 『선조실록』 84권, 선조 30년(1597) 1월 27일
31. 『선조실록』 84권, 선조 30년(1597) 1월 27일
32. 『선조실록』 84권, 선조 30년(1597) 1월 28일
33. 『선조수정실록』 31권, 선조 30년(1597) 2월 1일
34. 『선조실록』 85권, 선조 30년(1597) 2월 6일
35. 『선조실록』 85권, 선조 30년(1597) 2월 20일, 『선조실록』 85권, 선조 30년(1597) 2월 23일
36. 『선조실록』 86권, 선조 30년(1597) 3월 13일

2) 통제사 이순신의 충정과 실체적 진실

(1) 적장의 정보는 계략(計略)에 불과했다.

요시라가 경상우병사 김응서에게 가토 기요마사의 도해를 처음 알린 날짜는 1월 11일이었다.[37] 그러나 이때는 이미 가토 기요마사가 부산 서생포를 향하고 있을 때였다. 황신의 장계가 그러했다. "1월 12일, 가토 기요마사의 배 1백 50척과 휘하의 배 1백 30척이 비를 무릅쓰고 바다를 건너 서생포로 향하고 있습니다"[38]

김응서가 요시라의 첩보를 받고 임금에게 장계를 올린 날짜는 1월 19일이었다.[39] 그러나 이때는 가토 기요마사가 이미 부산 다대포에 건너온 다음이었다. 도체찰사 이원익의 서장이 그러하다. "가토 기요마사가 이달 13일에 다대포에 도착하여 정박하였는데 먼저 온 배가 2백여 척'이라 하였습니다"[40]

임금이 경상도 제진 위무사 황신을 통해 이순신에게 출동 명령을 지시한 날짜는 1월 21일이었다.[41] 그러나 이미 가토 기요

---

37. 『선조실록』 84권, 선조 30년(1597) 1월 19일
38. 『선조실록』 84권, 선조 30년(1597) 1월 22일
39. 『선조실록』 84권, 선조 30년(1597) 1월 19일
40. 『선조실록』 84권, 선조 30년(1597) 1월 21일
41. 이긍익, 『연려실기술』 권17, 「宣祖朝故事本末」 丁酉倭寇再出 284쪽

마사가 서생포에 당도한 다음이었다.[42] 이순신이 곧바로 출동했다 해도 가토 기요마사를 막기는커녕 할 일 없이 부산 앞바다를 왔다 갔다 할 뻔했다. 그런데도 선조는 가토 기요마사의 도해는 이순신이 출동하지 않았기 때문이라 분노했다. "고니시 유키나가가 손바닥을 보이듯이 가르쳐 주었는데 우리는 해내지 못했다. 그러니 우리나라는 고니시 유키나가 보다 훨씬 못하다. 한산도의 장수(이순신)는 편안히 누워서 어떻게 해야 할 줄을 몰랐었다"라며 한산도의 이순신을 비난했다.[43]

자신에게 목숨을 바치는 신하보다 자신의 목숨을 노리는 적장이 훨씬 낫다고 평가하는 임금, 일본군의 계략에 철저히 농락당한 선조였다.

(2) 당파(黨派)에 따라 의견이 엇갈렸다.

가토 기요마사의 도해를 막지 못한 것이 이순신의 책임이라는 임금의 논죄에 조정의 의견이 엇갈렸다. 먼저 이순신의 잘못이라고 비난하는 이들이다.

해평부원군 윤근수는 '이 기회를 놓쳐서는 안 된다며 요시라

『완역 이충무공전서』 권9 행록(1), 이은상 역, (서울: 성문각 1988), 31쪽
42. 『선조실록』 84권, 선조 30년 1월 22일
43. 『선조실록』 84권, 선조 30년(1597) 1월 23일

이순신 정신과 리더십

의 첩보대로 곧바로 출동시켜야 한다'고 주장했고[44] 영중추부사 이산해는, '이런 귀한 첩보를 준 요시라와 고니시 유키나가를 후대하지 않을 수 없으니, 이 뒤에도 기대하는 바가 있기 때문' 이라고 하였다.[45] 전 현감 박성 같은 이는 '가토 기요마사의 도 해를 막지 못한 이순신의 목을 베어야 한다'고 소를 올렸다.[46]

심지어 선조가 사실 확인을 위해 성균관 사성 남이신을 한산 도에 보냈으나 사실대로 보고하지 않았다. 오히려 "가토 기요마 사가 바다 가운데 섬에 일주일 동안 머물러 있었다고 하니, 만 약 우리 군대가 출동하였다면 그를 잡아 올 수 있었을 터인데 이순신이 지체하는 바람에 때를 놓쳤습니다"[47] 라고 하여 이순 신을 죽음의 함정으로 빠뜨려 넣었다. 남이신의 거짓에 대해 연 려실기술은 다음과 같이 평했다. "순신은 류성룡이 천거한 사람 이었다. 성룡과 좋지 않은 자(곧 북당의 남이신)가 떠들썩하게 순신이 군사의 기회를 잃었다는 것으로써 죄를 만들었는데 그 뜻은 성룡에게 누를 끼치려는 데 있었다"[48]

다음은 이순신의 잘못이 아니라고 주장하는 이들이다.

---

44. 이긍익, 『연려실기술』 권17, 284쪽
45. 『선조실록』 84권, 선조 30년(1597) 1월 27일
46. 이긍익, 『연려실기술』 권 17, 285쪽
47. 류성룡, 『징비록』 김시덕 역, (서울: 아카넷 2013) 482~483쪽
48. 이긍익, 『연려실기술』 권 17, 286쪽

비변사가 아뢰기를, "대개 이번 일로 인하여 적의 정세를 정탐하고 따라서 부산영의 허실을 아는 것이 더욱 급선무이므로 한갓 요시라의 일만 듣고서 그 진짜 형세를 살피지 않아서는 안 됩니다"[49] 하였다. 도체찰사 류성룡도 아뢰기를 "적의 말을 경솔히 듣다가 그들의 계책에 빠질까 싶으니 경솔히 움직여서는 안 됩니다"[50] 하였고, 이조참판 이정형은 "이순신이 '거제도에 들어가 지키면 좋은 줄은 알지만, 한산도는 선박을 감출 수 있는 데다가 적들이 천심을 알 수 없고, 거제도는 만이 비록 넓기는 하나 선박을 감출 곳이 없을뿐더러 또 건너편 안골의 적과 상대하고 있어 들어가 지키기에는 어렵다'라고 하였으니, 그 말이 합당한 듯합니다"[51] 하였다.

심지어 근수사신으로 일본에 다녀왔고, 이순신에게 부산 앞바다에 출동하여 가토 기요마사를 막으라는 임금의 유지를 전했던 황신도, "예로부터 심원한 모책과 비밀스러운 계획이 적장(敵將)에게서 나온 것은 아직 없습니다. 고니시 유키나가와 가토 기요마사는 다른 점이 없어서 그 말을 믿을 수 없습니다"[52] 라고 하였다.

49. 『선조실록』 84권, 선조 30년(1597) 1월 2일
50. 『선조실록』 84권, 선조 30년(1597) 1월 23일
51. 『선조실록』 84권, 선조 30년(1597) 1월 27일
52. 『선조수정실록』 30권, 선조 29년(1596) 12월 1일
    이긍익, 『연려실기술』 권 17, 284쪽

이순신 정신과 리더십

주목할 것은 당파에 따라 의견이 달랐다는 것이다. 조선의 역사를 실증적으로 정리했던 이긍익은 『연려실기술』에서 "이때 조정에 있던 여러 신하의 의논은 나누어져서 갈라짐이 더욱 심하였으니, 서인(西人)은 균(均)을 두둔하고, 동인(東人)은 순신(舜臣)을 두둔하여 서로 공격하면서 국사는 마음에 두지 않았다" 하였다. 또 「조야첨재」에서는 순신을 모함한 자는 다 동인의 북당(北黨)이라고 덧붙였다.[53] 이순신을 공격한 당파는 윤두수·김응남·윤근수 등 서인과 이산해·남이신 등 북인(北人)이었다. 예나 지금이나 나라의 안보가 위급한 상황에도 당쟁을 일삼았다는 역사적 증언이 안타깝다.

(3) 사관(史官)의 평가, 적장의 교묘한 계책이었다.

"마땅히 끄니시 유키나가를 엄하게 벌해야 하는데도 여전히 그를 의지하고 신임할 뿐 아니라 비밀리에 우리나라에 첩자를 보내어 이순신을 제거하고 원균을 속여 패전하게 만들었으니 이는 실상 가토 기요마사와 표리(表裏)가 되어 한 짓이다. 더구나 가토 기요마사는 일본 명장들 가운데 우두머리이고 끄니시 유키나가는 도요토미 히데요시의 중신인데 어찌 우리나라에 몰래 통고하고 틈을 봐서 살해할 리가 있겠는가. 그렇다면 도요토미 히데요시가 어떻게 강적이 되어 우리에게 침범할 수가 있었겠는가.

---

53. 위와 같은 책 284쪽

그들이 화의를 위하여 왕래한 것은 중국 사람의 뜻에 거짓으로 응하면서 사실은 교묘한 계책을 실행하여 중국 군사들을 지치게 하고 우리나라 군사를 피로하게 한 뒤에 이미 휴식을 취한 저들의 군사들을 재차 출병하고는 중국 황제를 성나게 해서 군대를 동원하여 원정을 오게 함으로써 저들은 군대를 바다에 주둔시킨 채 주인이 객을 기다리는 전술로써 필승의 계책을 삼으려는 것이었다"[54]

요시라가 제공한 가토 기요마사의 도해 첩보는 고니시 유키나가의 계략에 불과했다. 이순신 제거를 위한 술책이었고 원균을 속여 패전하게 만든 계책이었다. 선조가 논죄한 죄상은 신하의 충심보다 적장의 간계를 믿는 리더의 오판이었다. 이순신의 출동거부는 적장의 계략을 간파한 것이고, 술책에 속지 않는 지략이었다. 지피지기 백전불태(知彼知己 百戰不殆), 상대를 알고 나를 알고 싸우면 백번 싸워도 위태롭지 않지만, 부지피부지기 매전필태(不知彼不知己 每戰必殆), 적을 모르고 나를 모르고 싸우면 싸우는 싸움마다 위태롭다고 했다. 이순신의 병법에 충실한 신중한 전술이었지 임금의 명령에 불복하여 나라를 저버리는 불충이 아니었다.

3. 남의 공을 가로채고 모함하여 방자하고 거리낌이 없는 죄

---

54. 『선조수정실록』 30권, 선조 29년(1596) 12월 1일

(奪人之功 陷人於罪 無非縱恣無忌憚之罪)

1) 남(元均)의 공을 가로채어 방자하고 거리낌이 없는 죄

(1) 임금 선조의 분노와 논죄

이순신이 원균을 공을 가로챘다는 탈인지공(奪人之功)의 죄상
이다. "처음에 원균이 이순신에게 구원병을 청하여 적을 물리치
고 연명(聯名)으로 장계를 올리려 하였다. 이에 순신이 말하기를
'천천히 합시다' 하고는 밤에 스스로 연유를 갖춰 장계를 올리면
서 원균이 군사를 잃어 의지할 데가 없었던 것과 적을 공격함에
있어 공로가 없다는 상황을 모두 진술하였으므로, 원균이 듣고
대단히 유감스럽게 여겼다. 이로부터 각각 장계를 올려 공을 아
뢰었는데 두 사람의 틈이 생긴 것이 이때부터 시작되었다"[55]

또 비변사의 논의다. 영중추부사 이산해가 아뢰기를, "임진년
(1592) 수전할 때 원균과 이순신이 '서서히 장계하기로' 약속하
였다 합니다. 그런데 이순신이 밤에 몰래 혼자서 장계를 올려
자기의 공으로 삼았기 때문에 원균이 원망을 품었습니다"[56] 또
호조판서 김수가 아뢰기를, "원균은 매양 이순신이 공을 빼앗
았다고 신에게 말하였습니다"하고, 좌승지 이덕열이 아뢰기를,

---

55. 『선조수정실록』 26권, 선조 25년(1592) 6월 1일
56. 『선조실록』 84권, 선조 30년(1597) 1월 27일

"이순신이 원균의 공을 빼앗아 권준의 공으로 삼으면서 원균과 상의하지도 않고 먼저 장계한 것입니다. 그때 일본군선 안에서 여인을 얻어 사실을 탐지하고는 곧장 장계했다고 합니다"[57]

이렇게 조정의 여론이 '약속을 어기고 공을 차지한 이순신'으로 몰아가고 있었다. 가뜩이나 이순신에게 분(憤)하고 노(怒)한 마음을 품고 있던 선조의 논죄는 서릿발 같았다. "이순신이 남의 공을 가로챈 것은 방자하고 거리낌이 없는 죄이다. 법에 있어서 용서할 수 없으니 율(律)을 상고하여 죽여야 마땅하다"[58]

(2) 통제사 이순신의 충정과 실체적 진실

① 이순신이 연명(聯名)을 약속한 사실이 있는가?

이순신이 연명 약속을 어기고 단독으로 장계를 올려 원균의 공을 가로챘다는 논죄가 실체적 진실에 부합하는가? 연명 약속에 대해서는 원균의 주장만 있을 뿐 이순신이 약속했다는 구체적 사실은 보이지 않는다. 약속이란 '다른 사람과 앞으로의 일을 미리 정하여 어기지 않을 것을 다짐하는 것'이다. 실록의 기사대로라면 이순신은 '천천히 합시다' 또는 '서서히 하기로 합시

---

57. 『선조실록』 84권, 위와 같은 날 3번째 기사
58. 『선조실록』 86권, 선조 30년(1597) 3월 13일

이순신 정신과 리더십

다' 등의 응답을 했을 뿐이다. 여러 기록으로 보아 원균은 연명 보고를 원했던 것으로 보인다. 하지만 이순신은 그럴 의사가 없었던 것으로 보인다. 다만 대놓고 거절하지 않았을 뿐이다. 이순신이 원균과 연명으로 장계를 올릴 수 없었던 이유를 그가 올린 '옥포 승첩을 아뢰는 장계(玉浦破倭兵狀)'[59]에서 발견하기 때문이다.

"오직 우수사 원균은 단 3척의 전선을 거느리고서 신의 여러 장수가 사로잡은 일본군선을 활을 쏘면서 빼앗으려고 하였기 때문에 사부와 격군 2명이 상처를 입게 되었으니, 제일 윗 주장(원균)으로서 부하들의 단속을 잘못한 일이 이보다 더한 것은 없는 것일 뿐만 아니라, 경상도 소속인 거제현령 김준민은 멀지 않은 바다에 있으면서, 그가 담당하는 지역 안에서 연일 접전하였는데도 주장인 원균이 빨리 오라는 격문을 보내었으나 끝내 나타나지 않았으니, 이는 해약(駭愕)한 일이오니 조정에서 조처하시옵소서"[60]

이순신은 일본군과 처음으로 맞붙은 해전에서 원균과 그 부하들의 행위에 대해 매우 경악했다. 이순신의 부하들이 나포한 일본 군선을 빼앗으려고 화살을 아군에게 쏘아대는 패씸한 행위, 또 주장(主將)의 명령에도 나타나지 않는 담당 수령 김준민

---

59. 『완역 이충무공전서』 권2, 장계(1) 이은상 역, (서울: 성문각 1988) 142쪽
60. 이순신, 『임진장초』「玉浦破倭兵狀」 조성도 역, (서울: 연경문화사 1984) 42쪽

의 놀라운 행위 등이다. 이순신이 원균의 공을 빼앗기는커녕 원균의 부하들이 이순신의 공을 빼앗으려 했던 이적행위였다. 그러나 이순신은 원균과 동급(同級)의 수사로서 이들을 직접 처벌할 수 없었다. 조정에 보고해서 조처를 구할 수밖에 없는 이순신이다. 이런 상황에서 연명으로 장계를 올리자는 원균의 요청은 이순신이 수용할 수 있는 제안이 아니었다.

또 이 장계에서 "오직 우수사 원균은 단 3척의 전선을 거느리고"의 강조점은 무엇인가? 참전한 전선이 매우 적었으므로 전공도 적었음을 시사하는 것이다. 전선의 규모로 보면, 이순신의 전라좌수군은 판옥선 24척 협선 15척 포작선 46척으로 모두 85척이 출동했고, 원균의 경상우수군은 판옥선 4척 협선 2척 모두 6척뿐이었다. 일본군이 쳐들어오자 원균은 스스로 군영을 불태웠기 때문이다. 전투의 성과로 보아도 격멸시킨 일본 군선 44척 중 전라좌수군이 32척이었고 경상우수군은 12척뿐이었다.

전력과 전공이 월등했던 이순신의 전라좌수군이었다. 보고 체계로 보아도 수군절도사의 단독 장계는 일상의 보고 체계였다. 이순신이 삼도수군통제사가 되기 이전이기 때문이다. 원균이 별도로 장계를 올린 일을 보아도 그렇다. "경상수사 원균의 승첩을 알리는 계본"[61] "원균이 동생 원전을 보내 승전을 알렸

---

61. 『선조실록』 29권, 선조 25년(1592) 8월 24일

　　　　　　　　　　　　　　　　이순신 정신과 리더십

다"[62] 이런 상황에서 이순신이 연명으로 장계를 올려야 할 이유도 의무도 책임도 없었다.

② 이순신과 그 부하들이 더 많은 상을 받았는가?

이순신에게는 임진년(1592) 1차 출동(옥포·합포·적진포)의 전공에 따라 가선대부(嘉善大夫, 종2품 하계)를,[63][64] 2차 출동(사천·당포·당항포·율포)의 전공에는 자헌대부(資憲大夫, 정2품 하계)를"[65] 3차 출동(한산도·안골포)의 전공에는 정헌대부(正憲大夫, 정2품 상계)[66]의 자계(資階)를 상으로 내렸다.

이순신의 부하들에게도 상이 내려졌다. "흥양현감 배홍립·광양현감 어영담을 통정(정3품)으로 올리고, 녹도만호 정운·사량첨사 김완을 절충(정3품)으로 올리고, 낙안군수 신호를 겸 내자시정으로, 보성군수 김득광을 겸 내섬시정으로, 우후 이몽구, 전 첨사 이응화 등을 훈련원 첨정으로, 이기남을 훈련원 판관, 김인영 등 3인을 훈련원 주부로, 변존서 등 14인을 부장으로 삼았는데, 이는 당항포(사천·당포·당항포·율포)의 전공에 대한 상

---

62. 『선조실록』 84권, 선조 30년(1597) 1월 27일
63. 『선조수정실록』 26권, 선조 25년(1592) 5월 1일
64. 『선조실록』 26권, 선조 25년(1592) 5월 23일
65. 『선조실록』 29권, 선조 25년(1592) 8월 16일
66. 『선조수정실록』 26권, 선조 25년(1592) 7월 1일

이었다.[67]

  원균에게는 임진년(1592) 1차 출동의 전공에 대한 가자(加資)가 없었다. 그러나 2차 출동의 공로로 가선대부(종2품 하계)를 받았다. 그리고 3차 출동의 전공에 대해 원래는 가자가 없었다. 이때 임금이 묻기를 "원균에게는 가자를 하지 않는가?" 하였는데, 회계하기를, "원균은 이미 높은 가자를 받았고 지금 이 전첩의 공은 이순신이 으뜸이므로 원균에게는 가자할 필요가 없을 듯합니다" 하였다.[68] 이때 이순신은 정헌대부(正憲大夫, 정2품 상계)의 가자를 받았다. 그러자 임금이 정원에 전교하기를 "원균과 이억기는 이순신과 공이 같은 사람들이다. 품계를 높여 주고 글을 내려 아름다움을 포장하라"[69] 하여 원균에게 자헌대부(정2품 하계)를 내렸다.

  원균의 부하들에게도 상이 내려졌다. "(미조항)첨사 김승룡, (남해)현령 기효근은 특별히 당상(堂上, 정3품)에 올리고, 현감 김준계는 3품으로 승서하고, 주부 원전은 5품으로 승서하고, 우치적 등 4인은 6품으로 승서하고, 이효가 등 13인은 공에 맞는 관직을 제수하소서. (지세포)만호 한백록은 전후 공이 가장 많

67. 『선조실록』 29권, 선조 25년(1592) 8월 16일
68. 『선조실록』 29권, 선조 25년(1592) 8월 24일
69. 『선조실록』 30권, 선조 25년(1592) 9월 1일

은데 탄환을 맞은 뒤에도 나아가 싸우다가 싸움이 끝나고 오래
지 아니하여 끝내 죽음에 이르렀습니다. 극히 슬프고 애처로운
일이니, 또한 당상으로 추증하소서. 배지인 박치공은 3급(級)을
베고 왜적 한 명을 사로잡았으니 6품으로 승서함이 어떠하겠습
니까?' 하니, 답하기를, '이에 의하여 조처해야 한다' 하였다"[70]

공(功)은 크기에 따라 차등이 있게 마련이다. 이순신과 그 부
하들에게, 또 원균과 그 부하들에게 비변사의 품의에 따라 상이
내려졌다. 물론 인용한 내용이 전체는 아니겠지만, 이순신이 원
균보다 높은 가자(加資)를 받았고, 이순신의 부하들이 원균의 부
하들보다 많은 상(賞)을 받은 것은 사실이다. 비변사에서도 이
에 대한 논란에 대해 언급하기를 "싸움에 임해서는 수종(首從)이
있고 공(功)에는 대소(大小)가 있는 것이어서 그 사이에 차등이 있
기 마련입니다"[71] 라고 하였다. 조정의 작상이 이렇게 기여한 전
공에 의해 이루어진 것이라 해도 원균은 불만이 많았다.

상(賞)에는 언제나 잡음이 따르게 마련이다. 제외된 자는 억울
해하고 미흡한 자는 불만스럽기 때문이다. 이순신이 연명 약속
을 어겼다느니, 이순신이 남의 공을 빼앗았다느니 하는 것이 바
로 이 때문이다. 그러나 이순신의 가자(加資)는 비변사의 평가로

---

70. 『선조실록』 29권, 선조 25년(1592) 8월 24일
71. 『선조실록』 29권, 선조 25년(1592) 위와 같은 기사

이루어진 것이고, 원균의 가자는 선조의 배려로 이루어진 부분도 있다. 참전한 군선(軍船)도, 불태운 적선(敵船)도, 베어낸 수급(首級)도 이순신의 전라좌수영이 월등히 많았다. 임전수종 공지대소(臨戰首從 功之大小), 싸움을 주도한 것도 이순신이었고, 전공이 많았던 것도 전라좌수군이었다. 이순신이 원균의 공을 빼앗았다는 논죄는 사실과 맞지 않는 주장으로 논상의 공정성을 살폈어야 할 일이다.

2) 남(元均)을 모함하여 방자하고 거리낌이 없는 죄

(1) 임금 선조의 분노와 논죄

이순신이 원균을 모함했다는 함인어죄(陷人於罪)의 죄상이다. "남을 무함(誣陷)하기까지 하며(장성한 원균의 아들을 가리켜 어린아이가 모공(冒功)하였다고 계문하였다.) 방자하고 거리낌이 없는 죄이다. 법에 있어서 용서할 수 없으니 율(律)을 상고하여 죽여야 마땅하다"[72]

갑오년(1594) 11월, "호조판서 김수가 임금에게 아뢰기를, 원균과 이순신이 서로 다투는 일은 매우 염려됩니다. 원균에게 잘못한 바가 없지는 않습니다만, 그리 대단치도 않은 일이 점차 악화되어 이 지경까지 이르렀으니 매우 불행한 일입니다. 하니,

---

72. 『선조실록』 86권, 선조 30년(1597) 3월 13일

상이 이르기를, 무슨 일 때문에 그렇게까지 되었는가? 하자, 김 수가 아뢰기를, 원균이 10여 세 된 첩자(妾子)를 군공(軍功)에 참 여시켜 상을 받게 했기 때문에 이순신이 이것을 불쾌히 여긴다 합니다" 하였다."[73]

정유년(1597) 2월, "병조판서 이덕형이 아뢰기를, 이순신이 당초 원균을 모함하면서 말하기를, 원균은 조정을 속였다. 12세 아이를 멋대로 군공(軍功)에 올렸다. 라고 했는데, 원균은 말하 기를, '나의 자식은 나이가 이미 18세로 활 쏘고 말 타는 재주가 있다' 라고 했습니다. 두 사람이 서로 대질했는데, 원균은 바르 고 이순신의 이야기는 궁색하였습니다" 하였다.[74] 신망 높은 병 조판서 이덕형의 아룀이니 선조의 판단에 결정적 영향을 미쳤 다고 할 것이다.

(2) 통제사 이순신의 충정과 실체적 진실

실록의 기사로 보면 이순신은 원균의 12세 첩자(妾子)를 말하 고 있고, 원균은 18세 적자(嫡子)를 말하고 있다. 이순신의 주장 대로 12세라면 요즈음 초등학교 5학년 정도의 어린아이다. 원 균이 말하는 18세라면 고등학교 3학년 이상 대학생에 이르는

---

73. 『선조실록』 57권, 선조 27년(1594) 11월 12일
74. 『선조실록』 85권, 선조 30년(1597) 2월 4일

젊은 남자이다. 원주원씨 족보[75]에 의하면 원균의 슬하에는 딸 5명과 아들 1명을 두었다. 아들은 원사웅(元士雄)으로 1575년생이니 18살이 맞다. 그러나 실록의 기사에는, 원균의 '10여 세 된 첩자(妾子)'라고 했다. 원균에게 서녀(庶女)가 있었던 것으로 보아[76] 서자(庶子)가 있었을 법도 하지만 사료가 없으므로 단정할 수는 없다. 다만 병조판서 이덕형이 두 사람을 대질했다는 아룀 즉 '이순신의 이야기가 궁색했다'라는 말이 결정적 단서였다고 보는 이유다.

그러나 이순신 사후(死後)에 놀라운 반전이 일어났다. 무술년(1598) 12월, 좌의정 이덕형[77]이 이순신의 포장을 청하는 장계에서 밝히는 때늦은 고백이다. "이순신의 사람됨을 신이 직접 확인해 본 적이 없었고 한 차례 서신을 통한 적밖에 없었으므로 그가 어떠한 인물인지 알지 못했습니다. 전일에 원균이 그의 처사가 옳지 못하다고 한 말만 듣고, 그는 재간은 있어도 진실성과 용감성은 남보다 못할 것이라고 여겼습니다"[78] 라는 것이었다.

그렇다면 두 사람을 대질했다는 보고는 거짓이었단 말인가,

---

75. 김인호, 『원균평전』 (경기: 평택문화원, 2014) 51쪽
76. 김인호, 『원균평전』, 53쪽
77. 『선조실록』 105권, 선조 31년(1598) 10월 8일
78. 『선조실록』 107권, 선조 31년(1598) 12월 7일

이순신 정신과 리더십

참으로 명신답지 않은 무책임한 처신이었다. 사후에라도 진실의 증언을 했다는 것이 다행스러울 뿐이다. 이순신이 원균을 모함했다는 함인어죄(陷人於罪)의 논죄는 첩자(諜子)의 존재를 살폈어야 했다. 호조판서 김수가 아뢰듯 '그리 대단치도 않은 일'[79]을 가지고 전쟁 중에 공로 많은 장수를 사형시켜야 할 만큼의 큰 죄상이라 할 수 없기 때문이다.

Ⅲ. 맺음말

1. 선조의 분노정치

1) 서손(庶孫)이라는 태생적 열등감이 있었다.

선조는 왜 치우치게 이순신을 미워했을까, 태생적 열등감을 살펴보지 않을 수 없다. 선조의 아버지는 덕흥군인데 중종과 후궁 창빈안씨 소생의 서자(庶子)였다. 그 덕흥군의 셋째 아들 하성군(河城君)이 곧 선조였다. 조선왕조 27명의 국왕 중 최초로 아버지가 왕이 아닌 방계(傍系) 출신이 국왕이 된 것이다. 선조가 태생적으로 안게 된 서손(庶孫)이라는 열등감이었다. 그런데도 선조는 무려 41년간 재위(1567~1608)했으니 조선왕조 중 4번째로 긴 기간이다. 임진왜란으로 무능한 국왕이란 멍에를 썼지

---

79. 『선조실록』 57권, 선조 27년(1594) 11월 12일

만 냉정한 평가는 임진왜란(1592) 이전 25년과 이후 16년으로 나누어진다. 적어도 임진왜란 이전까지는 정치·외교 분야에서 능력 있는 국왕으로 평가받았다.

 정치적으로는 조선의 명신이라는 율곡 이이, 송강 정철, 서애 류성룡, 오리 이원익, 오성 이항복, 한음 이덕형 등 많은 인재를 등용하며 목릉성세(穆陵盛世)를 이루었다. 특별히 임진왜란 직전 사간원의 반대에도 이순신을 종6품 정읍현감에서 일약 정3품 전라좌수사에 등용한 건 선조의 택현(擇賢), 탁월한 인사였다.[80] 사간원이 아뢰기를, "전라좌수사 이순신은 현감으로서 아직 군수에 부임하지도 않았는데 좌수사에 초수하시니 그것이 인재가 모자란 탓이긴 하지만 관작의 남용이 이보다 심할 수 없습니다. 체차시키소서"하니, 답하기를, "이순신의 일이 그러한 것은 나도 안다. 다만 지금은 상규에 구애될 수 없다. 인재가 모자라 그렇게 하지 않을 수 없었다. 그 사람이면 충분히 감당할 터이니 관작의 고하를 따질 필요가 없다. 다시 논하여 그의 마음을 동요시키지 말라 하였다"[81]

 외교적으로는 왕실의 숙원이었던 종계변무(宗系辨誣)의 해결이었다. 명나라의 『대명회전(大明會典)』 즉 중국의 행정 법전에 조

---

80. 『선조실록』 23권, 선조 22년(1589) 7월 28일
81. 『선조실록』 25권, 선조 24년(1591) 2월 16일

이순신 정신과 리더십

선의 태조 이성계가 고려의 권신 이인임(李仁任)의 후손으로 기록되어 있었다. 이인임은 고려 우왕 때의 탐학 권신으로 이성계의 정적이었다. 이성계가 그런 이인임의 후사라는 건 조선왕조의 정통성이나 합법성 면에서 용납할 수 없었다. 조선은 잘못된 역사를 고쳐 달라고 끈질기게 요청했지만, 명은 2백 년 동안 들어주지 않았다. 오히려 이를 빌미로 조선을 복속시키려고만 하였다.

다행히 1584년부터 선조가 파견했던 주청사(奏請使)들의 노력으로 1589년 성절사 윤근수가 개정된 『대명회전』 전부를 받아옴으로써 종결되었다. 이때 공로가 컸던 19인에게 왕실 계통을 바로 잡은 공로로 광국공신(光國功臣)의 훈호가 내려졌다. 조선 왕실 200년의 오랜 염원이 방계인 서손의 노력으로 이루어진 것이다. 선조의 열등감이 자존감으로 바뀌는 순간이었다. 그 숙원을 이뤄준 최고의 공로자가 바로 윤근수(1등), 윤두수(2등), 이산해(3등) 등이었다. 이때 윤근수는 해평부원군(海平府院君), 윤두수는 해원부원군(海原府院君), 이산해는 아성부원군(鵝城府院君)이 봉해졌다. 임진왜란 발발 3년 전의 일이다.

임진왜란 중 정치 군사적 쟁점이 있을 때마다, 임금은 왜, 윤근수·윤두수·이산해 등의 주장을 두텁게 신임했는지, 임금은 왜, 이들이 적극적으로 옹호하는 원균을 일방적으로 편애(偏愛)하고 이순신을 치우치게 편증(偏憎)했는지 이해되는 대목이다.

물론 원균의 원주원씨 집안이 왕실과 혈맥이 있었다는 점, 원균의 5촌 이내 친척 중 12명이 원종공신에 오를 정도로 임진왜란 시 활동이 많았다는 점[82] 등의 요인도 있지만, 직접적 영향은 광국공신에 대한 배려에 있었다고 여겨지는 이유다.

2) 몽진(蒙塵)과 분조(分朝)로 자존감이 무너졌다.

임진왜란 발발로 선조는 무책임한 국왕, 무능한 국왕이란 멍에를 쓰게 되었다. 그 중심에 두 개의 사건이 있다. 하나는 먼지를 뒤집어쓰고 피난을 떠났던 몽진(蒙塵)이었다. 일본군이 이틀 만에 부산을 함락시키고 파죽지세로 내달려 20일 만인 5월 3일 한성을 함락시켰다. 그러나 도성엔 국왕 선조가 없었다. 이미 사흘 전에 평양으로 도망쳤기 때문이다. 국왕이 나라와 백성을 버리고 종묘와 사직을 버리고 도망쳤다는 소식에 분노한 백성들이 장예원과 형조를 불사르고 궁궐로 달려갔다. 그리고 경복궁·창덕궁·창경궁 세 궁궐을 모두 불태웠다.[83]

일본군은 또다시 북으로 내달려 6월 14일 평양성을 함락시켰다. 부산 함락 후 60일 만이었다. 그러나 평양성에도 국왕 선조는 없었다. 이미 사흘 전에 의주로 도망쳤기 때문이다. 평양성

---

82. 김인호, 『원균평전』 62쪽
83. 『선조수정실록』 26권, 선조 25년(1592) 4월 14일

　　　　　　　　　　　　　이순신 정신과 리더십

을 끝까지 죽음으로 지키겠다던 국왕의 호언장담[84]이 무색하게 중전이 먼저 피난길을 나서자 백성들이 몽둥이로 궁비(宮婢)를 쳐 말에서 떨어뜨렸다.[85] 국왕의 권위는 바닥으로 추락했고 자존감도 나락으로 떨어졌다.

다른 하나의 사건은 분조(分朝)였다. 나라의 운명이 경각에 달하자 선조는 부랴부랴 광해를 세자로 세웠다.[86] 그리고 자신은 명나라로 망명하겠다며 조정을 반으로 나누었다. "세자에게 종묘사직을 받들고 분조하도록 명하였다. 상이 밤에 종신을 불러 의논하기를, '나는 내부(內附)를 청하겠다. 세자는 당연히 종묘사직을 받들고 보살피면서 나라에 머물러야 할 것이다. 누가 나를 따라 요동으로 건너가겠는가"[87] 선조는 대조(大朝)를 이끌고 북쪽으로 도망치고, 세자는 소조(小朝)를 이끌고 남쪽으로 내려갔다. 자식을 사지로 내몬 비정한 아버지 선조였다. 광해군이 남쪽에서 관군을 지원하고 의병을 독려하니 백성의 민심이 광해에게로 쏠렸다.

당대의 명장이라며 선조가 의지했던 순변사 이일과 도순변사

---

84. 『선조실록』 27권, 선조 25년(1592) 6월 2일
85. 『선조실록』 27권, 선조 25년(1592) 6월 10일
86. 『선조실록』 26권, 선조 25년(1592) 4월 28일
87. 『선조수정실록』 26권, 선조 25년(1592) 6월 1일

신립이 육전(陸戰)에서 참패했다. 오로지 수전(水戰)에서 전라좌수사 이순신이 연전연승 일본군을 무찌르니 백성의 마음이 순신에게로 향했다. 국왕이 도성에서 도망치고, 조정을 나누어 세자에게 책임을 떠넘기는 사이 백성의 민심이 광해군과 이순신에게로 넘어가고 있었다. 백성을 위해 자신이 죽겠다는 결기조차 없었던 선조는 충신들의 공로를 인정하는 포용심조차 없었다.

오히려 자신의 모멸감으로 세자도 충신도 시기했다. 왕세자 광해에게는 반복되는 선위(禪位) 소동으로 끊임없이 의심하고 시험했다. 이순신에게는 임진왜란 이전의 호의(好意)가 임진왜란 이후엔 시의(猜疑)로, 정유재란 이후엔 적의(敵意)로 바뀌었다. 그러나 후임 통제사로 삼았던 원균이 칠천량에서 패함으로 원균도 죽고 수군도 망했으니 스스로 제 발등을 찍은 국왕 선조였다. 백성의 믿음을 잃은 민무신불립(民無信不立)의 선조, 자신의 열등감과 배신감에서 촉발된 선조의 분노는 돌이킬 수 없는 나라의 파탄이었다.

2. 이순신의 충무정신

1) 오직 병법(兵法)으로 행했던 장수였다.

"당연히 법에 따라 죽여야 하고, 반드시 죽여서 용서할 수 없다" 선조가 이순신에게 내린 추상같은 논죄였다. 과연 조정을 속이고 임금을 무시했던 이순신인가? 과연 적을 쫓아가 토벌하지 않아 나라를 저버렸던 이순신인가? 과연 남의 공을 가로채고 모함했던 이순신인가? 논죄의 타당성과 실체적 진실을 생각해 본 주제였다. 선조가 주장했던 세 가지 논죄는 모두 '반드시 죽여서 용서할 수 없는 죄상'이라고 여겨지지 않는다.

특히 논죄의 핵심이었던 '적을 쫓아가 토벌하지 않아 나라를 저버린 죄(縱賊不討, 負國之罪)'가 그러하다. 병법으로 볼 때 이순신의 출동 지체는 당연한 판단이었다. 손자병법의 가르침에도, 지피지기 백전불태(知彼知己 百戰不殆), 적을 알고 나를 알면 백번 싸워도 위태롭지 않다고 했고, 부지피부지기 매전필태(不知彼不知己 每戰必殆), 적을 모르고 나도 모르고 싸우면 싸움마다 위태롭다고 했다. 적장의 간계를 헤아리지 못하고 출동하는 것은 패배를 자초하는 일이었다.

승병선승이후구전(勝兵先勝而後求戰), 승리하는 장수는 먼저 이길 수 있도록 해놓고 싸운다고 했고, 패병선전이후구승(敗兵先戰而後求勝), 패하는 장수는 싸움부터 하고 승리를 구한다고 했다. 적장의 간계를 믿고 출동하는 것은 패병이나 하는 짓이다. 또 지승유오(知勝有五), 전쟁에서 승리를 아는 다섯 가지 중 하나가, 능장이군불어자승(將能而君不御者勝), 장수가 유능하고 군주가 간섭하지 않으면 승리한다고 했다. 장수는 이기는 병법에 충실해야 하고, 이기는 장수라야 충신이라 할 수 있다.

2) 오직 애국(愛國)으로 싸웠던 신하였다.

이순신이 만약 선조의 논죄대로 '적을 쫓아가 토벌하지 않아 나라를 저버리기'로 했다면, 이미 도해한 가토 기요마사를 참살하겠다고 그 많은 전선을 이끌고 정유년(1597) 2월 10일 다대포로 나가지 않았을 것이다.[88] 선조가 2월 6일 이순신을 잡아 오도록 전교하면서 "이순신이 만약 군사를 거느리고 적과 대치하여 있다면 잡아 오기에 온당하지 못할 것이니, 전투가 끝난 틈을 타서 잡아 올 것도 말해 보내라"[89] 라고 했던 이유가 바로 여기에 있었다. "그때 이순신은 수군을 거느리고 가덕 바다로 나가 있다가 잡아 올리라는 명령이 내렸음을 듣고 곧 본진으로 돌아와 진중의 비품들을 계산하여 원균에게 인계하니 군량미 9,914석, 화약 4,000근, 총통 300자루 등"이었다.[90] 이순신에게 진정한 우국(憂國)의 충정(忠情)이 없었다면, 억울하게 의금부로 잡혀가는 마당에 후임 통제사에게 그 많은 군량과 군기를 순순히 인계하지도 않았을 것이다.

또 이순신이 출동을 지체한 것은 천리 밖 지휘관의 판단이었다. 이순신은 임진년(1592) 4월, 선조로부터 받은 어명이 있었다. "그대는 각 관포의 병선들을 거느리고 급히 출전하여 기회

---

88. 『선조실록』 85권, 선조 30년(1597) 2월 20일
89. 『선조실록』 85권, 선조 30년(1587) 2월 6일
90. 『완역 이충무공전서』, 卷九 「行錄」 이은상 역, (서울: 성문각 1988) 31쪽

　　　　　　　　　　　이순신 정신과 리더십

를 놓치지 말도록 하라. 그러나 천리(千里) 밖이라 혹시 뜻밖의 일이 있으면 그대의 판단대로 하고 너무 명령에 구애받지는 말라. 조정은 멀리서 지휘할 수 없으니 도내에 있는 주장의 판단에 맡길 따름이다"[91] 시간은 흘렀어도 같은 전쟁, 같은 국왕이 내린 어명이었다. 과연 병법을 따르고 어명을 따랐던 신하의 잘 못인가? 신하의 충심보다 적장의 간계를 믿었던 선조의 잘못인가?

무술년(1598) 11월, 이순신은 전사하기 전날 밤 자정에 배 위에 올라 손을 씻고 무릎을 꿇고 하늘에 빌었다. "차수약제 사즉무감((此讐若除 死卽無憾), 이 원수를 무찌른다면 죽어도 유한(遺恨)이 없겠습니다" 다시는 조선을 넘보지 못하도록, 다시는 조선을 침략하지 못하도록 발본색원하겠다는 역사적 사명감이었다. 19일 새벽 한창 싸움을 북돋우던 이순신이 적탄에 맞아 숨을 거두며 마지막 남긴 말씀이다. "전방급신물언아사(戰方急愼勿言我死), 싸움이 한창 급하다. 조심하여 내가 죽었다는 말을 내지 말라"[92] 자기의 죽음보다 나라의 운명이 더 중요했던 애국의 사명이었다.

---

91. 이순신, 『임진장초』, 「赴援慶尙道狀(1)」 조성도 역, (서울:연경문화사 1984) 25~25쪽
92. 『완역 이충무공전서』 卷九 「행록(1)」, 42쪽

3) 조선의 왕조가 충무(忠武)의 시호를 내렸다.

이순신 사후 선조는 이순신을 죽이라 했던 자신의 논죄가 잘못이었음을 고백한다. "하늘이 우리나라에 재앙을 내리자, 나는 많은 고난을 견디지 못하고 구묘에 피비린내로 더러워짐을 애통해하고 얼굴조차 들지 못하였고, 팔도가 온통 살육당함을 슬퍼하며 매양 걱정뿐이었건만, 그 누가 과감히 군대를 정비하여 위급한 데로 달려가리오" 그런데 조정의 명령은 "어려움을 알면 물러난다는 것을 알아주지 못하여, 바로 원한을 풍옥(酆獄)에 맺히게 하니, 마침내 큰 배(艅艎)가 물길을 잃은 것은, 참으로 조정의 계책이 잘못된 탓이라. 나는 곧은 충신을 저버린 것이 부끄러워 급히 장수의 권한을 되돌려주고, 경은 충성으로 분발하기에 더욱 힘써서 곧장 회령포로 가서 불에 타고 남은 배를 수습하고 피폐한 병졸들을 거두어 모아서 13개의 다락배(樓櫓)로 비로소 앞바다에 진을 쳤는데, 백만 장졸들의 떠도는 넋이 물결 위에 피로 물들였다. 경에게 곡하는 눈물은 응당 저승에까지 사무칠 것이요. 경을 슬퍼하는 정회는 언제나 그리워 병들리로다"[93]

이순신 사후 35년(1643), 인조(仁祖)가 이순신에게 충무(忠武)의 시호를 내렸다.[94] 시호법(諡號法)에 따르면 충(忠)은 위신봉상

93. 현충사관리소, 『충무공 이순신과 임진왜란』「선무공신교서」, 2011, 237~238쪽
94. 『인조실록』43권, 인조 20년(1542) 5월 13일

이순신 정신과 리더십

(危身奉上), 자신이 위태로우면서도 국왕을 받들었던 충신 이순신이었고, 무(武)는 절충어모(折衝禦侮), 적의 창끝을 꺾어 외침을 막았던 무신 이순신이었다. 사후 195년(1793), 정조(正祖)가 충무공 이순신에게 영의정을 추증했다.[95] 개혁과 통합의 이상을 실현했던 학자 군주 정조는 1794년 '어제신도비(御製神道碑)'를 내려 이순신의 충무정신을 역사에 기렸다. "내 선조께서 나라를 다시 일으킨 공로에 기초가 된 것은 오직 충무공 한 분의 힘, 바로 그것에 의함이라. 내 이제 충무공에게 특별한 비명을 짓지 않고 누구의 비명을 쓴다 하랴"[96]

---

95. 『정조실록』 38권, 정조 17년(1793) 7월 21일
96. 이은상, 『태양이 비치는 길로 (하)』 (서울: 삼중당 1973) 425쪽

07

李舜臣

서영길

예비역 해군중장
해군사관학교/미해군대학원(NWC) 졸업
해군작전사령관, 해군사관학교 교장
주호놀룰루 대한민국총영사
해군사관학교 명예교수
사단법인 이순신리더십연구회 이사

국난극복의
전쟁관과 리더십

07

국난극복의 전쟁관과 리더십

I. 들어가는 말

역사학자 이인호 교수는 "역사는 지성을 키우기 위해서이며, 개인의 자유와 진리에 대한 존중 없이는 정의와 평등을 주장할 수 없다"고 하였다.[1]

이순신 제독이 국난을 극복하고 위대한 리더로 역사에 우뚝 설 수 있었던 것은 희생정신과 정직함, 그리고 남다른 전쟁관이 있었기 때문이다. 이를 바탕으로 리더십이 어떻게 발휘되었는지 역사적 관점에서 풀어보고자 하며, 서애 류성룡의 '징비록'과 '6·25 남침 전쟁의 교훈'을 참고하여 오늘의 현실에 비추어 고찰해 보고자 한다.

전쟁 승리의 요인은 국가전략과 군의 작전계획 운용, 병력 규

---

1. 이인호, 『김기철의 시대 탐문』 『조선일보』 2019. 11. 26 A. 25.

모, 무기체계의 성능과 우월성, 군의 사기와 훈련, 군 특유의 전통, 신속한 전투 근무 지원에 있다. 여기에 더하여 가장 중요한 역할을 한 것은 유비무환의 전비 태세를 잘 활용한 이순신의 리더십이다. 병법에 기초한 지휘 통솔과 전쟁관을 바탕으로 한 리더십으로 조선의 가장 큰 위기이자 최대 국난이었던 임진왜란과 정유재란을 극복할 수 있었던 것이다.

임원빈 교수가 '위기극복과 이순신 병법'에서 기술한 바와 같이 원균의 칠천량해전 참패를 통해서도 이를 엿볼 수 있다. 질적으로 전투력이 아무리 우세하더라도, 지휘관의 전략전술, 전쟁관이 뒷받침되지 않는다면 전승을 보장할 수 없다.[2]이순신은 어떻게 싸워서 7년 전쟁 동안 40여 회의 해전에서 완승할 수 있었을까.[3] 임진왜란이나 정유재란을 재현한 드라마, 소설, 영화에서 보면 작가나 감독의 주관적 해석과 상상력 등이 가미되어 역사적 사실과 다르게 표현되는 경우가 많다. 드라마 '불멸

---

2. 임원빈, 『위기극복과 이순신 병법』 (아산: 순천향대학교, 세미나 발표문), 2015, 10.

3. 임원빈, 『위기극복과 이순신 병법』 서론에서, 그동안 이순신이 치른 해전 횟수로 널리 알려진 23전 23승은 2004년에 방영된 역사 드라마 『불멸의 이순신』에서 소개된 것으로 전문가들의 연구결과에 기초한 것이 아니다. 해전 횟수를 산정하는 것은 단일 해전을 어떤 기준으로 정의할 것인지에 따라 그 횟수가 달라진다. 해사 충무공연구부 제장명 박사의 연구결과에 따르면 시간과 공간을 달리하는 해전을 하나의 해전으로 정의할 경우 이순신이 치른 해전 횟수는 총 45회이며 이 가운데 승패를 판단할 수 없는 해전도 5회 있다. 해전 관련 새로운 자료가 발굴된다면 해전 횟수는 또 달라질 수 있다. 이에 따라 필자는 이순신이 치른 해전 횟수를 40여 회로 표현하였다.

이순신 정신과 리더십

의 이순신'에서 울돌목에 설치되었던 수중 철쇄를 명량해전 승리의 요인으로[4] 나타냈으나, 이는 사실이 아니며 승리를 가능케 한 지휘관의 전쟁원칙과 전술 운용, 병법 활용이라고 보아야 한다. 임원빈 교수의 책을 보면 전쟁의 승리 요인을 이야기하면서 "병법은 전쟁과 정치, 경제 외교의 관계이며, 전쟁의 원칙, 국가 전략, 군의 작전 전술 운용을 포함한 광범위한 개념을 포함한다"라고 하였으며[5] 이것은 본인의 제1차 연평해전의 전투지휘 경험에서 비추어볼 때 전적으로 동의하는 바이다.[6]

II. 해전에서 시사한 이순신의 가르침

1. 명량의 가르침

세월호 침몰 후 영화 '명량'은 우리 사회에 큰 충격파를 던졌다. 명량해전 발발 후 정확히 417년이 지난 2014년 여름, 언론 매체와 각종 저작물에서 명량해전과 이순신의 리더십은 홍수를

---

4. 위의 논문, 서론에서(2쪽) 작년에 개봉되어 1,800만 가까운 관객이 보았던 영화 『명량』은 역사적 사실 측면에서 보면 그리 잘 만든 영화가 아니다. 후반부 1시간 이상을 차지하고 있는 해전 전투 장면 가운데 주요 승리 요인으로 소개되고 있는 백병전과 충파 전술은 사실 모두 사실이 아니라 제작진들의 인식 수준에서 주관적으로 구상해낸 창작물이다. 소설, 드라마, 영화 등은 우리 국민에게 이순신을 널리 알리는 데 큰 공(功)이 있지만, 역사적 사실을 왜곡한 과(過)도 크다.

5. 위의 논문, 서론에서, (2쪽)

6. 2000, 1년 발간, 해군 작전사, 『연평해전 교훈집』(2014. 1), 2함대 발간, 「제1연평해전: 그날의 승리를 기록하다」

이루었다. 한반도 서남해역에서 일어났던 해전과 해난사고를 보면서, 417년 전 명량에서 있었던 국난극복과 위기관리에 대한 칭찬과 함께, 지금의 위기관리 시스템에 대한 질타로 이어졌다. 영화 각본이었던 소설 '불패의 신화 명량'에서 저자는 "지금이 난세라면 우리에겐 영웅이 간절하다"라고 하면서, 임진왜란의 승리 요인에 대해 "일본군의 칠천량해전과 남원성 함락 후의 자만"도 있을 수 있으나, "이순신은 모든 것을 끌어 모아 전쟁준비의 기반"을 마련한 것을 지적했다. 그 과정에서도 가장 중요하게 여겼던 것이 민심과 군심의 결집, 즉 '공감대' 형성이라고 강조하고 있다. 명량의 승리가 우리에게 보여준 것은 이순신의 전쟁관과 리더십이 과거와 현재를 잇는 '공감대'였다고 볼 수 있다.

시대를 이어서 우리에게 필요한 것은 위기극복에 대한 신념이 체화된 지도자와 리더십에 대한 믿음이다. 이는 이순신의 생애를 통해 나타난 헌신, 희생, 그리고 낮춤의 정신으로 보여준 리더십에서 찾아볼 수 있다. 이순신의 국난극복을 위한 진정성은 온 백성이 함께하면서 국익, 총력안보, 위기관리를 함께한 표본이었으며, 세계 해전사에서 길이 빛나는 자랑스러운 우리 역사인 것이다. 오늘날 국가가 위험에 처했을 때, 우리는 무엇을 해야 할 것인가를 분명히 보여준 하나의 사례라고 할 수 있다.

여기서 깊이 고찰해야 할 사안은 이순신의 국난극복의 전쟁

이순신 정신과 리더십

관과 리더십이 어떻게 형성되었고 위기를 어떻게 극복했으며, 오늘날 우리에게 주는 시사점은 무엇인가 하는 것이다. 이순신의 삶의 세계는 내면세계에 깊이 자리 잡고 있었던 유교 사상과 가정의 훈도(訓道)인 충(忠)과 효(孝)에 기인하고 있다. 이는 논어에서 말하는 군자는 의리에 밝다는 신념에서부터 시작되며, 이순신의 국가관, 전쟁관, 사생관인 위국헌신과 필사즉생(必死則生), 필생즉사(必生則死) 정신으로 마무리된다. 그가 마지막 전투였던 노량해전 직전, "이 원수를 무찌르면 지금 죽어도 여한이 없다"고 한 내용에서도 분명하게 찾아볼 수 있다. 이순신의 삶은 단조로운 삶이 아니었다. 깨어있는 지성으로 시대를 앞질러 살았고 남다른 실천적 삶 속엔 지적 모색과 고민이 있었다. 그리고 억울한 파직으로 인해 수모를 겪었던 인간으로서의 참담함도 경험했다.

엄청난 전쟁의 참화 속에서 몰락하는 조선을 어떻게 구하고, 어디로 가야 할 것인가를 고민했다. 절망을 피하는 것보다 절망에 직면해서 이를 깨고 나가는 용기가 진정한 용기라는 것을 인지했다. 이순신이 조정에 건의한 '상유전선 12(尚有戰船 十二)'를 보면 모든 것이 함몰된 상황에도 굴하지 않고 국난을 극복하기 위해 얼마나 깊이 고뇌하고 실천했는지를 알 수 있다. 이런 신념을 바탕으로 보편적 가치를 중시하는 공정의 원리와 정의를 추구하는 내면세계의 철학을 엿볼 수 있다.

임진왜란과 정유재란의 7년 전쟁에서 명량해전은 이순신의 국난극복의 위기관리와 전쟁관을 여실히 보여준 최고의 정점이라고 평가할 수 있으며, 패잔병에 가까운 조선수군에게 목표를 분명히 제시하고, 정신력을 극대화할 수 있도록 소통과 일체감을 부여하며, 사즉생(死則生)의 동기부여를 확실히 해주었다. 그리고 전투준비를 위한 정보수집에 최선을 다하고 죽음이 임박한 전투에서 철저하게 솔선수범(率先垂範)하였다.

하버드경영대학원의 위기관리 핵심 내용을 명량해전과 비교하면, "지속적인 정보를 수집하고, 위기 시에는 조직의 책임자가 현장에 임해 솔선수범하여 처리하는 모습을 보여야 한다. 그리고 위기 발생 이전에 충분한 언로를 확보해야 하고, 위기 발생 시는 신속, 단호한 조치를 취해야 한다. 다음에 발생할 위기에 대비하여, 처리 과정을 철저히 기록하는 유비무환(有備無患)의 자세를 취하는 것이다"라는 공통점을 발견할 수 있다.

400년 전 이순신이 취한 국난극복의 위기관리는 오늘날에도 교훈이 될 수 있음을 보여주는 사례이며, 1999년 서해 연평해전에서도 이를 잘 반영하고 있었다.[7] 명량해전에서 이순신이 시사한 위기관리의 핵심을 오늘날의 관점에서 보면 다음과 같다.

첫째, 리더는 실력과 도덕성을 갖추어야 하며, 인(仁)과 의(義)

---

7. 해군작전사, 『연평해전 교훈집』, 2000.

로서 국민과 국가에 대한 충성, 희생, 겸양을 보여주어야 하고,

둘째, 위기상황에서 리더는 솔선수범과 공정성을 보이고, 소통을 통한 상하 일체감을 조성하는 자기 혁신적 리더십을 지향해야 하며,

셋째, 국난극복의 요체인 유비무환과 지속적인 경계심을 시의적절하게 잘 배합 운용하여, 위기를 극복해야 한다고 정리할 수 있다.

이순신은 늘 혁신적, 변혁적 리더십으로 부하에게 목표를 명확히 제시하여, 탁월한 성취 의욕을 부여하고, 업무수행에 몰입하게 하는 동기를 부여하였다. 언로개방과 소통을 통해 다양성을 존중하고 일체감을 조성하면서, 지속적인 자기개발과 학습을 통해 부단한 노력을 계속하게 하였다. 그리고 이를 전투현장에서 잘 활용하였다.거대한 울돌목의 파도처럼 소용돌이치는 사건 사고가 가득한 오늘날의 현실에서 사회 지도층과 국민 모두는 각자가 제자리에서 주어진 일에 최선을 다해야 한다. 특히 지도층은 죽음을 초월한 책임감과 희생정신, 정제되고 엄정한 언행과 솔선수범하는 삶을 보여, 국민 모두에게 본보기가 되어야 할 것이다. 위기를 위기로 끝낼 것이 아니라, 창조적 정신과 자기 혁신적 리더십으로 오늘날 우리가 직면한 국내외의 어려움을 극복하고 다시 한번 대한민국을 생동감 있고 희망찬 나라

로 만들어야 한다.

2. 리더십에 나타난 전략사상과 병법

오늘날 한국 사회는 대내외적으로 큰 문제에 직면해 있다. 내부적으로는 경제 문제, 이념 문제, 역사 인식에 대한 시각 차이, 양극화 현상 등이 있다. 대외적으로는 북한 핵문제, 전시작전 통제권 전환을 둘러싼 미국과의 마찰과 독도 문제, 일제 강점기 피해 배상, 위안부 문제와 연관된 한일 간의 갈등 등 여러 요소가 국론 분열의 위기감으로 연결되어 국민을 불안하게 하고 있다. 우리 역사에 있어서 임진왜란과 정유재란이라는 국난의 시기에 전쟁을 승리로 이끌어 나라를 위기에서 구했던 이순신의 병법 운용, 전략사상, 리더십을 오늘날에 재조명해봄으로써 우리 사회가 갖고 있는 불안과 위기를 극복할 수 있는 실마리를 찾아야 한다.

이순신은 오늘날 우리 지도자들이 역할 모델로 삼아 본받아야 할 위대한 리더십의 표본이기 때문이다. 전쟁에서의 상황 요소는 하나의 변수로, 상황 적합적 접근법에서 해결책을 요구하며, 리더는 이러한 상황을 고려, 상황 여건에 맞게 지식과 경륜을 바탕으로 전장에서 활용해야 한다. 통제사 이순신의 전략 사상과 병법은 현존함대보존전략(Fleet in Being)과 함대결전전략(Decisive Battle)을 병행하여, 하삼도에 대해 오늘날의 해상우세권

보다 강한 의미인 제해권(Command of Sea)을 행사했다고 본다.

하삼도에 대한 제해권 행사는 매 해전 시마다 전투 수행을 위한 이순신의 철저한 전쟁관인 유비무환(有備無患)과 선승구전(先勝求戰)에 의해 이루어졌다. 이순신 함대는 우수한 성능의 거북선과 판옥선을 해역별로 배치하여 전투국면에 우위를 점하여 해전에 임했으며, 장병들은 필사즉생의 정신, 상하동욕과 절대적인 신뢰감으로 뭉쳐 40전 40승의 상비 필승의 전력을 유지하였다. 그리고 전반적으로 열세한 전력과 상황에서도 항시 전장을 주도하는 '주동의 원칙'과 '탁월한 전술 전기'로써 상황을 극복했으며, 그 대표적인 사례가 1597년 9월 16일 치른 명량해전이었다.

함대를 보존하여 우세한 전장 여건을 만든 후 해상 결전을 시도함으로써 남해에서의 제해권을 확보하여, 일본수군(日本水軍)의 전쟁 의지를 말살하고 한성으로 향하는 수륙 병진과 호남으로 향하는 진군을 해상에서 차단하였다. 이는 클라우제비츠의 전쟁론에 의한 '적의 핵심 전투세력에 대한 막대한 손상을 가함으로써 적의 전투 의지를 말살하고 전쟁을 종료' 하는 전략 사상에 근거한 것이다.

통제사 이순신이 명량해전에서 보여준 전투원칙을 보면[8]

---

8. 전투원칙은 병법인 전쟁원칙을 보다 세분화하여 적용한 것으로 『9인의 명사 이순신

- 지피의 원칙 : 탐망선(탐후선), 탐후인 등 다종의 정보 획득
  원 활용
- 전장 환경 숙지의 원칙 : 선승구전할 수 있는 최적의 위치 선택
- 주동권 확보의 원칙 : 전투 해역과 시간 선택을 주도적으로
  하여 전장 주도권을 장악
- 화력 집중의 원칙 : 조선수군 판옥선의 장점을 십분 활용하
  여 화력을 집중적으로 운용

   이와 같은 전투원칙과 유비무환 태세, 적극적인 정보 활용으로 이순신은 전승을 이끌어냈다. 통상적으로 동서양의 전략 사상가들이 제시하는 병법에 근거한 전쟁원칙은 12~15가지로 분류되나, 명량해전에서 이순신이 수행한 전투원칙은 목표, 집중, 병력 절약, 기동, 지휘 통솔, 동원으로 요약할 수 있으며, 여기에는 통제사 이순신의 전쟁관인 유비무환과 선승구전이 반영되었다. 불가능에 가까웠던 상황을 가능한 상황으로 전환하였던 이순신은 어려운 전장 환경과 부족한 전력에서도, 국면별로 우세한 전력을 유지하면서 전장을 주도적으로 이끌어가며 탁월한 병법 운용으로 전승을 이끌어 냈다. 그 근거는 다음과 같다.

- 평소 통제사 이순신의 전술 전기와 연관된 병서 다독의 결과
- 이로 인한 전문성, 창의성, 경륜의 결합에서 '선택과 집중의

을 말하다』「명량해전에 나타난 이순신의 리더십」120쪽에서 잘 예시하고 있다.

원칙'을 십분발휘했던 병법

- 부하와 백성에 대한 배려와 존중, 설득력과 평소 인(仁)과 의 (義)가 통합된 통제사 이순신의 리더십과 조선의 유학 사상

Ⅲ. 전략적 목표와 전쟁원칙

전략은 일반적으로 목표와 수단으로 구분할 수 있으며, 전략 은 병법인 작전과 전술의 상위 개념이며, 국가 차원에서의 전략 적 목표는 전쟁을 이끌어 가는 정책과 책략이며, 국익 보장을 위한 방책으로 해양전략, 대륙전략 중 중점을 어디에 두느냐 하 는 것 등이다. 반면, 그 하위 개념으로 수단인 작전과 전술운용 은 전투절차와 방법, 무기체계 운용 등을 포함하는 것을 말한 다. 이와 연관하여 한산도해전과 명량해전에서 보여준 이순신 의 전략적 목표와 전쟁원칙을 살펴보면 다음과 같다.

1. 이순신의 전략적 목표

임진왜란 발발 1년도 채 남지 않은 시점에 조선 조정에서는 유사시 일본의 침략에 대비한 대책을 강구하고 있었다. 1591년 7월 비변사에서 왜침에 대비한 강구책을 모색할 때, 왜의 정세 변환을 읽지 못하고 탁상에서 논의로만 결정하는 오류를 범하 게 된다. 즉 일본은 바다로 둘러싸인 섬나라의 특성이 있어 육

전보다는 해전에 강할 것이라고 예측하였다. '선묘중흥지(宣廟中興誌)'[9] 기록에 의하면, "선조24년(신묘) 7월에 비변사에 논의하기를, 왜적들이 해전에는 능하지만, 육지에 오르기만 하면 민활하지 못한다 하여, 육지 방비에 주력하자는 신립의 주장에 따라 수군을 폐지하고(中略)" 이에 전라좌수사 이순신이 장계하여, "바다로 오는 적을 막는 데는 수군만한 것이 없으니 수군을 없앨 수는 없습니다"라고 하니, 그대로 따랐다. (中略) "조정과 민간은 무사태평으로 지내고, 이순신만이 홀로 걱정하여, 전함을 보수하고 군사를 다스림에 법도가 있었다"

상기에서 보듯이 이순신은 전쟁 수행에 있어서 해전의 유리한 점과 해양전략의 중요성에 대해 남다르게 보고, 조정의 뜻에 반하는 건의를 하였다.[10] 또한 1597년 8월 3일 삼도수군통제사 재임명교서를 받고, 바로 전라도로 가서, 흩어진 전선을 수습하고, 부족한 병력을 모으면서 수군 재건에 전력을 다했다. 보성에 머무르고 있을 무렵 조정에서는 수군이 무척 약하여, 적을 막아내지 못할 것이라 하여, 이순신에게 수군을 폐지하고, 육전에 참여하라는 명령을 내렸다.

9. 제장명, 『이순신의 혁신적 사고가 해전승리에 미칠 영향』 (아산: 순천향대학교, 순국 7주 갑 기념학술 세미나), 2018. 11. 17. 42쪽

10. 위의 논문, 42쪽

이순신 정신과 리더십

이에 대해 이순신은 "임진년으로부터 5~6년 동안에 적이 감히 충청·전라를 바로 찌르지 못한 것은 우리 수군이 그 길목을 누르고 있었기 때문입니다. 이제 신에게는 12척의 전선이 있는바, 죽을 힘을 내어 항거해 싸우면 오히려 할 수 있는 일입니다. 이제 만일 수군을 전폐한다는 것은 적이 만 번 다행으로 여기는 일일뿐더러 충청도를 거쳐 한강까지 갈 것이라 그것이 신이 걱정하는 바입니다. 그리고 또 전선은 비록 적지만 신이 죽지 않는 한 적이 우리를 업신여기지는 못할 것입니다"[11]라는 장계를 임금에게 올렸다. 이순신은 위의 장계를 올린 지 1개월 후에 있었던 명량해전에서 13척의 전선으로 130여 척의 일본 군선을 물리쳤다. 이순신은 당면한 수군 폐지가 이후에 전개될 전쟁상황에 얼마나 크게 영향을 미칠 것인가에 대해서 예리하게 추정하고, 해양전략의 중요성이 국가 안위에 핵심적 영향을 미칠 것인가를 확신하고 있었다.[12] 그리고 이는 오늘날의 자유민주주의 국가와 공산 사회주의 국가의 대표적 전략사상의 차이로 나타나고 있다. 미국과 중국·러시아, 대한민국과 북한을 비교하면 국익과 국가 융성의 측면에서 대륙전략 사상과 해양전략 사상의 충돌이 시사하는 바가 크다고 본다.

임진, 정유재란에서 나타난 이순신의 전략적 목표를 살펴보

---

11. 위의 논문, 48쪽
12. 명량해전 당시 1척을 수리 후 추가하여, 13척이 전투에 참여함

면 다음과 같다.

첫째, 임진 7년 전쟁을 통해서 본 이순신의 해양전략 사상은 함대결전전략과 현존함대보존전략에 기본을 두었다. 먼저 함대결전전략(Fleet Decisive Battle)에 따라 조선수군은 임진왜란 시기, 주력 군선이었던 판옥선을 비롯하여 무기체계의 괄목할만한 발전을 보였다. 천자, 지자, 현자총통 등 대형 화기의 성능이 비약적으로 개량되어 대량생산이 가능해진 시기가 바로 1500년대 후반기였다. 이순신은 이러한 무기체계의 성능을 고려하여 원거리 당파전을 구상하였으며, 전선(戰船)과 무기체계의 발달양상에 맞추어 새로운 수군 전술을 개발하였다. 특히, 화력기동전을 체계적으로 정립하여 일본수군(日本水軍)의 등선백병전을[13] 무력화시켰으며, 특히 이순신의 이러한 전술의 핵심에는 이순신이 개발한 거북선의 역할도 매우 컸다.

임진왜란 당시의 거북선에는 화포까지 장착됨으로써 그 효용성이 배가 되었던 점을 들 수 있으며, 그 이전에는 전술 자체가 화포전이 드물었기 때문에 근접당파전(近接撞破戰) 위주로 이루어졌다. 그러나 임진왜란 당시에는 근접당파전에 겸해서 원거

---

13. 일본군의 해전전술은 흔히 등선백병전(登船白兵戰)으로 부른다. 이는 왜구들의 해적전술을 답습한 것으로 선체 위에 올라와 백병전을 수행하는 일본군의 전형적인 전술 형태로서 임진왜란 시기에 일본군은 주로 이러한 전술을 구사하였다.

이순신 정신과 리더십

리 화포전까지 병행함으로써 거북선의 위력은 한층 돋보였다. 당시 판옥선만으로 일본수군(日本水軍)을 물리치기에는 아군의 전력손실도 상당할 것으로 판단한 이순신은 아군의 손실을 최소화하면서 일본수군(日本水軍)을 무력화시킬 방안을 강구한 결과 거북선이 탄생한 것이다.

다시 말해 당시 화포의 위력은 일본수군(日本水軍)을 압도했지만 명중률이 문제였다. 따라서 명중률을 향상시키기 위한 최선책은 적선 가까이 가서 화포를 집중 발사하는 것이다. 이 경우 별다른 피해 없이 적선에 접근이 가능한 전선이 바로 거북선이며, 거북선에서 발사하는 화포의 명중률은 백발백중이라 평가되었다. 이순신이 개발한 수군전술의 핵심은 적의 등선백병전을 거부하면서 아군의 장기인 화포와 화력을 집중하는 데에 있었다. 그리고 이순신의 전술운용은 총통을 탑재한 거북선과 판옥선을 가지고 학익진, 장사진, 어린진 등으로 상황에 맞는 진형을 형성하여 화력의 집중도를 높였다. 예를 들면, 한산도해전 시에는 학익진을 전개하였고, 부산포해전 시에는 장사진을 형성하여 화력의 집중도를 극대화하였으며, 한편으로 거북선을 이용하여 적의 대장선이나 선봉선에 대한 집중 공격으로 적의 진형을 교란한 다음에 화포로 적선을 당파하였다.

그리고 전투 막바지에는 궁시(弓矢)를 이용하여 적 인명을 확인 사살하고 화공전술로 마무리하면서 적선을 분멸(焚滅)시키는 전술을 사용하였다.[14] 이러한 수군의 함대결전 목표를 위한 수군의 전술적 수단은 임진왜란 해전 전체를 통해 일관성 있게 전개되었으며, 해전에서 승리를 보장하였다.

다음은 현존 함대보존 전략(Fleet in Being)으로, 이순신은 한산도에 주둔하면서 일본수군(日本水軍)의 서진을 효율적으로 차단하고 있었다. 일본은 통제사 이순신이 지휘하는 조선수군을 와해시키기 위한 간계를 꾸몄으며, 그 방법은 요시라(要時羅)라는 통사를 통해 일본군의 선봉군이 도해하는 사실을 알리고 가토 키요마사(加藤淸正)가 이끄는 일본군의 선봉군을 조선수군이 부산 앞바다에서 물리치면 전쟁을 종료할 수 있다는 인식을 심어 주는 것이었다.

이러한 내용을 김응서가 보고하자 선조는 황신을 보내어 통제사 이순신에게 일본군의 도해를 차단하라고 지시하였다. 그러나 이순신은 "바닷길이 험난하고 왜적이 필시 복병을 설치하고 기다릴 것이므로 전선을 많이 출동시키면 적이 알게 될 것이고, 적게 출동하면 도리어 습격을 받을 것이다"라고 하면서 출동하지 않았다. 이순신으로서는 출전하자니 조선수군이 큰 피

---

14. 제장명의 『조선시대의 화포발달과 수군운용』 (해군대학 해양전략 132호), 『이순신의 승리를 가능케 한 조선의 과학』 「총통과 거북선 개발과 운용을 중심으로」에서 요약 발췌

이순신 정신과 리더십

해를 입을 것 같고, 출전하지 않자니 왕명을 어기는 것이었다. 이순신은 고민 끝에 이것은 일본의 간계일 수 있다는, 그리고 함대를 보존하여 차기 해전에 대비해야 한다는 의지를 갖고 출전하지 않기로 하였다.

이순신은 출전했을 경우 당시 당면할 상황에 대해 예측해 보았다. 일본수군(日本水軍)의 경우에는 전선을 수천 척이나 갖고 있었기 때문에 전선을 수백 척 잃어도 보충이 가능했지만, 조선수군은 180여 척의 전선이 전부였다. 이것을 잃을 경우 더 이상의 해전 수행은 불가능하다는 점을 냉철하게 인식하였으며, 출전할 경우 수군 전력의 손실을 피할 수 없는데도 무리하게 출전할 것인가, 아니면 임금의 명은 어기게 되지만 출전을 하지 않음으로써 수군전력을 보존할 것인가에 대한 선택의 기로에 선 것이었다.

이순신은 후자의 길을 선택하면서 그의 목숨까지 위험하게 만들었으며, 이순신은 그해 2월에 파직되어 3월에 의금부에 투옥된 후 선조가 거론한 하옥 죄명 3가지 중 두 번째 죄에 해당되어 사형의 위기까지 몰리면서도 함대보존의 전략을 바꾸지 않았다. 여기에서 전략적 목표와 연관하여 한가지 유념해야 할 사항으로, 전략을 수행하는 데 있어서 상부와 현지 지휘관의 갈등이 자칫 명령 불복이나 지휘관의 도전으로 비추어질 수 있다. 전쟁에서 나타났던 상하, 좌우, 그리고 연합군과의 갈등은 어느 조직, 어느 계층에도 내재했던 것으로, 특히 선조와 이순신의 갈등은 다른 일면이 있었다고 본다. 전시에는 통수권자와 현장 지휘관과의 관계는 상명하복의 관계이며, 전투라는 특수한 상황에서 리더십의 형태는 평시의 합리성 강조와는 달리, 전승과 연관하여 통제성이 강한 것이 그 특성이다.

한산도 출전과 연관하여 전쟁상황에서 갈등 관계를 고려하면, 통제사 이순신은 일본군의 첩보가 허위로 꾸민 계략임을 인지하고, 조정과 선조에 대한 견해차는 갈등의 유형에서 말하는, 사실관계에 대한 객관적 정보와 평가 부재로 나타난 '사실 관계상의 갈등'이다. 이는 오해와 편견 등 상대에 대한 부정적 인식, 의사소통의 장애, 그리고 서로의 역할, 책임, 권한 등에 대한 입장 차로 발생한 갈등으로 '상호 관계상의 갈등'이지 결코 명령불복이나 지휘권 도전의 차원은 아니었다.[15]

또한, 의사소통의 장애로 발생했던 '상호관계상의 갈등' 중 하나는 칠천량해전 후 수군을 폐지하려고 하는 조정의 의도에 대해서도 수군의 복원을 위한 장계를 올리면서 "신에게는 아직도 12척의 전선이 있습니다. 죽을 힘을 다해 싸우면 적을 이길 수 있습니다"라면서 적극적 의지를 표명한 것과 최악의 상황에서도 포기하지 않고 전투원들에게 "우리는 같이 살고 같이 죽는

___

15. 갈등 관계 이론에서 발췌

이순신 정신과 리더십

다. 사태가 이 지경에 이르렀는데 무엇이 두렵겠느냐"며 조선수
군의 공동체 의식을 나타낸 것이다. 국난에 대처하면서 나라와
국민을 위한 멸사봉공으로, 갈등보다는 선조와 백성에 대한 충
성과 희생을 표함으로써 '협동적 문제 해결'을 시도한 갈등 해결
방안인 동시에 전략적 목표가 고려된 것으로 평가할 수 있다. 전
쟁에서 보여준 '해낼 수 있다'는 신념, '책임을 다한다'는 의지,
'백성과 부하를 위한 희생과 공동체 정신', 그리고 마지막으로
'국익만을 생각한다'는 의지는 통제사 이순신의 내면세계를 극
명하게 보여주는 것으로 전략적 목표와 일치했다고 본다.

이는 현대전인 6·25 남침 전쟁 시, 연합군 총사령관 맥아더 원
수와 트루먼 대통령의 전략적 목표의 차이가 보여준 갈등도 그
한 예라 할 수 있다. 국난의 위기 속에서 나라를 구한 통제사 이
순신의 병법과 리더십의 결과를 보면서 이것이 국난의 위기를
슬기롭게 극복하고, 국가의 생존을 보장할 수 있는 중요한 요소
임을 알 수 있다. 둘째, 전략적 목표는 서남해역에서의 제해권
확보로 일본수군(日本水軍)이 한성으로 향하는 길목을 차단하고,
군수기지인 호남권을 확보하여 일본수군(日本水軍)의 전장 활동
영역에 제한을 주고, 조선수군의 자유로운 전장 해역사용을 보
장하는 데 있었다.[16]

---

16. 이는 오늘날 미국이 남중국해에서 대중국 해상 우세권 확보를 위해 작전을 시행
   하는 『자유항행작전』 일명 FON(Freedom of Navigation Operation)이 이와 유

한산도해전과 명량해전에서 보듯이, 거점(choke point)을 지키며, 적이 바다 사용을 거부하는 전장 해역사용 거부 전략은 해상 교통로를 확보하여 일본수군(日本水軍)이 한성으로 향하는 북상 진로를 차단하여 수륙병진 전략을 방해하는 것으로 정유재란 이후, 전쟁에서 큰 효과를 나타냈다. 이는 한반도 주변의 해역 특성을 잘 활용하여 거점에서 적의 이동로를 차단함으로써 조선수군에게 유리한 해역사용 여건을 충족케 했다. 제해권 확보의 일환인 해로 차단과 연관하여, 이순신은 한산도 전략 기지의 설치를 깊이 고민하였다.

서진하는 해로 상의 중요한 길목으로 과거 전투사태를 분석해 보면서 이순신은 일본수군(日本水軍)이 견내량을 거쳐, 군수 요충지인 호남과 한성으로 향할 시 반드시 한산도 앞 해상을 거치는 점을 간파하였다. 길목 차단의 거점이 되는 한산도는 전력과 전략 물자를 비축하고, 수군의 동선을 최소화하는 동시에, 병법에 명시된 이일대로(以逸待勞 ; 편안이 있었으면서, 피로한 적을 물리친다)의 원칙을 적용하는 해로차단전략의 한 형태로 활용하였다. 이순신의 평소 지론인 '약무호남 시무국가(若無湖南 是無国家)' 라는 그의 전략 사상은 지평 현덕승에게 보낸 편지에서도 잘 나타나 있다.

사한 전략적 목표의 한 형태이다.

"생각하면 호남은 나라의 울타리이므로, 만일 호남이 없어지면, 그대로 나라가 없어지는 것입니다. 그래서 어제 진을 한산도로 옮겼으며, 적의 해로 사용을 가로막을 것입니다"[17]

전라도 방어를 위해, 거점인 한산도에 주둔하면서 일본수군(日本水軍)의 서진을 차단하는 것이 최상책이라 보고, 조선수군의 중심을 한산도로 옮긴 것은 해로 차단과 해역사용 거부를 통해 제해권(Command of Sea)을 확보하겠다는 전략적 목표에 대한 탁월한 발상이라고 볼 수 있다. 셋째, 수륙 병진 전략으로 일본수군(日本水軍)은 한산도 해전 패배 이후 조선수군과의 전면전을 회피하고, 포구에 들어박혀 넓은 바다로 나오지 않으며, 포구를 위주로 하여 해안을 지키는 전통적인 요새함대전략으로 해전에 임하고 있었다. 이는 바다와 육지에서 협공하여 바다로 유인하는 수단으로 조선수군과 육군이 합동으로 시행하는 전략의 한 형태이다.

이순신의 기본 구상은 이른바 수륙병진 후 해로를 차단하는 전략으로 임진왜란 초기에 부산으로 가는 물목인 웅천, 양산, 김해에 주둔한 일본군을 수륙으로 공격하여 섬멸한 다음에 부산으로 진격하여야, 함대도 보존시킬 수 있고 나아가 도망치는 적을 차단, 응징할 수 있다는 현실적인 전장 상황에 바탕을 둔

---

17. 이순신의 『서간첩』, 「答持平玄德升書」

것이다. 이에 따라 이순신은 먼저 수군 단독으로 1593년 2월 12일, 18일, 20일 세 차례 웅천의 앞바다의 웅포를 공격하였다. 많은 전과를 올렸지만 포구 깊숙이 위치해 있는 일본수군(日本水軍)을 공격해 들어가기에는 수심 등의 해역조건이 여의치 않아 일본군을 모조리 섬멸하는 것은 불가능했다.

이순신은 재차 경상우도순찰사에게 지상군 투입을 요청했으나, 순찰사의 답변은 "창원의 적을 무찌른 다음에 웅천으로 진격한다"는 것이었다.[18] 조선육군의 전투력을 고려해 볼 때 사실상 실현 가능성이 없는 일이었다. 마음이 다급해진 이순신은 2월 22일 날랜 병사를 선발하여 10여 척의 함선에 태우고 수군 단독으로 안골포와 제포에 상륙 작전을 전개하기도 했으나, 이 또한 치명타를 입히기에는 역부족이었다.

이후 조선수군은 2월 28일과 3월 6일 두 차례에 걸친 공격을 포함해서 총 일곱 차례의 해전을 끝으로 한 달에 걸친 웅천 공략 작전을 종료했다. 이후 통제사로 임명된 원균 역시 이순신과 똑같은 생각으로 수륙병진 후에야 부산 앞바다로 나아갈 수 있다고 주장했다. 그러나 결국 체찰사 이원익과 도원수 권율의 강압적 지시에 굴복하여 웅천이나 가덕도의 일본군을 그대로 둔

---

18. 이은상, 『완역 이충무공 전서上』 (서울, 성문각, 1988), 장계(二) 웅천의 적을 무찌른 일을 아뢰는 계본, 182쪽

　　　　이순신 정신과 리더십

채 부산 앞바다로 나아가 일본수군(日本水軍)과 함대결전을 시도하였다.

결과는 칠천량에서의 참패였으며, 칠천량해전은 웅천, 김해, 가덕도 등 섬과 육지 쪽을 일본군이 장악한 상태에서 수군 단독으로 부산포로 나아가 전면전을 시도하게 만든 조정의 해로 차단전략이 얼마나 무모한 선택이었는지를 잘 보여주었다. 이는 함대 보존에 무게를 두면서 수륙병진으로 부산으로 나아가야 한다는 이순신의 '수륙병진전략'의 정당성을 보여주는 좋은 사례였다. 이순신의 마지막 해전인 노량해전에서도 조·명 연합의 수륙병진, 해로 차단의 전략이 시행되었다. 명량해전 이후 서남해역에서의 완전한 제해권 확보는 못 했지만, 당시 충청·천안까지 북상하던 일본 육군의 수륙병진 전략을 포기하고 남하하는 상황을 조성하는데도 이순신의 해상결전 전략이 크게 영향을 미쳤다는 사실을 간과해서는 안 된다.

그리고 조선수군의 전력 보존을 위한 현존함대보존전략도 전쟁 전 기간을 통해 깊이 구현되었다고 본다. 13척의 적은 전선이지만 수군이 존속함으로써 이후 전력증강을 계속할 수 있었으며, 명량해전 이후 고하도와 고금도에 주둔하면서 수군 재건에 박차를 가한 결과, 노량해전 직전까지는 60여 척의 전선을 확보할 수 있었고, 이 정도의 전선이 구비되었기에 내원한 명나라 수군과 연합작전 시 해상작전에 관한 주도권을 가질 수 있었으며, 그 결과 노량해전에서 큰 승리를 거둘 수 있었다.

만약 이순신이 조정의 지시대로 수군을 폐하고 육전에 종사했더라면 전황은 어떻게 전개되었을까?[19] 이순신이 조정의 지시를 따랐다면 수륙병진전략이 가능해진 일본수군(日本水軍)은 조선 반도 남쪽 4개도를 점령할 수 있었을 것이고, 나아가 한성까지 진격이 가능해졌을 것이라고 추정을 해 본다. 아울러 명 수군이 내원했더라도 제대로 된 전투가 불가능했을 것이고 노량해전과 같은 일본군에 대한 대규모 보복전도 성공할 수 없었을 것이며, 조선의 전쟁 종식에 아무런 영향도 미치지 못한 채 분한 마음으로 명나라와 일본 간의 강화협상을 바라만 봐야 했을 상황을 유추해 본다. 이에 대해서는 류성룡의 징비록에 쓰여진 국난극복의 전쟁교훈에서 다시 논하고자 한다.

이순신은 당면한 수군 폐지가 이후 전개될 전황에 얼마나 큰 영향을 미칠 것인가에 대해 예리하게 추정했던 것이며, 그 결과는 이순신의 예측과 정확하게 맞아떨어진 것이다. 이러한 결과는 이순신의 구국의 사명감과 탁월한 전략사상이 조화를 이룬 결과임은 재론할 여지가 없다.

---

19. 제장명, 『이순신의 혁신적 사고가 해전의 승리에 미친 영향』 49쪽

2. 해전에서 구현된 전쟁 원칙

이순신이 해전에 적용했던 전쟁원칙은 전략 수행을 위한 수단으로서, 근저에는 유비무환과 경계심의 발로에서 출발하여 완벽한 전비 태세를 갖춘 후에야 전투에 임하는 선승 이후 구전의 원칙이었다. 이 원칙은 전쟁수행을 위한 기초에 많은 보탬이 되었으며, 이순신은 예하 지휘관과 전술토의, 소통 등을 통해 철저하게 '어떻게 싸워야 할 것인가'를 토의, 전파하고 결전에 임했다. 해전에서의 섬멸전, 당파전, 학익진 등의 창의적 전술과 진법, 전투 단계별 무기운용과 진법의 적절한 배합이 전쟁 수행 원칙에 치밀하게 가감되어, 승전에 기여하였다. 이에 따른 전쟁 원칙을 살펴보면 다음과 같다.

첫째, '자제의 원칙'으로 손자병법에서 말하는 '선승이후구전 (先勝而後求戰)'을 철저히 준수하였으며, 해전에 대비한 전비태세를 완비한 후 전투에 임했다. 이는 평소 철두철미한 완벽주의자인 이순신은 승산이 없으면 결코 선제공격을 하지 않았을 뿐 아니라 상황을 잘 판단하여 대응하는 심세요적(審勢料敵), 즉 전투에서의 승패는 상황을 어떻게 예리하게 판단하는가에 달려있다고 인식하고 있었다. 그리고 옥포해전 전 물령망동 정중여산(勿令妄動 静重如山 경거망동하지 말고, 산같이 무겁게 행동하라)을 지시하면서, 전투군기 확립에도 세심한 주의를 기울였다.

둘째, '목표의 원칙'으로 조선수군의 전쟁 목표는 해상결전주의로 일본수군(日本水軍)을 바다에서 격파하여 한 척도 돌려보내지 않겠다는 편범불반(片帆不返)의 의지를 나타냈으며, 매 전투 시마다 수적 우세를 유지하여 군사력을 집중배치 하는데 주안점을 두었다. 이순신이 수행한 전쟁 승리의 원칙 중 가장 주목할 부분이 바로 군사력의 집중운용이며, 통합된 전투력으로 열세한 적을 공격하는 것이다.[20] 서남해역으로 이동을 시도하는 일본수군(日本水軍)을 길목에서 차단하고, 수륙병진을 위해 한성으로 향하는 일본군을 차단하는데 그 목표를 두었으며, 군사 작전의 목표를 명확히 설정하고 결정적인 시간과 장소에서 가능한 수단과 방법을 총동원하여 전투에 임하는 전장에서의 '주도권 확보'에도 주력하였다.

셋째, 노력 통합의 원칙으로, 일단 전투 목표가 설정되면, 모든 가용한 자원과 노력을 총동원하여, '집중 투입'하는 것이다. 임진왜란 발발 1년 전 전라좌수사로 부임하여, 거북선 건조, 무기 정비, 교육훈련, 병력 동원과 아울러 군수 지원사항을 꼼꼼히 확인한 후에 직접 진두지휘하여 모든 노력을 통합하여 완벽한 전투태세를 갖춘 후 전쟁에 임했다. 7년 전쟁 동안 식량, 탄

---

20. 『손자병법』에서 군사력 집중의 원칙을 '아전이적분(我專而敵分)'으로 표현하였다. 이는 아군을 통합하고 적을 분산시킨 상태에서 전투를 벌인다는 것이다. 전투국면 별로 세력을 규합하여 군사력의 우세를 유지하는 것이다.

이순신 정신과 리더십

약, 화살 등이, 전쟁 수행에 지장을 초래한 적이 한 번도 없었으며, 원균에게 통제사 인계 시 그 목록을 보면, 얼마나 세심하게 전쟁 준비를 했는지 알 수 있다. 이순신은 관할해역 내에서 수군 동원에 어려움을 감안하여 여군책(勵軍策)을 써서 무리 없이 병력을 동원하였고, 함선 운용에서도 역군, 사수, 지휘관이 하나가 되어, 노력을 통합할 수 있도록 최선을 다했다. 군선운용, 지원 등의 모든 면에서 노력이 통합되어, 일사불란한 전비 태세 유지와 전승을 보장하는 데 모든 노력을 집중했으며, 그 결과 매 전투에서 승리를 보장하였다.

넷째, '전력 보존과 견인의 원칙'으로, 이는 전쟁에서 어떻게 기민하게 대처하면서 군사력을 지속적으로 보존하고 전투력을 발휘하는가의 문제이다. 이미 언급한 바대로 명량해전 이후 비록 수적으로는 13척의 전선이지만 이를 보존함으로써, 이후 함선 건조를 계속하여 전력을 보전하였다. 고하도, 고금도에 주둔하면서 함선 건조에 박차를 가하여 60여 척의 전선을 확보하였으며 이 정도라도 구비되었기에 내원한, 명 수군과의 연합작전 시에도 해전에서 주도권을 장악할 수 있었다.[21] 그리고 노량해전에서 명 수군사령관 진린까지도 보호해줌으로써 견인불발의 정의와 철저한 전투준비는 물론, 기민한 위기관리로 실전 전력을 백분 발휘할 수 있도록 전열을 정비하였다. 여기에 부가하여,

---

21. 제장명, 『이순신의 혁신적 사고가 해전의 승리에 미친 영향』, 49쪽

우세한 상황을 만들기 위해서는 '정보수집, 분석 활동' 또한 중요한 요소로 임진왜란 초기에 옥포해전부터 율포해전까지 모든 해전에서 일본수군(日本水軍) 함대를 먼저 발견하여, 견인한 것도 이순신이 지휘하는 조선수군이었다.

일본수군(日本水軍)의 이동이나 상황에 대한 정보 입수도 백성에 의존한 바 크며, 한산도 해전 하루 전에는 목자(牧子) 김천손이 견내량에 있던 적정을 알려줌으로써 큰 승리를 거두는 데 기여하였다. 이외에도 각종 해전을 수행할 때마다 백성들로부터 획득한 정보를 해전에 참고하여 활용하였다. 이는 백성을 전쟁의 동반자로 견인하여 함께 전투에 임했던 사례다. 이순신의 전쟁원칙은 오늘날의 미 육군의 야전교범(FM : Field Manual)에 명시된 중요한 원칙과 비교하면, 경계, 집중, 병력 절약, 융통성, 지휘단일의 원칙과도 합치되며, 임원빈 교수가 발표한 논문 '위기극복과 이순신 병법'에서도 이순신의 전쟁 승리의 원칙을 '군사력 집중의 원칙과 주도권 확보의 원칙'이라고 제시하였다.

Ⅳ. 국난극복의 리더십

1. 이순신 리더십의 요체

국난극복에서 보여준 이순신의 리더십은 다음과 같다.

첫째, 선승구전 할 수 있는 전비태세와 전장 환경을 구축한다. 유비무환, 경계심을 바탕으로 어떠한 상황에서도 우세한 여건을 만들었으며, 명량해전에서의 "일부당경 족구천부(一夫当逕 足懼千夫 진나라의 좌사가 지은 '촉도부'에서 인용)"로, 어려운 여건에서도 완벽주의를 기했다.

둘째, 실력으로 부하를 따르게 한다. 손자가 말하기를 장수는 지, 신, 인, 용, 엄(智, 信, 仁, 勇, 嚴)의 자질을 갖추어야 하며, 특히 전문성, 즉 지략(智略)이 없으면 무의미하다고 하였다.

셋째, 인(仁)과 덕(德)을 갖춘 완성된 인격으로 모든 사람에게 감동과 감화를 준다. 인격 감화형의 지도자로, 3도수군통제사 제수 시에, 진주에서 옥과에 이르자 이순신을 만난 백성들이, "대감이 오셨으니, 이제 우리는 살았다"고 환호했다. 이는 바로 지도자에 대한 신뢰로 배려, 정직, 책임이 포함된 것이다.

넷째, 위기 시에는 선두에 서서 싸우며, 솔선수범한다. 명량해전의 사지에서 선두에 서서 지휘하며, 김응함과 안위가 전투지휘에 망설이는 장면을 질책하면서, 보여준 전투지휘는 위기 시에 지도자가 선두에 서서 보여준 솔선수범의 사례이다. 수군은 '공동운명체'로 지도자의 리더십이 대단히 중요하며, 영화 '크림슨 타이드'에서 위기 순간에 함장이 보여준 결정과 대치상황이 이를 잘 보여주었다.

다섯째, 책임을 물을 때는 단호하게 처리한다. 이순신이 보여준 상벌에 대한 명확한 기준과 신뢰, 병선관리의 책임, 군의 사기와 군기의 기준이 되는 책임과 군기 문제를 명확히 정의하고 군사의 행동지침이 되는 준거를 제시하였다.

여섯째, 역사 통찰을 통한 인류의 보편적 가치를 지향한다. 일본은 패륜적 야망으로 조선을 침략, 무고한 백성을 욕보였다. 이는 순천지도리(順天之道理)를 지키지 않는 보편적 진리와 정의에 대한 심판으로 일본을 반드시 격멸해야 하는 당위성을 주장하였다. 인류의 보편적 가치와 연관하여 이순신은 백성을 위한, 백성과 함께 하는 정신으로 백성을 전쟁의 동반자로 생각한 것을 눈여겨볼 대목이다. 이순신은 정읍현감을 하면서, 백성을 직접 다스려 본 경험을 통해 형성된 백성을 사랑하는 마음은 전쟁 중에도 그의 전쟁관과 전략적 사고에 용해되어 애민 사상으로 승화되었다. 전쟁의 와중에 가장 고통을 받는 계층이 힘없는 백성이라는 사실을 인지하고 백성의 안위를 보살피는 데 최고의 가치를 부여하였다.

또한, 백성을 단순히 보호의 대상으로 본 것이 아니라 국난극복의 동반자로 인식한 점이다. 전쟁 수행 체계가 미비하고 어려웠던 시절, 백성의 도움은 절대적이었으며 한산도해전에서 김천손의 역할이 그러했고 명량해전 시, 기만전술로 어선을 동원하여 전장의 배후 전시세력으로 활용한 것도 그 일환이었다. 임진왜란의 국난극복은 국민총력전이라고 해도 과언이 아니며, 백성들의 피땀 어린 노력과 지원이 있었기에 조선수군의 위대한 승리가 이루어진 것이다.[22] 이는 이순신이 백성과 함께하면서 애민하는 정신이 전쟁관에 잘 반영된 것이라 할 수 있다. 오늘날 우리 사회에서 나타나고 있는 각종 행태의 부조리를 보면서, 이순신이 지향했던 소통의 정신, 백성과 동고동락하는 애민의 리더십이 더욱 돋보인다. 지금 우리 사회의 가장 큰 적신호는 국민 모두의 가치관에 혼선이 초래되어 우리의 미래를 잠식하는 데 있다. 오늘날 우리 사회의 적폐 청산 과정을 보면서 다시 한번 지도자의 리더십과 국가 운영의 철학을 생각해 본다.

2. 징비록에 나타난 임진왜란의 평가

첫째, 내부적으로는 조선조 최대의 위기인 임진왜란과 정유재란의 이해에 대한 중요성을 강조한 징비록에서 류성룡은 과거를 징계하고, 국난극복의 교훈을 거울삼아 미래에 대비해야 한다고 설파하였다. 당쟁으로 인해 국가의 대사를 혼란하게 함으로써 전쟁을 유발시키고 이에 대해 적절히 대처 못 한 국가위기관리 체계의 허점을 지적하고, 처절한 자기반성과 책임의식에 대해 통렬한 비판을 가했다.

----

22. 제장명, 『이순신의 혁신적 사고가 해전승리에 미친 영향』, 56쪽

둘째, 외부적으로는 동북아시아 국가 간의 관계와 전쟁 대비에 대한 재조명이 절실하다고 평가하면서, 지루한 강화협상 (1593~1596년)에서 전쟁의 현장인 조선이 소외됨에 대한 주권 상실의 자괴감과 지도층의 동북아 정세판단에 둔감했던 점을 신랄하게 지적하였다.

위기지학과 평화지학에 대한 내부적인 면밀한 검토와 자학적 비판을 하면서, '소 잃고 외양간 고친다'는 속담처럼 미래에 대비한 확실한 교훈을 제시하였다. 또 한편으로 국난 이후 조정의 조치로 동북아 3국 관계를 언급하면서 특히, 조일관계는 적개심과 두려움의 이중주로서 내키지 않은 복교로 왜관설치, 통신사 파견 재개가 시작되었다. 특히 일본은 대양항해시대에 개방과 선진 문화 도입, 춘추전국시대를 통해 통일을 이룬 군사강국으로 부상하였으며, 이러한 일본 현황에 대해서 조선의 조정과 지도층의 무지함에 대해서 깊은 반성을 제기하였다.

셋째, 전쟁 후 호성공신과 선무공신의 논공행상 갈등이 정치적으로 대립한 현상을 초래한 데 대해서, 깊은 우려를 표하면서 갈등 해결을 위한 방안도 제시하였다. 임진왜란과 정유재란 이후 외교 운신의 폭을 제한한 재조지은(再造之恩)에 대해서 정치적 실패를 가감 없이 지적하고 깊은 우려를 표했다. 이는 곧 외교 실책에 대해서 평가를 내린 것으로, 이것이 전란이 끝난 40여 년 후의 병자호란 유발의 원인 제공을 하였다고 역사는 평가

이순신 정신과 리더십

하며, 이것은 바로 이이제이(以夷制夷) 갈등을 벗어나지 못하여 국난을 재발케 한 원인이 되었다고 본다.

결론적으로 조정의 지도자, 지도층과 조선의 지식인은 외세에 대한 무지와 당파의 정치적 논란이 국난을 유발하였고, 조선을 멸망 직전까지 몰고 간 사실을 탄식하였다. 선조가 류성룡을 파직시킨 날, 이순신은 노량해전에서 전사하였으니, 인연치고는 묘한 일치이고 묘한 운명이라고 국난의 위기관리에 대해 누군가가 평가를 내렸다. 이순신의 죽음으로 7년 전쟁이 종식되었으며, 조선수군은 큰 승리를 거두었다. 조선수군의 대승에 대해서 선조는 믿고 싶지 않았지만 좌의정 이덕형이 전쟁결과, 대승을 보고하자 냉담하였으며, 이를 본 류성룡은 낙향하여 두문불출하고, 다시는 이러한 전쟁이 없어야 한다고 하면서 징비록을 집필하였다.[23]

이순신의 난중일기와 류성룡의 징비록을 보면서, 대한민국의 자존과 번영을 위해서 지도자와 여론을 주도하는 지식층은 역사와 현실을 직시하는 양식과 혜안이 필요하며, 강한 책임감, 희생정신, 국가를 위한 헌신이 요구되고, 분열된 사회 통합을 위한 소통의 노력과 역량 강화가 필수적이라는 생각을 하게 된다. 역사의 교훈을 거울삼아 국가의 명운이 걸린 안보를 보면

---

23. 이덕일, 『난해의 혁신리더, 류성룡』 (역사의 아침, 2012)

서, 다시는 더 이상의 징비록을 쓰는 일이 없도록 해야 할 것이
라고 감히 피력한다.

3. 이순신 정신의 현대적 조명

1) 이순신 정신

오늘의 시점에서 400여 년 전과 비교하여 무엇이 국가, 국익,
국민을 위해 도움이 되었는가. 이순신의 내면세계 그리고 국난
극복의 지도자로서 그의 전쟁관, 리더십을 보면서 이순신의 정
신을 오늘날의 시점에서 살펴보면 다음과 같다.

첫째, 나라사랑 정신으로, 임진왜란 발발 후 한 달이 채 못 되
어 전 국토가 피폐화되고 국민이 유린당한 상태에서 나라 걱정
과 사랑의 심정을 난중일기 '한산도가'에 잘 나타나 있다. "(中略)
수루에 혼자 앉아, 깊은 시름하는 때에, 어디서 일성호가는 남
의 애를 끊나니" 그리고 한산도 야음에서도 "(中略) 찬 바람에 놀
란 기러기 떼 높이 떴구나, 가슴에 근심 가득 잠 못 드는 밤 (中
略)"에서 국난을 어떻게 극복할 것인가를 고민하면서 시로 표현
하였다.

둘째, 정의를 실천하는 정신으로, 국가의 안위와 공사를 구분
하는 대의명분을 생각하며 진리와 정의 속에서 바른길을 찾고자
심혈을 기울였다. 정의는 올바른 도리와 바른 행동을 말하며, 이

순신의 내면 속에 깊이 내재한 삶의 세계의 한 부분이었다. 정의를 실천하는 과정에서 승진과 연관하여 서익에게 당한 불이익이나, 발포만호 시 오동나무와 연관된 거문고 사건, 화살통에 얽혀 지체된 승진, 구속에 준하는 불이익을 당하면서도 공사를 명확히 구분하고 공무에서 대의명분을 꾸준히 실행하였다.

셋째, 책임을 완수하는 정신으로, 자신에게 주어진 임무와 과업을 유비무환과 경계심으로 끝까지 빈틈없이 수행하였다. 무인의 신분으로 지상과제인 '전승의 목표 달성'을 위해 목숨을 바친다는 위국헌신군인본분(為国献身軍人本分)의 신념으로 매 전투에 임했으며, 임진·정유난의 마지막 해전인 노량해전에서 순국 직전에 "싸움이 급하다 내가 죽었다는 말을 하지 말라(戦方急 慎勿 言我死)"는 말을 남기고, 숨을 거두면서 생을 마감하였다. 죽음에 임해서 책임을 다하는 살신성인의 자세였다.

넷째, 희생을 감내하는 정신으로, 모든 고통을 참고 전승 보장을 위해 온몸을 다 바쳤다. 명량해전 전야에 '필사즉생 필생즉사(必死則生 必生則死)'를 전파하면서, 희생을 감내하여야 하는 어려운 전장 환경에서 정신무장 강화를 모든 장병에게 설파하였다. 노량해전 전야에는 이순신은 무릎을 꿇고 "이 적을 제거할 수 있다면 죽어도 여한이 없겠습니다(此讐若除 死即無憾)"라고 하늘에 빌었다. 그리고 노량해전 직전 진린 도독과 논쟁에서 "대장 된 사람이 적과 강화한다는 말을 해서는 안 되며, 이 원수는 결코 놓아 보낼 수 없소. 한 번 죽는 것을 아까워할 것이 없다."
라고 언급하였다. 하늘에 빌기는 "죽어도 여한이 없겠습니다"라
고 했고, 국가를 위해서 목숨을 과감히 던지겠다는 살신보국의
희생정신을 강조하고 몸소 실천하였다.

　다섯째, 창조와 혁신의 정신으로, 지속적인 전쟁 준비와 전비
태세 유지를 위해 '무에서 유'를 창조했다. 각종 무기체계 및 전
술 개발과 전쟁 수행에 필요한 제도를 혁신적으로 정비하였다.
그 사례로 거북선 건조, 조총보다 위력이 강한 정철총통 제작,
해전에서 학익진의 집행은 전대미문의 전술적 개발로 화력기동
전을 체계적으로 정립하여 일본군의 등선백병전을 무력화시키
는 전법을 시행하였다. 거북선을 전술적 기점으로 적의 대장선
이나 선봉선을 집중공격하여 적의 진형을 교란한 다음 장사정
의 화포로 왜선을 당파하고, 전투 막바지에는 궁시를 이용하여
적 인명을 확인사살하고 화공전술로 마무리하면서 왜선을 분멸
시켰다.

　이런 모든 체계를 혁신적으로 정립하여 해상전투에 적용하였
다. 창의적으로 개발한 수군 전술, 병법을 해전 전체를 통해 일
관성 있게 투영하였고, 전승을 보장하는 원동력이 되었다. 군수
물자 확보를 위해 혁신적으로 둔전을 경영하여 군량미를 확보
하고, 해로통행첩 발행 등으로 백성의 생활여건을 보장하면서
민군 안보의 협력체계를 만드는 근간을 만들기도 했다.

20세기, 영국의 전략가 발라드 제독은 이런 이순신의 전쟁 수행의 혁신적 노력을 "기계 발명과 창의성에 비상한 재주와 능력을 보유한 것으로서 영국의 넬슨 제독과는 비교할 수 없는 분이다"라고 높이 평가하였다. 이러한 이순신의 정신세계를 시대의 흐름과 인류 사회의 보편성 관점에서 보면, 오늘날 우리 사회의 지도자와 여론을 주도하는 지도층의 행태는 세계사에서 시계의 바늘을 거꾸로 돌려놓은 듯한 느낌이 드는 것을 감출 수 없다고 말하고 싶다.

2) 오늘날 왜 이순신인가?

혼돈의 시대인 지금, 16세기 조선의 국난을 성공적으로 극복한 성웅 이순신의 전쟁관과 리더십은 위기극복을 위한 필수요소로, 지도자는 유비무환의 정신과 위기에 대비한 경계심을 가져야 한다. 오늘날 우리 사회의 안보 위기와 갈등 요소를 이순신의 내면세계, 공인의 업무 자세, 국난극복에 대한 책임과 희생정신 위주로 정리하면 다음과 같다.

첫째, 내면세계에서 나타난 지도자의 자세로, 이순신의 내면세계는 충(忠)과 효(孝)에 근간을 두고 있었으며, 무엇이 국가, 국민, 국익을 위해 도움이 될 것인가를 늘 염두에 두었다. 이는 난중일기 곳곳에서도 잘 나타나 있으며, 서해어룡동 맹산초목지(誓海魚竜動 盟山草木知)가 이를 대변하고 있다. 오늘날 우리 지도층 인사들의 안보, 외교의 위기관리에서 위국헌신과 국민을 위한 봉사 정신을 어디에서 찾아볼 수 있는지 의구심이 간다.

둘째, 공인의 업무 자세로 정의를 실천하는 정신은 올바른 도리나 바른 행동에서 출발하며, 이순신은 공사에 있어서 정의실천을 최우선에 두고 매사에 임했다. 그 과정에서 백의종군, 파면 등의 피해를 당했으나 이를 극복하고 보여준 행위는 백성들에게는 하나의 지표가 되었으며, 백의종군 후에 많은 사람들이 그의 수하에 모이고, 전쟁의 위기극복을 위해 단합했던 사례가 이를 말해주고 있다. 오늘날 우리 사회의 각종 청문회에서 고위 공직자의 자세나, 적폐 처리 과정에서 지도층이 보여준 공정성과 정의를 실천하려는 의지에 대해서는 많은 국민이 의문의 눈초리로 보고 있다.

셋째, 국난극복을 위한 책임감과 희생을 감내하는 정신으로, 국익에 바탕을 둔 이순신은 본인에게 주어진 임무를 끝까지 빈틈없이 처리하고, 모든 고통을 감내하면서, 전쟁에서의 승리를 위해 온몸을 바쳐 최선을 다하는 자세로 일관했다. 명량해전에서 필사즉생 필생즉사(必死則生必生則死)의 자세는 비장한 책임감과 희생을 보여준 것으로 이순신의 국난극복의 정신이었다.

오늘날 지도층의 자세는 미성숙 된 내면세계의 이념과 경륜 부족으로 업무수행에 있어서 인기에 연연하여 정책을 변경해 나라와 국민 전체를 혼란스럽게 하고 있으며, 특히 안보 면에서 북한 비핵화와 남북 군사 기본합의서에서도 이를 잘 보여주고 있다. 안보 위기극복과 관련하여 동시대에서 함께했던 서애 류성룡은 임진왜란 교훈에서, "더 이상 징비록 같은 책을 쓰는 일이 없도록 과거를 거울삼아 나라의 방비를 튼튼히 해야 한다"고 지도층의 자기반성과 책임의식을 지적하였다. 전쟁 후유증에도 불구하고 일본을 보는 시각은 적개심을 넘어 객관적 인식과 평가를 내리는 류성룡의 역사적 안목은 눈여겨볼 대목이라 하겠다. 충무공 이순신과 서애 류성룡의 국난극복의 역사적 교훈을 거울삼아, 오늘 우리가 봉착한 문제점을 찾아보고 국난극복의 해결점을 제시하고자 한다.

- 전문성, 희생정신, 책임감, 위기관리능력의 부족
- 분열된 사회를 통합하는 소통의 노력과 안보, 외교능력 미비
- 역사와 현실을 직시하는 양식과 혜안의 불충분

이로 인해 핵무장한 북한과의 군사력 비대칭과 외교적으로는 한·미·일 관계에서 많은 불협화음이 발생하고 있다. 또한 중국의 부상과 미중무역전쟁으로 인하여 국제정세가 불안한 상황으로 치닫고 있는 것이 현실이다. 따라서 제2, 제3의 징비록을 쓰지 않도록 순발력 있는 외교와 안보 강화, 경제 활성화와 사회통합을 위한 자강력을 튼튼히 할 수 있는 유비무환의 대비태세 보강에 힘써야 할 것이다. 비록 전선은 열두 척이지만 이순신처럼, 패역 도당 종북 패거리와 싸워야 산다. 오늘의 현상을 극복

하기 위해서는 국민 모두가 "싸워서 이길 수 있는 국민적 의지
와 이에 따른 실천 행동이 있어야 평화를 누릴 수 있다"는 각오
로 임해야 할 것이다.

V. 함의

이순신의 국난극복에서 보여준 전쟁관과 리더십은 이순신의
성장 배경과 공직의 경험, 전략적 사상에서 기인한 것으로, 정
리해 보면 다음과 같다.

첫째, 이순신의 내면세계에는 개인적으로는 의를 중심으로
한 유교의 충효사상에 근원을 두고 인격이 형성되었다. 이에 따
라 인류의 보편적 가치를 순천의 도리로 알고 실천한 것이었다.
전쟁 중에 힘없는 백성의 안위를 최고의 가치를 두고 모든 역량
을 집중하며, 국난극복의 동반자로 보고 전쟁을 수행했다. 이것
이 이순신 리더십의 근간이다.

둘째, 전쟁을 수행하는 전쟁관은 평소 병법에 대한 부단한 연
구와 과학적인 소양을 바탕으로 전략과 병법을 운용했으며, 이
는 이순신을 훌륭한 병법가로 평가받게 하였다. 늘 유비무환과
경계심으로 충만했고, 선승구전의 전쟁관과 전략 사상을 전투
에 적용해 40회의 해전에서 완벽한 승리를 거두었다. 그리고 노

량해전에서 산화함으로써 군인의 본분인 '위국헌신군인본분(為国献身軍人本分)'으로 그의 전쟁관을 확고하게 보여준 것이다.

셋째, 이순신 리더십의 절정은 완성된 인격체로서의 모습이다. 부하를 감동시키는 인격과 자기 헌신과 혁신적인 사상을 전쟁 운영에 반영하여 모든 어려움을 극복하며 국난의 위기를 이겨냈다. 수군 운영의 현실을 직시하면서 예리한 통찰력과 군사사상으로 군 운영의 핵심적 사상을 간파했다. 전투에 대비하여 함선 건조, 통행첩 발행, 둔전 운영 등으로 자생적 해결을 해나감은 물론이고 해결이 어려운 사항은 주변을 설득하고, 조정에 건의하며 적극적으로 헤쳐나갔다. 즉 모든 전쟁상황과 환경을 직시하면서도 대비책은 시공을 초월하여 대처하였다.

이순신이 보여준 리더십과 전쟁관은 400여 년 전, 한 인물에 관한 사례이지만, 현재의 우리 지도층과 지식층이 살펴보아야 할 바가 많다고 본다. 국난을 극복해낸 이순신은 개인적인 실력과 역사 인식에 바탕을 둔 사상가이며, 국가위기에 유비무환과 경계심을 늦추지 않고 임진왜란과 정유재란을 살신성인으로 이겨낸 실천가이다.

아우슈비츠 수용소에 적혀 있는 '기억되지 않는 역사는 되풀이된다.'라는 역사의 교훈을 깊이 인식하고, 역사 발전의 모델로 사상가이자 실천가인 이순신의 정신을 받들어 국가의 발전과 국민정신을 드높일 수 있기를 바라마지 않는다.

※ 이 논고를 위해 많은 자료를 제공한 임원빈, 제장명 교수에게 감사의
   마음을 전한다.

이순신 정신과 리더십

【참고문헌】

〈단행본〉

1. 노승석,『난중일기』, (도서출판 여해, 2014)
   『이순신의 승리 전략』, (여해고전연구소, 2013)

2. 이덕일,『난세의 혁신 리더 류성룡』, (위즈덤하우스, 2012)

3. 이민웅,『이순신 평전』, (성인당, 2013)

4. 지용희,『경제 전쟁 시대 이순신을 만나다』, (디자인하우스, 2015)

5. 김성수 외 8인,『9인의 명사 이순신을 만나다』, (자연과인문, 2009)

6. Samuel P. Huntington, 허남성·김국헌·이춘근 공저,『군인과 국가-민군 관계의 이론과 정치』, (한국해양전략연구소, 2011)

〈논문〉

1. 방성석,『명량해전의 이해』, (이순신리더십연구회, 2014)

2. 순천향대학교 이순신연구소,『혁신의 리더, 충무공 이순신을 생각한다』, (순천향대학교, 충무공 이순신 순국 7주갑 기념학술 세미나, 2018)

3. 순천향대학교 이순신연구소,『이순신의 백의종군 정신』, (순천향대학, 충무공 이순신 탄신 제 469주년 기념 학술 세미나, 2014)

4. 임원빈,『위기극복과 이순신 병법』, (순천향대학교, 2015)

5. 제장명,『이순신 혁신적 사고가 해전 승리에 미친 영향』, (순천향대학교, 2018)

08 /

李舜臣

신성오

서울법대, 동 대학원
미 컬럼비아대 중동연구소
주방글라데시, 이란, 필리핀 대사
외교안보연구원 원장
영산대, 동의대 초빙교수
정수장학회 이사
사단법인 이순신리더십연구회 이사

역사가
우리에게 주는 교훈,
역사는
되풀이되는가

08

역사가 우리에게 주는 교훈, 역사는 되풀이되는가

I. 서론

한국은 지난 수 천 년 동안 9백여 회의 외침을 비롯하여 무수한 국난을 겪으면서 동양의 Black Hole인 거대한 중국 옆에서 살아남아 번영을 이룬 유일한 나라이다. 2천여 년 전 만주, 중앙아시아에서 활약하던 흉노, 돌궐, 선비, 여진, 거란 등 수많은 민족은 역사의 뒤안길로 사라졌으며, 티베트, 신장 위구르도 중국에 흡수되었고, 한때 중원을 제패했던 만주족은 한족에 흡수되었으며 몽골족은 국토의 대부분을 잃고 북쪽 변방에 약소국으로 전락했으며 월족의 후손인 베트남만이 인도차이나에 내려와 생존하고 있다.

한국은 국토의 70%가 산지이며 천연자원이 거의 없는 열악하고 좁은 영토(10만㎢, 세계 107위)에서 오늘날 OECD/DAC 회원국 30~50클럽 (3만 불 소득 5천만 인구) 무역고 1조 달러를 달성하여 세계 10위권의 경제 대국으로 성장하였으며 유엔

분담금과 평화유지군(PKO) 분담금 순위도 200여 개 회원국 중 10~12위를 유지하고 있다.

또한, 세계인의 축제인 하계 및 동계 올림픽과 월드컵을 성공적으로 주최하였으며 2회에 걸쳐 EXPO를 개최하기도 했다. 또한 '싸이', 'BTS' 등 가수들의 눈부신 활약과 인기 있는 드라마와, '기생충'과 같은 영화를 제작하여 한류 붐을 일으키고 있다. 이로써 한국은 2차대전 이후 독립한 국가 중에서 산업화를 통한 경제 번영과 민주화를 동시에 이룬 몇 안 되는 국가로 칭송을 받으며 부러움을 사고 있다. 따라서 우리는 한국인으로 이 땅에 태어난 것을 자랑스럽게 생각하고 있을 것이다.

그렇다면 오늘날 우리의 모습이 하루아침에 이루어진 것일까. 지금부터 과거의 역사 여행을 떠나 보기로 한다. 먼저 400여 년 전의 임진왜란으로 돌아가 보기로 한다.

II. 과거 역사 여행

1. 임진왜란

1) 임진왜란 전의 상황과 전쟁방지 노력
우리는 흔히 일본군이 임진년인 1592년 4월 갑자기 침공하여

이순신 정신과 리더십

1598년까지 7년간 전쟁을 한 것으로 알고 있다. 그러나 전쟁은 갑자기 일어난 것이 아니며 왜군의 침공 징후는 왜란이 일어나기 5년 전부터 보이기 시작했고 전쟁방지 노력을 한 바 있으며 7년 전쟁 기간 중 전투기간은 약 3년이며 나머지 4년간은 지루한 화의교섭(강화회담)을 하였다.

　도요토미 히데요시(豊臣秀吉)는 1587년 국내통일을 달성하자 당시 조선과의 외교창구 역할을 하고 있던 대마도 도주인 소 요시토시(宗義智)에게 "조선 침공을 준비할 것과 조선에 건너가 조선이 일본에 귀속할 것을 권고하라"고 명령했다. 명령을 받은 소(宗)는 가신인 다치바나 야스히로(橘康広)를 일본 왕사(王使)로 조선에 보내 "도요토미가 국내를 통일한 사실을 알리고 축하를 위한 통신사를 파견해 줄 것'을 요청했다. 당시 宗은 조선을 섬기고 있었던 만큼 '귀속 권고'를 '통신사 파견'으로 변조하여 조선조정에 알렸다. 조선 조정은 바닷길을 잘 알지 못한다는 핑계로 거부했다.

　宗은 그 후 대마도에 머물고 있는 하카다(博多)의 성복사(聖福寺) 승려인 현소(玄蘇)를 왕사(王使)로 자신은 부사(副使)로 조선에 건너왔으나 성과를 올리지 못하였고 1589년에야 선위관(宣慰官) 이덕형은 "일 측이 통신사 파견을 요청하고 있다"는 서계를 조정에 보고하였다. 이에 따라 조정은 통신사 파견문제를 논의하게 되었는데 국왕은 1587년에 일어난 손죽도(損竹島) 사건[1]의 범인을 압송하고 피로인(被虜人)을 송환하는 조건으로 통신사 파견을 승인하였다.

1590년 3월 宗은 조총(鳥銃)[2]을 조정에 바치고, 통신사와 일본으로 떠났다. 11월 7일 통신사(정사 황윤길, 부사 김성일)는 豊臣秀吉을 면담하고 1591년 2월 귀국하여 보고하였다. 조선 측은 통일을 축하하는 사절로 이해하였고, 豊臣은 조선 국왕의 복속으로 보이도록 활용하였다.

조선도 일찍이 철포로 무장할 수 있는 기회는 있었으나 살리지 못했으며 조총의 위력을 폄하하였다.[3] 황윤길은 "병화(兵禍)

---

1. 김문자, 『文禄 慶長期의 日明和議交渉과 朝鮮』, (박사학위 논문), 오차노 미즈 대학, 1587년 왜구와 조선인 사을포동(沙乙蒲同) 등이 여수 앞바다에 있는 손죽도에 침입하여 변장인 李大源을 살해, 많은 조선인을 살상하고 납치한 후 도주한 사건이 일어났다. 1590년 2월 仁政殿에서 일본 측이 피로인 金大璣, 孔大元 등 116명을 송환하고 사을포동, 緊時要羅, 三浦羅, 望古時羅 등 범인을 인계함으로써 조정은 통신사를 파견하게 되었다.

2. 김문자 앞의 논문, 박종인, 『대한민국 징비록』, "철포(조총)는 포르투갈 상인에 의해 1543년 2정이 일본에 전해진 후 자체 생산을 하기 시작하였으며 1549년 오다 노부나가(織田信長)가 철포(조총) 500정을 구입한 이래 1575년 6월 다케다 가스요리 군을 전멸시켰다. 노부나가 군 7만 중 3천이 철포부대였다"

3. 박종인 앞의 책, "1555년 5월 대마도인 平長親이 조총을 들고 동래에 찾아와 조선이 자기를 받아주면 조총제조법을 전수하겠다고 제안해서 비변사와 홍문관은 조총주조를 건의하였으나 임금(명종)이 윤허하지 않았다. 또한 1590년 宗이 조총을 받쳤으나 임금은 관심을 갖지 않고 군기사에 보관하도록 하였으며 신립 등 고위지휘관은 조총의 위력을 폄하하였다"

이순신 정신과 리더십

가 반드시 있을 것이다"고 보고 하였고 김성일은 "그러한 징조가 있는 것을 보지 못 하였습니다"고 보고하였다. 통신사가 가져온 왜의 국서에 "군사를 거느리고 명나라에 뛰어들겠다"는 내용을 명나라에 통보할 것인지 여부를 둘러싸고 논쟁 끝에 '김응남'을 통하여 명국에 통보하였다.[4]

왜국에 다녀온 正使가 "병화가 반드시 있을 것"이라고 보고하고 왜 국서에 명나라 침공을 공언 하고 있는 등 왜군의 침공이 확실시되는데도 태평스러운 지가 오래되어 조정은 왜국의 움직임을 근심하여 변방에 성을 쌓으려고 했으나 백성들은 오히려 원망하는 소리가 가득했다.[5]

또한 통신사 일행과 같이 조선에 온 현소는 "秀吉은 전쟁을 일으키려고 한다" 고 비밀은 알려주었고 1591년 '義智'는 부산포에 와서 "장차 화기(和氣)를 잃게 될 것이며 곧 큰일이므로 알려드린다"고 하였다. 이에 앞서 율곡 이이는 임진왜란이 일어나기 10년 전인 1582년과 1583년 "이 나라는 나라가 아닙니다"라는 상소를 올려 현명한 인재 등용과 폐단 구제 등을 건의하였으나 받아들이지 않았다.[6]

---

4. 류성룡, 『징비록』
5. 앞의 책
6. 송복, 『위대한 만남』, 38~39쪽, 이율곡은 상소에서 "조선은 고칠 수 없는 썩은 집"에 비유하였다. 송복 교수는 당시 조선의 인구, 양곡 생산량을 감안할 때 이율곡의

이와 같이 일본은 조선과 명나라 침공을 공언하면서 전쟁준비를 착착 진행 시키고 있는데도 불구하고 조선 조정은 일본이 침공한다는 확신을 갖지 못했으며 대비책을 제대로 세우지 못하고 있었다. 천만다행인 것은 류성룡의 추천으로 이순신을 전라좌수사로 임명한 것이다.

2) 임진왜란 발발 : 파죽지세

일본군은 1592년 4월 13일 부산에 상륙하여 부산진과 동래성을 함락시키고 불과 20일 만인 5월 3일 한성에 입성하고 6월 14일 평양에 입성하는 등 파죽지세로 전 국토를 유린하였으며 조정은 4월 30일 피난길에 올라 평양을 거쳐 6월 22일에는 의주에 도착하여 국가의 존망이 위태롭게 되자 명나라로부터 원병요청을 결정하고 명나라 내부(內附)까지 논의하게 되었다.

3) 이순신의 혜안 : 왜군 침공에 대비

조정과 달리 이순신은 일본군의 침공을 확신하고 철저한 대비를 하였다. 수군주의(水軍主義) 전략, 함포전략 (왜군의 등선육박전술-登船肉薄戰術에 대비) 거북선 등 함선 개발, 현존함대 전략(現存艦隊戰略), 신호·통신 방법개발, 진법(陣法)개발 등 현대의 해전전략에 못지않은 전략을 수립하였으며 선승구전(先勝求戰), 선택과

'십만양병설'은 허구이며 율곡의 후손과 제자들이 만들어 낸 것이라고 주장 하고 있다.

집중(選択과 集中), 주동권 확보(主動權 確保), 지리이용(地利利用), 만전지책(万全之策), 정보획득 등 병법을 개발하였고, 필사즉생법(必死則生法-죽기를 각오하고 싸운다), 이리동지법(以利動之法-병사들에게 동기를 부여한다), 신상필벌법(信賞必罰法), 인애법(仁愛法-병사를 사랑한다), 설득법(說得法), 임세법(任勢法-우수한 상황을 조성한다) 등 지휘통솔법[7]을 시행하였다.

또한, 그는 인생의 가치를 유학의 배경인 충과 효에 두었고 죽음으로서 충을 완성하였다. 그는 나라와 백성을 위하여 죽고 사는 것이 최고의 영광으로 생각했고 의리 지향적 역사의식의 소유자였다. 그의 위대한 정신은 백의종군 정신으로 집약될 수 있다.

4) 이순신의 위대성 : 보급로 차단, 조선조정 보존, 분단 획책 저지
혼히 이순신의 위대성은 23전 23승에서 찾고 있으나 그의 위대성은 왜군의 보급로를 차단시킴으로써 평양에 진주한 왜군의 북진을 막아 의주에서 명나라 내부(內附)까지 논의하던 조정을 온전하게 지켜 명으로부터 원군을 파병케 하고, 명과 왜 간의 조선의 분단 획책을 막은 데 있다. 당초 왜군은 군량을 조선 현지에서 조달하여 남해와 서해의 수로를 통하여 보급할 계획이었다. 그러나 조정의 청야책(淸野策)으로 식량의 현지 조달이 어

---

7. 임원빈, 『이순신의 병법을 말하다』

려웠고, 이순신은 옥포, 합포해전 등에서 승전하면서 제해권을 확보하고 1593년 8월에는 한산도로 진을 옮겨 현존함대 전략을 구사하여 해상 보급로를 차단하였으므로 왜군은 부득이 멀고 먼 육로를 이용해야 했으며 의병의 습격으로 운송에 큰 어려움이 있었다.[8]

5) 조선-왜, 명-왜 간의 강화(講和)교섭

고니시(小西)는 동래성을 함락시킨 후 울산군수 이언성을 생포하여 조선조정에 편지를 보내고 4월 28일 이덕형에게 충주에서 회담을 제안하는 등 개전 초부터 강화의 뜻을 전했다. 처음에는 강화교섭이 조선과 일본 간에 임진강, 대동강에서 이루어졌는데 일본 측은 "명으로 가는 길을 빌려줄 것인가. 일본과 싸울 것인가. 일본과 같이 명을 정복할 것인가"[9]를 놓고 진행되었으나 진전이 전혀 없었다.

그러나 왜군이 평양을 점령한 후 1592년 9월 1일 유격 심유경

8. 최영섭, 『민족성지 고하도』, (도서출판 훈, 2007), 1243~129쪽, 나고야-부산 1400km는 수로를 이용했으나 조선에서는 부산-서울 500Km, 서울-평양 300Km의 거리를 10만 명의 군량 100톤(1인 1일 1kg)을 1톤 적재 마차에 실어 나르려면 매월 3천 대의 마차(1일 100대)를 동원해야 하며 회송 마차를 포함하면 6천 대의 마차가 필요했고 추가로 무기, 탄약 등 병참물자 운송이 필요하고 병참 기지 20곳 유지, 배치 병력만 6만 명이 필요했다. 저자는 해사 3기로 6.25 북한 함선을 침몰시킨 대한해협해전 참전을 비롯하여 인천상륙작전에도 참전하였으며, 구축함 충무함 함장을 역임한 후 대령으로 예편하여 해양소년단을 이끌었다.

9. 송복, 앞의 책

과 고니시(小西) 회담에서는 고니시는 명국이 봉공(封貢)을 허가하고 대동강 이남을 일본 영지로 할 것을 주장하고, 심유경은 명 황제의 재가를 구실로 50일간의 휴전을 제의하였다. 50일간의 휴전으로 시간을 번 명과 조선군은 1593년 1월 평양을 탈환하였고 일군은 한성으로 철수하게 되었다. 3월에 들어 한성 용산회담에서 일본 측은 명나라의 화평사절 파견, 명군 철수와 한성으로부터 철수 용의를 표명했고 명 측은 점령지 반환, 왕자 송환, 도요토미(豊臣)의 사죄를 요구하였다. 명-일 간의 합의에 따라 명사절단(徐一貫, 謝用梓, 沈惟敬)은 1593년 6월 29일 豊臣을 면담하고 7개 강화조건에 합의하였다.

7개 조건 중에는 "경기도, 충청, 전라, 경상 4도를 일본령으로 하고 한성과 함경, 평안, 황해, 강원 4도를 조선에 귀속시키기로 합의" 하였다. 명 측은 조선 4도 할지론(割地論)을 조선조정에 알리지 않았으며 명 조정에도 보고 하지 않았다. 그러나 조선 측(류성룡)은 할지론을 비롯하여 7개 항의 내용을 어느 정도 파악하고 있었다. 小西와 심유경은 7개 조는 빼고 '豊臣을 일본 국왕에 봉한다'는 내용만 담긴 가짜 국서를 명 조정에 제출하였고, 명 조정은 책봉사를 일본에 파견하였다. 명 조정은 책봉사로 정사 '양방형' 부사 '심유경'으로 조선 측은 정사 '황신' 부사 '박홍장'을 파견하여 1596년 9월 豊臣을 만나 명 황제의 칙서를 전달하였다. 칙서에 7개 조는 언급이 없었으므로 그간의 강화교섭은 결렬되었다. 그럼에도 불구하고 1596년 12월 책봉사

'양방형'은 책봉이 성공했다고 명 조정에 보고하였다. 조선 조정은 고급사(告急使) '정기원'을 명에 보내 상황을 보고하였으나 명 조정은 이를 묵살하였다. 3월에 들어 조선조정은 황협(黃挾)을 다시 보내 명 조정에 상황을 다시 보고하였고 '양방형'은 전말을 고백하게 되어 명 황제는 '양방형'과 '심유경'을 처벌하였다.[10]

6) 왜군의 재침공 : 정유재란

4년여 걸친 강화회담이 실패하자 왜군은 1597년 1월 재침하였고 조선 조정은 왜의 반간계에 속아 2월 한산도에 있는 이순신을 파직하고 원균을 수군통제사로 임명하였다. 왜군은 임진란 시 호남의 중요성을 인식하여 호남을 집중공격하였으며 7월 16일 칠천량해전에서 원균 함대를 격파하고 남해안 제해권을 확보하였다. 그러나 8월 3일 수군통제사로 재임명된 이순신은 불과 13척의 함선으로 수백 척의 왜군을 맞아 명량해전에서 기적적인 승리를 거두어 일본군의 서해진출을 저지하였다. 또한 조선과 명 연합군의 사로군 병진(四路軍 倂進)[11]으로 세가 불리해진 고니시(小西)와 가토(加藤)도 여러 차례 강화를 요청하여 교섭이 진행되었으나 진전을 보지 못하던 중 9월 19일 도요토미(豊臣)가 사망함에 따라 일본군은 철수를 결정하게 되었다. 일본군은 '이순신'

---

10. 『징비록』 송복 앞의 책

11. 명량해전 패전 후, 울산(加藤), 사천(島津), 순천(小西)에 주둔하고 있는 왜군을 조명 연합군이 육로와 수로 4개로 공격하였다. 이순신은 진린과 함께 수로로 순천을 공격하였다.

이순신 정신과 리더십

과 '진린'에게 뇌물 공세를 하면서 무사 철군을 교섭하였으나 실패하였고 11월 18일~19일 노량해전에서 조선과 명나라 연합군은 일본군에 크게 승전하였으나 이순신은 전사하였다.

7) 임진왜란의 교훈

오랜 기간 동안 외침이 없어 태평세월을 보내고 있던 조선은 무능한 군주가 등장하고 당파싸움으로 나라의 기강마저 무너져 내린 가운데 일본이 침공한다는 정보를 입수하였고 또 예견되는데도 불구하고 대비책을 제대로 세우지 못하여 국란을 겪게 되었다. 임진왜란은 조선·명·일본이 참전한 국제전의 성격을 띠며 일본의 패전으로 중국의 종주권을 인정하게 되었고, 명은 참전으로 인한 후유증으로 후금에 대한 견제력을 상실하여 왕조가 바뀌었으며 일본도 정권교체를 이루었다. 그럼에도 불구하고 조선에서는 왕권이 유지되었다. 국왕은 전란 중 19회에 걸친 양위소동, 명나라 귀부 주장 등 국가 보존 보다는 왕권유지에 진력하였으며 종전 후에도 전공(戰功)을 세운 선무공신(宣武功臣)[12]보다는 피난길에 임금을 따른 호성공신(扈聖功臣)을 우대하고 조선 관군과 의병의 공헌 보다는 명군의 공헌을 높이 평가하는 이해할 수 없는 태도를 취했다.

---

12. 이민웅, 『이순신 평전』 '임란이 끝나고 6년 후, 선무공신 18명, 호성공신 86명을 발표하였는데 호성공신이 선무공신의 5배에 달했다. 이순신은 1등 공신이 된 것은 당연한 일이나, 임금은 조정의 반대에도 불구하고 원균도 1등 공신에 이름을 올렸다.'

명군의 참전은 국란을 극복하는데 도움이 되었으나 명군의 참전 목적은 왜군이 명으로 침입하기 전에 조선을 울타리로 지키기 위한 것이라는 것이 판명되었고 개전 초부터 왜와 명은 강화회담을 갖고 조선 분할을 논의하였고 강화회담에서 조선의 참여를 배제하였다. 바다에서는 '이순신'이, 조정에서는 '류성룡'의 활약이 없었더라면 조선은 명이나 일본에 귀속되거나 대동강, 임진강 또는 한강을 경계로 명과 일본에 의해 분단 점령되어 우리나라와 민족은 더 이상 존재하지 않게 되었을 것이다. 송복 교수는 이순신과 류성룡의 만남을 '위대한 만남'이라고 명하고 "오늘날의 한반도 분단은 400년 전의 임진왜란이 원류"라고 말하고 있으며 한명기 교수도 같은 견해를 밝혔다.[13]

임진왜란 시 영의정과 도체찰사로 외교, 정치, 군사를 총괄하였던 '류성룡'은 징비록(懲毖錄)을 남겨 그때의 참상과 조정의 무능을 사실 그대로 기록하여 후대에 전하면서 우리 후손들이 이러한 재앙이 다시 일어나지 않도록 경계할 것을 간곡히 당부하였다. 임진왜란의 피해는 극심하였으며 우리의 인구는 반으로 줄었고 국력(미곡 생산량)은 1/3로 줄어 폐허가 되었으며 10만 명 이상이 포로로 끌려갔으며[14] 그중 상당수가 노예로 서양으로 팔

---

13. 송복, 한명기 『임진왜란을 다시 본다』 면담, (2008. 4. 10 중앙일보)

14. 김문자, 『임진·정유재란기의 조선 피로인 문제』, (한국중앙사학회), 2004년 6월, 왜군은 전투부대와 별도로 도서부, 공예부, 보물부, 금속부, 포로부, 축부(畜部)를 편성하여 인적, 물적자원을 조직적으로 약탈해갔다. 피로인은 최대 40만, 최소

이순신 정신과 리더십

려갔다는 기록도 있다.

2. 제국주의 시대의 도래

1) 서양의 동방 진출 : 근대화 물결, 한국과 일본의 다른 대처

정치혁명, 산업혁명과 과학혁명에 성공한 유럽국가들은 급속히 동방에 진출하였으며 1840년 청국은 아편전쟁에서 영국에 패배하여 중국 중심의 동양체제가 붕괴하기 시작했다. 일본은 1853년 페리 제독의 내일(來日)을 계기로 1858년 미국과 통상조약을 체결하였고 여러 유럽국가들에게도 문호를 개방하였다. 일본은 그동안 네덜란드를 통하여 서양문물을 접하면서 난학(蘭學)을 장려하고 있었으나 이후에는 미국과 영국에 견학단을 파견하여 서양문물을 배우고 군사학교를 설립하고 무기도 도입하였다. '蘭學'에서 '영학(英學)'으로 전환한 것이다. 일본은 1868년 명치유신으로 근대화에 박차를 가했다.

1894년 청일전쟁, 1902년 영일동맹[15] 1904~5년 러일전쟁을 치르면서 소위 탈아입구(脱亜入欧-아시아를 벗어나 유럽으로)를 내세

10만 이상으로 추정된다. 피로인은 대부분 규슈 지방에 보내졌으나 일부는 포루투갈 상인에 의해 동남아, 인도 방면으로 팔려갔다. 조선정부는 임란이 끝난 후 5번에 걸쳐 쇄환사, 통신사를 보내 피로인 송환을 교섭했으나 송환된 피로인은 불과 몇 명 되지 않았다.

15. 제3조에 영국은 일본의 한국에서의 정치적, 군사적, 경제적 특수한 관계인정과 지도, 감시 권리를 승인하고 있다.

우면서 국민국가 건설에 매진하였다. 조선에서도 서양의 문물은 받아들일 기회는 일찍이 여러 번 있었으나 그 기회를 살리지 못하였다.[16] 1866년 병인년 프랑스 선교사 베르뇌를 비롯한 천주교인 탄압에 대응하여 프랑스 함대가 강화도에 침입하여 전투를 벌여 강화도에 큰 피해를 입히고 철수하였다. 1871년에는 미국함대가 강화도 앞바다에 나타나 통상을 요구했으나 거부하고 전투가 일어나 강화도 진지가 초토화되었고 조선군 243명이 전사하였다. 대원군은 척화비를 세우고 서양과의 화친은 매국이라고 선언했다.

2) 운양호 사건 : 강화도조약, 조선의 개항

명치유신을 단행하여 근대 국민국가의 모습으로 급속한 발전을 이룬 일본은 조선과의 근대적 외교 관계 수립을 교섭하기 시작했다. 일본은 1875년 운양호를 강화도에 출동시켜 연안포대의 포격을 유발시킨 후 군사력을 동원하여 강력한 교섭을 벌려, 1876년 2월 조일수호조규(朝日修好条規, 강화조약 또는 병인수호조약)

---

16. 이민식, 『근대 한미관계사』, 박종인, 『대한민국 징비록』, 일찍이 1627년 인조 때 네덜란드인 3명이 일본으로 향하던 중 제주도에 표류하다가 조선에 귀화해 훈련도감에 배치되어 무기제조를 담당하고 병자호란에 출전하여 전사하기도 했다. 그중 한 명은 박연이란 이름으로 살았으며 1653년 하멜 일행 36명이 제주도에 표류한 후 통역을 맡기도 했다. 조선조정은 하멜 일행을 활용하지 않고 형벌을 가하고 유배시켰다. 하멜은 13년 후인 1666년 일본으로 탈출하여 1668년 하멜표류기를 발표 조선의 존재를 유럽에 알렸다. 1832년 순조 때 영국상선 암허스트호가 홍주 고대도에 들어와 통상을 요구했으나 홍주 목사 이민희는 조선은 번국이므로 외교를 할 수 없다고 하면서 통상을 거부했다.

를 맺게 되었다. 조약상 일본은 조선의 자주 국가를 인정했으나 조선 해안의 측량허용, 치외법권을 인정함으로써 분명한 불평등 조약이었다. 일본이 미국, 유럽국가와 체결한 불평등 조약을 조선에 원용한 것이다. 이 조약으로 조선은 외국에 처음으로 개항하게 되었다.

3) 초기 미국과의 관계 : 조미 수호 통상조약(1882)

미국과 조선과의 인연은 1757년 영국식민지 시절 중국시장에서 미국산 인삼과 조선인삼과의 경쟁에서 시작하여 미국은 조선과의 통상 가능성을 꾸준히 추진하였으며 1871년 General Sherman호 사건에 이어 1871년 신미양요(辛未洋擾)로 무력충돌을 일으키면서도 큰 진전을 보지 못하였다. 1876년 조일수호조약, 1879년 일본의 오키나와(琉球)병합, 1860년 러시아의 연해주 획득 등 남진정책으로 일본과 러시아의 조선에 대한 영향력이 커지는 데에 위협을 느낀 청국은 전통적인 이이제이(以夷制夷) 정책으로 조선에 미국과의 수교를 종용[17]하는 한편 이홍장은 Shufeldt 제독과 접촉하여 조선과의 수교를 주선하였다.

조미 조약체결은 청국의 주선과 미국 측의 노력의 결과로 얻

---

17. 이민식, 『근대 한미관계사』, 조선책략 : 1880. 10 김홍집은 수신사로 일본 방문 시 주일 청 공사관 黃遵憲으로부터 조선 책략을 받아 조정에 보고하였음. 내용은 親中 結日 聯美로 요약되며 '미국은 영토에 욕심이 없고 타국 내정에 간섭하지 않고 약소국을 도와주는 공적 인의를 존중하는 나라'로 기술되어있다.

어진 것은 분명하나 한국의 실학과 개화사상의 발달, 기독교 영
향, 강화도조약과 연미론(聯美論)의 대두 등 조약을 수용할 수 있
을 만큼 여건이 성숙되었기 때문이었다. 미국은 1883년 서울에
공사관을 개설하고 Foote를 공사로 임명하여 외교활동을 개시
하였다. 그러나 청국은 조선의 주미공사관 개설을 반대하다가
1888년 영약삼단(另約三端)[18] 조건으로 동의하였다.

1888년 1월 18일 박정양 공사는 미국 Cleveland 대통령에게
국왕의 국서를 전하고 공식으로 외교활동을 개시하였다. 박 공
사는 Allen의 건의에 따라 영약삼단을 무시하고 부임 즉시 청공
사관 방문을 하지 않았다. 청국의 강력한 항의와 미국의 방관적
인 태도로 인하여 박 공사는 부임 8개월 만에 귀국하고 그 이후
에는 대리공사 체제로 운영되었다.

4) 조선의 위기와 미국의 배반

일본은 탈아입구(脫亞入歐)를 내세워 근대화에 박차를 가하면
서 1894년 청일전쟁 승전으로 한반도에 대한 영향력을 강화시
키고 1902년 영일동맹을 맺고 1904~5년 러일전쟁 승전으로 사
실상 한반도 지배를 기정사실화 하였다. 미국은 1905년 Taft-가

---

18. 앞의 책, 영약삼단 : 조선공사는 부임 즉시 청공사에게 보고하고 국무성에 같이
간다. 조회, 연회 시에는 청공사의 뒤를 따른다. 중요사항은 청공사와 의논하여야
한다.

　　　　　　　　이순신 정신과 리더십

쓰라 비밀합의 각서[19]를 통해 일본의 한국에 대한 종주권을 승인하고 영일동맹을 지지하였다. 1885년 거문도 사건, 1894 갑오농민 봉기 시 청나라군 출병, 1895년 을미사변(乙未事變)[20] 등으로 일본의 위협에 당면한 국왕은 1896년 아관파천(俄館播遷)[21]을 하였으며 그다음 해 1897년 국호를 대한제국으로 선포하고 주권수호의 의지를 강화하였다.

한편 국왕은 조미수호조약 1조의 거중조정(居中調整 good offices)[22]을 믿고 미국의 개입을 요청하였다. Allen 주한공사를 통하여 한국주권 수호를 교섭하고 1903년 Allen이 워싱턴으로 가서 Roosevelt 대통령을 면담하여 담판했으나 실패하였고 1905년 8월 4일 국왕의 밀사인 '이승만'과 '윤평구'는 루즈벨트 대통령을 만나 거중조정(good offices)에 의거 미국의 개입을 청원했으나 실패하였다. 루즈벨트는 1905년 7월 5일 대규모 아시

---

19. 앞의 책, 미 육군장관 Taft와 가쓰라 일본수상이 1905. 7. 29 맺은 비밀합의 각서로 19년 후인 1924년에야 Tenet 기자에 의해 내용이 밝혀졌음. 루즈벨트 대통령은 미 상원의 승인을 피하기 위하여 불법적으로 비밀합의를 하였으며 이 내용은 그의 별세 후 우연히 세상에 밝혀졌다.

20. 을미년인 1895년 일본이 친 러시아 세력을 제거하기 위하여 친러파인 명성황후를 시해하였다.

21. 명성황후가 시해된 후 신변의 위협을 느낀 고종은 1896년 러시아 공사관으로 피신하여 약 1년간 거처하였다. 이로써 조선은 러시아의 영향력 밑에 놓이게 되었으나 1897년 환궁한 후 대한제국을 선포하여 독립제국임을 선언하였다.

22. 조미수호조약 1조는 거중조정(good offices) 구절이 있다. 즉, 만일 당사국이 다른 정부에 의하여 부당하거나 억압적인 행동을 받을 경우 다른 당사국은 원만한 해결을 가져오도록 주선한다.

아 순방단을 하와이, 일본, 필리핀, 중국, 조선을 순방시켜 미국이 아시아 지역의 패권을 장악하기 위한 원정의 의지를 보였으며, Taft는 일본에 들러 Taft-가쓰라 비밀합의 각서를 작성하였다. 조선은 9월 19일 순방단원의 일원인 Alice 루즈벨트 대통령의 딸이 조선에 도착하였을 때는 국빈대접을 하는 한편 미국의 개입을 호소하였으나 실패하였다.[23] 그 후 국왕은 미국 선교사 Homer Hulbert를 밀사로 보냈으나, Hulbert 는 1905년 11월 15일 미 국무부와 접촉하였으나 실패하였다.

　테프트-가쓰라 비밀각서가 교환된 후 불과 3개월 후인 1905년 11월 4일 자 일본의 친정부 신문인 '국민(国民)'은 "1902년 영일동맹은 실상은 일본-영국-미국의 3국동맹이다. 비록 공식조약을 맺은 것은 아니지만 미국이 우리의 동맹국임을 우리는 명심해야 한다"고 보도하고 있다.[24] 루즈벨트는 아시아 먼로주의에 입각하여 일본을 부추겨 일본의 아시아 지배 야욕에 파란불을 켜주었고 그의 이러한 오판이 결국 진주만 기습과 태평양 전쟁을 불러왔고 중국공산혁명, 한국전쟁까지 이어지게 되었다고

---

23. 『Imperial Cruise』, James Bradley, 송정애 역, 국왕은 네바다 출신 상원의원인 뉴랜즈를 옆에 불러 루즈벨트 대통령에게 조정역할을 발휘해 일본의 억압으로부터 구해달라고 요청했으나 뉴랜즈는 공식적인 창구를 통하여 적법하게 요청하라며 비웃는 투로 답했다. 윌러르 스트레이트는 "이 사람들은 지푸라기라도 잡으려 하고 있었고 앨리스 일행의 방문을 마치 생명줄이라도 되는 것처럼 붙잡고 매달렸다."

24. 앞의 책

Bradley는 주장하고 있다.[25]

루즈벨트는 훗날 고종황제를 배반하였다는 비난에 대하여 "조약은 대한제국이 스스로를 잘 다스릴 수 있다는 잘못된 가정에 의거한 것이었다. 대한제국은 자치나 방어에 있어 완전히 무능력했다"라고 자신을 옹호했다.[26] 루즈벨트는 일본과 비밀협상을 벌이면서 한편으로는 러시아와 일본 사이에 '정직한 중재자'의 역할을 자처하면서 포츠머스 평화조약 체결을 성공적으로 이끌어냈으며 다음 해 미국인 최초로 노벨평화상을 받았다. 포츠머스 조약에서 일본의 한반도에 대한 배타적 지배권을 인정하는 내용이 들어있었으나 노벨상 위원회는 태프트-가쓰라 비밀각서 내용을 알지 못하였다. 만일 노벨상 위원회가 이 존재를 알았더라면 노벨평화상을 수여하였을까.

1905년 11월 18일 을사보호조약 체결로 일본이 한국의 외교권을 박탈하자 미국은 기다렸다는 듯이 불과 며칠 후인 11월 24일 주한 미 공사관을 철수하면서 조선과 단교하였다. 뒤이어 영국, 프랑스, 독일 등 서방국가들도 뒤를 이었다. 왜 미국, 영국을 비롯한 열강들이 조선을 버렸을까? 조선 국왕은 국권 수호보다는 왕권수호에 급급한 무능하고 부패한 존재이며 조정은 무

---

25. 앞의 책
26. 앞의 책

능하고 부패, 국민을 착취하는 존재, 국민은 국제정세의 흐름을 이해하지 못하는 무기력하고 우매한 민중이라고 판단하고 조선은 근대화를 자체적으로 수용할 의지가 없는 나라, 독립을 유지할 가치가 없는 나라이므로 근대화를 적극적으로 수용하여 탈아입구(脫亞入歐)를 지향하고 있는 일본을 동북아의 파트너로 선택하여 조선의 운명을 맡긴 것이었다.[27]

이에 앞서 러시아와 일본은 조선 분단을 논의[28] 하였으나 이견으로 실패한 바 있으며 결국 1910년 조선(대한제국)은 일본에 국권을 빼앗겨 식민지로 전락 되었다. 19~20세기에 들어 조선 근대화(개화)의 실패는 식민지로 전락되었고 이후 국토분단-민족상잔 전쟁-분단국으로 남게 되었다.

3. 해방-대한민국 건국, 분단, 한국전쟁

1) 해방과 분단
워싱턴에서는 1913년 재미 한국인이 '대한인국민회'를 결성하여 미 정부로부터 사회법인체로 공인을 받아 항일 독립운동을 전개하였고 1919년 기미독립선언 후 상해에 임시정부를 수립하여 독립운동을 전개하였으나 미국, 중국을 비롯한 제국으로

---

27. 앞의 책
28. 1896. 5. 4 웨베르-고무라 각서, 1896. 6. 9 로바노프-야마가타 의정서

이순신 정신과 리더십

부터 대표성을 인정받지 못하였다. 태평양 전쟁 발발 후 한국인 1백여 명을 전략첩보대(OSS)에 입대시켜 종전 직전 광복군 일부를 한국에 침투할 계획을 수립하여 훈련 중이었으나 종전으로 인하여 실행하지 못하였다. 이로써 한국은 참전국의 지위를 확보할 수 있는 절호의 기회를 상실하게 된 것은 매우 안타까운 일이라 하겠다.

미·영·중 정상은 카이로에서 회동하여 1943년 11월 27일 적절한 절차(in due course)를 거쳐 자유 독립국으로 만들 것을 결의하였다. 루즈벨트는 카이로에서 40년 신탁통치를 제안했으며 그후 얄타에서는 20~30년, 모스크바 3상회의에서는 5년으로 조정되었다.[29] 1945년 2월 얄타회담에서 루즈벨트는 일본의 관동군 군사력을 과대평가하여 소련의 대일 참전을 요청하였고 소련군이 8월 8일 밤 선전포고를 하고 8월 9일 새벽 한반도에 진입하자 미국은 소련의 한반도 점령을 우려하여 38선을 경계로 분할점령을 제안하여 소련이 수락하였다.[30]

---

29. 이정식, 같은 책, 이승만은 1945년 5월 샌프란시스코에서 열린 유엔창립 총회에서 루즈벨트가 얄타에서 한반도를 소련에 양도해주었다는 정보를 입수하고 5월 15일 자로 트루먼 대통령에게 편지를 보내 얄타에서의 밀약을 시정하기 위하여 한국임시정부의 유엔총회 가입을 주장하고 트루먼의 지원을 요청했다. 미 국무부는 이에 대하여 밀약설은 사실무근이며 임정은 인정할 수 없다고 회신하였음. 이승만은 일찍이 2차대전이 발발한 후 임정을 대표하여 미 국무부와 접촉하던 중 1942년 1월 소련의 한국 점령을 경고한 바 있음.

30. 이정식, 같은 책

2) 한반도의 분단책임은 누구에게 있는가?

결론적으로 일본, 소련, 미국에 모두 있다고 보아야 할 것이다. 소련의 대일 참전은 미국의 요청에 의한 것이었으며 미국은 소련군의 한반도 전체 점령을 막기 위하여 38선을 경계로 점령할 것을 제안하였으므로 책임을 면할 수 없다.[31] 그러나 1947년 유엔총회는 남북한을 대상으로 하는 인구비례에 의한 총선거 결의안을 채택하여 '유엔한국임시위원단'의 감시하에 총선거실시를 계획했으나 소련이 북측 방문을 거부하여 48년 5월 10일 남한 지역에서만 총선거를 실시, 정부를 수립하여 유엔은 한반도 내의 유일한 합법 정부로 승인하였다. 소련은 유엔 감시 하의 총선거를 거부하여 분단을 고착시킨 책임을 져야 할 것이다.

3) 대한민국 건국 : 품위 있고 신속한 미군 철수, 애치슨 선언

미국, 영국과 소련은 1945년 12월 모스크바 3상회의에서 한국문제에 관한 합의서를 채택하고 1946년 3월 서울에서 1차 미소공동위원회를 개최하였고 1947년 5월부터 2차 공동위를 개최했으나 의견 차이로 성과 없이 막을 내렸다. 미소공동위 해산

---

31. 이정식, 같은 책, 미국은 8.14 분할점령 제안하여 8.15 소련이 수락하였다. 김기조, 『38선 분할의 역사』에서 트루먼 회고록인 『결정의 해, 희망의 해 1955』를 인용하고 있다. '미국은 8. 10~11 밤 소련에 일본의 항복을 받기 위한 군사적 편의를 위하여 갑자기 38선을 제안하여 정해졌고, 국무성은 더 북상을 원했으나 당시 미군의 역량을 고려한 군부의 주장으로 그 선으로 낙착되었고 포츠담회담 때 소련과 해·공군 작전분계선에만 합의하였을 뿐 지상군 작전한계를 정한 바 없으며 국제적 모임에서 토론 또는 흥정의 대상이 된 적이 없다.

이순신 정신과 리더십

후 한반도의 정부수립은 유엔으로 옮겨져 1947년 11월 14일 유엔 감시 하의 총선거를 결의하였으나 소련의 거부로 1948년 5월 10일 남한에서만 총선거가 실시되어 대한민국 정부가 수립되었으며 유엔은 한반도 내의 유일한 합법 정부로 인정하였다.

당시 미국은 정책계획실장인 George Kennan이 입안한 강점방위정책(强点防衛政策-strong point defense)[32]에 따라 한국문제를 한국화(Koreanization)하는 정책을 취하였으며 1947년 5월 Hadge 중장의 정치고문으로 부임한 Joseph E. Jacobs도 같은 견해를 가지고 있었다.[33] 2차 미소공동위 개최 기간 중인 1947년 9월 24일 소련 대표 Shtykov 중장이 미소 양군의 한반도 철수와 한국인들로 하여금 자력으로 정부를 수립하게 하자고 제의하자 미 국무부는 9월 29일 한국에서 철수하기 위하여 한국을 독립시키기로 결정하고 이를 위하여 유엔을 이용하기로 결정하였다.[34]

1950년 1월 10일 Acheson 미 국무장관은 미 상원 외교위 비밀회의에서 태평양에서 미국의 지역 방위선은 알류샨열도-일

---

32. 이정식, 같은 책, "한국은 군사적으로 긴요한 나라로 생각되지 않는다. 지금까지의 손실은 잊어버리고 품위 있게 그러나 가급적 빠른 시일 안에 철수해야 한다. 한국 사람들끼리 싸우다가 운명을 결정하도록 하라."

33. 이정식, 같은 책, Kennan은 태평양-극동지역에서 미국의 안보에 절대적으로 긴요한 나라는 일본과 필리핀이며 두 나라가 태평양지역에서 안보체제의 초석이 되어야 하며 중국에서 손을 떼어야 한다고 했다.

34. 이정식, 같은 책

본-오키나와-필리핀을 연결하는 라인으로 한다고 증언하였으며 1월 12일 Acheson Line declaration으로 공표되었다. 미국 방위선에서 대만과 한국을 제외하는 정책은 1948년부터 이미 논의되었으며 2월 24일 Kennan은 이를 연상케 하는 글을 발표한 바 있다. 트루먼 대통령 산하의 안보회의는 1949년 말 동일한 결정을 내린 바 있다.[35]

애치슨 선언이 발표된 직후 임명직 외무장관과 장면 주미대사는 미 정부의 진의를 해명해달라고 요구했으나 미 측은 회답을 보내주지 않았다. 그 후 한국전쟁이 발발하자 '애치슨'은 미 의회 청문회에 출석하여 과오를 인정하였으며 그에게 책임이 있다는 비난을 받았다.

4) 한국전쟁 발발과 미국의 참전 : 휴전, 한미상호방위조약 체결

북한이 1950년 6월 25일 불법적인 남침을 개시하여 한국전이 발발하였다. 이승만 대통령의 신속한 조치와 트루먼 대통령의 용단으로 미국의 참전이 결정되었고 16개국의 유엔군이 참전하였다.[36] 1950년 10월 1일 국군과 유엔군은 38선을 넘어 북한

---

35. 이정식, 같은 책

36. 이정식, 같은 책, 6월 27일 유엔안보리는 '북한 침략격퇴, 한반도 평화회복을 위한 원조결의안' 채택하였고, 6월 30일 트루먼 대통령은 미군 파병을 선언하였다. 7월 19일 트루먼 대통령은 "남한은 미국에서 수천 마일 떨어져 있는 작은 나라이지만 그곳에서 일어나는 일은 모두 미국인에게 중요합니다. 6월 25일 공산주의자들이 남한을 공격했습니다. 이는 공산주의자들이 독립국가를 정복하기 위하여

지역 대부분을 점령하여 통일이 눈앞에 있었으나 11월 6일 중공군의 참전으로 지루한 소모전으로 전개되었다.

1951년 7월 10일부터 미국 제의로 휴전회담을 시작하여 1953년 7월 27일 휴전에 합의하였다. 이승만 대통령은 휴전에 반대하고 단독 북진도 불사하겠다고 미국에 경고하고 6월 18일 북한 반공포로 2만 7천 명을 일방적으로 석방한 조치를 계기로 미국과 상호 방위조약 체결을 약속받았다.[37] 한미 양국은 한국전쟁과 한미상호방위조약 체결로 혈맹으로 결속하게 되었으며 지난 70년간 북한의 테러와 도발에도 불구하고 전쟁 재발을 방지하고 경제발전과 민주화를 성취하게 되었다.[38]

우리가 한국전쟁을 통하여 유념해야 할 것은 미국의 참전과 중공의 참전은 나름대로 내세우는 대의명분은 있지만 전형적인 '울타리론'에 입각한 것이다.

군사력을 사용하려 한다는 것을 명확히 보여줍니다. 북한의 남침은 유엔헌장 위반이고 평화를 침해한 것입니다. 우리는 이 도전에 정면으로 응해야 합니다"고 연설을 하였다.

37. 1953년 8월 8일 경무대에서 변영태 외무장관과 Dulles 국무장관이 가서명하고 10월 1일 워싱턴에서 정식 서명하였다.

38. 워싱턴에 있는 6.25 참전 기념공원에 있는 헌시에는 "미군병사들은 알지도 못하는 나라의, 만난 적도 없는 사람들을 지키기 위하여(to defend a country they never knew and a people they never met) 숭고한 임무를 띠고 기꺼이 목숨을 바쳤다고 씌어 있다. 미군은 3만 7천 명의 전사자를 포함 13만 명의 사상자가 발생하였다.

4. 5·16혁명-박정희 대통령, 경제발전

1) 한국의 근대화, 기적의 과정 : 조이제, Eckert 교수

한국은 박정희 대통령 통치 기간 중 한강의 기적이라 불리는 경제발전에 성공하였다. 조이제 교수와 Eckert 교수가 공동 편집한 '한국근대화, 기적의 과정'[39]에서 조 교수는 박 대통령 통치

---

39. 조이제, 카터 에거트, 『한국의 근대화 과정』 (월간조선사 2005), 46~51쪽, 조이제 교수는 사회학 인구학, 경제학 박사로 동서문화센터 수석고문으로 재직 중이며 Carter Eckert 교수는 하버드 출신으로 1994년부터 하버드대학에서 한국학 연구소 소장직을 맡고 있음.
"박정희 대통령은 다음과 같은 기본적 도전의 달성에 성공했다.
1. 급속한 경제발전을 거듭하여 20년간 통치 기간에 국민소득 87달러에서 1644달러로 19배 끌어올림으로써 부정할 수 없는 한국경제 기적의 주역으로 인정되고 있으며 앞으로도 그럴 것이다. 나는 케네디 대통령과 존슨 대통령의 안보 보좌관을 지낸 저명한 경제학자인 Walt Rostow 교수를 만났는데 케네디 행정부의 각료 대부분이 한국경제의 잠재력을 의심했으나 그는 한국경제발전에 대하여 확신을 가지고 케네디 대통령을 설득하여 한국을 지원토록 했다.
2. 박 정권은 새마을 운동 같은 제도개혁을 통하여 빈궁한 농촌사회의 기근을 극복하고 도농(都農) 간의 소득과 생활 수준의 격차를 최소화하는 데 성공했다.
3. 박 정권은 비록 민주화운동을 억압 했지만 경제발전을 통하여 역설적으로 오늘날의 한국 다원주의의 근간이 되는 중산층을 창출함으로써 한국 민주화에 크게 기여했다(Nicholas Kristof 1995)고 평가할 수 있다.
4. 주한미군의 철수를 가능케 할 수도 있는 닉슨독트린에 직면한 박 정권은 경제 성장 능력과 능란한 외교활동, 군사력 강화를 통해 북한의 도발과 위협에 대처할 수 있었다.
5. 박 정권은 농촌과 지방정부로부터 중앙정부 기구와 기업에 이르기까지 자족, 긍지와 자부심 협동정신을 고취시킴으로써 국민정신을 함양하고 강화했다. 그렇게 함으로써 다음 세대에게 경제뿐만 아니라 사회, 문화, 과학, 예술. 스포츠 등 각 분야에서 국민적 자신감과 긍지를 갖도록 하는데 기여했다.
6. 정치와 정부의 부패에 관한 기록을 돌이켜보며 상대적으로 논의할 때 특히 박정희 사후 그를 계승한 정권들에 비하여 박 정권은 부패의 정도가 상대적으로 훨씬 덜했다고 할 수 있다. 박정희는 한편으로는 혁명적인 철학을 갖추고 있었고 다른 한편으로는 유교적 가치관으로 인하여 자신이 가난에 찌든 농촌 출신

기간 중 국민소득을 87달러에서 1,644달러로 19배 끌어올려 한 국경제 기적의 주역으로 인정되고 있으며 중산층을 창출함으로 써 민주화에 크게 기여했다고 평가하고 있다.[40]

2) 태평양 시대 : Frank Gibney 교수

이어 조 교수는 Frank Gibney가 쓴 'The Pacific Century'[41]를 인용하고 있다. "경제적 기적을 만든 정치지도자로 박정희, 장 징퀘(蔣経国), 리콴유(李光耀)를 거론하고 그들의 공통점으로 유교 적 가치관, 시장경제의 역할 중시, 실용주의 채택, 사적인 생활 에서의 검소, 가족의 이해관계 보다 공적인 생활 우선시하며 허 례허식, 부패 개인적인 축재가 없는 점을 지적하였다"

박정희 이후 대통령직을 계승한 지도자들은 박정희에 견줄 수 없다. 전두환, 노태우, 김영삼, 김대중은 박정희가 보여준 비 전, 국가 관리능력은 물론 도덕적, 윤리적 수준에서도 그에 미 치지 못했다. 앞의 두 대통령은 박정희 시대의 모멘텀은 유지했 으나 반란, 부패 혐의로 후일 유죄판결을 받고 투옥되었으며 뒤

임에도 불구하고 자신의 가족과 친척의 금전적 이익에 관심을 가지지 않았다.

40. 풀리쳐상 2회 수상자인 저명한 언론인 Nicholas Kristof, 1995. 11 NYT에 기고, "경제발전을 통하여 다원주의의 근간이 되는 중산층을 창출함으로써 역설적으로 한국 민주화에 크게 기여했다"

41. Frank Gibney, 『The Pacific Century: America and Asia in a Changing World』, (NY Maxwell Macmillan International 1999) 조이제의 글, 48~49쪽

의 두 대통령은 직접 기소되지 않았으나 자식들이 불법 축재한 혐의로 유죄판결을 받았다. 박정희 이후의 지도자들은 또한 민주주의를 슬로건으로 내세워 일반 대중과 특히 젊은 세대를 교묘하게 조종해서 국민의 이익보다는 그들 자신의 이익에 영합하는 정치 행동과 편의를, 그것도 탐욕과 무지, 그리고 좌충우돌식 갈등 조장과 편 가르기를 추구함으로써 박정희 정권이 닦아놓은 경제적 기반을 너무 무모하게 약화시키고 무너뜨리는 말할 수 없는 값비싼 비용을 치르게 했다.

확실히 민주주의로서의 정치발전은 때로는 험준한 과정임이 틀림없으나 무엇보다 그 기반은 경제발전이다. 박정희가 이룩해놓은 경제발전은 오늘날과 미래, 한국의 성숙한 민주주의 발전을 위하여 필수적이며 이를 가능케 한 절대조건이다. 이제 보다 성숙한 시민사회와 민주주의를 이룩하기 위한 제도적인 장치와 학습 과정을 탐구하고 개발해야 한다. 이 양자는 한국인의 문화와 기질 그리고 동시에 안정과 번영을 목적으로 하는 장기적인 비전과 부합되어야 한다. 이러한 목적을 달성함에 있어 앞세대가 피와 눈물과 땀의 노력으로 이룩한 경제적 사회적 기초를 흔들어 버릴 정도로 값비싼 국가의 자원과 시간을 낭비하는 대가를 치르게 해서는 안 될 것이다.

3) 박정희 시대 : Ezra Vogel 교수

저명한 Ezra Vogel 교수는 'The Park Chung Hee Era (박정희

이순신 정신과 리더십

시대)'에서 터키의 Mustafa Kemal, 리콴유, 덩샤오핑(鄧小平)과 박정희를 국가 재건자(nation rebuilder)로 소개하고 그들을 분석하였다. 출판에 즈음하여 2011년 5월 28일 가진 기자회견에서 그는 "터키의 케말, 중국의 덩샤오핑, 한국의 박정희는 모두 군인 출신으로 근대화를 이룩했으며 엄청난 애국심과 강한 비전을 갖고 경제발전을 위해 일했습니다. 덩샤오핑과 달리 박정희는 제약이 많았어요. 일본으로부터 배우는 동시에 독립해야 했고 미국과 동맹을 유지해야 하는 복잡한 환경 속에 있었죠. 그런데도 탁월하게 경제발전을 이뤄 냈어요. 박정희는 전두환, 노태우와 달리 경제를 배워가는 비상한 능력도 지녔다"고 말하고 김영삼, 김대중 등 민주화 시대 대통령과의 비교에서는 "박정희와 그들은 서로 다른 시대의 리더들"이라고 했다.

그는 "김대중 대통령은 넓은 비전을 갖고 박정희 시대에 불가능했던 진전을 이뤄 냈지만, 그가 1961년 집권했다면 박정희와 같은 경제발전을 이뤄 냈을지 의심스럽다"고 했다. "지난 수십 년만 놓고 보면 한국이 일본을 이겼고, 그 바탕에는 강력한 정치 리더십이 있었다"고 분석했다. 그는 중국과 일본 사이에 낀 한국의 샌드위치론에 대해 "역사적으로 한국은 강대국의 각축장이었고 실제로 피해자였다. 하지만 박정희는 이런 피해의식을 '하면 된다' 는 정신으로 역사의 줄기를 바꾸는 일을 해냈다"

고 평가했다.[42]

4) 최빈국에서 선진국 문턱까지 : 김정렴 박사

이번에는 박정희 대통령 시절 상공장관, 재무장관, 비서실장
을 역임하면서 한국 경제발전에 직접 참여한 '김정렴' 박사의 회
고록[43]을 소개하고자 한다.

"박정희 대통령의 경제개발 모델은 세계은행으로부터 높
이 평가를 받아 1993년 3월 25~26일간 세계은행은 워싱턴에
서 '동아시아로부터의 교훈' 이란 의제로 세계은행 이사 전원
과 고위간부들만 참석한 가운데 비공개 간담회가 개최되었
고 '박정희 대통령의 경제 개발정책 1961~79' 제하로 연설을
하여 갈채를 받았다"

"한·중 수교 이전인 1990년 여름 중국 정부의 국가발전중

---

42. 『The Park Chung Hee Era』, (Harvard University Press 2011), 513~541
쪽, Nation Rebuilders 참조, Vogel 인터뷰 기사, 2011. 5. 28 (조선일보), Ezra
Vogel 교수는 일본, 중국과 아시아 전문가인 하버드대학 교수로 1979년 『Japan
as No.1 (일등 국가 일본)』을 저술하여 미국 내에 일본 열풍을 일으킨 바 있다.

43. 김정렴, 『최빈국에서 선진국 문턱까지, 한국경제정책 30년사』 (랜덤 하우스, 중
앙 2006), 15~25쪽, (1990년 중앙일보 발간 한국경제정책 30년사 증보판),
『한국경제정책 30년사』는 1994년 세계은행이 영문판 『Policymaking on the
Front Lines, Memoirs of a Korean Practitioner 1945~79』으로 발간하였으
며 1993년 중국 신화사통신이 중국어판, 『韓国 経済騰飛的 奧秘』로 발간되었
고 2011년 KDI는 영문판, 『From Despair to Hope, Economic Policymaking in
Korea, 1945~79』로 발간되었다.

심(国家発展中心)과 하와이 East-West Center, 그리고 한국의 동아시아경제연구원 합동으로 '한·중 경제지식 교류'라는 경제학자와 지식인의 합동포럼이 조직되고 1차 회의가 중국 다롄(大連)에서 열렸다. 회의주제는 '박 대통령 시대의 한국 경제발전'이었다. 나는 2시간 반에 걸쳐 박 대통령의 경제정책에 대해 기조연설을 했다. 연설을 마치자 참석했던 공산당 간부, 공무원, 그리고 국영기업 간부들로부터 우렁찬 박수가 터져 나왔고 큰 감명을 받은 듯했다"

"1991년 1월 18일 덩샤오핑은 남부지방 시찰에 올라 상하이, 주하이, 광둥을 둘러보고 홍콩에 인접한 신흥공업 지구인 선전경제특구에 들러 '광둥성은 20년 이내에 아시아의 네 마리 용인 한국, 대만, 홍콩, 싱가포르의 경제뿐만 아니라 사회질서와 사회 정세 면에서도 따라붙어야 한다'는 남방순행 강화를 발표하여 우리 경제를 높이 평가하였다"

"세계은행 통계에 의하면 1961년 한국의 1인당 국민소득은 89달러로 세계 125국 중 101번째로 파키스탄, 토고, 우간다, 방글라데시, 에티오피아 등과 더불어 최빈국 그룹에 속해있었고 북한은 320달러로 멕시코, 리비아와 포르투갈, 브라질의 중간인 50번째를 차지해 한국에 비해 월등한 경제력을 과시하고 있었다"

"박 대통령의 집권이 끝난 1979년 한국은 1,510달러로 세계 125개국 중 49번째를 차지해 중진국의 선두로 발전했으나 북한은 반대로 120번째로 최빈국 중에서도 하위로 전락했다"

5. 냉전의 종식 : 세계화의 시대, 역사의 종말

1) 세계화(世界化 Globalization) 시대

1990년대에 들어 세계화라는 말이 등장했다. '정치, 경제, 문화 등 사회의 여러 분야에서 국가 간 교류가 증대하여 개인과 사회집단이 갈수록 하나의 세계 안에서 삶을 영위해가는 과정'이라고 정의하고 있다. 1648년 베스트팔렌조약으로 정립된 '영토국가'의 개념이 사라지고 국경 없는 무한경쟁의 시대로 접어든 것을 의미한다.

이 무한경쟁 시대에서 살아남기 위해서는 '국가경쟁력을 높이는 것'이 유일한 길이다. 국가경쟁력을 높이려면 정부경쟁력, 기업경쟁력은 물론 교육을 비롯한 사회 각 부문의 경쟁력과 국민 개개인의 경쟁력도 높여야 한다. 정부는 효율적인 조직, 운영, 관리, 유능한 인재의 적재적소 등용의 인사정책을 펴나가야 하며 기업은 기업혁신을 통하여, 사회 각 부문도 나름대로의 적절한 생존책을 강구해 나가야 한다.

우리 정부의 경쟁상대는 야당이 아니라 선진국 정부이며 우리 기업의 경쟁상대도 선진국의 유수한 기업이며 사회 각 부문, 국민 개개인의 경쟁상대도 선진국에 있는 것이다. Friedman 은 세계화는 선택의 문제가 아니라 수용해야 하며 'global standard'를 받아들여야 하며 이를 황금 구속복(黃金 拘束服- Golden strait jacket)이라고 지칭하고 세계화 시대에서 살아남으려면 이 황금 구속복을 입을 수밖에 없다고 주장하고 있다.[44]

우리는 과연 우리 주위를 휩싸고 있는 세계화의 물결에 슬기롭게 대처하고 있는 것일까? 스위스 로잔느에 본부를 둔 국제경영개발대학원(IMD)에서 매년 발표하고 있는 IMD 국가경쟁력 2019년도 순위에서 한국은 28위를 기록하여 태국보다도 뒤지고 있다. 한국의 국가경쟁력을 떨어트린 가장 큰 요인으로 '저조한 경제성과'를 꼽았고 '국제무역', '정부 효율성', '정부 부채 규모', '기업 관련 규제', '교육부문' 등에서 떨어지고 있다.[45]

2) 역사의 종말 : 문명의 충돌

Francis Fukuyama는 그의 저서 '역사의 종말'에서 역사상 수많은 이념과 사상이 등장했으나 자유민주주의가 인류의 이데올로기 진화의 종점이나 인류 최후의 정부 형태가 될지도 모르며

---

44. Thomas Friedman, 『세계는 평평하다』 (창해, 2005), Lexus와 올리브 나무 창해
45. 한국경제 2019. 5. 29 기사, 한국 국가경쟁력 28위, 태국보다 낮아졌다. IMD는 1위 싱가포르, 2위 홍콩, 3위 미국, 4위 스위스, 5위 UAE, 14위 중국, 17위 독일, 19위 대만, 22위 말레이시아, 25위 태국, 일본 30위로 발표했다.

따라서 자유민주주의는 역사의 종말이라고 주장했다. 또한 자유주의적 경제원리인 '자유시장경제'가 보급되어 선진공업국은 물론 제3세계에서도 전대미문의 경제 번영을 구가하고 있다고 지적하고 있다.[46]

한편 Huntington 교수는 냉전이 사라진 후 세계는 이념의 갈등이 문명의 갈등으로 부활되고 그 중심에 기독교 서구 문명 대 이슬람 및 아시아 유교 문화권의 충돌이 있을 것이라고 주장하였다. 그는 문명권을 구분하는 기준으로 언어 및 종교를 제시하고 문명권을 기독교권, 동방정교권, 이슬람권, 유교권, 불교권, 힌두권, 라틴아메리카권, 아프리카권(비이슬람), 일본권으로 분류하였다.[47]

그의 주장은 이슬람과 중국 등 비기독교 문명권을 위협으로 간주하는 기독교 문명권의 시각을 가지고 있다는 비판을 받고 있으나, 우리 주변의 4강을 4개의 문명권으로 제시하고 있어 예민한 지정학적 위치에 놓여있는 우리는 우리의 장래를 바라보는 시각에 잘 참고하여야 한다.

_____

46. F. Fukuyama, 『역사의 종말 (The end of history and the last man)』 이상훈 역, (한마음사, 1992), 저자는 1952 시카고 출생한 정치학박사로 1989년 동유럽이 붕괴되기 시작한 1989년 여름, 역사의 종말을 발표하여 큰 충격을 주었다.
47. Samuel P. Huntington, 『문명의 충돌 (The clash of civilization』 1997, 이희재 역 (김영사, 1997), 헌팅턴은 하버드 정치학 교수로 1992년 Foreign Affairs에 문명의 충돌이란 논문을 기고한 바 있다.

이순신 정신과 리더십

3) 독일의 통일 : 소련의 해체, 황장엽의 망명

(1) 독일의 통일, 소련의 해체

소련의 '고르바초프'는 공산정권의 모순을 해결하기 위하여 내세운 개혁(perestroika)과 개방(glasnost)은 동유럽에서 민주화 바람을 일으켰으며, 동독 주민도 1989년 대규모 반정부 시위를 벌였고 11월 9일 베를린 장벽을 무너트렸다. 다음 해 동독 사상 초유의 자유총선거가 실시되어 서독과의 흡수통일을 주장하는 '독일연합'이 압승하였다. 1990년 10월 3일 독일은 분단 42년 만에 통일되었다. 헝가리를 비롯하여 불가리아, 체코슬로바키아, 루마니아 등 동 유럽국가들은 공산당 일당독재를 폐지하고 민주화가 되었으며 1989년 9월 중국에서도 텐안문 광장에 학생이 중심이 된 100만 명이 모여 민주화를 요구하는 텐안문 사태가 일어났다.

1991년 8월, 소련 공산당 보수파가 기도한 쿠데타가 실패하여 공산당은 몰락하고 소련연방은 해체되어 CIS(독립국가연합)[48]가 출범하였으며 12월 25일 소련은 공식으로 해체되어 1922년 탄생한 인류 최초의 사회주의 국가인 소련은 역사 속으로 사라져 버렸다.

---

48. 1991년 소련이 해체된 후 결성된 독립국가연합이며 10개국 러시아, 몰도바, 벨라루스, 아르메니아, 아제르바이잔, 우즈베키스탄, 카자흐스탄, 키르기즈스탄, 타지키스탄이 정회원국으로, 투르크메니스탄은 비공식 참관국으로 참여하고 있다. 조지아와 우크라이나는 회원국이었으나 탈퇴하였다.

1896년 조선 국왕이 러시아 공사관으로 피신한 치욕스러운 아관파천을 기억하고 있는 우리가 1세기가 지난 1990년 양국 간에 외교 관계 수립을 협의하는 과정에서 경제적 어려움에 처한 러시아가 우리에게 차관을 요청하여 15억 불의 차관을 제공한 것은 역사의 아이러니가 아닐 수 없다. '후쿠야마'의 주장을 빌리지 않더라도 냉전시대를 통하여 미국과 세계 패권을 다투었던 소련은 러시아 연방으로 남게 되었으며 국토면적이 우리의 160배, 인구 3배이며 무한한 자원을 보유하고 있는 러시아는 우리나라와 세계경제력 순위에서 우리에 뒤처지고 있는 현실은 무엇을 말해주고 있는 것일까.

(2) 황장엽의 망명, 주체사상의 허구성, 북한 전쟁준비

북한의 주체사상을 입안한 황장엽이 1997년 2월 12일 우리나라로 망명했다. 그는 망명 후 회고록 '나는 역사의 진실을 보았다'를 집필하고 기자회견 등을 통하여 지금 북한은 전쟁준비에 광분하고 있으며 전쟁을 막기 위하여 망명했다고 말했다. 또 주체사상의 허구성을 폭로하면서 "나는 오랫동안 허위와 기만으로 가득 찬 사회에서 살아왔다. 허위와 기만은 진리를 탐구하는 학자의 양심, 학자의 양식과 양립할 수 없다. 나를 가장 괴롭힌 것은 바로 허위와 기만의 도구로 내가 이용되고 있다는 자각이었다"라고 말하고 있다. 또 그는 "김정일은 수십만의 아사자를 내면서도 적화통일을 하기 위하여 전쟁준비에 광분하고 있다. 대남사업 담당자들은 남한에 있는 지하당 조직의 힘은 막강

하며, 운동권 학생들을 비롯하여 반체제 세력을 완전히 장악하고 있으며 군부 지도자들은 미군이 남아있어도 전쟁을 하면 승산이 확고하며 지금 전쟁을 하지 않으면 앞으로 더 어려워질 것이므로 하루라도 빨리 전쟁을 일으키는 것이 유리하다고 주장하고 있다"는 것이다. 그는 그의 부인에게 남기는 유서에서 "여생은 오직 민족을 위하여 바칠 생각이다. 나 개인의 생명보다는 가족의 생명이 더 귀중하고 가족의 생명보다는 민족의 생명이 더 귀중하며 한민족의 생명보다는 전 인류의 생명이 더 귀중하다"고 쓰고 있다.[49]

(3) 대한민국 적화 보고서(김성욱 기자)

젊은 '김성욱' 기자는 노무현 정권이 출범한 지 3년째 되는 2006년 '대한민국 적화보고서'[50]라는 책을 발간하였다. 그는 노 대통령의 말을 빌렸다. "참여정부는 좌파 신자유주의 정부다. 헌법 19조에는 사상보장이 명시되어있다. 모든 사상에 금기란 있을 수 없다. 주체사상도 마찬가지다. 한국에서도 공산당이 허용될 때라야 비로소 완전한 민주주의가 될 수 있다고 생각한다. 국민이 주인이 되는 국민주권시대, 인권존중의 시대로 간다고 하면 독재 시

---

49. 황장엽, 『나는 역사의 진리를 보았다』 (한울, 1998), 그는 1923년생, 1946년 조선노동당 입당, 49~53년 소련 모스크바 유학, 65년 김일성대학 총장, 72년 최고인민회의 의장(11년간), 79년 주체사상연구소 소장, 84년 국제담당비서, 95년 국제주체재단 이사장을 역임하였다.

50. 김성욱, 『대한민국 적화보고서』 김성욱 기자의 3년 추적, (조갑제 닷컴 2006)

대의 낡은 유물은 폐기하고 칼집에 넣어서 박물관에 보내는 것이 좋지 않은가"라면서 국가보안법 폐지를 주장했다고 했다.

김 기자는 노 대통령이 생각하는 개혁은 "기회주의, 반칙, 특권, 불의, 반역을 통해 기득권을 형성해온 구 세력을 신 세력으로 교체하는 것을 가리킨다고 볼 수 있다"라고 분석하였다. 그는 좌익의 흐름인 전대협, 전국연합, 통일연대 등의 단체가 지하에서 정권의 인력 pool이 되었다고 지적하고 청와대, 국회, 정부산하 각종 위원회에 활약 하고 있는 명단을 공개하였다. 그는 김대중 전 대통령의 3단계 통일방안 중 1단계인 '공화국 연합체'는 '1연합 2독립정부'로서 고려연방제의 느슨한 형태인 '낮은 단계의 연방제'와 2단계인 '1연합 2자치정부'는 고려연방제와 개념이 같다고 주장하고 황장엽이 2000년 기고한 '자유민주주의의 승리를 위하여'라는 논문을 소개하고 있다.

"김일성은 핵심간부들에게 연방제는 통일전략을 위한 전술적 방안이다. 남조선은 사상으로 분열된 자유주의 나라이므로 사회주의 제도와 주체사상을 선전하면 남조선 주민의 반은 쟁취할 수 있다. 남조선의 인구는 우리의 2배이지만 절반을 쟁취하면 우리가 2가 되고 남조선이 1이 된다. 총선거를 해도 우리가 이기고 전쟁을 해도 우리가 이기게 된다"

김 기자는 결론적으로 한반도에는 세 개의 시한폭탄이 돌아가고 있다. '연방제 적화', '김정일 정권에 대한 미·일의 제재로 인한 regime change', '김정일 정권의 자체적 붕괴' 이 세 가지다. 첫 번째 폭탄이 터지면 대한민국이 사라지겠지만 나머지 두 개가 먼저 터지면 적화 시계가 정지될 것이라고 주장 하고 있다. 참여정부 실세들은 5년 동안 개혁을 내세워 기존질서 파괴를 하면서 분풀이를 즐겼을지 모르나 국내외로 국익을 지키지 못하고 국격이 급격히 하락한 사실을 반성해야 할 것이며 노무현 자신도 비극적으로 삶을 마감했다.

김 기자가 13년 전 자신의 책에서 언급했던 상황이 오늘날에도 그대로 전개되고 있고 그때 등장한 인물도 지금 정권의 실세로 활약하고 있으니 어찌 된 일일까.

Ⅲ. 오늘날의 상황

1. 한반도 주위 정세-미·중 간의 패권 경쟁, 북핵 문제

시진핑 주석은 2013년 일대일로(一帶一路 one belt, one road)[51]를

---

51. 一帶는 중국-중앙아시아-러시아-유럽, 중국-중앙아시아-서아시아-페르시아만-지중해, 중국-동남아시아-남아시아-유럽으로 이어지는 陸路를 의미하며, 一路는 중국 연해-남중국해-인도양-유럽, 중국-남중국해-남태평양으로 이어지는 海路를 의미한다.

발표하여 세인을 놀라게 했다. 이는 新실크로드 전략구상으로 향후 35년간(2014~2049)에 걸쳐 고대 동서양의 교통로인 현대판 실크로드를 내륙과 해상에 구축하여 중국과 주변 국가의 경제, 무역, 합작의 길을 열겠다는 대규모 프로젝트이며 많은 국가와 국제기구가 참여하고 있으며 재원조달을 위하여 2016년 아시아인프라투자은행(AIIB)을 출범시켰다.

시진핑은 "일대일로는 지정학적, 군사적 패권을 추구하려는 의도가 아니라 주변국의 자유로운 무역을 추진하기 위한 것이다. 특히 '차이나클럽'을 결성하려는 의도는 결코 아니다"라고 주장 하고 있으나 트럼프는 "일대일로가 세계무역을 방해하고 있다. 그뿐만 아니라 모욕적이다"라고 반박하고 있다. 중국은 일대일로에 참여한 동남아시아, 서남아시아 지역 국가에 철도, 항만 건설 등 프로젝트를 추진하였으나 파키스탄, 미얀마, 스리랑카에서 공사가 중단되었고 '마하티르' 말레이시아 총리와 '무디' 인도 총리가 참가를 거부함으로써 차질을 빚고 있다. 이에 대응하여 미국은 일찍이 '자유롭고 개방된 인도 태평양'이라는 구상을 밝힌 바 있으며 2019년 6월 1일 미 국방부는 '인도 태평양 전략보고서(Indo-Pacific Strategy Report)'[52]를 발표하여 인도·태평양의

---

52. 미 국방부 인도-태평양 전략보고서, 『DOD Indo-Pacific Strategy Report』 요약, '공산당이 지배하는 중국은 그들의 이익을 위하여 군사력, 영향력, 약탈적 경제를 지렛대 삼아 현존 국제질서를 타파하고 있다', '인도-태평양은 매우 중요하며 미국은 인도-태평양의 지역적 안정을 위하여 주요한 역할을 지속할 것이다', '미국

이순신 정신과 리더십

중요성, 중국을 제외하고 한국과 일본을 비롯한 아시아 국가와의 동맹, 파트너십 강화를 선언하였다. 그런데 파트너십 국가에 대만을 포함시켜 1979년 미·중 수교 시 합의한 '하나의 중국 (one china)' 정책에 변화가 있을지 귀추가 주목된다.

 지난 수년 전부터 시작된 미국과 중국 간의 무역, 경제 분쟁은 단지 무역, 경제 분야에서의 분쟁이 아니라, 미국과 중국 간의 세계 패권을 둘러싼 전략상의 충돌이라고 보는 것이 타당할 것이다. 주한 미군의 고고도 미사일 방어체계(THAAD) 국내배치를 둘러싼 중국의 과민한 반발도 중국의 안보를 위협해서가 아니라 미국과의 패권전쟁에서 한국이 어느 편에 설 것인지를 묻고 있는 것이 아닐까? 미래학자인 Friedman은 그의 저서 The next 100 years[53]에서 중국의 장래를 비관적으로 보고 있다. 미

은 중국을 제외한 아시아 모든 국가들과 파트너십을 강화할 것이다', '미일동맹은 인도-태평양지역의 평화와 번영의 초석(corner stone)이다', '한미동맹은 동북아시아와 한반도의 평화와 번영의 요체(lynch pin)이다', '미국은 약속을 지킬 것이며 미국의 국익과 동맹국과 파트너의 국익을 지킬 것이다', '북한은 깡패국가(rogue state)이며 북한이 비핵화를 확실히 이행할 때까지 모든 가용한 제재를 계속 유지할 것이다', '국방부는 북한에 대한 억지력을 유지하며 한국, 일본과 기타 미국의 동맹국, 파트너에 대한 어떠한 위협도 물리칠 것이다'

53. George Friedman, 『The next 100 years』 (Anchor books, 2010), 프리드만은 중국대륙을 하나의 큰 섬 (북-시베리아 몽골, 동-대양, 남-정글 산악, 서-쓸모없는 불모지로 막혀 있음)으로 간주하고 지역 간 격차, 빈부격차, 평등주의와 무욕주의의 쇠퇴로, 향후 천문학적인 경제성장을 계속할 것인가, 경제 하강국면에서 민족주의와 지방분권을 통제하기 위하여 다시 중앙집권 강화책을 강구할 것인가, 경제 하강국면에서 분산(fragment)될 것인가를 묻고, 중국의 장래를 비관적으로 평가하고 있다.

국은 경제력, 군사력에서 우위를 차지하고 있을 뿐만 아니라, 식량과 에너지(원유 및 가스)를 자급자족하고 있는 유일한 나라이다. 식량과 에너지를 수입에 의존하고 있는 중국은 미국의 경쟁상대가 될 수 없다. 21세기는 미국의 세기가 될 것은 확실하다.

북한 핵문제는 1993년 북한이 핵확산 금지조약(NPT)탈퇴를 선언함으로써 제기된 이래 이를 해결하기 위하여 1994 제네바 합의(AF)[54]를 통하여, 베이징 6자회담[55] 관련국은 국제사회와 함께 해결방안을 모색해왔으나 성과를 거두지 못하고 미·북 정상회담[56]에서도 성과를 올리지 못한 채 오늘에 이르고 있다. 한편 북한은 그동안 6차에 걸쳐 핵실험[57]을 감행하여 핵무기 보유를 기정사실화하고 핵무기를 운반하기 위한 미사일 개발에 성공하여 한국, 아시아는 물론, 미국에 위협을 가하고 있다.

---

54. 1994. 10. 21 제네바에서 'Agreed Framework'에 갈루치와 강석주가 서명하였다. 북한에 2000메가와트 경수로 건설 제공, 정치 경제적 관계 정상화 추구, 핵 없는 한반도 평화 노력, 핵비확산체제 강화 공동노력 등에 합의하고 경수로 건설을 위한 KEDO를 설립하였으나 2002. 10. 17 Kelly 차관보 방북 시, 북한의 농축우라늄 프로젝트가 폭로되어 제네바 합의는 폐기되었다.
55. 2003년 8월~2007년까지 6차에 걸쳐 베이징에서 미·일·중·러, 남북한 6자가 회동하여 북핵문제 해결방안을 논의했으나 성과가 없었고 2008년부터 재개되지 않았다.
56. 트럼프와 김정은은 2018. 6 싱가포르, 2019. 2 하노이에서 미북정상회담을 갖고, 또 2019. 6. 30 판문점에서 회동을 가졌으나 성과가 없었다.
57. 2006년 10월 1차 실험에 이어, 2009년 2차, 2013년 3차, 2016년 4차 및 5차, 2017년 6차 핵실험을 하였다.

북한이 핵을 절대로 포기하지 않을 것이라는 사실은 미국을 비롯한 서방국은 물론, 국내 전문가들도 오래전부터 주장하고 예견해왔던 사실이다. 트럼프와 김정은의 핵 담판도 당초 예상했던 바와 같이 하나의 정치 쇼로 끝났다. 북한은 핵문제는 남북 간 협의할 사안이 아니고 미국과 협상할 사안임을 분명히 밝히면서 한국의 참여를 반대하고 있다. 그렇다고 우리는 북핵문제에 방관자 노릇만 하고 있어야 할 것인가. 우리는 이제는 북한이 핵을 보유하고 있다는 엄연한 사실을 인정하고 우리의 안보를 위한 자구책을 슬기롭게 찾아 나서야 할 때이다. 우리는 미국의 핵우산에만 우리의 안보를 맡길 수 없는 일이다. 자구책으로 핵무기 독자개발, 핵무기 재배치, NATO식 핵공동관리 등을 고려하여야 한다.

2. 새 정부-적폐청산, 인기 영합, 정권 연장 골몰

2017년에 출범한 정권은 적폐청산이라는 미명 하에, 과거를 부인하고 인기 영합 정책을 통하여 정권 연장에만 골몰하고 있는 듯하다. 대한민국은 1948년 유엔에 의한 총선거를 실시하여 1948년 8월 15일 건국되었고 유엔으로부터 한반도 내의 유일한 합법 정부로 인정받았음에도 불구하고 1919년 상해 임시정부 수립일을 건국일로 인정하려는 움직임을 보여 대한민국의 정통성을 훼손하고 있다. 건국의 아버지이며 한국전쟁에서 조국을 지키고, 한미동맹을 끌어내 국가안보를 확립시킨 이승만 전 대

통령과 경제발전을 이룩하여 민주화의 기초를 닦은 박정희 전
대통령을 폄하하고 있는 것은 무슨 이유일까.

외교 안보 면에서는 한미동맹의 중요성을 훼손하고 동북아 안
보 축인 한·미·일 공조체제를 약화시키고 있다. 대법원의 강제징
용 판결로 야기된 한일군사정보보호협정(GSOMIA)을 둘러싼 논
쟁[58], 위안부 합의 파기 등으로 일본과 외교·안보·통상 면에서 심
한 갈등을 보이고 있다. 북한 비핵화를 위하여 미국을 비롯한 국
제사회는 강력한 대북 경제제재를 취하고 있는 데 반해 우리는
남북철도연결, 금강산 관광 재개, 개성공단 재개설 등 경제제재
완화를 주장하여 엇박자를 놓고 있다. 이러한 사안은 단지 남북
간에서 해결할 사안이 아니라 국제적 사안이 된 지 오래다. 우리
는 민족 공조에 앞서 국제공조에 동참하여야 한다.

동맹국인 미국의 우려에도 불구하고 북측과 9·19 합의를 하
고, 군부대 축소, 군복무기간 단축, 군 복무규정 개정 등을 통하
여 안보의 취약성을 보이고 있다. 북한이 각종 미사일, 장사포

---

58. 'General Security of Military Information Agreement'의 약자로 군사정보보호협
정이다. 우리 정부는 34개국, NATO와 협정을 맺고 있으며 2016년 일본과 체결
하였으나 대법원의 강제징용 판결 후, 일본이 화이트리스트에서 배제하는 조치를
취하자 이를 종료하기로 결정했으나 미국의 개입으로 잠정유예조치를 취한 바
있다. 대법원의 판결과 관련, 이용우 전 대법관은 2019. 9. 23 법률신문에 '대법
관 자리의 무게'를 기고하여 "대법관이 이 판결로 인하여 필연적으로 불러오게 될
일본 측의 반작용과 외교·안보상의 어려운 문제까지도 고려하였는가? 대법원은
그 계기를 제공한 책임을 져야 한다"고 경고하고 있다.

이순신 정신과 리더십

를 마구 발사해도 군사합의 위반이 아니라고 하고 갖은 모욕적인 언사를 쏟아내어도 항의는커녕 어떠한 반응도 보이지 않고 있다. 국제사회의 관심사인 유엔의 북한인권 결의안 공동제안국에서도 탈퇴하고 탈북자 단체, 탈북자들을 냉대하는 등 노골적으로 북한을 옹호하고 두둔하는 이유는 무엇인지 묻지 않을 수 없다.

3. 탈원전-소득주도 정책, 반시장, 반기업 정책

신정부는 출범 직후 느닷없이 탈원전 정책을 발표했다. 선진국들은 친원전정책을 추진하고 있고 산유국도 원전 건설을 추진하고 있는데 원전 선진국으로 세계 원전시장에서 강력한 경쟁력을 갖추고 있는 우리가 탈원전을 선언한 것은 자기모순일 뿐이다. 일찍이 탈원전을 선언했던 유일한 국가인 독일도 다시 원전정책으로 회귀하고 있다. 탈 원전정책을 추진하게 된 배경이 무엇인지 묻지 않을 수 없다. 일찍이 한국원자력연구소 소장인 장인순 박사는 IMF 경제위기 시 원자력발전이 위기 극복에 큰 공헌을 한 사실을 지적하고 기회 있을 때마다 원자력의 중요성, 원자력 기술자립을 강조한 바 있다.[59]

---

59. 장인순, 한국원자력연구소 소장, '에너지 안보와 원자력', 서울경제, 2001. 1. 4, '원자력 부흥대비 R&D 강화'를, 파이낸셜뉴스, 2002. 5. 14, '원자력으로 물기근 대비'를, 조선일보, 2001. 6 .22, 'Well-preserved atoms', Korea Herald, 2001. 12. 25 등에 기고했다.

한국 '한국형원자력' 원전 개발책임자인 이병령 박사는 그의 저서와 인터뷰에서 한국형원전의 안전성과 중요성을 강조하면서 탈원전 정책을 비판하고 있다.[60] 한국경제신문은 2020년 2월 3일자 사설을 통하여 탈원전 정책으로 지난 3년간 3조 2,449억 원의 추가 발전비용이 발생하였으며 이는 LNG 발전이 늘어났기 때문이며 LNG 물량확보에도 어려움이 있다고 지적하고 '억지 탈원전'으로 새나간 돈이 얼마인지 제대로 공개하라고 주장하고 있다.[61] 또한 강창호 신고리 원전 노조 지부장이며 핵연료 담당 기술사는 '최보식이 만난 사람' 인터뷰에서 월성1호기 폐쇄 결정을 비롯하여 탈원전 정책을 비판하면서 산자부장관, 한수원 담당자, 삼덕회계법인을 배임 혐의로 고발하였으며 문 대통령도 고발할 예정이라고 말하고 있다.[62]

---

60. 이병령, 『한국형 원전, 후쿠시마는 없다』 (기파랑, 2019), '조선일보 최보식이 만난 사람 인터뷰' (2019. 12. 9) 후쿠시마 원전은 비등수(沸騰水) 원자로이고 한국형 원자로는 가압수(加圧水) 원자로로 폭발 위험성이 없으며 이는 1979 스리마일 원전 사고 시 증명되었다. 1986 체르노빌 원전, 2011 후쿠시마 원전은 비등수 원자로였다. 이 박사는 1957년 국민소득 70달러에 불과한 최빈국 시절, 이승만 대통령이 미국에 사정하여 Triga MarkII 연구용 원자로를 도입한 선구자의 혜안을 높이 평가하고 있다.

61. 한국경제, 2020. 2. 3 사설, '억지 탈원전으로 새나간 돈 얼마인지 제대로 공개해야'

62. 최보식이 만난 사람, 강창호 노조지부장, 2020. 1. 20 조선일보 A 30면, 월성1호기는 7천억 원을 들여 2015년에 수명연장 심사를 통과했고 경제성이 증명되었는데 산자부, 한수원, 삼덕회계법인이 수치를 조작하여 경제성이 없는 것으로 바꾸어 폐쇄 명령을 내렸으며 이는 생매장이라고 주장했다. 대통령 연설 하나로 탈원전이 법적 근거도 없이 진행되는데 실상을 좀 아는 사람들이 불이익을 받지 않으려고 줄을 서고 있다고 비판하고, 이 사태는 문 대통령에서 비롯됐으므로 문 대통령을 직권남용 혐의로 고발하겠다고 말하고 있다.

이순신 정신과 리더십

현 정부의 경제정책은 소득주도 성장, 최저임금 인상, 국민연금의 대기업 경영 참여, 고율의 법인세, 고율의 상속세, 종부세 인상 등 부동산 정책으로 요약될 수 있으며 경제원리에 따르기보다는 정치원리에 따른 반시장, 반기업 정책으로 볼 수 있다. 이와 관련하여 한국경제 발전을 연구한 세계적인 학자인 Barrow 교수는 '소득주도' 정책은 '소득주도 성장' 정책이 아니라 '소득주도 빈곤' 정책이라고 강력하게 비판하고 있다.[63]

무토 마사토시 전 주한 일본대사는 문 대통령 취임 직전인 2017년 6월 1일 일본어판 '나는 한국인으로 태어나지 않아 다행이다'[64]를 출간하여 "문 대통령은 경제정책을 잘 모르는 포퓰리스트이며 선심 정책으로 지지를 얻으려고 하겠지만 실패할 것이며 노골적인 반일 정책을 주장할 것이다. 친북 정책 추진을 취할 의도가 확실하다. 핵미사일 도발을 반복하는 북한을 제재

---

63. Robert Barrow, 'Thoughts on income-led growth', 기고문, (한국경제, 2019. 12. 9.), 한국은 최저임금의 급격한 인상, 근로 시장 제한, 복지지출의 확대, 기업, 고소득층에 대한 세율인상 등 인기 영합 정책으로 투자, 생산성, 경제성장을 막게 되었으며 경제적 성공은 흥청망청(squander)이 되고 있다. 소득주도 성장이 아니라 소득주도 빈곤이라고 봐야 한다. 1944생, 하버드 박사, 하버드대 교수, 2003 서울대 교수 세계은행 자문역 역임하였다.

64. 무토마사토시(武藤正民), 『한국인으로 태어나지 않아 다행이다』, (悟空出版), 1948년 도쿄 생, 1972 외무성 2010-12 주한대사, 12년간 한국에서 근무, 지한파로 알려졌다. 그는 치열한 교육열, 입시경쟁, 취업난, 결혼난, 노후불안, 높은 자살률, 취약한 연금제도 등 부정적인 면을 상세히 언급하고 있어 분노를 자극했지만 이를 혐한적이라고 일축하기보다는 우리가 곱씹어야 할 부분으로 보아야 할 것이다.

하는 국제공조에서 이탈할 수 있다"라고 주장한 바 있다.

Ⅳ. 미국이 우리를 버리는 날, 역사는 되풀이 되는가

한반도를 둘러싼 동북아 정세는 물론 국제정세가 긴박하게 돌아가고 있고 perfect storm이 몰려오고 있어 온 국민이 힘을 합쳐 대처해도 모자라는 판에 우리는 빛바랜 좌·우파 간의 이념 갈등[65], 지역 갈등, 세대 갈등, 노사 갈등, 빈부 갈등도 모자라 심지어는 법무부 검찰 간의 갈등, 검찰과 경찰 간의 갈등으로 온 나라가 우리끼리 싸우느라 여념이 없다. 무엇을 위하여 누구를 위하여 싸우는 것인가.

오찌아이(落合信彦)는 1980년 '미국이 일본을 버리는 날'이란 책자를 펴내어 일본 사회에 큰 반향을 일으킨 바 있다.[66] 일본은 미국과 태평양에서 수년간에 걸쳐 치열한 전쟁을 벌여 상호 간에 엄청난 피해와 사상자를 내었고 원자탄 피폭을 당해 무조건 항복을 선언했으나 교묘하고 원숙하고 치밀한 외교전을 벌여, 1951년 9월 8일 샌프란시스코 평화조약에서 관대하고도 관대

---

65. 우리나라의 진보(progressive)는 서구에서 말하는 진보가 아니라 좌파이며 엄밀히 말하면 퇴보(retrogressive)라고 말할 수 있다.

66. 오찌아이 노부히꼬, 『落合信彦』 (승도문화사, 1980), 김희진 역

한 조약을 체결하는 데 성공하였다. 조약에는 징벌도 없고, 배상 청구권도 없고 전쟁 책임에 대하여도 언급이 없었다. 오히려 천황제 존치, 오키나와의 일본령 인정 그리고 미·일 안보조약(1951년 9월 8일 발효)이라는 선물을 받았다.

그 후 1951년 발효한 미·일 안보조약 개정을 둘러싸고 1959~1960년 2년에 걸쳐 일본 사회당, 일본 공산당, 총평(노동조합), 전학련은 수십만의 군중을 동원하여 이른바 격렬한 반대운동(安保鬪爭)을 벌려 조약 발효일인 1960년 6월 19일에 맞추어 예정되었던 아이젠하워 대통령의 방일이 취소된 적도 있었다. 일본인들에게는 반미감정이 없는 것도 아니며 반미운동이 없는 것도 아니다. 특히 미군 주둔지역과 오키나와 주민들은 불만이 많다. 그러나 일본 정부, 정치권, 경제계, 언론을 비롯하여 일본 국민은 일본인 특유의 국익 우선, 이성적인 판단을 하여 감정을 표출하지 않고 슬기롭게 대처하여 미·일 동맹 체제를 강화시켜 안보와 경제 번영을 이루고 있다. 미국은 한 번도 일본을 버린 적이 없으며 앞으로도 버릴 가능성이 매우 희박하다.

한편 한국인은 이성적인 판단보다는 감정적 판단을 하여, 불필요한 반미감정을 표출하고 반미 운동을 벌이고 있다. 좌파는 그렇다고 치고 더욱 위험한 것은 정치권에서 반미감정을 국내 정치에 활용하고 있다는 점이다. 미국은 우리를 두 번이나 버린 적이 있으며 그때마다 우리는 치욕적인 국권상실이나 비참한 한국전쟁을 경험해야만 했다. 당장에는 미국이 우리를 버리는 일은 일어나지 않을 것이다. 그러나 지난날 미국이 왜 우리를 버렸을까. 그 배경을 잘 검토하여 그런 일이 다시는 일어나지 않도록 대비하여야 하며 만일의 경우도 상정해 두어야 할 것이다.

문 대통령은 "한 번도 경험하지 못한 나라를 만들겠다. 한 번도 가 보지 않은 길을 가겠다. 아무도 흔들어 댈 수 없는 나라를 만들겠다"고 공언한 바 있다. 그 길은, 그런 나라는 어떤 것인지 묻고 싶다. 우리는 "영원한 친구도 영원한 적도 없고 영원한 국익만 있을 뿐이다. 역사에는 가정이 없다. 역사를 잊은 민족에게 미래는 없다. 역사는 되풀이된다"는 글귀를 가슴 속에 깊이 깊이 새겨 넣어야 할 것이다. 아! 충무공 이순신 장군이 참으로 그립구나.

【참고 문헌】

1. 『서애 류성룡 위대한 만남』, 송복, (지식마당, 2008)

2. 『이순신 백의종군』, 제장명, (행복한 나무, 2011)

3. 『징비록』, 류성룡, 김종권 역, (명문당, 1987)

4. 『임진왜란 해전사』, 이민웅, (청어람 미디어, 2004)

5. 『이순신 평전』, 이민웅, (핵문, 2015)

6. 『이순신 병법을 논하다』, 임원빈, (신서원, 2005)

7. 『민족성지 고하도』, 최영섭, (도서출판 훈, 2007)

8. 『文祿. 慶長期 日明 和議交涉 과 朝鮮』, 金文子, 박사학위 논문

9. 『근대 한.미 관계사』, 이민식, (백산자료원, 2001)

10. 『조선의 최후』, 김윤희, 이욱, 홍준화, (다른 세상, 2004)

11. 『Imperial Cruise, John Bradly』, 송정애 역, (프리뷰, 2010)

12. 『한국근대화 기적의 과정, 조이제』, 카터 에케트, (월간조선, 2005)

13. 『The Park Chung Hee Era』, 김병국, (Vogel, Harvard, 2011)

14. 『김정렴 회고록(아, 박정희)』, 김정렴, (중앙 M&B, 1997)

15. 『최빈국에서 선진국 문턱까지』, 김정렴, (랜덤하우스 중앙, 2006)

16. 『From Despair to Hope』, 김정렴, (KDI, 2011)

17. 『대한민국 기원』, 이정식, (일조각, 2006)

18. 『38선 분활의 역사』, 김기조, (동산출판사, 1994)

19. 『문명의 충돌』, Samuel Huntington, 이희재 역, (김영사, 1999)

20. 『역사의 종말』, Fransis Fukuyama, 이상훈 역, (한마음사, 2003)

21. 『대한민국 적화보고서』, 김성욱, (조갑제닷컴, 2006)

22. 『The next 100 years』, Gegrge Friedman, (Anchor Books, 2010)

22. 『나는 역사의 진리를 보았다』. 황장엽, (한울, 1999)

23. 『나는 한국인으로 태어나지 않아 다행이다』, 일본어판, (武藤正敏, 悟空, 2017)

24. 『한국형 원전 후쿠시마는 없다』, 이병령, (기파랑, 2019)

25. 『대한민국 징비록』, 박종인, (와이즈맵, 2019)

이순신 정신과 리더십

李舜臣

오세종

서울대 경제학과 졸업
UC Berkeley 경영대학원 MBA
한국장기신용은행 은행장
국민은행 이사회의장
장은공익재단 이사장
사단법인 이순신리더십연구회 이사

이순신과 신상필벌

— 신상필벌로
대의(大義)를 세우다

09

이순신과 신상필벌
— 신상필벌로 대의(大義)를 세우다

임진왜란과 정유재란은 우리 선조들이 겪은 병화 중에 유례없이 참혹한 것이었다. 7년에 걸친 전쟁은 산하를 피로 물들여 인구는 3분의 1 정도가 감소했으며 경지도 전란 직후에는 70% 이상 줄어들었으니[1] 그 피해가 얼마나 심각했는지 미루어 짐작할 수 있다.

왜의 침략을 코앞에 두고도 파쟁에 휩싸여 전쟁준비를 게을리한 탓에 국토 전부가 일본의 수중에 들어가는 것은 시간문제였다. 이순신이 바다에서 서해로 통하는 물길을 막아 적의 수송로를 끊지 못했다면 육지에서의 반격은 도저히 불가능했을 것이다. 이순신은 왜의 침략이 있을 것이라는 확신을 가지고 병선과 화포를 확충하고 수군의 조련에 온 힘을 쏟았다. 옥포해전을 시작으로 연전연승을 거두면서 왜의 수군을 경상도 동쪽에 묶

---

1. 김성우, 『17세기 위기론과 중국, 조선사회의 변동』 중, 「전쟁과 번영-17세기 조선을 바라보는 또 다른 관점」 153~155쪽

어 둠으로써 왜의 서해진출을 봉쇄했다.

만일 이순신이 없었다면 왜란이 어떻게 전개되었을까 상상해 보면 모골이 송연해진다. 아마도 왜가 조선을 전부 점령하거나 명과 한강을 경계로 조선을 분할했을 가능성이 매우 높다. 우리는 이순신에게 민족의 명맥을 빚지고 있다고 해도 지나침이 없을 것이다.

탁월한 전략과 리더십, 부하 장졸과 백성들로부터의 무한한 신뢰, 백전백승으로 그를 따르면 살 수 있다는 확신이 합쳐져서 이순신의 신화적인 전적을 이끌어 냈다. 전쟁 중에도 백성들에게는 공정하고 인자한 목민관이었지만 적은 군사로 많은 적군을 대적하기 위해서 부하들에게는 엄격한 신상필벌로 군율을 집행하였다. 여기서는 이순신의 부하 통솔의 요체로서 신상필벌을 살펴보고 혼탁한 오늘을 사는 우리에게 시사하는 바가 무엇인지 살펴보고자 한다.

1. 이순신의 신상필벌

이순신 장군의 난중일기를 보면 군령을 어기거나 맡은 일을 게을리한 부하들에게 벌을 주었다는 기록이 자주 나온다. 일기를 쓰기 시작한 임진년 정월 1일부터 장군이 전사하기 이틀 전인 무술년 11월 17일까지 대략 7년간 일기에 부하에게 벌준 기록이 자주 나타난다.

처음 임진년 정월 16일 일기에서 이렇게 적고 있다.

"동헌에 나가 공무를 보았다. 각 고을 벼슬아치들과 색리(아전) 등이 인사하러 왔다. 방답(防踏: 전남 여수시 돌산읍의 옛 지명)의 병선 군관과 색리들이 병선을 수리하지 않았기에 곤장을 쳤다. 우후(虞侯: 종3품 무관)와 가수(假守: 임시관리)도 역시 단속하지 않아 이 지경에 이른 것이니 해괴하기 짝이 없다. 자기 한 몸 살찌울 일만 하고 이와 같이 돌보지 않으니, 앞날 일도 짐작할 만하다. 성 밑에 사는 토병 박몽세는 석수랍시고 선생원(先生院: 여천군 율촌면 신풍리에 있는 원(여관))에서 쇠사슬 박을 돌 뜨는 곳에 갔다가 이웃집 개에게까지 피해를 끼쳤으므로, 곤장 80대를 쳤다"

이어 2월 25일에는 "여러 가지 전쟁준비에 결함이 많아 군관과 색리에게 벌을 주었으며, 첨사는 잡아 들이고 교수(教授: 종6품 문관직, 향교에서 생도를 가르치고 수령을 보좌했음)는 내어 보냈다"[2]고 벌준 기록을 소상히 남기고 있다. 이처럼 실제 해전이 벌어지기 전에 전쟁준비에 골몰한 가운데 소임을 다하지 못한 부하들에

---

2. 노승석, 『이순신의 난중일기 완역본』, (서울: 동아일보, 2005)

게 엄한 벌을 주어 군기를 확립했다.

또한 왜적들과 결전이 임박함에 따라 겁을 먹고 도망친 부하들은 포망장(도망병을 잡는 장수 : 지금으로 치면 전장에서 독전 역할을 하는 헌병 장교로 볼 수 있음)을 풀어 잡히는 대로 목을 베어 매달아 군기의 엄정함을 부하들에게 주지시켰다. 전시에 도망병을 처형하는 것은 어느 군대에서나 통상적인 일이지만 난중일기에서 예외를 적고 있다. 갑오년(1594년) 7월 26일 "늦게 녹도만호가 도망간 군사 8명을 잡아 왔기에 그중 주모자 3명은 처형하고 나머지는 곤장을 쳤다" 주모자를 따라서 도망한 병사 5명에게는 목숨을 부지하여 다시 적과 싸울 기회를 준 것이다.

난중일기를 언뜻 보면 부하들 벌준 기록이 자주 나오기 때문에 이순신 장군은 신상필벌에서 벌에만 치중한 것이 아닌가 하는 오해를 할 수도 있다. 그러나 장군이 조정에 올린 장계를 보면, 해전이 끝난 다음 그 상황을 소상히 적고 특히 부하들의 전공을 자세하게 기록하여 논공행상에서 억울하게 누락되는 일이 없도록 세심한 배려를 하였다는 사실이 드러난다. 옥포해전을 큰 승리로 이끈 장군은 임진년 5월 7일 자 장계에서 다음과 같이 기록하고 있다.

"좌부장 낙안군수 신호는 왜대선 1척을 당파하고 머리 1급을 베었는데, 배 안에 있던 칼, 옷, 의관 등은 모두 왜장의 물건인 듯하

이순신 정신과 리더십

였으며, 우부장 보성군수 김득광은 왜대선 1척을 당파하고 포로 되었던 우리나라 사람으로 1명을 산채로 빼앗았고 전부장 흥양현 감 배흥립은 왜대선 2척을, 중부장 광양현감 어영담은 왜중선(倭 中船) 2척과 소선 2척을, 중위장 방답첨사 이순신(李純信)은 왜대 선 1척을, 우척후장 사도첨사 김완은 왜대선 1척을, 우부 기전통 장(騎戰統將)이며 사도진 군관 보인(保人) 이춘(李春)은 왜중선 1척 을, 유군장이며 발포 가장인 신의 군관 훈련봉사 나대용은 왜대 선 2척을, 후부장 녹도만호 정운은 왜중선 2척을, 좌척후장 여도 권관 김인영은 왜중선 1척을 각각 당파하고, 좌부 기전통장이며 순천 대장(代將)인 전봉사(前奉事) 유섭(兪攝)은 왜대선 1척을 당파 하고 우리나라 사람으로 포로 되었던 소녀 1명을 산채로 빼앗았 으며, 한후장이며 신의 군관인 급제 최대성은 왜대선 1척을, 참퇴 장이며 신의 군관인 급제 배응록은 왜대선 1척을, 돌격대장이며 신의 군관인 이언양은 왜대선 1척을, 신의 대솔군관(帶率軍官)인 훈련봉사 변존서(卞存緖)와 전봉사 김효성(金孝誠) 등은 힘을 합 하여 왜대선 1척을 각각 당파 하였으며, 경상 우도의 여러 장수들 이 왜선 5척을 당파하고 포로 되었던 1명을 산채로 빼앗았는데, 합해서 왜선 26척을 모두 총통으로 쏘아 맞혀 깨뜨리고 불사르니 넓은 바다에는 불꽃과 연기가 하늘을 덮었으며, 산으로 올라간 적도들은 숲속으로 숨어 엎드려 겁내지 않는 놈이 없었습니다"

  장군은 이처럼 부하의 공적을 보고하는데 그치지 않고 공적 이 있는 부하가 합당한 상을 받거나 승진하는 등의 적절한 보상을 받는 대상에서 누락되는 경우 그 공적을 다시 열거하고 시상을 요청하는 장계를 재차 올리기도 했다. 임진년 9월 11일 자 장계에서 전사한 녹도만호 정운의 무공을 기려 이대원[3] 사당에 함께 배향하여 줄 것과 이순신(李純信)이 승진대상에서 누락된 것을 시정 해 줄 것을 주청하고 있다.

"승정원에서 열어 보십시오. 녹도만호(鹿島萬戶) 정운(鄭運)[4]은 맡은 직책에 정성을 다하였고, 겸하여 당략이 있어서 서로 의논할만한 사람이었습니다. 사변이 일어난 이래 의기를 일으켜 나라를 위해서 제 몸을 잊고 조금도 마음을 놓지 않고 변방을 지키는 일에 힘쓰기를 오히려 전보다 배나 더하므로 신이 믿는 사람은 오직 정운 등 2~3명이었습니다. 세 번 승첩 시에는 언제나 앞장서서 나갔으며, 이번 부산 싸움에서도 몸을 던져 죽음을 잊고 먼저 적의 소굴에 돌입하였습니다. 하루 종일 교전하면서도 어찌나 자주 힘을 다하여 활을 쏘았던지 적들이 감히 움직이지를 못하였는 바, 이는 정운의 힘이었습니다.

그런데, 그 날 돌아 나올 무렵에 그는 철환을 맞아 전사 하였사

---

3. 이대원(李大源·1566~1587), (國史大事典), 선조 때의 무장, 1586년 녹도만호로 있으면서 왜구를 격퇴하는데 큰 공을 세웠다.

4. 정운(鄭運·1542~1592), 선조 때의 무장. 자는 창진(昌辰), 시호는 충장(忠壯)이며, 본관은 하동이다. 아주 강직한 사람으로서 임진왜란 때 녹도만호가 되어 이순신 밑에 종군하다가 전사하였다.

이순신 정신과 리더십

온 바, 그 늠름한 기운과 순결한 정신이 쓸쓸히 아주 없어져서 뒷 세상에 전혀 알려지지 못한다면 참으로 뼈아픈 일입니다. 이대원 의 사당이 아직도 그 포구에 있으므로 같은 제단에 초혼하여 함께 제사를 지내어 한편으로는 의로운 혼령을 위로하고, 한편으로는 남을 격려할 수 있을 것입니다.

방답첨사 이순신(李純信)은 변방 수비에 온갖 힘을 다하고 사변 이 일어난 뒤에는 더욱 부지런히 힘썼으며, 네 번이나 적을 무찌 를 적에 반드시 앞장서서 달려갔습니다. 특히 당항포 접전 시에 는 왜장을 쏘아 목을 벤 그 공로가 뛰어납니다. 다만 적을 사살하 는 데만 전력하고 목을 베는 일에는 힘쓰지 않았으므로 그 연유 를 들어 별도로 장계하였던 것입니다. 이번 포상의 글월 중에 홀 로 순신의 이름이 들어있지 않는바, 모든 사람들이 놀라고 있습 니다. 만력 20년(1592) 9월 11일"

조선수군은 왜군이 갖지 못한 총통을 갖추고 해전에서는 화 력의 우위를 확보하고 있었지만 조총의 위력은 대단한 것이었 기에 장군은 왜군의 조총에 대응할 수 있는 화력의 개발에 전력 하였다. 계사년 8월에 보낸 계본에서 조총을 개발한 대장장이, 종, 절종(寺奴) 등의 이름을 일일이 거명하고 이들에게 상을 내 려줄 것을 주청하고 있다.

"상가 올려보내는 일로 아룁니다. 신이 여러 번 큰 싸움을 겪으면서 왜인의 조총(鳥銃)을 얻은 것이 매우 많았으므로 항상 눈앞에 두고 그 묘리를 실험한 즉, 총신이 길고 그 총구멍이 깊숙하기 때문에 나가는 힘이 맹렬하여 맞기만 하면 반드시 부서지는데, 우리나라의 '승자(勝字)', '쌍혈(雙穴)' 등의 총통은 총신이 짧고 총구멍이 얕아서 그 맹렬한 힘이 왜의 총통만 같지 못하며 그 소리도 웅장하지 못하므로 조총을 언제나 만들어 보려고 하였습니다.

그런데, 신의 군관 훈련 주부 정사준(鄭思竣)이 묘법을 생각해내어 대장장이 낙안 수군 이필종(李必從), 순천 사삿집종(私奴) 안성(安成), 피란하여 본영에 와서 사는 김해 절종(寺奴)동지, (同之), 거제 절종 언복(彦福) 등을 데리고 정철(正鐵)을 두들겨 만들었는데, 총신도 잘 되었고 총알이 나가는 힘이 조총과 똑같습니다. 총구멍에 불을 붙이는 기구가 조금 다른 것 같으나 며칠 안으로 다 마쳐질 것입니다. 또 일하기도 그리 어렵지 않아서 수군 소속의 각 관포에서 우선 같은 모양으로 만들게 하였으며, 한 자루는 전 순찰사 권율(權慄)에게 보내어 각 고을에서도 같은 모양으로 만들도록 하였거니와 지금 당장에 적을 막아내는 병기는 이보다 좋은 것이 없습니다.

그러므로 정철로 만든 조총 5자루를 봉하여 올려보내오니 조정에서도 각 도와 각 고을에 명령하여 모두 만들도록 하되, 만드는데 감독하면서 제조한 군관 정사준과 위의 대장장이 이필종 등에게 각별히 상을 내리셔서 감격하여 열심히 일하게 하고 모두 서로

이순신 정신과 리더십

다투어 만들어 내게 함이 좋을 것으로 사려됩니다. 삼가 갖추어 아룁니다. 만력 21년(1593) 8월"[5]

당시 천대받는 장인, 노비까지 그 공을 인정하고 일일이 거명하는 이순신 장군의 마음 씀씀이에서 신분의 귀천을 떠나서 공이 있는 사람에게는 반드시 보상을 한다는 원칙을 읽을 수 있다.

우리는 난중일기와 장계에서 이와 같이 이순신 장군이 신상필벌의 원칙을 일관되게 지킴으로써 부하들로부터 더 할 수 없이 공정한 분이라는 신망을 얻게 되고, 이에 힘입어 모든 악조건을 극복하고 왜적을 무찌를 수 있는 높은 사기를 끌어낼 수 있었다는 사실을 읽을 수 있다. 장군의 탁월한 전략과 부하들의 높은 사기가 상승효과를 내어 무적 이순신 함대를 만들어 낸 것이다. 해전에서 승전을 거듭할수록 부하들은 이순신 장군을 따르면 반드시 이긴다는 확신을 가지게 됨으로써 더욱 사기가 높아지는 선순환(善循環)이 일어났다.

신상필벌(信賞必罰)이란 상을 받아야 할 사람에게는 반드시 상을 주고 벌을 받아야 할 사람에게는 반드시 벌을 준다는 것이다. 일견 간단하고 지키기 쉬운 일인 것처럼 보이지만 실천하기는 어렵다. 매우 어렵기 때문에 지도자의 덕목으로 가장 중요한

---

5. 조성도 역, 『충무공 진중보고문 임진장초』, (서울: 연경문화사, 1991), 145~6쪽

요소가 신상필벌이라고 할 수 있다.

2. 신상필벌의 요건

이순신은 무인(武人) 방진의 딸과 혼인하여 본격적으로 무예를 닦기 전까지는 사서삼경을 읽고 문과급제를 지망하는 선비였다. 당연히 그의 정신세계는 공자와 맹자의 가르침을 좇는 유교사상이 바탕을 이루었다. 그러나 무과급제를 위해 무술을 연마하면서 손자, 오자병법으로 대표되는 무경칠서(武經七書)를 두루 섭렵하여 통달하였다고 한다.

난중일기를 통해서 자주 그의 투철한 유교적 사고를 읽을 수 있다. 이순신의 고독하고 어려운 왜적과의 싸움을 지원하기는 고사하고 기회만 있으면 그의 공을 폄하하고 발목을 잡는 무능한 임금에게 불만을 드러낸 적이 없다. 신하로서 임금에게 무한한 충(忠)으로 대했으되 전군을 위험에 빠뜨릴 부당한 왕명은 결연히 거부하여 전장을 지휘하는 장수로서의 본분에 충실했다.

앞날을 기약할 수 없는 어려운 상황에서도 홀어머니의 안녕에 노심초사하는 효심 깊은 아들의 심정이 난중일기에서 자주 눈에 뜨인다. 전화(戰禍)로 생존을 위협받는 백성들에게는 더할나위 없이 자애로운 목민관(牧民官)의 역할을 떠맡아 어짊(仁)을 실천한다. 항상 대의를 생각했으며 예(禮)에 어긋나는 행동을 결코 하지 않았다. 선비로서 또 사대부로서 갖추어야 할 모든 덕목을 구비했기에 행동거지에 흐트러짐이 없었다.

이순신은 전쟁의 어려움 속에서도 백성의 안위를 항상 염두에 두고 온정을 베풀었으며 군대를 통솔하는 데에도 부하를 사랑하는 마음이 깊었음은 난중일기의 여러 곳에서 눈에 띈다. 그러나 전장에서 장수는 반드시 전쟁에 이겨야 한다는 대의를 좇아야 하기 때문에 엄한 군율을 세우는 것이 반드시 필요하다. 전장을 이탈하는 부하들을 망설임 없이 처형하는, 보기에 따라서는 무자비하게까지 보이는 행동은 나라와 백성을 구한다는 큰 뜻을 추구하기 위해서는 불가피한 행위였다.

또 손자는 "군졸이 아직 신뢰하고 따르기 전에 벌하면 곧 복종하지 않게 될 것이며 복종하지 않는다면 부리기 어려울 것이다. 군졸이 이미 신뢰하며 따르는 데도 잘못을 처벌하지 않으면 곧 부릴 수가 없게 될 것이다"라고 말하며 벌하기에 앞서 신뢰가 형성되어야 함을 강조하고 있다.

리더의 자질특성은 여러 가지로 구분될 수 있다. 강한 정신력을 가져야 하고 훌륭한 판단력, 지식, 용기, 인내력, 공정성, 청렴 등등 일일이 열거할 수 없이 많다. 그러나 리더가 조직을 효율적으로 통제하고 주어진 목표를 달성하게 하는 수단으로서 신상필벌의 원칙을 지켜나가는데 반드시 요구되는 자질특성은 몇 가지로 요약될 수 있다.

첫째, 정직(正直)해야 한다. 자기 자신에 대하여 정직하고 부하에 대하여 정직하여야만 부하들이 상벌에 대하여 납득할 수 있기 때문이다. 이순신 장군의 정직성을 여기서 다시 논할 필요는 없을 것이다.

둘째, 공정(公正)해야 한다. 공정하려면 정직한 마음가짐과 공과(功過)를 객관적으로 정확하게 파악할 수 있는 능력이 있어야 하며 부하 누구에게나 공평하게 대할 수 있어야 한다. 공정을 해치는 압력은 항상 있기 마련이다. 조직 외부에서 힘이 있는 사람을 동원하여 누구를 잘 봐주라는 인사청탁은 어디에나 있겠지만 이것을 막아낼 수 있는 능력이 없다면 신상필벌의 원칙은 허물어지게 된다.

장군이 훈련원 봉사로 있을 때 그의 재능을 아껴 같은 문중인 栗谷 李珥가 만나보자고 하였으나 떳떳하지 못하다 하여 거절한 일화는 얼마나 자기 자신에게 엄격하였는가를 보여준다. 또한 그는 상관인 병조정랑(兵曹正郎-正5品)이 친분이 있는 자를 무리하게 승진시키려 할 때는 일언지하에 거절해버려서 그 후 여러 가지 불이익을 받았지만 절대 굽히지 않았다.

이순신 정신과 리더십

셋째, 항상 청렴결백하여 상하좌우로부터 약점을 잡힐 일이 없어야 한다. 지도자가 약점이나 허점을 보이면 이를 이용하려는 부하나 동료가 반드시 있기 마련이다. 청렴하지 못하다는 약점을 가진 리더는 상과 벌을 시행할 때 설령 그것이 공정한 처사라 하더라도 부하로 하여금 수긍하게 하기가 어렵다. 이순신 장군은 사사로이 이익을 취한 적이 결코 없었다. 임진왜란 전부터 그의 처소에는 꼭 필요한 최소한의 물건 외에 조금이라도 사치스러운 것을 찾아볼 수 없었다.

넷째, 파당을 만들지 말아야 한다. 어느 조직이든 평소의 친소관계, 배경 등으로 해서 사적인 모임이 있게 마련이며, 자주 만나다 보면 단순한 친선의 단계를 넘어 조직 안에서 서로의 이익을 증진시키는 데에 힘을 모으게 된다. 사적인 조직은 수평적인 것보다는 수직적인 경우 즉 조직에서 상급자와 하급자가 사조직에 가담할 경우 조직에 끼치는 폐해가 더욱 크다. 수직적인 사조직은 인사의 공정성을 흐리게 하고 신상필벌의 원칙을 허물어뜨리는 경우가 많다.

이순신 장군은 참혹한 전화로 고통받는 백성에 대한 연민과 악조건에서 격전을 치러야 하는 병사들의 신고(辛苦), 특히 배고픔과 추위를 깊이 걱정하는 심정을 난중일기에 자주 호소하고 있다. 부하 장수들 중에 전공이 커 각별히 아끼는 사람이 있었지만 공(功)과 과(過)를 객관적으로 기술하고 있으며 리더로서 공평하게 모든 부하들에게 대하고 있다.

가장 인간적으로 가까웠던 사람은 충청수사를 지낸 선거이(宣居怡)였다. 난중일기에 그와 함께한 이야기가 자주 등장하고 헤어짐을 애석하게 여겨 증별선수사거이(贈別宣水使居怡)라는 시를 남기기도 한다. (난중일기 을미 9月 14日) 그 외에 한 사람을 더 든다면 우상(右相) 이원익(李元翼)을 들 수 있을 정도이다. 이처럼 장군의 교우관계는 아주 단출하고 또 지나치게 결백하였다고 할 수 있다. 장군의 담백한 성품, 극도로 절제된 생활, 결백한 교우관계는 결코 자신을 어느 파당에 속하게 하지 않았으며, 부하들 간에 파당이 생기는 것도 미연에 방지하는 요인이 되었다.

신상필벌의 원칙을 지켜나가기가 힘든 가장 큰 이유는 이 원칙이 한번 깨지게 되면 다시 돌이키기 힘들다는 것이다. 원칙에서 벗어나는 순간 신뢰가 상실되기 때문이다. 신뢰를 구축하는 데는 많은 시간이 걸리지만 허물어지는 것은 한순간이다. 부하는 리더가 가지고 있는 원칙이 무엇인가, 그리고 그 원칙 안에서 상과 벌을 어떻게 집행하는가를 충분히 이해하고 예측할 수 있어야 한다. 장군은 신상필벌의 원칙을 철저히 지켜 부하들의 존경과 신뢰를 얻어 연전연승의 기틀을 마련했다.

손자는 그의 병법에서 "전쟁이란 나라의 대사다. 사람들이 죽고 사는 마당이 되고 존망의 갈림길이 되니 살피지 아니할 수

이순신 정신과 리더십

없다. (兵國之大事 死生之地 存亡之道 不可不察焉)"이라고 모두(冒頭)에서 말하고 있다.

장군이 처한 상황은 왜적의 침입으로 나라의 운명이 백척간두에 걸렸고 병화가 휩쓸고 간 자리에는 백성들의 참혹한 모습만 남아 있었다. 당시의 엄혹한 상황으로 보아 잘못한 부하들을 벌줌에 있어서 한치의 예외도 용인할 수 없는 형편이었다. 부하를 벌주고 난 후의 괴로운 심경을 난중일기에서 읽을 수 있다.

"잠깐 맑더니 바람이 순하지 못하였다. 경상도 수사의 우후 이의덕(虞候-李義得)이 군관을 시키어 생전복을 선사하였기에 구슬 30개를 대신 보내 주었다. 나대용(羅大用-공의 군관)이 병으로 본영에 돌아갔다. 병선(兵船) 진무(鎭撫) 유충서(柳忠恕)도 병으로 사임하고 육지로 올라갔다. 광양현감이 오고 소비포권관도 왔다. 광양현감이 쇠고기를 내와서 함께 먹었다. 탐후선이 들어왔다. 각 고을 담당 아전 11명을 처벌했다. 옥과(玉果) 향소(鄕所-수령을 보좌하는 자문기관)에서 전년부터 군사를 다스리는 일을 엄격하게 하지 않은 탓에 결원을 많이 내어 거의 백여 명에 이르렀는데도, 매양 거짓으로 보고 했다. 그래서 오늘 사형에 처하여 목을 높이 매달아 보였다. 거센 바람이 그치지 않고 마음이 괴롭고 어지러웠다. (계사년 6월 8일)"

난중일기에서 군법을 적용해서 부하를 처벌한 횟수는 96회이고 가장 무거운 처형(處刑)이 28회에 이른다.[6] 전쟁에서 군(軍)이 갖는 특수한 성격 즉 엄정한 군기의 확립이 승패와 직결되는 것이기 때문에 온정보다는 엄벌이 불가피하다. 왜적에 비해 수적인 열세에서 또 한 치의 빈틈도 용인할 수 없는 절체절명의 위기에서 이순신 장군의 군법 집행은 엄격해질 수밖에 없었을 것이다. 이러한 사실로 비추어 장군은 '공자가 주장하는 인·예·의 (仁·禮·義)의 덕치(德治)'가 아니라 순자(荀子)의 성악설(性惡說)에 기초하고 한(韓)나라의 한비자(韓非子) 등이 주장해온 바 법에 따라 엄한 형벌로 통치하여야 한다는 법가사상(法家思想)의 리더십을 구사해 온 것으로 보이지만, 그의 사고의 근원은 유가사상이었다.

그러나 장군은 선비가정에서 태어났고 무과 공부를 하기 전에 문과에 급제하기 위해서 학문을 닦았다. 조선의 정치와 사상의 근간이 된 유학의 틀 속에서 자랐으며 유교의 정신을 실천하고 또 그 가르침대로 세상을 떠났다. 언제나 장군의 모든 행동의 근간은 충(忠)과 효(孝)였다. 백성에 대한 사랑과 나라 사랑은 임금에 대한 충성과 일체(一體)이기에, 때로는 졸렬하고 비겁했으며, 혁혁한 전공에도 불구하고 박해를 가했던 임금에 대하여 한마디 불평불만을 토로했다는 기록을 찾아볼 수 없다.

장군은 또한 술을 좋아하고 시를 짓기를 즐겨 하는 풍부한 감

6. 崔斗煥의 박사학위 논문, 『충무공 이순신의 리더십에 관한 연구』

성의 소유자였음에도 온 백성이 죽고 사는 전쟁을 당하여 매우 냉정하게 때로는 냉혹하게 보일 정도로 엄하게 군법을 시행하면서 인간적인 고뇌가 많았을 것이라고 생각된다. 김훈이 쓴 '칼의 노래'에서 전편에 흐르고 있는 잿빛의 음울한 정조(情調)가 장군의 심중을 정확히 그리고 있는 것이 아닌가 하는 생각이 든다.

3. 빗나간 온정이 큰 화(禍)를 부른다

신상필벌의 원칙을 철저히 지켰던 것으로 알려진 이병철 회장은 자서전에서 다음과 같이 술회하고 있다.

"우리 그룹의 어느 회사 제품이 시장의 수요에 응할 수 없을 정도로 잘 팔린 적이 있다. 그때 공장장 이하 수십 명의 직원이 제품을 출하하고 있는 단골 거래처로부터 얼마간의 사례금을 받은 불상사가 일어났었다. 그때 조직의 기강을 위해 사장에게 처분을 명했다. 그러나 사장은 '한 번만 용서하십시오. 그러면 그들은 한층 분발할 것입니다. 금 후 이런 일이 일어나지 않도록 제가 전 책임을 지겠습니다. 저를 봐서 용서해 주실 수 없겠습니까?'라고 하였다. 경영의 재량권을 인정받은 사장이 간청하기에 일단 맡기기로 하였다. 그로부터 2년 후 재조사를 해 본 결과 부정을 하고 있는 직원들의 수가 하역 작업자까지 포함해서 200명을 넘어섰다. 결단력이 없었던 그

사장은 부정에 관계된 약간의 직원을 작은 온정으로 처벌하지 않아 대량의 부정행위자를 낸 것이다. 그것이 원인이 되어 회사까지 부실하게 되고 그룹에서 경영자로서의 죄악을 범했다는 비판이 일자 그 사장은 결국 회사를 그만두지 않을 수 없게 되었다. 일류 대학을 우수한 성적으로 졸업하고 덕망과 양식과 식견을 겸비하고 젊어서 사장으로까지 승진한 사람이기에 애석하다고 말할 수밖에 없었다. 작은 온정이 조직을 부패시켜 커다란 재앙을 불러일으킨 것이다"

신상필벌의 원칙을 저버린 것에 대한 대가가 너무 크다는 것을 말해주고 있다. 유가의 큰 축을 이루는 인(仁) 즉 어짊은 신상필벌에서 필벌 즉 벌 받을 일을 한 자에게는 반드시 벌을 내린다는 법가(法家)사상과는 대척점에 있을 수 있다. 여기서 법가사상에 대하여 간단히 짚고 넘어갈 필요가 있다.

중국의 춘추전국시대에 여러 나라가 난립하여 전쟁이 끊이지 않아 백성은 도탄에 빠지고 약육강식은 생존의 가장 중요한 원칙이 되었으며 권모술수와 하극상이 일상화되었다. 이때 혼란을 종식시키고 천하를 제대로 다스리는 원칙을 세우고자 수많은 사상가들이 논쟁을 벌이게 되고 '제자백가'라 불리는 사상가 집단이 나타나게 된 것이다. 이들은 유가(儒家), 도가(道家), 묵가(墨家), 법가(法家), 명가(名家), 종횡가(縱橫家), 농가(農家), 소설가(小說家), 잡가(雜家)로 나뉘며 나름대로 당시의 혼란을 극복할 수 있는 규율을 제시하고 있다. 이들 중 유가와 도가가 후세까지 가장 큰 영향을 미쳤으며. 워낙 잘 알려져 있으니 따로 여기에서 논의할 필요를 느끼지 않는다.

옛날로 돌아가서 법가의 계승자인 한비자는 유교의 가르침에 대하여 공허한 이상주의일 뿐이라고 일축하고 현실주의적인 입장에서 실천 가능한 대안을 제시하려고 노력했다. 여기서 한비자의 이야기를 꺼내는 것은 이순신의 군 통솔 전략에서 항상 지켜온 신상필벌의 원칙이 법가의 주장과 궤를 같이하기 때문이다. 인(仁) 의(義)와 예(禮)를 근간으로 하여 충과 효를 중시하는 유가사상이 통치 철학으로서는 유효할지 모르지만 국가의 존망이 달린 전쟁을 수행하는 장수에게는 공리공론에 그칠 공산이 크다.

물론 한비자나 군주론을 쓴 마키아벨리는 체면과 형식을 중요시하고 선행을 칭송하는 통치이론에 맞서 당시 통치자들에게 권력의 기술을 제공했다. 절대권력을 가진 군주가 어떻게 신하와 친족에 의해서 제거되고 살해되는지를 파악하고 권력을 어떻게 효과적으로 사용함으로써 이러한 환난을 미연에 방지할 것인가를 논하고 있다. 따라서 법가의 학설은 절대권력을 가진 제왕의 통치기술을 말하는 '제왕학'이라고 볼 수 있다.

전장의 장수는 절대권력을 가진 자이고, 전쟁에서의 승패에 국가의 존망과 백성의 안위가 달려있다. 장수가 사사로운 정이나 자그마한 선심으로 대계(大計)를 그르친다면 그는 분명 실패한 장수이다. 한비자는 "작은 충성을 행하면 큰 충성을 방해한다(行小忠, 則大忠之賊也)"[7]라고 말하고 있다. 한비자는 다음의 일화를 예로 들고 있다.

초(楚)나라 공왕(共王)이 진(晉)나라 여공(礪公)과 언릉(焉陵)에서 전쟁을 벌였다. 초나라의 군대는 패배하고 공왕도 눈에 부상을 입었다. 전투가 한창 치열할 때 사마(司馬) 자반(子反)이 목이 말라 마실 것을 찾으니, 곡양(穀陽)이 술을 한 잔 가져와 바쳤다.

"아니, 가져가라. 이건 술이 아닌가?"
깜짝 놀라서 묻는 자반의 말에 곡양은 정색을 하고 대답했다.
"술이 아닙니다."

자반은 술인 줄 알았지만 곡양의 정색에 그것을 받아 마셨다. 자반은 본래 술을 좋아했는데, 일단 맛을 보면 자제하지 못할 만큼 좋아하여 마침내 취해 버렸다. 전투는 초나라의 패배로 끝났다. 공왕은 다시 반격하려고 사람을 시켜 사마 자반을 불렀으나, 사마 자반은 가슴이 아프다는 핑계로 군주의 명령을 거절했다. 공왕은 말을 달려서 직접 진영 안에 있는 자반의 막사로 들

---

7. 김원중, 『한비자의 관계의 기술』 (서울: 휴머니스트, 2017), 171쪽

어갔다. 그런데 술 냄새가 진동하자 그냥 돌아와서 이렇게 공왕은 말했다.

"오늘 전투에서 나는 부상을 입어 이제 믿을 자는 사마뿐이라고 생각했다. 그런데 사마 자반이 이런 행동을 보였으니, 이것은 초나라의 사직을 망각하고 우리 백성들을 가엾게 여기지 않는 행동이다. 이제 나는 다시 싸울 기력이 없다. 그러고는 군대를 철수시키고 돌아가 사마 자반의 목을 베어 저잣거리에 내걸었다" (한비자-십과)

위의 예는 장수와 부하 사이의 이야기이지만 외연을 넓혀서 보면 파산지경에 이른 JAL을 회생시킨 이나모리 가즈오 회장의 "소선(小善)은 대악(大惡)과 닮아있고 대선(大善)은 비정(非情)과 닮아있다"라는 말과 궤를 같이한다고 볼 수 있다. 그는 2010년에 파산한 JAL의 경영을 맡아 1년 안에 4만 8천 명의 직원 중 3분의 1에 해당하는 1만 6천 명을 내보내고 성공적으로 구조조정을 해서 3년 만에 회사를 정상궤도에 올려놓았다.

한비자는 동정하는 마음 때문에 허물이 있는 자를 처벌하지 못하면 결국 나라가 위태로워진다고 말하고 있다. 제갈공명이 아끼던 장수 마속이 군령을 어기고 패하였을 때 울면서 그 목을 친 것(泣斬)도 전투에서 군율을 세우지 않으면 나라가 망할 수 있다는 절박함에서일 것이다.

이순신의 어록에서 손자, 오자의 병법을 비롯한 병서에 나오는 구절을 인용하거나 변형시킨 표현들을 자주 볼 수 있다. 이순신이 절대적으로 불리한 명량해전에 앞서 부하들에게 훈시한 '필사즉생 필생즉사(必死則生 必生則死)'는 오자(吳子)의 "전장은 시체가 버려지는 곳이다. 죽을 각오로 싸우면 살게 되고 요행으로 살려고 하면 죽는다(吳子曰:凡兵戰之場 止屍之地 必死則生 幸生則死)"[8]는 말과 일치한다.

오자(吳子)는 또 "길은 좁고 길은 험하며 명산의 큰 요새에서는 열 명의 군사가 지키면 천 명의 군사가 통과하지 못하는데(路狹道險 名山對塞 十夫所守 千夫不過)"라고 말하였는데 이순신도 명량해전에 임하면서 일부당경이면 족구천부(一夫當逕 足懼千夫-한 명의 군사가 길목을 지키면 천명의 적군을 두렵게 할 수 있다)라고 훈시를 하였다.

손자병법의 계편(計篇)에서 "싸우기 전에 전략을 세워서 승리를 거두는 것은 전략이 훌륭했기 때문이다"라고 말하고 있으며 형편(形篇)에서 "따라서 승리하는 군대는 먼저 이기도록 해놓고서 뒤에 싸우려 든다. 패배하는 군대는 먼저 싸움을 걸어놓고 후에 이기려 든다(是故勝兵 先勝而後求戰 敗兵,先戰而後求勝)"[9]라고 말하고 있다. 이순신이 7년의 전쟁에서 한 번도 패하지 않고 23승

---

8. 김학주 역, 『손자·오자』 (서울: 명문당, 1999), 320쪽
9. 김학주 역, 『손자·오자』 (서울: 명문당, 1999)

이순신 정신과 리더십

을 거둘 수 있었던 것은 선승구전의 원칙에 충실하였기 때문임을 알 수 있다.

전쟁에 이기기 위해서는 전략, 군세, 장비, 지형 등 복합적인 요소들이 이기는 방향으로 모아져야 하겠지만 이에 못지않게, 또는 무엇보다 먼저 군대의 사기가 매우 중요함을 자주 강조하고 있다.

군대의 사기를 높이기 위해서는 군율의 일관성과 간명함 그리고 상벌의 공정함이 가장 중요하다고 오자는 말하고 있다. "만약에 군령이 분명하지 않고 상벌에 신의가 없다면, 징을 울려도 멈추지 아니하고 북을 울려도 나아가지 않을 것이니 비록 백만의 군대가 있더라도 무슨 소용이 있겠습니까?"라고 진나라 무후에게 답하고 있다. 또한 "싸워 이기며 전진한 자들에게는 커다란 상을 내리고 후퇴한 자에게는 큰 벌을 내리는 것입니다. 이상의 일들을 행함에 있어서는 신의를 바탕으로 하고 일들을 잘 살피어 일 처리에 통달한다면 승리의 주인이 될 것입니다"라고 말하며 상벌을 내림에 있어서 신의가 중요함을 강조하고 있다.

이순신의 백성을 지극히 사랑하는 마음과 부하 장졸들에게는 엄격하게 군율을 시행하는 자세는 선비로서 인(仁)을 실천하면서, 한편으로는 비정하리만치 엄격한 전장의 장수로서 대의(大義)를 지킨 본보기이다.

4. 왜 다시 신상필벌인가?

UN에서는 매년 회원국의 행복지수를 추출하여 World Happiness Report를 작성하여 국가별 순위를 발표하고 있다. 핀란드가 2018~2019년 2년 연속 세계에서 가장 행복한 나라 즉 가장 살기 좋은 나라로 순위가 매겨졌으며 북구 여러 나라들이 그 뒤를 잇고 있다. 2019년 보고서에서 미국은 19위에 머물러 경제력에 비해 비교적 낮은 순위를 나타내고 있으며 우리나라는 54위에 머물러 비슷한 경제력(1인당 소득)을 가진 나라 중에 매우 낮은 순위를 점하고 있다. 우리보다 소득이 높으면서 행복도가 낮은 나라는 일본(58위)과 홍콩(76위)뿐이다.

이 보고서에서 채택한 행복도 평가요소는 1인당 GDP, 사회보장, 평균건강수명, 진로결정의 자유, 관대함, 신뢰인데 우리나라는 경제력과 평균수명에서 우리와 비슷한 수준의 나라들과 비교해 볼 때 관대함과 신뢰 면에서 현저히 낮은 수준을 보이고 있다. 즉 구성원끼리에 서로 믿지 못하고 관대하지 못하다는 것이다. 국민은 정부와 기업을 믿지 못하고 국민 간에 신뢰가 낮다.

이 원인을 심층분석 하려면 그 자체로 많은 연구가 있어야 하겠지만, 우리 스스로 공통적으로 느끼는 점들을 정리해보면 다음과 같다.

이순신 정신과 리더십

첫째: 정직하지 못하다. 거짓말하는 것을 큰 잘못이라고 생각하지 않는다.

둘째: 공정하지 못하다. 아는 사람에게는 친절하고 편의를 봐주지만 모르는 사람에게는 적대적이다. 즉 원칙을 지키지 않고 편파적인 경우가 많다.

셋째: 부정부패가 심하다. 비슷한 경제력을 가진 나라보다 부패지수가 높다.

다시 말하자면 경제적인 부(富)나 평균수명과 같은 행복의 하드웨어(hardware)는 선진국 반열에 들었지만, 정직성, 시민의식, 공정성과 같은 소프트웨어에서는 비슷한 나라들보다 크게 뒤져서 후진성을 면하지 못하고 있다.

얼마 전 우리나라의 사기, 위증 등 부정직이 원인인 범죄가 이웃 나라보다 수십 배 수백 배에 달한다는 기사를 보고 그 이유가 무엇일까 생각해보았다. 제대로 논의하자면 우리 국민의 의식구조 그리고 의식구조에 영향을 미치는 역사적, 사회적, 심리적인 여러 요인을 분석해야 할 것이고 이 또한 대단히 큰 연구과제가 될 것이다. 그러나 결과만 놓고 추론해 보자면 이러한 잘못에 대한 징벌이 다른 나라와 비교해서 낮다는 것이 중요한 원인들 중의 하나가 아닐까 생각한다.

하나 예를 들어보자. 각종 사기범죄 특히 높은 지능을 요구하는 화이트칼라 범죄는 대부분 그 원형을 미국에서 찾아볼 수 있다. 금융다단계 사기는 이탈리아에서 미국으로 이민 온 Charles Ponzi라는 사람이 최초 고안자는 아니지만 본격적으로 대규모 사기사건을 저질렀기 때문에 폰지게임 또는 폰지사기라고 불린다. 높은 수익을 약속하고 투자자를 모으고 나중에 들어오는 투자자금으로 높은 배당금을 지급하다가 결국 파산하는 다단계 사기다. 우리나라에서도 대규모 다단계 사기는 많은 가정을 파괴하고 적지 않은 피해자를 자살에 이르게 한다는 면에서, 살인사건과 같은 흉악범죄보다도 결과적으로는 훨씬 더 큰 피해를 남기는 악질적인 범죄다.

2009년에 문제가 된 미국 나스닥의 회장이던 버나드 메이도프의 다단계 금융사기 피해액은 650억 불에 이르는데 최종적으로 150년 징역형을 받았다. 우리나라에서는 비슷한 범죄자가 몇 년 징역형을 받을까. 2조 원대의 다단계 사기를 저지른 제이유의 주수도는 12년 징역형을 받는 데 그쳤다. 우리나라에서 경제범죄에 대한 최장의 징역형은 지금까지 23년인 것으로 알려져 있다. 징벌이 상대적으로 약한 것을 알 수 있다. 대체로 화이트칼라 범죄 특히 그 중에도 대규모 경제범죄의 경우 범법자가 지능이나 학력이 높고 생계형 범죄와 달리 피해자가 많으며 범죄자가 복역을 하고 나오더라도 재범을 저지르는 경우가 많다. 심지어는 교도소 안에서도 새로운 범죄를 구상하고 또 실행하는 경우도 적지 않다.

경제범죄를 경제학에서 말하는 효용(utility)이라는 측면에서 생각해보자면 범죄를 저지르는 자는 범죄로부터 얻을 수 있는 효용과 적발되어 법적 제재를 받게 될 때의 각종 불편함과 명예의 실추로 인한 불이익을 합한 비효용(disutility)에 범죄가 적발될 확률을 곱한 기대비효용(expected disutility)을 비교함으로써 범죄 실행 여부를 결정한다고 볼 수 있다.

돈의 효용을 너무 높게 보고 명예를 덜 중요하게 생각하면 화이트칼라 경제범죄가 많이 일어나게 된다. 정직함과 명예를 중시하는 풍조는 장기적으로 지속적인 교육과 의식을 개조하는 정신운동을 통하여 진작시켜 나가야 하겠지만 단기적으로 배운 자, 가진 자의 범죄를 억제하기 위해서는 높은 형량과 높은 검거율로 비효용을 늘리는 방법밖에 없다고 본다.

충무공 이순신의 공덕을 기리기 위하여 관련 연구 또는 이순신의 호국애족 정신 창달에 기여한 사람들에게 주어지는 상이 많은 것으로 알려져 있다. 개중에는 상금이 불과 몇십만 원에 불과한 경우도 많이 있다. 상금액의 다과가 상의 수준을 말한다고 할 수는 없겠지만 관련 있는 지자체마다 경쟁적으로 상을 신설해서 스스로 포상의 가치를 떨어뜨리고 있다. 이러한 상들은 많은 경우 자기 기관 또는 지자체가 이순신과 연관이 있음을 내세워 기념사업 등에 정부의 보조를 받거나 또 무언가 의미 있는 일을 했다는 것을 내세우기 위한 허세에 다르지 않다.

행정연구원에서 2012년에 행한 '정부 포상제도 개선에 관한 연구'를 보면 우리나라 건국 이래 2011년까지 총 998,573명이 정부 포상을 받았는데 2002년부터 2011년까지 10년간 258,672명으로 연평균 25,000명이 넘는 국민이 포상 대상이 되었다. 그 중 공무원이 74%, 사립교원이 6%, 일반인 20%로 되어있다. 포상이 인구에 비해서 매우 높았다. (일본의 정부 포상이 절대 숫자에서 우리나라보다 약간 높으나 인구 규모를 감안하여 그 비율을 보면 우리나라 포상이 2배 이상 높은 것으로 볼 수 있다.)

특히 공무원은 특별한 공적이 없더라도 근무 연수만 채우면 무조건 포상 대상이 되어 포상을 받는 것이 영예가 아니라 당연하며 못 받게 되면 이상한 사람이 되는 상황이다. 과거에는 공무원 처우가 상대적으로 열악하여 이에 대한 보상이라는 의미라도 가질 수 있었으나 근자에는 대우도 좋아지고 직업의 안정성이 보장되며 특히 퇴직 후 연금 혜택이 커서 젊은이들이 크게 선호하는 직종이 되고 있다. 여기에다 계속해서 자동적인 포상까지 하는 것은 상의 남발이라는 비난을 면하기 어렵다. 상을 남발하는 풍조는 반드시 바로잡아 상이 제값을 하도록 자리를 찾아 주어야 할 것이다.

대부분 기업들은 열심히 일하는 직원들의 노고를 치하하고 또 신기술 개발 등 회사의 획기적인 발전에 기여하는 직원들에게 자체적으로 포상하는 제도를 갖고 있다. 그리고 이러한 포상의 대상이 되면 얼마간의 상금도 따르겠지만 그보다도 앞으로 승진과 급여인상의 고려대상이 되므로 포상 그 자체로서 충분한 보상이 된다고 볼 수 있다. 이러한 포상제도가 제대로 작동하지 않아 공로가 많은 사람이 제외되고 그렇지 못한 사람이 대상이 되는 경우가 있고 또 이런 상태가 지속된다면 직원의 사기는 떨어지고 유능한 직원이 이직하는 사태가 벌어질 것이다. 이는 기업에는 큰 손실이 되고 나아가서 기업의 존망에 영향을 끼치게 될 것이므로 경영자들은 합리적인 보상체계에 많은 노력을 기울일 수밖에 없을 것이다. 즉 유능한 직원이 승진도 하고 보상도 더 받게 하는 공정한 경쟁이 조직 내에서 이루어지도록 해야 할 것이다.

기업조직이든 공공조직이든 간에 조직에 해를 끼치는 가장 큰 범죄는 구성원들의 조직에 대한 신뢰와 로열티를 저해하는 행위다. 조직의 구성원들은 자신의 노력과 공헌에 대하여 공정하게 평가받기를 원한다. 평가의 결과에 대한 보상은 금전적인 보상과 조직 내에서 승진이 대표적인 것이다. 자정작용을 기대할 수 있는 기업보다는 공적 조직에서 상과 벌이 공정하게 이루어지지 않는 경우가 흔하다.

인사(人事)가 만사(萬事)라는 말이 있다. 인사가 제대로 된다는 것은 조직 내에서 신상필벌이 합리적으로 이루어진다는 것이다. 인사가 제대로 되어야 조직의 효율적인 운영과 발전을 기할 수 있다. 따라서 조직을 이끄는 리더의 가장 큰 덕목 중의 하나는 불편부당한 인사(人事)이다. 반대로 리더의 가장 큰 해악은 파당에 치우친 인사 또는 금전적인 대가를 받고 하는 불공정한 인사이다. 국운이 다해가는 조선 말기에 매관매직이 너무 성행하여 고을 원 자리를 뇌물을 주고 산 자가 부임 길에 미적거리다가 며칠 늦게 중간에 머물 여관에 도착하여 보니 바로 뒤이어 후임 발령을 받은 원을 만나게 되었다는 우화 같은 이야기가 있다. 나라나 군대나 기업을 막론하고 돈으로 자리를 팔고 사는 지경에 이르면 그 조직은 결국 멸망할 수밖에 없을 것이다. 인사의 문란 특히 그 중에도 뇌물로 부하의 승진, 전보를 좌우하는 행위야말로 조직을 해체하는 가장 큰 범죄이다.

상을 지나치게 남발하는 지도자는 되레 백성들의 믿음을 잃을 것이며, 형벌을 지나치게 가하는 지도자는 되레 백성들이 두려워하지 않게 될 것이라고 한비자는 설파하고 있다. "상으로 백성의 선행을 권하기 어렵고 형벌로서 백성의 악행을 금하기 어려우면 나라가 비록 크더라도 반드시 위태로워질 것이다"라는 말 속에서 상의 남발은 효과가 없고 형벌이 공정하지 못하면 백성들이 따르지 않게 된다는 것을 강조하고 있다.

이순신 정신과 리더십

과도한 종업원 복지가 원인이 되어 기업이 파산하는 경우도 있다. 종업원에게 기업의 능력을 벗어나는 보상을 하다가 어려움에 처한 예를 하나 들겠다.

미국의 대표적인 자동차 제조업체였던 GM이 1930년대에 경쟁업체 포드를 누르고 세계 최대 자동차 제조업체가 된 이래 1960년대에는 미국 자동차 시장 점유율 50%, 세계시장 점유율 30%라는 경이적인 업적을 달성했다. 그러나 현실에 안주하다 보니 일본의 도요타에 추월당하고 손실의 누적이 계속되었다. 유가의 급격한 상승, 미국경제의 침체 등 외부적 요인이 원인이라고도 하지만 내용을 들여다보면 좋았던 시절에 방만하게 늘려온 현직, 퇴직 직원과 가족에 대한 혜택이 구조조정의 발목을 잡았다. 결국 지속가능하지 못한 사업모델을 가지고 있었던 것이다. "너무 좋은 것은 지속될 수 없다. (Too good to be sustained)"라는 말의 본보기인 셈이다. 그리스와 베네수엘라도 지속 가능성이 없는 혜택을 국민들에게 약속했다가 거덜이 난 좋은 예다. 이나모리 가즈오 회장의 "소선은 대악과 닮아있다"라는 말이 새삼 실감이 난다. 지금 우리는 실패한 반면교사를 닮아가고 있는 것이 아닌지 깊이 반성해야 할 때이다.

이순신 장군은 전란 중에도 둔전[10] 경영에서 농민들과 적정한

---

10. 변경지역이나 군사요충지에 주둔한 군대의 군량 조달을 위해서 경작하는 토지,

수확물의 배분을 통해서 생산성을 올리고 지속적으로 군량을 확보한 것은 이와 좋은 대비가 된다. 경작하는 농민들에게 경제적인 이익을 보장하여 유인(誘因)을 제공하고 상호 신뢰를 구축함으로써 지속 가능한 군량확보 모델을 세운 것이다.

5. 맺음말

임진왜란과 정유재란이라는 극복하기 어려운 국난을 애국충정, 탁월한 전술과 전략, 엄격한 신상필벌로 추슬러 모든 악조건을 무릅쓰고 나라를 지켜낸 이순신 장군이 지금의 나라 형편을 본다면 깊은 수심에 잠길 수밖에 없을 것이다. 대의(大義)는 국가에 대한 국민의 본분(本分)을 지켜야 한다는 의미가 정의라는 개념에 더해진 것이라고 볼 수 있다. 소위 지도자를 자처하며 정의로운 사회를 구현하겠다면서도 스스로에게 엄격한 잣대를 적용해서 자기 성찰을 하는 자들이 과연 있기나 한지 의심하지 않을 수 없다. 심리학자들의 분석에 따르면 사람은 자기 자신에 대해서 관대하게 평가하는 경향이 있다고는 하지만 우리나라의 소위 지도자라는 사람들의 행태를 보면 자의식이라는 것이 조금이라도 있는지 의심스럽다.

농민에게 경작시켜 수확물을 배분한다.

우리가 살고 있는 오늘의 사회가 너무 많은 문제들을 안고 있어 어디부터 어떻게 손을 대야 할지 막막하다는 생각이 든다. 우리나라가 과거에도 수없이 많은 환난을 겪어왔지만 대의의 개념이 오늘날처럼 혼란에 빠졌던 적은 없었던 것 같다. 경제력으로 대표되는 국력이 과거 어느 때보다 강하다고 얘기들 하지만 이를 지속시켜 나갈 국민적인 합의는 약하기 짝이 없다. 무엇이 옳은 것이며 무엇이 국가 장래에 도움이 될 것인지에 대한 인식이 극단적으로 갈리고 있다.

　문제의 심층을 들여다보면 그동안 우리 의식을 구성해왔던 기본적인 요소들이 변화되지 않고는 개선 방안을 찾을 수가 없다고 본다. 첫 번째로 변화시켜야 할 생각은 정의보다는 수단과 방법을 가리지 않고 싸움에서 이기는 것이 우선이라는 것이다. 둘째로 돈보다 명예를 가벼이 생각하는 금전만능주의가 팽배해 있다. 즉 수단 방법을 가리지 않고 부를 추구한다. 셋째로 거짓말하는 것을 수치로 생각하지 않는다. 위증, 사기 등 거짓말로 인한 범죄가 다른 나라보다 성행한다는 사실 앞에서 진정한 의미의 선진국 진입을 기대하기 어렵다는 생각이 든다.

　10억 원이 생긴다면 1년 감옥에 갈 용의가 있다는 응답이 초등학생의 16%, 중학생의 33% 그리고 고등학생의 47%라는 충격적인 조사결과를 보고 과연 이 나라의 나이 든 세대가 자라나는 세대에게 무엇을 가르쳤는지 자괴감이 들 따름이다. 어느 것

하나 쉽게 개선될 수 없는 지난한 과제인 만큼 장기적인 국민교육 계획을 세우고 무엇이 옳은 것이며 무엇을 하면 안 되는지를 지속적으로 교육해 나가야 하겠다. 아울러 불의, 부정직에 대한 벌을 무겁게 하고 특히 소위 사회 지도층이라는 사람들의 범죄는 서민의 생계형 범죄보다 훨씬 무겁게 처벌하여 범죄의 유혹으로부터 벗어나게 해야 한다.

혼탁하고 위태로운 오늘을 사는 우리에게 주는 이순신의 가르침은 정직과 신뢰에 바탕을 둔 신상필벌로 사회기강을 세우는 것이라고 생각한다. 그렇게 함으로써 우리가 직면하고 있는 위기에서 벗어날 단초를 마련할 수 있으며 장기적으로는 선진 사회 구현도 기할 수 있을 것이다.

【참고문헌】

1. 김원중, 『한비자의 관계술』, (서울: 위즈덤하우스, 2012)

2. 김학주 역, 『孫子·吳子』, (서울: 명문당, 1999)

3. 노병천, 『이순신』, (서울: 양서각, 2005)

4. 노승석 역, 『이순신의 난중일기』, (서울: 동아일보사, 2005)

5. 방성석, 『역사 속의 이순신 역사 밖의 이순신』, (서울: 행복한교과서, 2015)

6. 이종봉, 『한국중세도량형제 연구』, (서울: 혜안, 2001)

7. 제장명, 『이순신 백의종군』, (서울: 행복한나무, 2011)

8. 조성도 역, 『임진장초』, (서울: 연경문화사, 1991)

9. 지용희, 『경제전쟁시대 이순신을 만나다』, (서울: 디자인하우스, 2015)

10. 최영섭, 『민족의 성지 고하도』, (서울: 도서출판 훈, 2007)

11. David M. Buss, 『진화심리학』, 이충호 역, (서울: 웅진지식하우스, 2012), "Evolutionary Psychology"

12. Niccolo Machiavelli, 『군주론』, 권혁 역, (서울: 돋을새김, 2005), "Il Principe"

13. 김훈, 『칼의 노래』, (서울: 문학동네, 2012)

10

이봉수

영국 University of Nottingham 대학원 졸업
한국토지주택공사 박물관장
순천향대 이순신연구소 객원교수
이순신전략연구소 소장
서울여해재단 이순신학교 교장
사단법인 이순신리더십연구회 자문위원

임진장초에
나타난
이순신 정신과
리더십

10

임진장초에 나타난
이순신 정신과 리더십

I. 서론

1. 이순신 정신의 요체

지금 우리가 직면하고 있는 국내외 상황은 총체적 위기라고 해도 과언이 아니다. 한 마디로 동서남북 남녀노소 상하좌우가 다 꼬여버린 형국이다. 남과 북이 대립하고 있고, 동서의 해묵은 지역감정은 좀처럼 치유될 기미가 보이지 않는다. 남성과 여성은 편을 갈라 서로를 경멸하고 젊은 세대와 노인세대는 도무지 소통이 되지 않는다. 어른의 권위는 땅에 떨어졌고 곳곳에서 떼법이 판을 치고 있다. 좌우 대립은 1945년 해방 직후의 상황과 비슷할 정도로 서로가 척결해야 할 대상이 되어버렸다.

이렇게 비상한 시기에 난국을 타개하고 돌파구를 마련할 수 있는 구심점은 없는 것일까. 이순신 장군은 여러 여론조사에서 우리 국민이 가장 존경하는 역사적 인물 중 부동의 1위를 지키고 있다. '성웅'이라는 호칭을 붙이는 유일한 인물도 이순신 장군이다. 지금부터 475년 전인 1545년에 장군은 서울 건천동에서 태어났다. 청소년 시절은 외가가 있는 충청도 아산에서 보냈다. 21세에 결혼을 하고 32세에 무과에 합격한 후 함경도로 발령이 나서 여진족과 싸웠고, 서울과 충청도 등지에서 초급 장교로 지내다가 전라도 발포만호, 정읍현감 등을 역임하고 임진왜란 발발 1년 2개월 전인 1591년 음력 2월에 전라좌수사로 발령이 났다. 1592년에 임진왜란이 발발하자 경상도 해역으로 출동하여 왜적과 싸웠으며 1593년 한산도에 삼도수군통제영을 설치한 후에는 전란 중 가장 오랜 기간 경상도에서 근무했다. 서울에서 태어나 충청도에서 자라고 동서남북을 두루 섭렵한 이순신 장군의 이력 앞에 어찌 남북대립이나 동서 지역감정을 들이댈 수 있겠는가.

역사적 인물을 논할 때, 그 사람이 태어나서 성장하고 활동한 지리적 배경과 지역적인 요소도 중요한 고려 대상이지만 그보다 훨씬 더 중요한 것은 그 사람의 인품과 정신세계라고 할 수 있다. 많은 사람들이 이순신에 열광하는 이유는 일찍이 노산 이은상이 밝혔듯이 이순신은 '정돈된 인격체'이기 때문이다. 적과 싸워 한 번도 패하지 않은 불패 신화의 근저에는 소위 말하는 '이순신 정신'이 자리 잡고 있기 때문이다. 이순신의 정신세계와 가치관은 훌륭한 리더십으로 발현되었고 결과적으로 모든 전투에서 승리할 수 있는 원동력이 되었다. 부하와 백성을 자기 목숨처럼 사랑하는 정신, 의롭지 않은 일을 보면 과감하게 거부하는 정의, 매사에 정성을 다하는 진인사대천명(盡人事待天命), 비굴하지 않고 당당하면서도 자신을 낮추는 겸양의 정신, 목숨을 던져야 할 상황이라면 죽음마저도 두려워하지 않는 필사즉생의 사생관, 그리고 남에게 의지하지 않고 자력으로 살아가는 정신 등이 이순신 정신의 요체다.[1]

2. 연구방법

이순신 정신과 리더십을 탐구하기 위해서는 장군이 남긴 기록을 살펴보는 것이 가장 중요하다. 국보로 지정된 난중일기와 임진장초, 서간문이 대표적인 기록인데 이 중에서 난중일기와 서간문은 개인의 사적인 기록이고, 임금에게 보고한 장계는 공문서라고 할 수 있다. 임진장초는 이순신 장군이 전라좌수사라는 직책에서 임진왜란을 맞이하자 당시의 전투 경과, 왜군에 대한 정보, 군사상의 건의, 진중의 상황 등을 상세하게 조정에 보고한 내용으로 계본 등록의 통례에 의하여 다른 사람이 베껴서 정리한(謄抄) 것이다. 해서체로 등초 되어 있으며 모두 81장으로 구성되어 있다. 그중에서도 승첩장계는 전투의 경과 및 적군의 피해 상황과 아군의 전사자 및 부상자 명단, 노획물 목록 그리고 공로자 명단에 1등부터 3등까지 포상등급을 나누어 기록하

---

1. 김종대, 『이순신, 신은 이미 준비를 마치었나이다』 (서울: 가디언, 2018), 6쪽

고 있으니 장문의 보고서가 될 수밖에 없었다.[2] 일기나 편지보다는 조정에 보고한 임진장초는 그 형식과 내용이 훨씬 치밀하고 자세하므로 여기서는 이 기록을 중심으로 이순신 정신을 조명해 보고자 한다.

Ⅱ. 부하와 백성을 사랑하는 정신

1. 부하에 대한 사랑

1) 전사자와 부상자에 대한 예우

이순신 장군의 부하 사랑은 남달랐다. 전투를 끝내고 선조에게 올린 승첩장계를 보면 전사자나 부상자, 전공을 세운 장졸들의 이름을 일일이 거명하고 있다. 이것만 보아도 부하를 사랑하는 장군의 마음이 어느 정도인지 짐작할 수 있다. 그 이름 중에는 종(奴)의 신분이거나 보자기(鮑作, 어업을 하는 남자 어부), 사공(沙工, 배를 부리는 직업)과 같은 미천한 사람들도 다수 포함되어 있다. 심지어 개똥(介叱同, 글자는 개질동이나 이두식 표기로 갯동 또는 개똥이라 발음)이라는 이름도 등장한다. 이런 내용이 나오는 대표적인 기록인 부산파왜병장(釜山破倭兵狀, 만력 20년 1592년 음력 9월 17일 계본)을 살펴보자. 부산파왜병장은 1592년 음력 9월 1일 이순신 장군이 지휘한

2. 방성석, 『위기의 시대, 이순신이 답하다』 (서울: 중앙북스, 2014), 39쪽

조선수군 연합함대가 부산대첩[3]에서 승리한 기록이다.

"녹도만호 정운은 사변이 일어난 이래 충의심이 북받쳐 적과 함께 죽기로 맹세하였는데, 세 번에 걸친 출전에서 언제나 먼저 돌진하였습니다. 이번 부산 싸움 때에도 죽음을 무릅쓰고 돌진하다가 적의 대철환(大鐵丸)이 이마를 뚫어서 전사한바, 몹시 비통하여 여러 장수 중에서 별도로 차사원(差使員, 특수임무 수행을 위하여 임시직으로 임명하는 관리)을 정하여 각별히 호상(護喪)하도록 지시하였습니다. 아울러 그 후임에는 달리 무예와 지략이 있는 사람을 즉시 임명하여 내려보내시기를 바라며, 우선 신의 군관인 전(前) 만호 윤사공을 가장(假將, 장수의 결원이 있을 때 정식 임명으로 보충하기 전까지 그 직무를 맡아보게 한 임시 장수)으로 정하여 보내었습니다.

전투를 하면서 철환을 맞아 전사하고 중상을 입은 군졸로서는 방답 1호선의 사부(射夫, 활 쏘는 병사)인 순천수군 김천회, 여도선의 분군색(分軍色)인 흥양수군 박석산, 사도 3호선의 격군(格軍, 노 젓는 병사)인 능성수군 김개문, 본영 한후선(捍後船, 전투진용의 후미를 지키는 전선)의 격군이며 토병(土兵, 지방 군사)인 종(奴) 수배, 사공(沙工)이며 보자기(鮑作)인 김숙연 등은 철환을 맞

---

3. 일반적으로 '부산포해전'이라고 했지만, 전투의 규모나 역사적 의의로 볼 때 '부산대첩'으로 부르는 것이 합당하다는 주장이 최근 이순신 연구자들 간에 공감대를 이루고 있다.

아 전사하였습니다.

신이 타고 있는 배의 격군이며 토병인 절집의 종(寺奴) 장개세, 수군이며 보자기인 김억부, 김개똥(金介叱同), 본영 한후선의 수군 이종, 격군이며 토병인 김강두, 박성세, 본영 거북선의 토병 정인이, 박언필, 여도선의 토병 정세인, 사부 김희전, 사도 1호선의 군관 김붕만, 사공이며 토병인 수군 안원세, 격군이며 토병인 수군 최한종, 광주수군 배식종, 흥양 1호선의 격군인 보자기 북개, 본영 우후선(虞候船, 부사령관인 우후가 타는 배)의 사부인 진무(鎭撫, 조선 초기 여러 군영에 두었던 군사실무 담당 판직, 정3품으로부터 종6품에 이르는 중견 부관들 중에서 임명) 구은천, 방답 1호선의 격괄군(格括軍)인 종(奴) 춘호, 종 보탄, 그 진의 거북선 격괄군인 종 춘세, 종 연석, 보성수군 이갓복, 보성선의 무상(無上, 선수에서 닻 물레를 운용하는 사람[4]) 흔손 등은 철환을 맞았으나 중상에 이르지는 않았습니다.

신이 타고 있는 배의 토병인 수군 김영견, 보자기 금동, 방답 거북선의 순천사부 박세봉 등이 화살을 맞아 조금 부상을 입은 것 외에는 달리 다친 사람이 없습니다. 위에 적은 여러 사람들은 부산 싸움에서 날아오는 화살과 적탄을 무릅쓰고 결사적으로 돌진

---

4. 정진술, 『이순신 연구논총 28』 「이순신 관련 단상」 (순천향대학교 이순신연구소, 2017), 172쪽

하다가 혹은 전사하고 혹은 부상을 입었으므로 시신을 배에 싣고 돌아가 장사지내게 하였습니다"[5]

이처럼 이순신 장군은 전상자의 이름은 물론 소속과 직업 등을 자세히 조정에 보고했다. 전란의 와중에 부하 장졸들의 이름을 일일이 다 기억하기가 쉽지 않았을 것인데, 이렇게 세세하게 기록한 것을 보면 이순신의 부하 사랑이 지극했음을 알 수 있다.

2) 녹도만호 정운의 사당

부산대첩에서 전사한 녹도만호 정운의 죽음을 안타까워한 이순신 장군은 정운을 모실 사당을 마련해 달라고 선조에게 간청하는 '정운을 이대원 사당에 배향해 주시기를 청하는 장계'(請鄭運追配李大源祠狀, 1592년 음력 9월 11일 계본)를 올렸다. 이는 장군의 부하 사랑이 어느 정도인지 보여주는 단적인 사례다. 지금 전남 고흥군 도양읍 봉암리의 녹도진성에는 쌍충사라는 사당이 있다. 정해왜변(1587) 당시 손죽도에서 전사한 이대원(1566~1587) 장군과 부산대첩에서 전사한 정운(1543~1592) 장군 두 분의 충신을 모셨다고 쌍충사(雙忠祠)라는 사액을 숙종 대에 내려 주었는데, 이순신 장군의 부하 사랑이 결실을 맺어 오늘날까지 전해오고 있는 대표적인 유적이다.

---

5. 『이충무공전서』, 권2, 「부산파왜병장」 참조.

3) 전염병에 걸린 병사 구호

1594년 늦은 봄부터 한산도 삼도수군통제영에 전염병이 돌아 많은 병사들이 죽어 나가자 이를 안타깝게 여긴 이순신 장군은 선조에게 '의원을 보내어 유행병 환자를 구호해 주기를 청하는 장계'(請送醫救癘狀)를 올려 조정이 특명을 내려서 유능한 의원을 보내 달라고 요청하였다. 당시는 강화협상 기간이라 전투도 소강상태였는데 전사자보다 역병으로 목숨을 잃는 병사가 속출하는 것을 본 이순신 장군은 부하들을 자신의 몸처럼 돌보기 위해 이런 장계를 올렸던 것이다. 실제로 그해 음력 4월 20일에 올린 계본에 의하면 1월부터 4월까지 3도의 사망자 수는 전라좌도가 606명이며 앓고 있는 자가 1,373명, 전라우도의 사망자는 603명에 앓고 있는 자가 1,878명, 경상우도는 사망자가 344명에 앓고 있는 자가 222명, 충청도는 사망자가 351명에 앓고 있는 자가 286명으로 3도의 전체 사망자 수는 1,304명이며 앓고 있는 사람이 3,759명이라고 밝혔다.

4) 전사자 장례

이순신 장군은 전투에서 전사자가 나오면 시신을 작은 배로 실어 고향으로 보내어 장사를 지내게 했다. 한산대첩에서 승리한 내용을 보고한 견내량파왜병장(見乃梁破倭兵狀, 1592년 음력 7월 15일 계본)에는 다음과 같은 내용이 나온다.

"(전사자 19명과 부상자 116명에 대하여 일일이 소속과 이름을 거명한 후) 이 사람들은 화살과 적탄을 무릅쓰고 결사적으로 진격하다가 혹은 전사하고 혹은 부상하였으므로 전사자의 시신은 각기 그 장수에게 명하여 별도로 작은 배에 실어 고향으로 보내어 장사지내게 하고, 그들의 처자들은 휼전(恤典, 나라에서 이재민을 구하는 은전)에 의하여 시행하라 하였으며, 중상에 이르지 않은 사람들은 약물을 지급하여 충분히 치료하도록 하라고 엄하게 타일렀습니다"[6]

5) 의병들의 공로

이순신 장군은 정규군이 아닌 의병들까지도 그들의 공로를 높이 사서 상을 내릴 것을 선조에게 청하는 장계를 올렸다. 청상의병제장장(請償義兵諸將狀, 1594년 음력 3월 10일 계본)의 기록을 살펴보자.

"수군으로 자진해서 들어온 의병장인 순천 교생 성응지와 승장 수인, 의능 등이 이렇게 어려운 사변 때에 제 몸의 편안을 생각하지 않고 의기를 발휘하여 군병들을 모집하여 각각 300여 명을 거느리고 나라의 치욕을 씻으려 하였는바, 참으로 칭찬할 만한 일입니다. 더구나 수군의 진중에서 2년 동안 스스로 군량을 준비하여 이곳저곳에 나누어 주면서 간신히 양식을 이어대는데, 그 부지런함과 고생하는 모습은 군사나 관리들보다 배나 더하였습니다.

---

6. 조성도, 『임진장초』, (서울: 동원사, 1973), 78쪽

그리고 조금도 수고로움을 꺼리지 않고 지금까지 더 부지런할 따름입니다. 일찍이 싸움터에서 적을 무찌를 때에도 공로가 현저 하였으며, 그들의 나라를 위한 분의심은 시종 변하지 않으니 더 욱 칭찬할 만한 일입니다. 위에 적은 성응지, 승장 수인, 의능 등 을 조정에서 각별히 표창하여 다른 사람들을 격려하여야 하겠습 니다. 그리고, 순천에 사는 전(前) 만호 이원남은 이번에 의병을 모집하여 거느리고 배를 타고 와서 수군에 소속되기를 청원하므 로 방금 장수로 배정시켜 적을 무찌르게 하였습니다"[7]

사마천의 사기 예양전에 "장부는 자신을 알아주는 사람을 위 하여 목숨까지 바친다(士爲知己者死)"라는 말이 있다. 이처럼 부 하를 사랑하고 신임하는 이순신 장군 휘하의 병사들은 지휘관 을 중심으로 하나로 뭉쳐 적과의 싸움에서 한 번도 패하지 않은 신화를 만들어 낼 수 있었다. 임진왜란 최초의 해전 승전보고서 인 옥포파왜병장(玉浦破倭兵狀, 1592년 음력 5월 10일 계본)에 나오는 "모두 하나가 되어 죽기를 각오하고 싸웠다"라는 말이 이를 증 명하고 있다.[8]

이순신 정신과 리더십

2. 백성에 대한 사랑

1) 옥포해전에서 조선인 3명 구출

이순신 장군의 백성을 사랑하는 마음은 남달랐다. 장군은 왜군에게 포로로 잡혀 있던 우리나라 사람을 구출하는 데 최선을 다했다. 옥포파왜병장의 기록에 의하면 1592년 음력 5월 7일 옥포해전에서 보성군수 김득광이 경상좌도 동래부 동면 응암리에 살았던 14세의 빡빡머리 소녀 윤백련을 구출하고, 순천대장(代將, 순천부사 권준 대신 일시적으로 임무를 맡은 장수) 유섭이 신원을 파악할 수 없는 4~5세 정도 되는 우리나라 소녀 한 명을 구출하였으며, 경상우도의 장수들이 우리나라 사람 포로 1명을 구출하였다. 이 전투에서 26척의 적선을 격파하고 불태워버리는 와중에 조선인 포로들을 산채로 구출하여 포로가 된 내막을 물어본 후 이들을 순천과 보성의 관원들에게 인계하여 잘 보호하라고 타이르는 내용이 자세히 기록되어 있다. 이순신 장군의 애민 정신을 짐작할 수 있는 부분이다. [9]

2) 적진포에서 만난 향화인 이신동

1592년 음력 5월 8일 적진포해전에서 이순신함대가 왜선 11척을 격파한 후 휴식을 취하려고 할 무렵 일본에서 귀화한 이신동이라는 향화인(向化人)이 산 정상에서 아기를 업고 내려와 눈물을 흘리면서 이순신 장군에게 왜적들의 만행을 자세히 알려주었다. 처와 어머니는 행방불명이라면서 울부짖는 그가 애처

로워 배에 태워 데리고 가려 했으나 노모와 처자를 찾아야 한다
며 따르지 않겠다고 하자 이순신 장군은 매우 안타까워했다.

3) 연해안 지방의 피란민

옥포파왜병장은 이순신 장군이 옥포, 합포, 적진포에서 승전한
제1차 출전 기록인데, 경상도 연해안 지방 피란민들의 처참한 상
황도 자세히 기록되어 있다. 이순신함대를 보고 달려와 울부짖
으며 적의 종적을 알려주면서 함께 데려가 달라고 애원하는 피
란민들을 달래는 장군의 심정은 어떠했을까. 돌아갈 때 데리고
갈 테니 잘 숨어서 적에게 잡히는 일이 없도록 하라고 달래는 장
군의 모습에서 백성에 대한 깊은 연민을 읽어낼 수 있다.

4) 당포해전에서 구출한 울산 여종 억대와 거제 소녀 모리

'당포파왜병장'은 사천해전, 당포해전, 당항포해전, 율포해전
에서 승리한 승첩장계다. 여기서도 이순신 장군의 애민정신을
곳곳에서 찾아볼 수 있다. 1592년 음력 6월 2일 당포(통영시 산
양읍 삼덕리)에 정박하고 있던 왜선 21척을 격파하는 과정에서
소비포 권관 이영남이 울산 출신의 여종 억대와 거제도 소녀 모
리를 구출했다.[10]

5) 당항포해전에서 남겨둔 적선 1척

---

10. 『이충무공전서』 권2, 「당포파왜병장」 참조.

이순신 정신과 리더십

당포해전에서 승리한 이순신 장군은 당항포(경남 고성군 회화면 당항포리)에 적이 있다는 첩보를 입수한 후 곧장 당항포로 향했다. 음력 6월 5일부터 6일 사이에 거북선을 앞세운 조선수군은 당항포에서 적선 21척을 격파했다. 이 과정에서 이순신 장군은 1척의 적선은 온전하게 남겨두라고 지시한다. 전투 중 바다에 떨어진 적들이 육지로 올라가 피란민들을 괴롭힐 것을 염려하여 적 패잔병들이 그 배를 타고 도망갈 수 있게 하려고 그런 결정을 내렸다. 이순신 장군이 예상한 대로 다음 날 아침 100여 명의 적들이 그 배를 타고 당항만을 빠져나가려고 시도하다가 그마저 방답첨사 입부 이순신에게 섬멸되고 만다. 당포파왜병장에는 이렇게 기록되어 있다.

"왜적선을 몽땅 불태워 버린 뒤에, 일부러 배 1척을 남겨두고 왜적들의 돌아갈 길을 터 주었습니다. 그러나 이미 해가 져서 어둑어둑하여 육상에 오른 왜적을 다 사로잡지 못하고, 이억기와 함께 어둠을 틈타 그 바다 어귀로 나와 진을 치고 밤을 지냈습니다.

6일 새벽에 방답첨사 이순신이 당항포에서 산으로 올라간 왜적들이 반드시 남겨둔 배를 타고 새벽녘에 몰래 나올 것이라 하여 그가 관할하는 전선을 거느리고 바다 어귀로 나아가서 왜적들이 나오는 것을 살피고 있다가 그 배들을 몽땅 잡았다고 보고해왔습니다. 그날 새벽에 당항포 바깥 바다 어귀로 배를 옮겨서 잠깐 있는 동안 왜적선 1척이 과연 바다 어귀에서 나왔습니다. 그래서 첨사가 바로 출동하였습니다. 1척에 타고 있는 왜적들은 거의 100여 명이었는데, 우리 배가 먼저 지자총통과 현자총통을 쏘았으며, 한편으로 장전, 편전, 철환, 질려포, 대발화 등을 연달아 쏘고 던질 즈음에 왜적들은 마음이 급하여 허둥지둥 도망하려 하였으므로, 요구금(要拘金, 쇠로 만든 갈고리 모양의 병장기)으로 바다 가운데로 끌어내자 반쯤은 물에 뛰어들어 죽었습니다.

그 가운데서도 약 24~25살 되는 왜장은 용모가 굳세고 위엄이 있으며, 화려한 군복을 입고서 양날 칼을 잡고 홀로 서서 나머지 부하 8명과 함께 지휘하고 항전하면서 조금도 두려워하거나 거리낌이 없었습니다. 그 양날 칼을 잡고 있는 자를 첨사가 힘을 다하여 활을 쏘아 맞히자, 화살 10대를 맞고서야 꽥 소리도 내지 못하고 물에 떨어졌습니다. 그래서 곧바로 목을 베게 하고 다른 왜적 8명은 군관 김성옥 등이 힘을 합하여 쏘아 죽이고 목을 베었습니다"

이처럼 이순신 장군은 지략을 발휘하여 마지막 도망치는 왜적들마저도 소탕했지만, 그 과정에서 한 명의 피난민도 적에게 죽임을 당하지 않도록 하기 위하여 세심한 작전을 구사했던 것이다.

이순신 정신과 리더십

Ⅲ. 정의로운 판단과 행동

이순신 장군의 정의로운 처신에 관한 일화는 수도 없이 많다. 1579년 훈련원 봉사(종8품)로 재직할 당시 직속상관이던 병조정랑(정5품) 서익이 아는 사람을 승진시키기 위해 인사담당이던 이순신에게 서류 작성을 지시했으나 이순신은 법규에 어긋난다면서 거절했다. 그해에 이 소식을 들은 병조판서 김귀영은 이순신의 인품을 알아보고 서녀를 소실로 시집 보내겠다고 중매인을 보냈으나, 이순신은 단호히 거절했다. 이유는 벼슬길에 처음 나온 사람이 권세 있는 집안에 의탁하여 출세를 하고 싶지 않다는 것이었다.

이런 일로 미움을 산 이순신은 충청도 병마사 군관으로 좌천되었으나 그곳에서도 청렴하고 당당하게 처신하기는 마찬가지였다. 출장비로 지급받은 쌀이 남으면 다시 반납했고, 술에 취한 병마절도사가 군관 방에 놀러 가자고 하자 대장이 군관을 찾아가는 것은 잘못이라고 지적하는 등 상관이라도 잘못된 행동을 하면 직언을 했다. 1580년 이순신이 발포만호로 재직할 당시 직속상관인 전라좌수사 성박이 거문고를 만들겠다고 사람을 보내어 만호 공관에 있는 오동나무를 베어 보내라고 하자, 나라의 공물을 사사로운 용도에 쓸 수 없다고 거절해 버렸다. 이 사건이 있고 나서 2년 후에 예전에 악연이 있었던 서익이 왕명을 받아 지방의 실태를 조사하는 군기경차관(軍器敬差官)으로 발포로 내려와 군기검열을 하면서 트집을 잡아 이순신은 파직되었다.

이렇게 강직하고 청렴한 성품 때문에 이순신 장군은 일생을 통하여 두 번의 백의종군을 했고, 세 번이나 파직되었다가 복직하는 수모를 겪었다. 심지어 왕의 명령이라도 부하들을 사지로 몰아넣는 부당한 것이라면 거절했다. 1597년 정유재란 때 재침해 오는 가토 기요마사를 서생포(울산) 앞바다로 나가서 요격하라고 했지만, 일개 이중간첩인 요시라의 말을 듣고 출전하면 함정에 빠질 수 있다며 왕명을 거절했다. 결과는 파직을 당하고 한산도에서 서울로 압송되어 사형선고까지 받았다. 이후 사면 복권되어 다시 삼도수군통제사가 되어 명량대첩을 승리로 이끌었다.

1. 방비군의 결원을 낸 수령을 군법에 의하여 처벌하도록 청하는 장계

임진장초에도 위에서 살펴본 바와 같은 이순신 장군의 정의로운 성품이 잘 나타나 있다. 방비군의 결원을 낸 수령을 군법에 의하여 처벌하도록 청하는 계본(關防守令依軍法決罪狀, 1594년 음력 1월 초 계본)에는 방비군의 결원을 낸 남원부사 조의, 옥과현감 안곡, 남평현감 박지효 등을 처벌할 것을 조정에 요청하고 있다.

"전란이 일어난 이후로 본영과 각 진포에 들어와서 방비해야 할 수군 중에서 궐석한 자의 수는 남원이 1,856명, 남평이 591명, 옥과가 313명인데 모두 도목장(都目狀, 공노비를 총괄하여 기록한 장부)조차 보내 주지 않아서 1년이 다 지나도록 파수하는 선부와 격군이 끝내 교체되지 못했기 때문에 관문을 보내어 재촉하느라고 사람들이 연달았습니다.

남원부사 조의와 옥과현감 안혹, 남평현감 박지효 등은 전혀 관심을 갖지 않고 재촉해 보낼 의사도 없습니다. 그래서 신이 전령 군관을 보내어 잘못을 추문하려고 찾아서 잡아 오게 하였더니, 남원 부사 조의는 즉시 순찰사 이정암에게 보고하고, 옥과 현감 안혹은 차사원(差使員, 각종 특수임무 수행을 위하여 임시로 임명되는 관원)이라 청탁하고, 남평현감 박지효는 병이 났다고 거짓 핑계를 대면서 끝내 나타나지 않는바, 엄중한 군령이 마치 아이들 장난처럼 되어 큰 적을 맞이한 지금 군령이 서지 않으니 참으로 크게 놀랄 일입니다.

위의 남평과 옥과의 유위장(留衛將), 향소(鄕所) 색리(色吏) 및 남원부의 도병방(都兵房, 큰 고을에서 군사에 관한 일을 맡아보던 하급 관리) 등은 죄의 경중에 따라 처벌하였거니와 평시에도 도피자가 10명 이상이면 그곳 수령을 파면하는 것이 사무 규율의 본의이온데, 하물며 적과 상대해 있는 때에 궐군(闕軍)의 수가 많은 것이 1,800여 명이나 되고 적다는 것이 400~500명 이상이니, 그들의 태만하고 소홀히 하는 죄는 당연히 처벌이 있어야 하오니,

위에 적은 세 고을 수령들의 죄상을 조정에서 각별히 처치하여 주시겠지만, 파출만은 달게 여길지도 모르고, 그래서 그런 일이 자꾸만 계속될 것이오니 군령에 의하여 처벌하면서 우선 그 직책에 눌러있게 하여 다시 힘쓰게 하도록 하여야 하겠습니다.

그 밖의 광주, 능성, 담양, 창평 등 고을의 관리들도 전란이 일어난 뒤로 방비군을 궐석케 한 인원수가 많은 것이 200여 명이나 되는데, 태만한 것이 습관이 되어 역시 방비군을 잡아서 보내지 않기로 공문을 보내어 나오도록 재촉해도 덮어 두고 시행치 않으니 위의 4개 고을 관리들을 아울러 추고하여 죄를 다스림으로써 그 외의 사람들을 경계해야 할 것입니다"[11]

이처럼 이순신 장군은 직무수행을 태만하게 하는 수령들을 엄중하게 처벌할 것을 조정에 요청하였다.

2. 홍양 감목관을 다른 곳으로 전출시켜 달라는 장계

한편 직무를 제대로 수행하지 않고 백성을 괴롭히는 홍양의 감목관(監牧官, 지방의 목장 업무를 담당하던 종6품 관직) 차덕령을 다른 곳으로 전출시켜 달라는 장계(請改差興陽牧官狀, 1594년 음력 1월 10일)를 올리기도 했다.

---

11. 이은상, 『완역 이충무공전서(상)』 (서울: 성문각, 1992), 220~221쪽

이순신 정신과 리더십

"순천의 돌산도와 흥양의 도양장(전남 고흥군 도양면 도덕리), 해남의 황원곶(전남 해남군 문내면 선두리), 강진의 화이도(전남 완도군 고금면) 등지에 둔전을 경작하여 군량에 보충함이 좋겠다는 사유를 들어 전에 이미 장계하였는데, 얼마 전에 다시 논술하여 장계하기도 했었습니다. (중략, 장계 내용을 보고 조정에서 시행하라고 허락함) 돌산도에는 신의 군관인 훈련 주부 송성(宋晟)을, 도양장에는 훈련정 이기남(李奇男)을 모두 농감관(農監官)으로 임명하여 보냈으며, 농군은 혹 백성들에게 내주어 병작(竝作)하게 하든지 혹은 피란민들이 들어와 농사짓게 하든지 하여 관청에서는 절반을 수확하도록 했습니다.

또 순천 및 흥양의 유방군(留防軍)과 노약한 군사들을 제대시켜 병작하게 하되 보습, 영자(鑅子), 뇌사(쟁기) 등은 각각 그 본 고을에서 준비해 보내라고 이미 공문으로 통고하였습니다. 그뿐만 아니라 우도의 화이도와 황원곶에도 신의 종사관 정경달을 보내어 둔전의 형편을 순시 검칙하여 제 시기에 시행하도록 하라고 했습니다.

그런데, 이번에 도착한 호조의 공문에 의거한 순찰사 이정암의 공문 내용에 위의 돌산도 등 감목관에게 이미 둔전관을 겸임시켰다 하거니와 순천 감목관 조정은 벌써 전출되었고 정식 후임이 아직 내려오지 않았으며, 흥양 감목관 차덕령은 도임한지 벌써 오래되었는데, 멋대로 처리하여 목장에서 말을 먹이는 사람들을 몹시 학대하여서 안정해서 살 수 없게 하기 때문에 경내의 모든 백성들이 꾸짖고 걱정하지 않는 이가 없다고 하며, 신도 멀지 않는 곳에 있기 때문에 벌써 그런 소문을 들었으므로 이번에 경작에 관한 모든 일을 이 사람에게 맡기게 되면 그것으로 인하여 작폐하고 백성들의 원성이 더욱더 이어갈 것이오니 위의 차덕령을 빨리 전출시키고 다른 사람을 임명하여 빠른 시일 내로 보내어 농사 감독에 같이 힘쓰고 시기를 놓치지 않도록 할까 하여 망령되이 생각한 바를 삼가 갖추어 아뢰옵니다"**12**

IV. 스스로 해결하는 자립정신

1. 진중에서 과거를 보게 하다

1) 한산도에서 시행한 무과 시험

이순신 장군은 한산도 진영에서 간부들을 충원하기 위하여 자체 무과시험을 보게 해달라는 장계(請於陣中試才狀, 1593년 음력 12월 29일 계본)를 올렸다. 원래 과거 시험 시행 권한은 임금의 고유한 권한인데 일개 무장이 이를 실시하겠다고 나서자 조정 대신들의 반대는 예견된 것이었지만, 실제로 방해하고 나선 사람은 순찰사 이정암이다. 순찰사는 전시에 각 도의 지방 병권까지

---

12. 이은상, 『완역 이충무공전서(상)』, (서울: 성문각, 1992), 225~226쪽

장악하는 종2품 관찰사가 겸직하는 직책으로 이정암은 이순신보다 상급자였다. 그는 "동궁(광해군)이 전주로 내려와 하삼도의 무사들에게 과거 시험을 열고 인재를 넉넉히 뽑으려 하니 유능한 인재가 빠지는 일이 없도록 하라"는 공문을 보내어 이순신의 진중 과거를 시기하고 질투하였다. 하지만 이순신 장군은 자신의 뜻을 관철시켰다.[13] 그리고 시험은 철저하게 공정한 절차에 의해 시행하여 잡음의 소지를 없앴다. 여기에 대한 기록은 설무과별시장(設武科別試狀, 1594년 음력 4월 11일 계본)에 상세하게 나온다.[14]

2) 공정한 절차에 의한 합격자 선발

시험관은 이순신과 전라우수사 이억기, 충청수사 구사직이 맡고, 시험의 공정성을 담보하기 위해 참관하는 참시관은 장흥부사 황세득, 고성현감 조응도, 삼가현감 고상안 및 웅천현감 이운룡으로 정했다. 1594년 음력 4월 6일 한산도에 시험장을 개설하고 철전과 편전을 쏘는 활쏘기시험을 보아 합격자 100명을 1등 2등 3등으로 구분하고, 주소, 직업, 성명 및 아버지 이름과 나이 등을 별지에 기록하여 임금에게 올려보내는 치밀함을 보였다.

---

13. 방성석, 『위기의 시대, 이순신이 답하다』 (서울: 중앙북스, 2014), 196쪽
14. 이은상, 『완역 이충무공전서(상)』 (서울: 성문각, 1992), 240~241쪽

이처럼 이순신 장군은 전장에서 스스로 간부를 뽑는 인사를 단행하였다. 전란 중에 조정에서 무과를 볼 상황도 아니고 그럴 능력도 없다는 것을 누구보다 잘 아는 장군은 인재를 뽑아 적소에 배치하는 일도 스스로 해결하였다. 이는 남에게 의지하지 않고 모든 것을 스스로 해결하는 자립정신을 보여주는 또 하나의 사례다.

2. 군량 조달을 위한 둔전 경작

이순신 장군은 병사들에게 먹일 군량도 모두 스스로 조달하였다. 예나 지금이나 전쟁에서 보급은 승패를 가르는 중요한 요소 중의 하나다. 그중에서도 식량은 제일 중요한 보급품이며, 특히 옛날 전쟁은 군량전쟁이라고 할 정도로 군량을 대는 것이 아주 중요했다. 일본군이 부산포에 상륙하여 불과 한 달 만에 평양까지 진격했지만, 다시 남쪽 연해안 지방으로 퇴각할 수밖에 없었던 이유는 해상과 육상의 보급로가 끊어졌기 때문이다. 육상의 보급로는 곳곳에서 창의한 의병들이 끊어 놓았고, 해상을 통하여 서해로 진출하려는 보급로는 이순신 장군이 차단한 것은 잘 알려진 사실이다.

군량이 이렇게 중요하다는 것을 잘 알고 있는 이순신 장군은 가는 곳마다 둔전을 경작하여 병사들에게 먹일 양식을 자급하였다. 일찍이 함경도의 조산보만호 겸 녹둔도 둔전관을 할 때부

이순신 정신과 리더십

터 둔전을 경작하는 기법을 익힌 장군은 여수, 한산도, 고금도 등에 둔전을 경작하여 필요한 군량을 조달하였다. 임진장초의 내용 중에도 둔전을 설치하도록 청하는 계본(請設屯田狀, 1593년 음력 윤11월 17일)이 있다.

"여러 섬에 있는 목장 중에서 넓고 비어 있는 곳에 명년 봄부터 밭이나 논을 개간하기 시작하되, 농군은 순천과 흥양의 유방군(留防軍)들로써 나가서는 싸우고 들어와서는 농사를 짓도록 함이 좋겠다는 사연은 이미 장계를 올렸으며, 그것을 허락해 주신 사연을 낱낱이 들어 감사(관찰사)와 병사(병마절도사)에게 공문을 보냈습니다. 그런데, 순찰사 이정암의 장계에 의거하면 순천부 유방군은 광양땅 두치에 신설되는 첨사진으로 이동시켜서 방비시킬 계획이라 하니 돌산도를 개간할 농군은 징발할 길이 없습니다.

신의 생각에는 각 도에 떠도는 피란민이 한군데 모여 살 곳도 없고, 또 먹고 살 생업도 없으므로 보기에 측은하오니 이 섬으로 불러들여 살게 하면서 합력하여 경작하게 하여 절반씩 나누어 가지게 한다면 공사 간에 양쪽으로 편리할 것입니다. 흥양현 유방군은 도양장으로 들어가 농사짓게 하고, 그 밖에 남은 땅은 백성들에게 나누어 주어 병작케 하고, 말들은 절이도(거금도)로 옮겨 모으면 말을 기르는데도 손해가 없고 군량에도 도움이 될 것입니다.

우도(전라우도)의 강진 땅 고이도(고금도)와 해남 땅 황운 목장

(전남 해남군 황산면)은 토지가 비옥하고 농사지을 만한 땅도 무려 천여 석 종자를 뿌릴 수 있습니다. 만약 철 맞추어 씨를 뿌리면 그 소득이 매우 많을 것인데, 농군을 뽑아낼 곳이 없으니 백성에게 소작을 주어 병작케 하여 나라에서 절반만 거둬들여도 군량에 보충이 될 것입니다. 또 군량이 공급만 되면 앞날에 닥쳐올 큰일을 치르는데 군량이 없어서 다급한 일은 거의 없을 것이니, 이야말로 시무(時務)에 합당할 일입니다. 그러나, 유방군에게 일을 시키는 것은 신이 함부로 할 수 있는 일이 아니며, 감사나 병사들이 제 시기에 나서서 해야 할 일이온데, 봄 농사철이 멀지 않았건만 아직 실행한다는 소식이 없으니 참으로 답답하고 걱정됩니다.

조정에서는 본도 순찰사와 병사에게 다시 거듭 분부를 내려 주시기 바랍니다. 돌산도에 있는 나라의 둔전은 벌써 묵은지 오래된 곳으로 그곳을 개간하여 군량에 보충하고자 이미 장계를 올렸던 것입니다. 앞에서 말씀한 농군은 각처에 수비하는 군사들 중에서 적당히 뽑아 내어 경작케 하려 하였으나, 요즈음은 곳곳에서 변방을 지키고 있으므로 뽑아낼 사람이 없어 끝내 경작하지 못하고 그대로 묵어 있는 형편입니다.

그런데, 본영의 둔전 20석 지기는 늙고 쇠잔한 군사들을 뽑아내어 경작시켜 그 지질을 시험해 보았던바, 수확된 것이 중정조(中正租, 중품 벼)가 500석이나 되므로 종자로 쓰려고 본영 성내

이순신 정신과 리더십

순천 창고에 들여놓았습니다"[15]

이순신 장군은 이처럼 병사들에게 먹일 군량을 스스로 확보하는 것 외에 피란민들을 구제하기 위하여 백방으로 노력하였으며, 심지어 국가에서 목장으로 활용하고 있는 섬에 피란민들이 들어가서 경작을 할 수 있도록 조정에 건의하는 장계를 올리기도 했다. 피란민에게 돌산도에서 농사짓도록 명령해 주시기를 청하는 계본(請令 流民入接突山島 耕種狀, 1593년 음력 1월 26일 계본)을 보면 이순신 장군의 자력으로 살아가는 정신과 백성을 사랑하는 마음이 잘 나타나 있다.[16]

"영남의 피란민들이 본영 경내에 흘러들어와 사는 자들이 200여 호나 되는데 각각 임시로 살 수 있도록 하여 겨울을 나게 하였으나, 지금은 구호할 물자를 마련할 수 없습니다. 사변이 평정된 뒤에는 제 고장으로 돌아간다 하더라도 눈앞에서 굶주리는 모습은 차마 볼 수 없습니다. 풍원부원군 류성룡의 서장에 의거하여 어제 도착한 비변사의 공문에는, 여러 섬 중에서 피란하여 농사를 지을 만한 땅이 있으면 피란민을 들여보내어 살 수 있게 하되, 가능한지 아닌지는 알아서 판단하라고 했습니다. 그래서 신은 피란민들이 있을 만한 곳을 헤아려 생각해 본 바 돌산도만 한 곳이

---

15. 조성도, 『임진장초』 (서울: 동원사, 1973), 173~174쪽

16. 『이충무공전서』, 권3, 「청령 유민입접돌산도 경종장」 참조.

없습니다. 이 성은 본영과 방답 사이에 놓여 있고, 겹겹이 산으로 둘러 쌓여 적이 들어올 길이 사방으로 막혀 있습니다. 지세가 넓고 편편하며 토질이 비옥하므로 피란민들을 타일러 차차 들어가 살게 하여 방금 봄갈이를 시켰습니다"

이순신 장군이 이렇게 피땀 흘려 자력으로 살아가고 있을 때, 도성을 버리고 의주까지 도망간 선조는 염치없게 행재소(임금이 임시로 머무는 곳)에서 필요한 종이 등 물품을 보내라고 이순신에게 명령을 내린다. 종이를 올려보내는 일을 아뢰는 장계(封進紙地狀, 1592년 음력 9월 18일)를 보면 이순신 장군은 아무 불평도 하지 않고 종이를 올려 보낸다.[17]

"승정원에서 열어 보십시오. '당항포승첩계본'을 받들고 올라간 전생서(典牲署, 궁중의 제사에 쓸 짐승을 기르는 관서) 주부(종6품) 이봉수가 가지고 내려온 우부승지의 서장에, '전쟁이 일어난 이래 여러 장수들이 한결같이 패퇴하였는데, 이번 당항포 싸움에서 비로소 대승리를 하였으므로 그대를 자헌대부(資憲大夫, 정2품 하계)로 올리니 끝까지 변함없이 힘써라'는 분부를 받았습니다. 또한 '그대의 장계를 보니 각 목장의 말들을 몰아내어 길들이고 먹여서 육전에 사용하도록 해달라고 건의하였는데, 그대가 그 수를 헤아려 급히 몰아내어 장수와 군사들에게 나누어 주고 그들

17. 이은상, 『완역 이충무공전서(상)』 (서울: 성문각, 1992), 173쪽

이순신 정신과 리더십

이 공을 이루는 것을 보아서 그대로 영구히 주도록 하라'는 분부의 서장 등을 신이 이번 9월 12일 본영에서 받았습니다. 그런데, 행재소에서 소용되는 종이를 넉넉하게 올려보내라는 분부가 계시오나, 장계를 받들고 가는 사람이 먼 길에 무거운 짐을 가지고 갈 수 없으므로 우선 장지 10권을 봉하여 올려보냅니다. 이에 대하여 사실대로 말씀을 올려 주시기 바랍니다"

V. 정성

1. 정보수집을 위한 망군 운용

이순신 장군은 정보수집을 위하여 남해안의 높은 산봉우리에 망군(望軍)을 내보내어 적의 동태를 살폈다. 1594년 음력 3월 7일 자 계본 당항포파왜병장(唐項浦破倭兵狀)을 보면 제2차 당항포 해전에서 승리할 수 있었던 것은 벽방산(경남 통영시 광도면)에 나가 있던 망군 제한국의 보고가 있었기 때문이다. 당시 상황을 이순신 장군은 이렇게 기술하고 있다.

"거제 및 웅천의 적들이 떼를 지어 진해(경남 창원시 마산합포구 진동면) 및 고성 등지를 제 마음대로 출입하면서 민가에 불을 지르고 사람들을 죽이고 재물을 약탈한다 하므로 그들이 왕래하는 기회를 이용하여 형세를 보아 쳐서 사로잡으려고 3도의 여러 장수들에게 명령하여 배들을 정돈하고 무기들을 엄히 갖추고 각처 산봉우리에는 망장을 파견하여 멀리 적선을 살피고 즉시 보고하라고 하였습니다. 그런데, 이달 3월 3일 오후 2시경에 도착한 고성땅 벽방 망장 제한국 등의 급보에 의하면 당일 날이 밝을 무렵 왜의 대선 10척, 중선 14척, 소선 7척이 영등포(거제시 장목면 구영리)에서 나오다가 21척은 고성땅 당항포로, 7척은 진해땅 오리량(창원시 마산합포구 구산면 구복리와 저도 사이의 좁은 해협)에, 3척은 저도(마산합포구 구산면 구복리 돛섬)로 향해 갔다는 내용이었습니다"

2. 혁신의 산물 거북선

이순신 장군은 배를 만드는 기술자가 아니었다. 하지만 임진왜란이 터지기 전 이미 거북선같이 뛰어난 혁신 제품의 개발을 주도했다. 이순신의 조카 이분은 거북선의 탁월성을 이렇게 기록했다. "설사 적선이 바다를 덮을 정도로 많이 몰려온다 해도 거북선이 적의 선단 속을 출입 횡행하면 향하는 곳마다 적이 쓰러졌다. 그리하여 크고 작은 해전 때마다 이 거북선으로 언제나 승리를 거두었다"[18]

---

18. 지용희, 『경제전쟁 시대 이순신을 만나다』 (서울: 디자인하우스, 2015), 132쪽

당포파왜병장(唐浦破倭兵狀)은 사천해전에 최초로 참전한 거북선에 대해 다음과 같이 기술하고 있다. "일찍이 왜적의 침입이 있을 것을 염려하여 별도로 거북선을 만들었는데, 앞에는 용머리를 붙여 그 입으로 대포를 쏘게 하고 등에는 쇠못을 꽂았으며, 안에서는 능히 밖을 내다볼 수 있어도 밖에서는 안을 들여다볼 수 없게 돌격장이 그것을 타고 나왔습니다."

이순신 장군은 1592년 음력 2월 전라좌수사로 발령이 나자마자 왜적의 침입을 예견하고 거북선 건조에 착수했다. 거북선은 임진왜란 발발 하루 전에 총통을 탑재하고 시험사격까지 마친 상태였다. 이것 하나만 보아도 평소에 대비하는 유비무환의 정신과 매사에 최선을 다하는 장군의 성정을 쉽게 짐작할 수 있다.

VI. 책임 의식과 겸양의 정신

1. 통선 1척 전복 사건

1) 지휘 책임을 지고 죄를 기다림

이순신 장군은 자신의 잘못이 있으면 그것을 과감하게 인정하고 어떤 벌이라도 달게 받겠다고 자청하였다. 대표적인 사례가 웅포해전 당시인 1592년 음력 2월 22일 우리 전선끼리 충돌하여 통선 1척이 전복되는 사고가 발생하자 자신이 지휘를 잘

못해서 발생한 사고라면서 선조에게 벌을 내려달라는 장계(統船一隻傾覆後待罪狀, 1593년 음력 4월 6일 계본)를 올렸다.[19]

"군사들이 승첩한 기세를 타서 교만한 기운이 날로 더하여 앞을 다투어 돌진하며 오직 뒤처질까 봐 두려워하므로 신이 재삼 타일러서, '적을 가벼이 여기면 반드시 패배하는 것이 원칙이라'고 하였지만, 오히려 경계하지 않고 마침내 통선 1척을 전복시켜 많은 사망자가 생기게 하였는바, 이는 신이 군사를 다스리는 방법이 좋지 못하고, 잘못 지휘한 때문이므로 지극히 황공하므로 거적자리에 엎드려 죄를 기다립니다"

2) 난중일기의 기록

통선 전복사고가 있었던 당일의 난중일기에도 "발포의 2선과 가리포의 2선이 명령도 안 했는데 돌입하다가 얕고 좁은 곳에 걸려 적에게 습격당한 것은 매우 통분하여 가슴이 찢어질 것만 같다"라고 기록하고 있다.[20]

내용을 종합해 보면 이순신 장군의 실책은 없는데도 불구하고 지휘 책임을 지고 과감하게 벌을 받겠다고 자청했다. 일종의 자기 탄핵이라고 평가해도 될 사건이다. 모든 것을 남의 탓으로

---

19. 『이충무공전서』 권3, 「통선 1척 경복후 대죄장」 참조.
20. 노승석, 『증보 교감완역 난중일기』 (서울: 도서출판 여해, 2016), 100쪽

이순신 정신과 리더십

돌리는 요즘 세태에 비추어보면 이순신은 자아실현을 한 '정돈된 인격체'임이 틀림없다.

Ⅶ. 맺음말

임진장초에 나타난 이순신의 정신은 부하와 백성에 대한 사랑, 매사에 최선을 다하는 진인사대천명(盡人事待天命), 정의, 자립, 겸양으로 요약할 수 있다. 자기 수양을 통하여 축적된 이런 내면적 가치체계를 '이순신 정신'이라고 명명하고자 한다. 이순신 정신이 바깥으로 발현된 것이 무패의 신화를 이루어낸 '이순신 리더십'이다. 개인이나 조직 또는 국가가 어떤 위기를 만나더라도 이순신 정신과 이순신 리더십으로 대처하면 모두 해결할 수 있다고 본다.

【참고문헌】

1. 이은상 역, 『완역 이충무공전서』, (서울: 성문각, 1992)

2. 조성도 역주, 『임진장초』, (서울: 동원사, 1973)

3. 김종대, 『이순신, 신은 이미 준비를 마치었나이다』, (서울: 가디언, 2018)

4. 지용희, 『경제전쟁시대 이순신을 만나다』, (서울: 디자인하우스, 2015)

5. 노승석, 『증보 교감완역 난중일기』, (서울: 도서출판 여해, 2016)

6. 조성도, 『충무공의 생애와 사상』, (서울: 명문당, 1989)

7. 김성수 외, 『9인의 명사 이순신을 말하다』, (서울: 자연과인문, 2009)

8. 이봉수, 『천문과 지리 전략가 이순신』 (서울: 가디언, 2018)

9. 방성석, 『위기의 시대, 이순신이 답하다』, (서울: 중앙북스, 2014)

10. 이민웅, 『임진왜란 해전사』, (서울: 청어람미디어, 2004)

11. 순천향대학교 이순신연구소, 『이순신연구논총』, 28, 2017.

12. 순천향대학교 이순신연구소, 『이순신연구논총』, 3, 2004.

13. 이봉수, 『이순신이 싸운 바다』, (서울: 새로운 사람들, 2008)

14. 최두환, 『새 번역 난중일기』, (서울: 학민사, 2005)

이순신 정신과 리더십

李
舜
臣

장호준

서울대학교 경영대학 졸업
U.C. 버클리대학교 경영대학원 경영학 석사(MBA)
서울과학종합대학원 경영학 박사
맥킨지(McKinsey & Company) 경영전략 컨설턴트
SC제일은행 자산관리본부장
SC제일은행 소매금융총괄본부장(부행장)

이순신 리더십과
글로벌 강소기업의
성공 요인

11

이순신 리더십과 글로벌
강소기업의 성공 요인

I. 머리말

"작은 것이 아름답다(Small is beautiful)"라는 말이 있다. 중소기업은 규모의 경제, 자금, 인적 자원, 네트워크 등에서 불리한 측면들도 많지만, 규모가 작기 때문에 창의성, 유연성, 민첩성, 결속력 등 강점 또한 적지 않다. 이를 증명하듯이 우리나라 중소기업 중에서도 세계시장의 점유율이 1등인 글로벌 강소기업들이 있다. 독일의 Hermann Simon의 연구에 의해 1996년에 처음 소개된 '히든 챔피언(Hidden Champion)' 즉 글로벌 강소기업들은 대기업들을 대상으로 한 경쟁에서 단순히 살아남은 것을 넘어서 성장률이나 이익 측면에서도 더 좋은 성과를 보이는 경우가 많았으며, 이러한 훌륭한 성과에도 불구하고 잘 알려지지 않았기 때문에 '히든 챔피언'이라고 불리면서 세계시장 및 소속대륙에서의 압도적인 시장점유율을 바탕으로 독일의 지속적인 성

장에 핵심적인 역할을 하고 있다.[1]

　필자는 한국 글로벌 강소기업들의 성공 요인에 대한 실증연구를 통해서 경영자의 리더십이 가장 중요한 성공 요인임을 발견하게 되었다. 글로벌 강소기업의 경영자는 실제로 기술, 인력, 자금, 판매 채널, 네트워크 등 많은 어려움을 극복하고 세계 시장에서 시장점유율 일등을 차지했다. 이들 경영자의 리더십은 이루 말할 수 없는 악조건에도 불구하고 23전 23승을 이끌어 내어 나라를 구한 이순신 장군의 리더십과 공통점이 있다. 이러한 공통점을 불굴의 용기와 의지, 핵심역량, 신뢰 관계 구축, 집중전략 등의 측면에서 살펴보고, 그 시사점을 논의하고자 한다.

II. 이순신 리더십과 글로벌 강소기업
　　성공 요인의 공통점

1. 불굴의 용기와 의지

　이순신 장군은 "바다를 지켜 나라를 구한다"라는 신념과 목표 아래 최악의 조건에서 불굴의 용기와 의지로 기적과 같은 명량대첩을 이끌어 냈다.

---

1. Hermann Simon, 『히든챔피언』, 이미옥 역, (흐름출판, 2008), 30쪽

　　　　　　　　　　　　　　　　　이순신 정신과 리더십

명량해전 전인 1597년 3월 이순신은 억울한 누명을 쓰고 선조에 의해 투옥되었다. 그는 27일 만에 출옥하여, 권율 장군의 막하로 들어가 삼도수군통제사로 재임용되는 8월 3일까지 120여일간 백의종군하는 수모를 당하였다. 그 사이 삼도수군통제사를 대신한 원균은 7월 16일 칠천량해전에서 일본 수군에게 대패하여 우리 수군은 거의 전멸하였다. 그 결과 우리 수군의 본거지인 한산도가 함락되어, 그동안 조선 수군이 지켜왔던 제해권(制海權)을 적에게 빼앗기게 되었다.

　　크게 당황한 선조는 8월 3일 이순신을 삼도수군통제사로 재임명하였다. 당시 이러한 소식을 들은 왜적은 이순신이 다시 나서서 수군을 수습하려고 하자, 이를 그대로 두면 왜군의 해상운송이 어려워진다는 것을 알고 1만 이상의 수군과 수백 척의 배를 급파해서 이순신의 수군을 공격한다. 이때 선조는 바다에서의 싸움은 가망이 없으니 배를 버리고 육지로 나와서 싸울 것을 명령하였으나, 이순신은 죽음을 각오하고 바다에서의 싸움을 요청하는 다음과 같은 장계를 임금에게 보냈다.

　　"지금 신에게는 아직도 12척의 전선이 있으니 죽을 힘을 다해 막아 싸운다면 적 수군의 진격을 막을 수 있습니다. 지금 수군을 모두 폐지한다면 적이 바라는 대로 하는 것이며, 적은 호남과 충청의 연해안을 돌아 한성에 올 것입니다. 이는 신이 염려하는 바입니다. 전선이 비록 적으나 미천한 신하가 죽지 않는다면, 적이 우리를 함부로 업신여기지 못할 것입니다"

이순신이 장계를 올린 이후 선조는 마침내 이순신의 의견을 받아들였다. 이순신은 명량해전 하루 전에 수많은 적선이 다가오고 있다는 척후 보고를 받은 후 부하들을 모아놓고 "죽기를 각오하면 살고, 살려고 하면 죽는다(必死則生 必生則死)"는 비장한 정신과 자세로 싸워야 한다고 말하고, 실제 전투에서도 가장 선두에서 죽기를 각오하고 해전을 이끌어서 기적과도 같은 승리를 이끌어낼 수 있었다.

히든 챔피언 기업의 중요한 성공 요인 또한 경영자의 '불굴의 용기와 의지'로 나타나고 있다. Simon은 히든 챔피언 경영자의 특징 중의 하나가 '회사의 영혼(soul of the company)'으로서 자신의 존재와 삶 전체를 걸고 기업을 운영하며, 시장에 대한 지식이나 인프라 등이 충분하지 않더라도 글로벌 시장에 대한 도전을 두려워하지 않고 직원들에게 끊임없이 영감을 불어 넣어줌으로써 글로벌 시장에서의 성공을 이루어낸다고 하였다.[2]

크루셜텍은 전 세계 옵티컬 트랙패드(OTP) 시장을 스스로 만들어서 거의 독점에 가까운 시장점유율을 기록하다가 스마트폰 등장 이후 시장의 축소로 어려움을 겪었으나 최근 OTP에 지

2. Hermann Simon, 『히든챔피언』, 480~481쪽

문인식을 접목한 바이오메트릭 트랙패드(BTP)의 개발을 통해서 다시 한번 주목받고 있는 글로벌 강소기업이다. 크루셜텍의 안 건준 대표는 도전을 중시하는 기업가 정신의 중요성을 다음과 같이 강조한 바 있다.

"남이 가지 않은 길을 개척하는 것은 고단하지만, 그 성과 의 열매는 달고 풍성합니다. 크루셜텍은 남들이 가지 않은 길을 갔고, 결국 성공을 일구어냈습니다. 누구나 창조적인 아 이디어는 가지고 있지만, 그것을 실현해내는 사람은 드물죠. 그것이 벤처 성공의 비결 아닌 비결이라고 할 수 있습니다"

또한, 안 대표는 새로운 길을 개척하기 위해서는 기존의 제약 조건보다는 포착된 기회에 초점을 맞추는 자신감과 실천능력 이 필수라고 강조하면서 지금 당장 조직과 자본이 부족하다고 해서 목표한 바를 추구하지 못한다는 것은 핑계일 뿐이며, 모든 필요한 것은 주변에 있으며, 이를 끌어올 수 있는 전략과 불굴 의 기업가 정신이 있다면 포착된 기회를 성공으로 만들 수 있다 고 강조하였다.

주성엔지니어링은 1995년 반도체 장비 전문기업으로 출발해 서 끊임없는 연구개발로 '증착(Deposition)' 분야에서 세계적인 경 쟁력을 인정받고 있는 글로벌 강소기업이다. 증착은 반도체 웨 이퍼, LCD 유리기판, 태양전지와 LED 및 OLED 제조 공정에서 특정 소재를 분자 혹은 원자 단위의 전기적 특성을 갖는 박막으로 형성하는 과정으로, 완제품 품질을 좌우하는 핵심 과정이다. 반도체 원자층 증착장비 분야에서 세계시장 점유율 35% 이상을 차지하며 세계 1위를 기록하고 있는 주성의 황철주 대표는 "기업가 정신은 목이 마르면 물을 찾기보다 과감하게 우물을 파겠다며 도전하는 정신"이라고 언급했다. 또한, 황철주 대표가 내세우는 핵심가치는 '창조'로서, 그동안 국내기업에서 아쉬웠던 점으로서 '창조적인 명품'이 부족했다는 점을 언급하면서, 기업가는 '창조적 명품을 만들어 새로운 산업문화를 창출하는 사람들'이라고 강조하였다.[3]

한때 회사가 어려움에 처하면서 황철주 대표는 회사 운영이 너무 힘들어서 회사 지분을 팔고 사업을 접으려고 했을 때 어느 외국 기업이 회사를 헐값을 주면서 인수하겠다고 나섰던 적이 있었다.

"차라리 망하면 망했지 그럴 수는 없었습니다. 그래서 직원들을 모아놓고 솔직하게 모든 것을 털어놓으면서 다시 시작해 보자고 했습니다. 그러자 직원들이 기꺼이 한마음이 되어서 굳게 뭉쳤고, 결국 다시 일어섰습니다"

---

3. 장호준·고영희, 「한국의 글로벌 강소기업의 성공요인에 대한 사례 연구: IT 산업 분야를 중심으로」 『국제경영리뷰』 18(2), 2014, 44 ~45쪽

이순신 정신과 리더십

이처럼 황 대표는 불굴의 정신으로 무장하고, 실패를 두려워하지 않고 창조적인 도전을 지속한 결과 매출이 급신장하기 시작하면서 사업이 안정적인 궤도로 올라가게 되었다.[4]

2. 핵심역량

이순신은 병법, 전략, 전술은 물론 각종 전함과 화포의 사용법에 통달하였다. 또한, 지휘관으로서의 통솔력과 판단력 또한 탁월했으며, 활쏘기에서도 명궁(名弓)으로 불릴 정도로 장군에게 필수적인 핵심역량을 두루 갖추고 있었다. 이러한 핵심역량은 이순신이 왜적과의 전쟁에서 연전연승을 이루는 토대가 되었을 뿐만 아니라 부하들이 이순신을 전적으로 믿고 따르게 되었던 원동력이 되었다. 이순신은 실제로 손자병법 등 기존의 병법에 관한 학습과 연구는 물론, 다음의 난중일기 구절에서도 알 수 있듯이 전쟁 중에도 새로운 병법에 대한 연구에 매진하였다.

> "저물어서야 상경했던 진무가 돌아왔는데 좌의정 류성룡이 편지와 '증손전수방략(增損戰守方略)'이란 책을 보냈다. 이 책을 보니 수전(水戰), 육전(陸戰), 화공전(火攻戰) 등에 관한 일을 논의했는데, 참으로 만고의 신기한 책이었다"

---

4. 한국거래소, 『히든 챔피언에게 길을 묻다』 (형설라이프, 2011), 67쪽

이순신이 명궁이 된 것도 끊임없는 활쏘기 연습 덕분이었다. 난중일기에는 이순신이 군무에 바쁜 가운데서도 활쏘기 연습을 꾸준히 했었다는 기록이 자주 등장한다. 난중일기에는 "더위와 가뭄이 극심해 섬이 찌는 것 같아 농사가 매우 염려스럽다. 활쏘기 20순(巡)을 했다"는 기록도 있다. 활쏘기에서 각자 활 다섯 대를 계속 쏘는 것을 1순이라고 하므로, 이순신이 더위가 극심한 날에도 활쏘기 연습을 많이 했음을 알 수 있다. 이와 같이 이순신은 스스로의 노력으로 장군으로서 갖추어야 할 핵심역량을 지속적으로 쌓아 나갔으며, 이를 토대로 연전연승을 이끌어낼 수 있었다.

이순신은 또한 육전에서만 사용되던 학익진(鶴翼陣)을 연구해서 처음으로 해전에 응용하여 한산도 해전에서 대승을 거두었다. 학익진은 학이 날개를 펼친 듯한 반원 형태의 진법이다. 이러한 학익진을 알지 못한 적장 와키자카 야스하루는 학익진을 키(곡식 따위를 까불러 쭉정이나 티끌을 골라내는 도구) 모양의 함대라고 다음과 같은 말을 남겼다.

"견내량 속으로 조선 배 4, 5척이 오는 것을 보고 철포를 쏘며 반 시간쯤 공격하자 조선 배가 조금씩 물러가, 쉴 틈을 주지 않고 공격했다. 조선 배는 수로를 지나 넓은 바다에 이르자 일시에 뱃머리를 돌려 키 모양의 함대 모습을 취한 뒤 우리 배를 포위하고

이순신 정신과 리더십

들락날락하면서 공격하니 많은 사상자가 나왔다"[5]

학익진이라는 새로운 진법을 몰랐던 적장은 대패할 수밖에 없었다. 한산도 대첩이 끝난 후 일본 수군의 전선 73척 중 14척만 겨우 도망간 반면에, 우리 전함 55척 중 한 척도 침몰되지 않았다. 적장 와키자카는 용인전투에서 2천여 명의 군사로 6만 명이 넘는 조선 군사에게 패배를 안겼던 맹장이었지만, 이순신이 해전에서 처음 도입했던 학익진에 대해서는 어떻게 대처해야 할지를 전혀 모른 상태에서 궤멸에 가까운 패배를 당했던 것이다. 류성룡은 한산도대첩의 의의를 '징비록'에서 아래와 같이 평가한 바 있다.

"일본은 원래 육군과 수군을 보내서 서쪽으로 쳐들어올 계획이었으나 바다에서 이순신이 크게 이겨 일본군의 한쪽 팔이 끊어져 버린 것이다. 이 결과 고니시 유키나가는 평양성을 차지했지만, 다른 일본군 부대와 멀리 떨어져 있어서 감히 더 올라오지 못하고 평양성 안에만 틀어박혀 나오지 못했던 것이다. 이순신의 승리로 일본군이 평양에서 발이 묶여 우리나라는 전라도와 충청도를 지킬 수 있었다. 아울러 황해도와 평안도의 바다와 가까운 모든 마을도 보호할 수 있었고, 식량을 나르거나 명령을 전달하기도 훨씬 쉬워졌고, 그래서 나라를 다시 일으킬 수 있게 되었다. 명나라의 요

5. 지용희, 『경제 전쟁 시대 이순신을 만나다』 (디자인하우스, 2015), 37쪽

동과 천진도 일본군의 침략 때문에 놀라지 않아도 되었고, 명나라 군사들이 육지로 들어와서 우리나라를 도와 일본군을 물리칠 수도 있게 되었다. 이 모든 것이 이순신이 바다에서 이긴 덕분이다"

이순신은 우리 수군의 핵심역량을 강화하기 위해 거북선 개발 등 전선의 혁신에도 매진했다. 이순신 장군은 배를 만드는 기술자는 아니었으나, 일본 수군의 강점을 무력화하는 동시에 조선 수군의 강점을 극대화할 수 있는 새로운 전함 개발의 필요성을 절감하고, 조선 수군의 승리에 중추적인 역할을 했던 거북선이라는 혁신적인 전함의 개발을 주도했다. 거북선은 배 위에 판자를 덮고 판자 위에 촘촘히 쇠못을 꽂음으로써 왜군의 최대 강점인 조총을 무력화하고 칼싸움과 접근전에 강한 왜군이 배에 오르는 것을 원천 봉쇄할 수 있도록 설계되었다. 전투 시에는 배 뚜껑 쇠못 위에 거적을 덮어서 적이 거북선으로 뛰어오르면 쇠못에 찔려 죽기도 했다고 한다. 또한, 좌우에 화포를 발사할 수 있는 구멍을 8개씩 만들어 적선들 속으로 침투해서 화포로 공격하는 돌격선 역할을 할 수 있었던 것이다.

글로벌 강소기업의 경우에도 기술, 경영능력 등 경영자의 핵심역량이 중요한 성공 요인으로 나타나고 있다. 특히 축적된 지식이나 자원이 부족한 사업 초기에는 창업자의 핵심역량이 기업 역량의 대부분을 차지하므로 핵심역량의 유무가 성공을 좌우하게 된다. 실제 글로벌 히든챔피언의 성공에 대해서 Simon

은 혁신은 결국 최고경영자가 직접 담당하면서 회사의 초기 단계 그리고 그 후에도 이끌어가며 혁신에 자극을 주는 사람으로서의 역할을 지속적으로 해야 한다고 하였으며, 이는 글로벌 강소기업의 다음 사례에서도 찾아볼 수 있다.

미래나노텍은 LCD TV의 주요부품인 백라이트유닛에 필수적으로 들어가서 LCD TV의 휘도를 높여주는 필름인 프리즘시트를 국내에서 가장 먼저 상용화한 기업으로서, 독자적으로 미세패턴을 형상화할 수 있는 상온각인기술과 '소프트 몰드'라는 공법을 이용한 프리즘시트 제조·공정기술을 확보하면서 프리즘시트 시장에 성공적으로 진입하였고, 렌즈형 시트, 복합 시트 등 다양한 제품 개발을 통해 광학필름 분야 리딩기업으로 성장해왔다. 이 프리즘시트는 미국의 3M이 특허를 갖고 세계시장을 거의 독식해왔으며, 국내 몇몇 대기업들이 개발해보려고 했지만 실패했다.

그러나 미래나노텍은 3M의 특허를 피해서 3M제품보다 선명도, 밝기, 소비 전력, 가격 경쟁력 등 모든 면에서 앞선 혁신적인 제품을 개발하는 데 성공하였다. 미래나노텍은 더 나아가서 빛을 모아주는 집광만 가능했던 3M '프리즘 시트'를 업그레이드해서 집광과 확산을 동시에 수행할 수 있는 마이크로 렌즈 타입의 복합 광학 필름을 세계 최초로 만들어내는 데 성공했다. 필름 한 장으로 다양한 기능의 개선이 가능한 획기적인 제품을 세계 최초로 국내 기술만으로 만들어낸 것이다. 3M를 제치고 미래나노텍이 세계시장 점유율 1위를 차지할 수 있었던 배경에는 이러한 혁신적인 기술력이라는 핵심역량이 있었던 것이다.

또 다른 글로벌 강소기업인 모아텍이 집중하고 있는 주력 상품은 스테핑 모터(Stepping Motor)라고 하는 위치제어가 가능한 정밀모터로서 일반인들에게 매우 생소한 제품이지만, 거의 모든 전자제품에 들어가는 필수적인 부품으로서 광저장장치(ODD)에서 광 픽업을 정확한 위치까지 이송해주는 역할을 한다. 주요 수요처는 삼성전자, LG전자 등 세계 최대의 광저장장치(ODD) 생산업체들에게 공급하고 있다. 모아텍의 PC용 스테핑모터의 세계시장 점유율은 데스크톱이 70%, 노트북이 35%로 전체 시장의 50% 이상을 차지해 세계 1위를 유지하고 있으며, 최근 PC 시장을 넘어서서 냉장고, 에어컨과 같은 가전기기, 프린터 등의 사무기기와 함께 자동차 시장에서 내부 공조 시스템 등으로 지속적으로 확대해 나가고 있다.

모아텍이 스테핑 모터라는 다소 생소한 분야에 진입하여 성공한 데에도 최고경영자인 임종관 대표 개인의 핵심역량과 경험이 큰 영향을 주었다. 임 대표는 직장생활 초창기에 대한전선에서 처음으로 모터와 관련된 일을 하게 되었으며, 그 후 여러 직장을 다니다가 마지막으로 들어갔던 기업이 당시 정밀모터 분야를 선도적으로 개척하고 있던 성신모터였다. 그는 성신모터에서 모터

이순신 정신과 리더십

설계를 맡은 덕분에 모터의 제반기술을 현장에서 직접 익히면서 소형모터의 전문가가 될 수 있었으며, 여기에서 쌓은 기술과 경험을 바탕으로 모아텍은 스테핑 모터에 특화하게 되었다. 원래 스테핑 모터는 일본에서 기술이전 기피 품목으로서 다른 국내 대기업들도 진출에 엄두를 내지 못하고 있었다. 그러나 임 대표가 고객사로서 오랜 기간 보여줬던 제품 혁신에 대한 끊임없는 노력에 감동한 일본 기업은 1990년에 임 대표에게 스테핑 모터 설비까지 아무런 조건 없이 넘겨주면서 직접 생산해서 납품해달라는 파격적인 조건을 제시하게 되었다. 이를 계기로 모아텍은 스테핑 모터 분야로 본격적으로 진출하고 지속적인 성장을 거듭한 결과 코스닥 시장 등록까지 하게 되었다.[6]

3. 신뢰관계 구축

이순신은 항상 어려운 사람을 돕는 일에 앞장섰고, 전투에서 백전백승을 가능하게 했던 능력 덕분에 그를 전적으로 신뢰하고 따르는 백성과 부하들이 많았다. 이순신은 오랫동안 쌓은 신뢰 관계를 바탕으로 위급한 상황에서도 군사와 물자를 모아서 승리할 수 있었다.

---

6. 장호준·고영희, 『한국의 글로벌 강소기업의 성공요인에 대한 사례 연구: IT 산업 분야를 중심으로』, 46~47쪽

우리 수군이 궤멸되자 다시 삼도수군통제사가 된 이순신은 수군을 재건하기 위해 무엇보다도 먼저 장수와 군사들을 모아야 했다. 이순신이 다시 삼도수군통제사로 복귀했다는 사실이 알려지자 흩어졌던 부하들이 모여들었다. 처음 초계를 출발할 때는 휘하에 군관 9명뿐이었으나, 이순신이 나타났다는 소문이 퍼지자 따르는 군사들이 늘어났다. 이순신 밑에서 거북선 돌격장으로 용감하게 싸웠던 이기남은 멀리서 찾아와서 스스로 이순신을 따라나섰다. 도망간 군사들과 패잔병들도 이순신이 왔다는 소식을 듣고 이순신 부대에 합류했다.

피난민들까지 "이순신이 다시 오시니 우리들은 이제 살게 되었다"라고 하며, 이순신을 따라나섰으며 자발적으로 이순신을 도우려고 애썼다. 이순신은 난중일기에 "피난민들이 길가에 늘어서서 다투어 술병을 주려고 하는데, 받지 않으면 울면서 강제로 권하였다"라고 기록하였다. 일부 피난민들은 "이순신을 따라가면 산다"라고 하며, 전쟁터인 명량까지 왔다.[7] '이충무공전서'에는 이순신과 피난민들 간의 다음과 같은 대화가 기록되어 있다.

"이순신은 몇백 척인지 헤아릴 수 없이 많은 피란선들이 모여드는 것을 보고 피란민들에게 물었다. '큰 적들이 바다를 뒤덮는데 너희는 어쩌자고 여기 있느냐'라고 묻자 피란민들은 '저희는 다만

7. 지용희, 『경제 전쟁 시대 이순신을 만나다』 64쪽

이순신 정신과 리더십

피난민들은 살기 위해 가능한 한 전쟁터에서 멀리 떨어진 곳으로 피난 가기 마련인데, 오히려 피난민들이 전투의 최전선인 명량까지 이순신을 믿고 따라온 것이다. 이러한 사실에서 피난민들은 아무리 불리해도 이길 수 있는 조건을 만들어 항상 승리했던 이순신의 능력을 굳게 믿었고, 어려운 백성들을 아끼고 사랑했던 이순신의 인격을 마음속 깊이 신뢰했다는 사실을 알 수 있다.

또한, 피난민들은 다양한 방법으로 이순신을 도왔는데, 자신들이 타고 온 배를 이용해 군수물자를 운반하기도 했으며, 일본 수군의 동향에 관한 정보를 이순신에게 제공하기도 하였다. 피난민과 현지 주민들은 군량 등 군수물자를 지원하고, 일부 주민들은 해상 의병으로 이순신과 함께 전투에 참여하였다. 이처럼 이순신과 백성들이 하나가 되어 싸웠기 때문에 기적과 같은 명량대첩이 가능했던 것이다.

Simon은 글로벌 히든 챔피언 기업들이 가진 내적인 힘 중 회사에 대한 직원들의 충성심이 가장 큰 요소라고 강조한 바 있으며, 한국의 글로벌 강소기업들 중에서도 이처럼 고객과 직원들과의 오랫동안 쌓은 신뢰라는 재산을 바탕으로 세계시장을 석권하고 있는 사례를 찾아볼 수 있다.

코텍은 1987년 설립 이후 25년간 산업용 디스플레이 한 분야에 집중한 결과, 카지노용 모니터 분야에서 50% 수준의 북미 시장 점유율을 누리고 있는 글로벌 강소기업으로서, 세계 5대 슬롯머신 제조사 중 4개가 코텍의 모니터를 이용할 정도로 절대적인 위치를 차지하고 있다. 코텍의 경우 고객사와의 신뢰가 사업 성공에 결정적인 역할을 한 사례이다. 코텍은 1994년 IGT(International Game Technology)라는 미국의 세계 최대 슬롯머신 제조회사의 요청에 따라 일 년 반 동안의 연구를 통해 카지노용 모니터를 기존 제품의 60% 가격 수준에서 개발하는 데 성공해서 첫 수출을 하게 되었다.

그러나 얼마 후 수출했던 제품에서 불량품이 쏟아져 나오게 되었는데, 이때 코텍은 단기적인 손해를 보더라도 장기적으로 고객에게 신뢰를 쌓는 방향으로 결단을 내려, 불량품뿐 아니라 큰 손해를 감수하고 비슷한 시기에 생산한 모니터 전량을 회수하고 다시 만들어 보냈다. 고객사인 IGT는 고객과의 신뢰를 중시하는 코텍의 경영에 감동을 하게 되었으며, 코텍은 이러한 신뢰를 바탕으로 IGT와 장기계약을 체결하여 지속적으로 많은 물량을 확보할 수 있었다. 이러한 IGT와의 성공적인 계약은 유럽을 비롯한 각국 고객사와의 주문으로 이어져서 세계 1위의 카지노용 모니터 제조회사가 되는 발판이 되었다.[8]

---

8. 장호준·고영희, 『한국의 글로벌 강소기업의 성공요인에 대한 사례 연구: IT 산업 분

앞서 소개되었던 모아텍의 경우에도 직원들과의 신뢰를 바탕으로 회사의 새로운 도약이 가능했던 사례이다. 모아텍은 스테핑 모터에 대한 수요가 지속적으로 늘면서 중국에 500명 정도의 중국인 직원들을 채용해서 공장을 설립하게 되었다. 주문 물량이 크게 늘면서 공장을 24시간 가동해도 모자랄 정도였으나, 공장을 가동한 지 얼마 안 되어서 중국 최대 명절인 춘절을 맞게 되었다. 보통 중국에서는 춘절에 2주 정도 연휴가 주어졌으나, 당시 임 대표는 2주 동안 공장을 멈출 경우 납기를 맞추는 것이 불가능한 상황이었기 때문에 춘절 기간에도 조업을 계속하기로 결정하였다. 하지만 춘절에 고향에 가지 못하게 된 직원들의 부모와 가족들을 위해서 임대표는 특별한 선물을 준비하기로 했다. 먼저 전체 직원들과 함께 사진을 찍은 임대표는 귀향을 못하게 된 이유를 아래와 같이 정성을 들여서 적은 편지에 사진까지 함께 넣은 후에 500명의 전 직원 부모님들께 보냈다.

"대표인 저도 딸이 셋이 있는데 명절이 다가오니 더욱 보고 싶습니다. 그래서 자식을 보고 싶은 부모의 심정을 누구보다 잘 압니다. 정말 죄송합니다. 자식을 데리고 있는 마음으로 직원들을 보살필 테니 저를 믿고 맡겨 주십시오"

편지를 보내고 난 후 얼마 지나지 않아서 무려 100여 통의 답

야를 중심으로』 41~42쪽

장을 받았는데, 회사의 사정을 잘 이해하게 되었으며 편지와 사진까지 보내줘서 매우 고맙다는 내용이었다. 임대표는 그 순간을 가장 감동적이고 보람 있는 순간으로 기억하고 있으며, 직원과 가족들에 대한 더욱 무거운 책임감을 느끼게 되었다고 한다.[9] 이처럼 직원들의 최고경영자에 대한 신뢰는 모아텍이 글로벌 강소기업으로 발돋움하는데 핵심적인 역할을 하였다.

4. 집중전략

이순신 장군이 전무후무한 23전 23승이라는 완벽한 승리를 할 수 있었던 데에는 조선 수군이 가지고 있는 전력을 극대화할 수 있는 집중하는 전략을 활용했기 때문이다. 고작 13척의 배로 수백 척의 왜군과 맞서 대승을 이루어 낸 명량해전은 이순신 장군이 철저한 사전 준비와 함께 절대적으로 불리한 함선 수와 군사 등 보유한 자원의 제한에도 불구하고, 아주 낮은 가능성의 기회를 최대한 활용하는 집중전략에 초점을 맞추어서 그야말로 불가능을 가능하게 만든 기적과도 같은 전투였다.

명량해전 당시를 돌이켜보면 수백 척의 적군과의 전투에서 이순신의 수군이 무너진다면 조선 전체가 무너질 수 있다는 백척간두(百尺竿頭)의 순간이었기 때문에 승리의 가능성을 높일 수 있는 전략에 집중하는 것이 반드시 필요한 상황이었다. 이순신

---

9. 한국거래소, 『히든 챔피언에게 길을 묻다』 106~107쪽

장군은 명량에서의 왜군과의 전투가 임박해져 오자 '병법에 이르기를 한 사람이 길목을 지키면 천 명도 두렵게 할 수 있다'라고 강조하면서, 적군 대비 훨씬 적은 숫자의 군사와 배로서 적을 상대하기 위해서 지형이 좁고 험한 곳으로 왜선을 유인해서 적의 공격을 저지하기로 결정하였다. 이처럼 좁은 수로에 집중할 경우 조선 수군은 적의 함선을 개별적으로 대응할 수 있게 됨으로써 수군이 가지고 있던 13척의 전력을 극대화할 수 있었을 뿐만 아니라 수백 척을 보유한 왜군의 수적 우위라는 강점을 무력화할 수 있다고 판단했던 것이다.

이에 따라 명량해협 중에서도 가장 좁은 울돌목에 전력을 집중 배치하는 집중전략을 사용함으로써 수백 척의 전선을 갖고 있던 적의 전투력은 크게 약화되었다. 울돌목의 수로가 매우 좁아 가장 큰 적의 전투함인 아다케(安宅船)는 전투에 참가할 수 없었을 뿐만 아니라 소규모 전함들도 동시에 여러 척이 침투할 수 없었다. 이와 같이 이순신은 적의 전투력을 크게 약화시킨 후, 좁은 물목을 겨우 빠져나오는 적선들을 집중공격하여 기적과도 같은 승리를 이끌어낼 수 있었다.

독일의 히든 챔피언도 한정된 틈새시장에의 집중을 통해 경쟁우위를 확보하는 집중전략을 택하고 있다. Simon에 따르면 히든 챔피언들은 '넓이(broad)'보다는 '깊이(deep)'있는 '집중(focus)'을 추구하는 집중전략을 통해 세계적인 기업으로 성장할 수 있었다고 한다. 이러한 기업들은 원래 회사를 세웠던 지역의 좁은 경계를 넘어 세계를 자신의 시장으로 바라보는 글로벌 경영을 하기 때문에 '좁은' 시장을 넓게 만들 수 있어 규모의 경제를 달성할 수 있었으며, 이처럼 자신들이 정의한 틈새시장에 전적으로 집중함으로써 대부분 독점에 가까운 시장점유율을 차지하고 있다. 이러한 절대적인 지위는 경쟁사가 시장에 진입하는 것을 막는 장벽의 역할 또한 하고 있다.

절삭공구 중에서도 엔드 밀(end mill)에 집중해 글로벌 강소기업이 된 와이지원 창업자인 송호근 회장은 다음과 같이 집중전략의 중요성을 강조한 바 있다.

"일등이 된다는 것이 과연 그렇게 힘든 일인가. 올림픽이라면 나 역시 금메달을 딸 자신이 없다. 하지만 한 분야에서 최고가 된다는 것은 결코 어려운 일이 아니다. 뭐든지 세분화해 한 우물만 열심히 파면 돈을 벌 수 있는 기회도, 사업을 할 수 있는 기회도 무궁무진하다"

이오테크닉스는 레이저마커(Laser Marker) 분야에서 글로벌 시장을 지배하고 있다. 레이저 마커는 빛의 파장과 에너지를 이용해서 반도체 등 각종 재질의 표면에 생산자의 로고, 상호, 제조일자 등의 정보를 레이저로 새겨 넣는 장비를 말하는데, 높은 기술적 장벽으로 인해 세계 시장에서 이오테크닉스의 경쟁사

이순신 정신과 리더십

라고 할 수 있는 회사는 5곳 미만이다. 레이저 마커(Laser Marker) 분야에서 이오테크닉스의 시장점유율은 국내(95%), 아시아(80%), 세계(50%)에서 모두 1위를 차지하고 있으며, 독일과 일본 등 세계적인 장비 전문업체들도 반도체용 레이저 마커 분야에서만큼은 이오테크닉스를 최고로 인정하고 있다.[10]

코메론은 직원 다섯 명의 가내수공업으로 출발해서 오로지 줄자 한 분야에만 집중해서 미국시장에서 40% 이상의 시장 점유율을 기록하는 세계적인 기업으로 성장한 글로벌 강소기업이다. 상호를 '한국이 만든 줄자'를 뜻하는 영문의 약자로 할 정도로 줄자에 대한 기술과 디자인에서 자부심이 대단한 강동현 대표는 집중전략의 중요성을 다음과 같이 강조한 바 있다.

"어떻게 보면 전통적인 공구 산업은 사양 산업이라고 할 수 있겠지요. 하지만 사양 기업은 있어도 사양 산업은 없다는 것이 제 생각입니다. 어느 업종이든 부단한 연구 개발과 혁신적이고 참신한 제품을 개발해낼 수 있어야 살아남을 수 있고, 세계화가 될 수 있는 거죠. 저희가 부설 연구소를 설립하고 연구개발에 매진하고 있는 것도 그 때문입니다"

---

10. 장호준·고영희, 『한국의 글로벌 강소기업의 성공요인에 대한 사례 연구: IT 산업 분야를 중심으로』, 37쪽

단순해 보이고 별로 까다로운 기술이 필요하지 않을 것 같았던 줄자에 디자인 개념을 세계에서 처음으로 도입하는 동시에 차별화되고 새로운 기능을 끊임없이 개발하는 특화된 기술력을 바탕으로 집중함으로써 코메론은 글로벌 강소기업으로 성장할 수 있었다.[11]

III. 시사점

회사 또는 조직에 크나큰 위기나 도전이 있을 때마다 가장 먼저 떠오르는 인물이 있다면 단연 충무공 이순신이라는 점에 대해서는 우리 국민 누구나 공감할 수 있을 것이다. 조선 건국 후 200년이 되는 해인 임진년(1592년) 4월 13일, 20만에 달하는 일본의 대병력이 부산 앞바다를 통해서 조선을 침략한 후 거침없이 조선반도를 점령하면서 진군을 하고 있었을 때 만약 수군에서마저 패전한다면 나라가 없어질 수도 있는 절체절명의 위기에서 이순신 장군이 남다른 살신성인의 정신과 철두철미한 준비를 바탕으로 이러한 위기를 극복했기 때문일 것이다.

이러한 이순신 장군의 리더십과 글로벌 강소기업 최고경영자의 리더십 간에는 많은 공통점을 발견할 수 있었는데, 이는 장

---

11. 한국거래소, 『히든 챔피언에게 길을 묻다』 219~221쪽

이순신 정신과 리더십

군의 리더십과 경영자의 리더십은 본질상 큰 차이가 없기 때문이다.

4차산업혁명의 본격적인 진전에 따라 기술, 시장, 고객 그리고 산업환경 등 모든 면에서의 근본적인 변화가 진행되고 있는 상황에서 이에 대한 발 빠른 대처와 혁신을 하지 못하면 글로벌 강소기업도 생존의 위기에 직면할 수 있으므로, 글로벌 강소기업의 경영자는 이순신의 유비무환 정신과 선승구전의 리더십을 벤치마킹할 필요가 있다. 이순신은 매일 밤 잘 때도 무거운 전대(戰帶)를 풀지 않았다는 기록이 있을 정도로 항상 긴장의 끈을 늦추지 않았다. 글로벌 강소기업의 경영자들 또한 이순신을 본받아 새로운 변화가 가져올 위험과 기회를 사전에 파악하고 철저히 대비한다면 세계시장에서 지속적인 성과를 유지하고 확대해 가는 데 큰 도움이 될 것이다.

또한, 글로벌 강소기업의 경영자는 자만과 오만을 철저히 경계한 이순신이 보여준 겸양의 리더십 또한 벤치마킹해야 한다. 우리 수군이 연전연승하면서 이순신의 부하들이 적을 업신여기게 되자, 이순신은 "적을 업신여기면 반드시 패배한다(輕敵必敗之理)"라며, 자신과 부하들의 자만을 철저히 경계했다. 저명한 경영 컨설턴트인 짐 콜린스(Jim Collins)는 '위대한 기업은 다 어디로 갔을까(How the mighty fall)'라는 저서에서 세계적인 기업들이 몰락하게 되는 1단계는 "성공으로부터 자만심이 생겨나는 단계"

라고 다음과 같이 지적하고 있다.

"위대한 기업들은 그동안 이룬 성공에 도취해 스스로를 격리 시킨다. 몰락의 1단계는 성공을 당연한 것으로 간주해 거만해지고 진정한 성공의 근본 요인을 잊을 때 시작된다. 성공의 요인을 살펴보면 운과 기회가 중요한 역할을 한 경우가 많은데, 그 사실을 제대로 깨닫지 못하고 자기 능력과 장점을 과대평가하는 사람은 자만하게 된다"

이순신은 죽음을 각오하고 앞장서서 싸워 명량대첩을 이끌어 낸 날의 난중일기에 "이는 참으로 하늘이 내린 큰 행운이었다"라고 쓰며, 모든 공을 행운에 돌렸다. 이러한 이순신의 겸양의 자세는 한 번도 패하지 않고 백전백승할 수 있는 밑거름이 되었다.

한국의 중소기업뿐만 아니라 국내 시장에 안주하고 있는 중견 기업들 또한 새로운 글로벌 시장을 개척하는 데 있어 여러 제약조건들 때문에 포기하는 경우가 많다. 그러나 이들 기업의 경영자들도 핵심역량 및 신뢰 관계 강화, 포착된 기회를 반드시 성공으로 만들 수 있다는 불굴의 용기와 의지, 집중전략을 적절히 활용하여 글로벌 강소기업으로 성장한 기업들 사례에서 많은 시사점을 발견할 수 있을 것으로 생각한다. 실제 이러한 기업들의 최고경영자들은 시장에 대한 지식이나 인프라 등이 충분하지 않더라도 글로벌 시장에 대한 도전을 두려워하지 않고

이순신 정신과 리더십

직원들에게 끊임없이 영감을 줌으로써 글로벌 시장에서의 성공을 이루어낼 수 있었다.

앞에서 살펴본 바와 같이 글로벌 강소기업 최고경영자의 리더십과 이순신의 리더십간에는 공통점도 적지 않다는 점에서 최악의 악조건에서도 23전 23승을 이끌어낸 이순신은 중소기업 경영자들의 이상적인 역할모델(role model)이 될 수 있다고 본다. 우리가 위대한 리더의 모습을 마음속 깊이 되새기고 본받으려 한다면 조금씩이나마 리더십을 꾸준히 향상시킬 수 있을 것이다. 아울러 많은 어려움에 당면한 중소기업의 경영자들도 불굴의 용기와 의지, 핵심역량의 강화, 신뢰 관계의 구축 및 강화, 집중전략, 유비무환의 정신, 겸양의 미덕 등 이순신의 리더십을 되새기고 벤치마킹한다면 글로벌 강소기업으로 성장할 수 있을 것이다.

【참고문헌】

1. 김종대,『여해 이순신』, (위즈덤하우스, 2008)

2. 유성룡(김기택 옮김),『징비록』, (알마, 2017)

3. 이순신(노승석 옮김),『증보 교감완역-난중일기』, (여해, 2014)

4. 장호준·고영희(2014),『한국의 글로벌 강소기업의 성공 요인에 대한 사례 연구: IT 산업 분야를 중심으로』, 국제경영 리뷰, 18(2), 25-56.

5. 지용희,『경제 전쟁 시대 이순신을 만나다』, (디자인하우스, 2015)

6. 한국거래소,『히든 챔피언에게 길을 묻다』, (형설라이프, 2011)

7. Collins, Jim (2009),『How the Mighty Fall』, New York, Harper Collins.

8. Hermann Simon, 이미옥 옮김,『히든챔피언』, (흐름출판, 2008).

이순신 정신과 리더십

12

李舜臣

조태용

국가안보실 제1차장 / 외교부 1차관
한반도평화교섭본부장
주호주대사 / 주아일랜드대사
서울대 졸업 / 옥스퍼드대 연수
연세대 국제학대학원 객원교수
사단법인 이순신리더십연구회 이사

이순신의
유비무환 정신과
북핵 위기관리

12

이순신의 유비무환
정신과 북핵 위기관리

I. 들어가는 말

  망국의 문턱까지 갔던 나라를 살린 이순신(李舜臣) 장군이 생
각나는 때다. 오늘날 대한민국의 안보가 백척간두에 서 있기 때
문이다. 북한의 핵무기는 이제 현실이 되었고 트럼프 대통령의
미국은 우리가 그동안 신뢰해 왔던 동맹국 미국과는 다른 모습
을 보여주고 있다. 더 큰 문제는 우리 내부의 이견과 갈등이 위
험수위로 올라가고 있는 것이다. 국가의 존망을 다루는 안보 영
역도 예외가 아니어서 대북 정책을 둘러싸고 '남남갈등(南南葛
藤)'이라는 말이 나오는 게 이상하지 않은 일로 되어버렸다.

  옛말에 나라가 어려워지면 좋은 신하를 찾는다고 했다. 풍전
등화와 같은 우리의 안보를 생각할 때 애국심과 소명의식, 전략
적 사고와 유비무환(有備無患)의 실천을 통해 나라를 지켜낸 이순
신 장군이 우리의 롤모델로 다가오는 건 너무나 당연한 일이다.

이 글에서는 먼저 이순신 장군이 왜 구국의 성웅인지에 대해 부족하나마 필자의 생각을 나누고 이어 우리 안보의 최대 위협으로 자라난 북핵 문제가 어떻게 진행됐으며 그동안 우리의 노력과 실패는 무엇이었는지, 현재 벌어지고 있는 미북 간 협상이 좋은 결과를 맺을 수 있을지, 그리고 우리 정부의 올바른 대응 방향은 무엇이 되어야 할지에 대해 살펴보기로 한다.

II. 구국의 성웅 이순신 장군

1. 임진왜란의 흐름을 바꾼 이순신

반만년 역사 속에서 우리의 존경을 받는 선인(先人)들이 많지만 그중에서도 이순신 장군은 '구국의 성웅(救国의 聖雄)'이라는 표현이 한 치 틀림없이 들어맞는 말로 커다란 공헌을 하신 분이다. 구국을 위한 이순신의 공헌과 그의 숭고한 정신은 오늘날까지도 우리의 귀감이 되지만 이순신 장군이 구국의 성웅이라고 불릴 수 있는 것은 그의 공헌이 무형의 가치를 넘어서서 임진왜란과 정유재란의 흐름을 바꾸는 결정적 전략적 함의를 갖기 때문이다.

1592년(임진년) 음력 4월 13일 부산에 상륙한 왜군은 20일 만에 한양을, 두 달 만에 평양성을 점령하는 속도전을 펼쳤다. 우

이순신 정신과 리더십

리 의병과 관군들도 나름 분전을 하였지만 육전에서는 파죽지세의 왜군을 막아낼 수가 없었다. 막강한 왜군이 이듬해 음력 정월 평양성을 포기하고 후퇴한 것은 보급을 제대로 받지 못한 탓이 가장 컸다. 이순신 장군이 남해와 서해의 제해권을 장악하지 못했더라면 임진왜란 때 왜군은 바다를 통해 넉넉한 보급을 받으면서 조선 8도를 그들의 강역으로 만들었을 것이다.

경상도, 전라도, 충청도의 수군절도사 중 휘하 군사력이 가장 작은 편인 전라좌수사 이순신의 제해권 장악이 도요토미 히데요시의 작전계획을 휴짓조각으로 만들어버린 것이다. 그뿐이라. 1597년 정유재란 때는 거의 전멸한 조선수군을 되살려 두 달 만에 10대1이 넘는 열세를 딛고 명량해전을 승리로 이끄는 기적을 만들어냈고 일본 수군의 서해 진출을 또다시 막아냈다. 만약 이순신 장군의 분전이 없었더라면 조선 남부 4도는 꼼짝없이 왜군의 수중에 떨어졌을 것이다. 이순신 장군은 고작 열두 척의 전선으로 시작한 악조건 속에서도 1598년 7월 진린 제독이 이끄는 명나라 수군이 도착할 때까지 거의 1년 동안 서남해의 제해권을 지켜냈다.

조선, 명, 왜의 3국이 온 국력을 쏟아부어 총력전을 펼치는 상황에서 한 장수가 전쟁의 흐름을 완전히 바꾸어버린 이런 일은 실로 고금동서에 비견할만한 예를 찾기 어렵다. 그래도 임진왜란 때는 단단히 준비를 갖추고 체계적인 작전계획을 세워 전투를 치른 것이지만 삼도수군통제사 자리에서 쫓겨나 백의종군을 하고 있던 이순신이 전쟁의 중심에 다시 등장하여 전멸하다시피 한 조선수군을 추슬러 왜군의 서해 진입을 막아낸 것은 어떠한 픽션보다도 더 극적인 역사의 반전이 아닐 수 없다.

2. 이순신 장군의 덕목과 리더십

이순신 장군이 길이 역사에 남을 업적을 이룬 것은 그가 남다른 덕목(德目)과 리더십을 가지고 있었기 때문이다.

첫째, 이순신 장군 제일의 덕목은 무한한 나라 사랑이었다. 그리고 이순신의 나라 사랑은 국왕과 왕실이 아니라 국가와 국민에게 맞춰줘 있는 근대적인 애국심이었다. 만약 그의 애국심이 국왕을 향한 것이었다면 선조(宣祖)가 그의 공을 몇 번이나 제대로 인정하지 않았을 때, 무리한 왕명에 따르지 않았다고 혹형을 가하고 백의종군(白衣從軍)을 시켰을 때, 칠천량(漆川梁, 거제도 인근)에서 조선수군이 전멸한 후 염치없게도 이순신에게 이름뿐인 삼도수군통제사(三道水軍統制使)를 다시 맡으라고 했을 때, 얼마 후 수군을 폐하고 뭍에 올라 육군과 함께 싸우라고 변덕을 부렸을 때 아마 이순신은 더 이상 국가에 봉사할 뜻을 접었을 것이다. 그렇지만 이순신 장군은 분명 느꼈을 억울함과 분노를 묵묵히 억누르고 노량해전(露梁海戰)에서의 대승과 순국(殉国)으로 정점을 찍는 그의 길을 걸어갔다. 그의 나라사랑이 국가와 국민을 향하고 있었기 때문이다.

둘째, 이순신 장군은 주동적(主動的, proactive) 책임의식을 가지고 있었다. 그는 어떠한 역경 속에서도 자신이 해야 할 일을 회피하지 않았다. 그는 해야 할 일을 앞에 두고 불평과 한탄을 하면서 목표를 완수하지 못하는 핑곗거리나 찾는 사람이 결코 아니었다. 이순신은 현실도피적(現実逃避的) 처세를 특히 배격했다. 그는 정유재란이 일어나던 해 10월에 쓴 '송나라 역사를 읽고'라는 글에서 자신의 항금(抗金)정책이 받아들여지지 않자 관직을 버리고 떠나는 재상 이강(李綱)을 준엄하게 꾸짖고 있다.

> "아, 슬프도다. 그때가 어느 때인데 강(綱)은 떠나고자 했던가. 떠난다면 또 어디로 가려 했는가. 이러한 때를 당하여 종묘사직의 위태함은 거의 머리털 하나로 천균(千鈞, 3만 근)을 당기는 것과 같아서, 바로 사람의 신하 된 자가 몸을 던져 나라에 보답할 때이니, 떠나간다는 말은 정말 마음속에서 싹트게 해서는 안 될 것이로다. 하물며 이를 감히 입 밖에 낼 수 있겠는가"

그럼 이순신 장군이라면 어떻게 하셨을까. 그는 같은 글에서 바로 그 답을 하고 있다. "그러한즉 강(綱)을 위한 계책으로는 어찌해야 하겠는가. 체면을 깎고 피눈물 흘리며 충심을 드러내고 일의 형세가 이 지경에 이르러서 화친할만한 이치가 없음을 분명히 말할 것이다. 말한 것을 따르지 않을지라도 죽음으로써 이어 갈 것이다. 이 역시 수긍하지 않는다면 우선 그들의 계책을 따르되 자신이 그사이에 간여하여 마음을 다해 사태를 수습하고 죽음 속에서 살길을 구한다면, 만에 하나라도 혹 구제할 수 있는 이치가 있을 것이다. 강(綱)의 계책은 여기에서 나오지 않고 떠나기를 구하고자 했으니, 이 어찌 사람의 신하 된 자로서 몸을 던져 임금을 섬겨야 하는 도리를 저버릴 수 있겠는가"[1] 개인의 체면 같은 것은 따지지 말고 죽음까지 무릅쓰면서 나라가 잘못된 길로 가지 않도록 최선을 다하라는 것이다. 나라가 누란(累卵)의 위기에 처해 있는데 자기 한 몸만 빼내 표표히 떠나는 식의 처신은 무책임의 극치라고 꾸짖고 있다.

그리고 이순신 장군의 말씀은 세상의 어려움을 모르는 젊은 시절에 꺼내놓은 명분론이 아니라 임진왜란의 끝 무렵 선조에 의한 혹형과 백의종군, 전멸한 수군을 맡으라는 삼도수군통제사 직분 제수, 그리고 기적과도 같은 명량해전의 승리 등 세상의 풍파를 모두 겪으신 후에 하신 말씀이다. 바로 자신이 어떤 사람인지 말해주는 깊은 울림이 있는 말씀인 것이다. 요즈음 우리나라가 잘못된 길로 간다면서 희망이 없으니 이민이나 떠나야겠다고 말하는 사람들은 이순신 장군의 말씀을 한번 되새겨보기를 바란다.

---

1. 이순신, 『개정판 교감완역 난중일기』 노승석 옮김, (서울: 도서출판 여해, 2016), 63 ~464쪽

이순신 정신과 리더십

셋째, 이순신 장군의 이 같은 덕목 뒤에는 특별한 어머니가 계셨다. 영화 '300'으로 잘 알려진 고대 스파르타의 어머니들은 전쟁터에 나가는 아들에게 방패를 건네주면서 "이 방패를 들고 돌아오든지 아니면 방패 위에 누워서 돌아와라"라고 말했다고 한다. 나라를 위해 목숨을 내놓고 힘껏 싸우되 절대로 비겁하게 굴지 말라는 준엄한 주문이다. 우리나라의 역사에도 존경을 받는 어머니들이 많이 계셨다. 하지만 필자가 과문해서 그런지 나라를 위해 용기 있게 싸우라는 말씀을 하신 어머니는 그리 많지 않은 것 같다. 1594년 1월 12일 이순신의 어머니 초계 변씨(草溪卞氏)는 아들과 함께 하루를 보내고 헤어지는 자리에서, "잘 가거라. 부디 나라의 치욕을 크게 씻어야 한다"고 두세 번 타이르시고 조금도 헤어지는 심정으로 탄식하지 않으셨다고 이순신은 난중일기에 적고 있다.[2] 이순신 장군의 무한한 나라사랑은 우연히 만들어진 게 아니었다.

다음으로 이순신 장군의 리더십에 관해 살펴보기로 한다. 이순신 장군의 리더십은 첫째, 선승구전(先勝求戰)의 리더십이다. 이순신 장군은 임진왜란 기간 중 단 한 번도 패하지 않고 23전 23승의 기적 같은 기록을 세웠다. 하지만 이는 기적과는 전혀 관계없는 일이었다. 이순신은 전투에 나가기 전에 매번 정보수

---

2. 이순신, 『개정판 교감완역 난중일기』 노승석 옮김, (서울: 도서출판 여해, 2016), 80
   ~181쪽

집, 작전계획 수립, 필요한 병력과 장비 동원 등 승리에 필요한 준비를 철저하고 면밀하게 완결했다. 따라서 이순신에게 전투는 승리를 확인하는 작업이었다. 사실 이는 역사상 많은 명장(名將)들에게 공통되는 특징이기도 하다. 이순신은 설사 왕명이더라도 선승구전의 조건이 갖춰지지 않으면 전투에 나가지 않았다.

고니시 유키나가(小西行長)의 간계에 놀아난 선조가 부산 앞바다에 나가 도항하는 가토 기요마사(加藤淸正)를 포살하라는 명령을 내렸지만, 이순신은 이를 따르지 않았다. 왜군의 간계임을 의심한 데다가 과거 부산포해전 시 함선을 정박시킬 수 있는 육지를 확보하지 못한 상황에서 해전을 치르는 것은 무리임을 경험했기 때문이다. 고대 그리스 살라미스해전에서부터 임진왜란에 이르기까지 무려 2천 년 동안 동서양을 막론하고 수륙병진(水陸並進), 즉 육군과 수군이 함께 전진하는 전략이 사용되었다. 사람의 힘에 의존하는 함선의 경우에는 반드시 근처에 배를 대고 쉴 수 있는 육지를 확보하고 있어야 이기는 싸움을 할 수 있었기 때문이다. 이러한 전략적 제약은 증기선의 출현으로 마침내 없어지게 된다. 사실 수륙병진은 특별할 것도 없는 당시 해전의 기초 개념인데, 선조가 이를 이해하지 못하고 무리한 명령을 내렸다는 것이 오히려 놀라울 따름이다. 학문의 문제도 아니다.

칭기즈칸은 평생 문맹(文盲)이어서 머릿속에 들어 있는 기억으로만 전쟁을 지휘했지만 항상 승리를 거두었다. 물론 칭기즈칸은 전쟁의 핵심에 관한 지혜를 가지고 있었다. 예를 들어 칭기즈칸은 잘못된 정보의 위험성을 꿰뚫어 보고 "오래된 정보는 상한 고기와 같다. 먹으면 반드시 탈이 난다"는 말을 남겼다고 한다. 결국 선조로 하여금 잘못된 판단을 내리게 한 것도 또 지도자의 오판에 제동을 걸 메커니즘이 없었던 것도 하의상달(下意上達)이 무너진 소통의 붕괴가 원인이었다고 보아야 할 것이다. SNS 등 눈부신 기술 발전에도 불구하고 과연 오늘날에는 이러한 문제가 없다고 할 수 있을까.

둘째, 이순신 장군은 결과지향적(結果指向的, result-oriented) 리더십을 추구했다. 결과지향적이란 개념은 서양에서 최고로 평가되어 오늘날에도 서양의 지도자들로부터 자주 듣게 되는 말이다. 사실 그는 평생 원칙을 지키는 교과서에 나올법한 모범생이었다. 이를 보여주는 일화는 수도 없이 많다. 잘 알려진 일화를 하나 소개하자면, 이순신이 발포만호로 있을 때 직속 상관인 전라좌수사 성박(成鎛)이 발포만호 영내의 객사 뜰에 있는 오동나무를 베어다가 거문고를 만들려고 하였는데, 이순신이 "이것은 관의 물품이요. 또 여러 해 기른 것을 하루아침에 벨 수는 없소이다"하고 거절했다는 것이다.[3] 참으로 대쪽 같은 성품이라 하

---

3. 이민웅, 『이순신 평전』, (서울: 성안당, 2012), 50~51쪽

겠다. 그렇지만 이순신은 중요한 결과를 성취하기 위해서라면 제도적 제약, 세세한 절차와 규칙을 뛰어넘는 담대함을 보여주곤 했다. 중요한 것은 이순신이 성취하고자 했던 중요한 결과는 국익을 위한 것이지 결코 사익에 관한 것이 아니었다는 점이다.

선공후사(先公後私)라는 말을 모르는 공직자는 별로 없겠지만 이순신처럼 이를 실천하는 공직자는 예나 지금이나 그리 많지 않을 것이다. 이순신 장군이 전라좌수사에 부임하여 왜의 침공에 대비할 때 그는 전라좌수사라는 자리가 주는 제약을 의식하지 않고 가용한 자원을 최대한 활용하여 필승의 준비를 했다. 누가 지시하지도 않았는데 거북선을 만든 것은 대표적이다. 나라를 위한 일이라면 주변의 눈총을 의식하지 않고 경우에 따라 스스로에게는 불이익이 될 것이 뻔히 보이는데도 사명을 완수하는 것이 결과지향적인 이순신이었다.

이러한 이순신의 자세를 잘 보여주는 사례가 있다. 임진왜란 발생 9년 전인 1583년 이순신이 군관 시절 조선의 북방 국경을 크게 위협한 여진족 '니탕개'란이 일어났다. 당시 이순신은 여진족의 대추장 3인방 중 하나인 우을기내(于乙其乃)를 유인 처단하는 군관(軍官)이라는 계급에 어울리지 않는 혁혁한 공을 세웠다.[4] 사실 이순신의 위치에서는 이런 작전을 구상한다는 것 자

---

4. 김성수 외, 『9인의 명사 이순신을 말하다』 (서울: 자연과인문, 2009), 142~152쪽

이순신 정신과 리더십

체가 있을 수 없는 일이었다. 그런데 이순신은 엄청난 작전을 구상했을 뿐 아니라 작전의 성격상 꼭 필요한 기밀유지를 위해 직속상관에게도 보고하지 않고 어마어마한 일을 해치웠던 것이다. 사령관은 당연히 노발대발했고 이순신은 값비싼 대가를 치른다. '오동나무 한그루'를 놓고는 한 발짝도 양보하지 않는 '고리타분한' 이순신이 때로는 사령관급에서나 생각할 엄청난 작전을 단독으로 구상하고 실행하는 이순신이 되는 것이다. 국익을 위해서라면 스스로를 돌보지 않고 철저하게 '결과지향적' 접근방법을 취하는 것이다. 당시 이순신은 탁월한 무공에도 불구하고 상관에 대해 보고를 않고 단독 행동을 했다는 이유로 군관(종7품)에서 권관(權管 종9품)으로 좌천되었다. 하지만 이 일로 이순신은 빼어난 장재(將材)로서 조정의 뜻있는 사람들에게 이름을 알리게 된다.

셋째, 이순신 장군은 실사구시(實事求是) 리더십을 추구했다. 이순신은 철저히 팩트에 기반하여 상황을 판단했고 작전계획을 구상했다. 이순신은 왜적을 극도로 증오했지만 그렇다고 감정에 휩쓸려 왜군의 실력을 과소평가하지는 않았다. 마찬가지로 이순신은 조선수군의 실력에 대해서도 희망적 사고로 과대평가하는 우를 범하지 않았다. 이순신 장군은 항상 상대를 압도할 수 있는 준비를 하고 나서야 전투에 임했다. 아마 이순신이 완벽한 사전준비를 못 한 채 전투에 나선 것은 명량해전이 유일할 것이다. 하지만 조선수군이 전멸한 두 달 뒤 일본 수군의 서해 진출을 막아야 하는 임무를 맡은 그에게는 다른 선택이 있을 수 없었다. 감정에 휩쓸리거나 분위기에 영합하기 위해 사실이 아닌데도 상대방의 실력을 깎아내리는 '애국적 발언'들은 오늘날에도 어렵지 않게 들을 수 있다.

또 같은 이유로 자기편의 실력을 실제 이상으로 과대포장하는 '애국적 발언'들도 우리가 매일 듣고 있다. 하지만 이런 식의 '애국적 발언'들은 애국심을 저버리는 행위이다. 엄중한 상황이 눈앞에 있는데도 자기기만(自己欺瞞)이라는 편리한 도피처로 우리를 유혹하기 때문이다. 타조가 모래 속에 머리를 처박는 것과 하나도 다르지 않다. '전쟁이 일어난다면 점심은 평양에서, 저녁은 신의주에서 먹겠다'고 호기를 부렸던 한국전쟁 발발 당시 국방장관이 북한의 남침 대비에 어떤 해악을 끼쳤는지 생각해 보면 쉽게 알 수 있는 일이다. 이순신 장군은 그런 허세를 떨지 않았다. 이순신은 명량해전에 승리한 뒤 오히려 고군산열도(전라북도 군산시 옥도면의 선유도 등 6개 섬)까지 150Km를 닷새 동안 빠르게 후퇴했다. 12대 133의 열세 속에서 승리를 거두는 기적은 두 번 있기 어려운 일이라는 냉정한 판단의 결과였다.

끝으로 이순신 장군은 진정한 주인의식(主人意識)에 기초한 리더십을 추구했다. 예나 지금이나 동맹 관리(alliance management)는 결코 간단한 일이 아니다. 임진왜란 때도 조선의 호조판서(장관급, 정2품)가 군량조달에 차질이 있다는 이유로 명나라의

이순신 정신과 리더십

호부 주사(종6품)에게 곤장을 맡는 사건까지 있었다. 이런 상황에서 이순신 장군은 오만하기 짝이 없는 명나라 수군 제독 진린(陳璘)과 당당한 협력관계를 구축했다.

그럼 진린은 어떤 사람이었는가. 유성룡은 '징비록(懲毖錄)'에서 진린에 대해 "안타깝게도 이순신의 군사가 장차 또 패하겠구나. 진린과 같이 군중에 있으면 견제를 당하고 의견이 달라서 반드시 장수의 권한을 빼앗고 군사들을 학대할 것이다. 이것을 제지하면 더 화를 낼 것이고 그대로 두면 한정이 없을 것이니 순신의 군사가 어찌 패전을 면할 수 있겠는가"라고 걱정을 했는데 나중에 이순신이 진린의 존중을 받고 당당한 협력관계를 만들어낸 것을 상세히 기술하면서 "진린이 임금께 글을 올려 '통제사는 경천위지(経天緯地)의 재주와 보천욕일(補天浴日)[5]의 공이 있습니다'라고 했으니, 이는 마음속으로 감복한 것이다"라고 적고 있다.[6] 이순신의 작전은 한마디로 '스스로의 실력은 강하게, 상대방에 대한 배려는 아낌없이'였다. 진린이 집착하는 전공은 선선히 내주면서도 그가 조선수군의 실력을 결코 가벼이 볼 수 없도록 각인시켰다. 명나라에 군령권, 현대적 표현으로 하면 전시작전권이 위임되어 있는 상황에서 최선의 작전을 편 것이다.

---

5. 보천은 여와씨女娲氏가 오색실로 하늘의 뚫린 곳을 기운 고사이고 욕일은 희화羲和가 해를 감천甘泉에 목욕시켰다는 고사이니, 곧 국운을 만회시킨 큰 공로를 말한다.
6. 유성룡, 『징비록』 이재호 옮김 (서울: ㈜위즈덤하우스, 2007), 312~316쪽

그렇다고 해서 이순신은 명나라라고 무조건 신뢰하지는 않았다. 오히려 명나라가 조선에는 정보를 공유하지 않고 왜국과 벌이는 강화교섭에 대해 뿌리 깊은 의구심을 가지고 있었다.

이순신은 강화교섭에 한눈팔지 않고 온 힘을 기울여 조선수군의 군사력을 강화하는 데 매진했다. 협상의 성공과 실패 모두에 대비한 것이다. 이순신의 제해권 장악과 명나라의 원군 파견에 힘입어 조선은 망국의 위기를 모면하고 왜군의 침략을 물리칠 수 있었다. 그렇다고 명나라 군사들이 남의 땅을 찾아주거나 지키기 위해 조선군과 같은 정도의 희생을 감수할 것으로 기대하는 것은 무리다. 이순신은 이러한 '힘의 정치'의 본질을 잘 이해하고 있었고 전투가 벌어지면 조선수군이 앞장서는 것을 당연하게 생각했다. 후일 '재조지은(再造之恩)'이라면서 명나라를 이타적(利他的)인 존재로 받들어 모시는 풍조가 생겼는데 한마디로 넌센스라 아니할 수 없다. 명나라의 도움은 고마운 일이지만 명나라도 그들 스스로의 이익을 저울질해 보고 조선 파병을 결정한 그 이상도 이하도 아니었다.

오늘날 북한 핵위협에 대한 우리의 대처를 이순신 장군의 선승구전(先勝求戰), 결과지향적(結果指向的), 실사구시(実事求是), 주인의식(主人意識)의 리더십에 비추어 보면 실로 아쉬움이 많다. 그럼 대한민국이 직면하고 있는 북한의 핵위협에 대해 살펴보기로 한다.

이순신 정신과 리더십

III. 북핵 문제와 대한민국의 안보

1. 북핵 협상의 좌절

북한 핵문제를 협상을 통해 해결해 보려는 국제사회의 노력은 모두 실패했다. 2006년 1차 핵실험을 시작으로 하여 2017년 북한이 강한 위력의 6차 핵실험까지 했다는 사실이 협상을 통한 해결 노력의 실패를 잘 보여주고 있다. 이에 더하여 북한은 단거리, 중거리, 장거리 탄도미사일과 잠수함 발사 탄도미사일(SLBM) 등 모든 종류의 미사일을 개발하고 있다. 2017년 11월 29일 북한이 발사한 화성 15형은 미국 본토까지 도달할 수 있는 대륙간 탄도미사일(ICBM)급인 것으로 판단된다. 물론 북한이 대륙간탄도미사일을 완성하려면 대기권 재진입 기술, 비행 시 제어기술, 정밀유도기술 등을 확보해야 하고 아직까지 북한이 그러한 능력을 가지고 있는지 확실히 알기는 어렵다. 그렇지만 지금까지 북한의 핵, 미사일 개발 역사를 보면 북한이 필요한 능력을 갖추는 것은 결국 시간문제라고 생각된다. 따라서 이제 북한 핵무기는 한국과 일본뿐 아니라 미국에 대해서도 심각한 군사적 위협으로 받아들여지게 되었다. 트럼프 대통령은 이러한 위협 인식 하에 북한 비핵화에 우선순위를 두게 되었다. 김정은 국무위원장과 사상초유의 회담에 나서게 된 것도 그의 독특한 스타일 때문만은 아니라고 보아야 한다. 미북 제네바 합의와 6자회담에 이어 2018년 북한 비핵화 협상이 다시 한번 열리게 되었다.

문제는 북한의 핵무기 개발이 기만(欺瞞)의 역사라는 점이다. 북한은 비핵화가 '김일성의 유훈(遺訓)'[7]이라고 했고, 핵무기가 아니라 원자력 발전능력을 갖추려는 것이라고 했으나 모두 거짓이었다. 또 북한이 우라늄 농축계획을 가지고 있다는 것은 미국의 거짓 주장이라고 했으나 얼마 지나지 않아 거짓말임이 드러났다. 2005년 6자회담 공동성명에서 "모든 핵무기와 현존하는 핵 계획을 포기"하겠다고 했으나 약속을 어겼다. 이제 북한은 핵무력을 완성했다면서 한반도 비핵화는 북한 비핵화가 아니며 한반도와 주변 지역에서 미국의 핵위협을 제거하는 것이 먼저라는 적반하장(賊反荷杖)식 주장을 하고 있다. 2016년 7월 6일 북한의 가장 권위 있는 입장 발표 형식인 '정부' 대변인 성명에서 비핵화의 조건으로 한반도와 주변 지역에 대한 미국의 전략자산 전개 금지, 주한미군의 철수 등 다섯 가지를 주장하고 있는데 지금도 이러한 북한의 입장이 변했다는 증거가 없다.

2. 비핵화에 대한 김정은의 입장

북한 핵문제에 관한 한 김정은 북한 국무위원장은 부친 김정

---

7. 2017. 7. 6 북한 정부대변인 성명에서도 "조선반도의 비핵화는 위대한 수령님과 어버이장군님의 유훈"이라고 하고 있지만 바로 이어 "우리가 만난을 이겨내며 외세의 핵위협과 핵 선제공격을 충분히 제압할 수 있는 강위력한 억제력을 갖춘 것도 구경은 조선반도에 영구적인 평화체제를 구축하고 나아가서 반도 전역의 비핵화를 실현하기 위한 필수불가결의 전략적 선택이었다"고 하고 있다. 즉 북한이 핵무장을 갖춘 것은 한반도 전역의 비핵화를 실현하기 위한 것이고 유훈에 따른 것이라는 논리이다.

이순신 정신과 리더십

일과는 아주 다른 태도를 보였다. 김정일은 비록 기만적이기는 했지만 북한은 핵무기 보유를 추구하지 않는다고 하면서 비핵화 협상에 응했다. 이에 반해 김정은은 2011년 집권 이후 비핵화 협상에는 결코 응하지 않겠다는 입장을 일관되게 유지하였다. 2009년 2차 핵실험은 북한과의 협상에 열려있는 오바마 대통령 취임 후에 실시됐고 그런 점에서 북한의 핵무기 보유 의지가 미국 부시 행정부의 강경 자세에 대한 불만과는 근본적인 관련이 없다는 사실을 드러낸 의미 있는 사건이었는데, 김정일이 뇌졸중으로 쓰러진 이후에 실시된 2차 핵실험은 김정은의 의사가 많이 반영된 결정으로 생각된다. 김정은의 비핵화 협상 거부는 남북 간 대화와 협력을 제약한 근본 원인이었다. 누가 한국 대통령이든 핵문제에 대한 진전 없이 남북 간 본격적 경제협력을 하기는 매우 어렵기 때문이다.

김정은은 2016년 4차, 5차 핵실험, 2017년 6차 핵실험을 연이어 실시했고 이어 2017년 11월 29일 화성 15형 미사일 발사 후 핵 무력 완성을 선언했다. 김정은이 핵 무력 완성을 선언하고 경제발전에 집중할 뜻을 밝힘에 따라 2018년에 들어 북한이 화해모드로 나올 것은 어느 정도 예측이 되었다. 그렇지만 김정은이 비핵화 협상에 응할지는 여전히 의문이었다. 김정은은 평창 동계올림픽 참가의향을 표명한 2018년 1월 1일 신년사에서조차도 "미국 본토 전역이 우리 핵 타격 사정권 안에 있으며 핵 단추가 내 사무실 책상 위에 항상 놓여 있다는 것, 이는 결코 위협이 아닌 현실임을 똑바로 알아야 합니다"[8]라고 했기 때문이다.

그러던 김정은이 3월 초 평양을 방문한 한국 특사단에게 비핵화 의지를 밝혔다는 것은 당연히 톱뉴스가 되었다. 특사단에 의하면, 북측은 한반도 비핵화 의지를 분명히 하였으며 북한에 대한 군사적 위협이 해소되고 북한의 체제 안전이 보장된다면 핵을 보유할 이유가 없다는 점을 명백히 하였다. 또 북측은 비핵화 문제 협의 및 북미 관계 정상화를 위해 미국과 허심탄회한 대화를 할 수 있다는 용의를 표명하였고 대화가 지속되는 동안 추가 핵실험 및 탄도미사일 시험발사 등 전략도발을 재개하는 일은 없을 것임을 약속하였다. 이러한 김정은의 약속은 트럼프 대통령이 미북 정상회담에 응하는 이유가 되었다.

3. 미북 비핵화 협상: 싱가폴과 하노이

트럼프 대통령과 김정은 위원장은 2018년 6월 12일 싱가포르에서 정상회담을 가지고 짧은 공동성명을 발표하였다. 공동성명의 핵심인 핵문제에 관해 김정은은 "조선반도의 완전한 비핵화를 향하여 노력할 것을 확약"하였다.

---

8. 김정은의 위협에 대해 트럼프 미국 대통령은 "나는 더 큰 핵 버튼을 가지고 있고 내가 가진 버튼은 작동이 된다"는 트윗을 날려 말싸움을 벌였다.

북한이 6차례 핵실험을 실시하고 핵무기 보유를 공개적으로 천명한 상황에서 "조선반도의 완전한 비핵화"라는 말이 과연 북한의 핵무기 포기, 말하자면 미국이 말하는 '최종적이고 완전히 검증된 비핵화'(FFVD[9])와 같은 의미인지에 대해 처음부터 의문이 제기됐지만 '역사적인' 미북 정상회담의 그늘에 묻혀 버렸고 전문가들만이 우려하는 문제가 되었다.

트럼프 대통령과 김정은 위원장이 합의한 미북 간 후속 협상은 특히 비핵화 분야에서는 한 발짝도 진척을 보지 못했다. 북한은 한반도 비핵화가 북한의 선핵폐기(先核廢棄)를 의미하지 않는다면서 마이크 폼페오 국무장관과 스티브 비건 대북 특별대표의 협상 제의에 응하지 않았다. 북한이 요지부동으로 버티자 결국 미국은 트럼프-김정은 2차 회담 개최에 나서게 되었다. 한편 북한도 싱가포르 회담에서는 망외의 성과를 거뒀으나 경제제재가 그대로 유지됨에 따라 현실적인 이득은 보지 못하는 처지였기에 또 한 번의 정상회담을 통해 제재를 풀어보려는 생각을 하게 되었다.

그러나, 하노이 회담은 아무런 합의도 없이 예정했던 오찬도

---

9. Final, fully verified denuclearization, (트럼프 행정부에서 만든 개념으로 과거의 전하고 검증 가능하며 불가역적인 비핵화, CVID, complete verifiable and irreversible enuclearization과 유사한 의미)

갖지 못하고 결렬되었다. 당초에는 북한의 부분적 비핵화와 종전선언, 연락사무소 설치, 남북경협 프로젝트 재개 등 부분적 제재완화가 망라된 '스몰딜' 가능성이 거론되었으나 회담 결과는 달랐다. 회담 결렬에는 김정은의 오판이 결정적으로 작용한 것 같다. 김정은은 싱가폴 이후 트럼프 대통령에 대해 안이한 생각을 갖게 되었고 특히 미국 중간선거에서 민주당이 하원을 장악하고 러시아 스캔들에 대한 뮬러 특별검사의 조사가 지속되면서 트럼프 대통령의 국내적 입지가 약해서 북한과의 합의에 매달릴 것으로 오판하였다.[10] 북한은 미국 국내적으로 북한 이슈가 차지하는 중요성을 실제 이상으로 과대해석하는 경향이 있는데 이번에도 그러한 착각이 되풀이된 것 같다. 그래서 김정은은 이미 여러 차례 협상테이블에 올린 적 있는 영변 핵시설 폐기 카드만으로 사실상 북한에게 고통을 주는 모든 안보리 제재를 해제해 달라는 제안을 하였다.

한편 트럼프 대통령의 입장과 사전준비는 싱가포르 때와는 달랐다. 특히 스티브 비건 대북 특별대표가 1월 북한을 방문했다가 빈손으로 나온 것이 워싱턴의 기류를 경화시키는 계기가 되었다. 정상회담에 대해 낙관할 수 없다고 본 미국 정부는 '노

---

10. 미 CIA 코리아미션센터장을 지낸 앤드루 김은 2019.3.20. 서울에서의 비공개 강연에서 이 같은 취지의 설명을 한 것으로 보도되었다. http://news.donga.com/3/all/20190321/94658634/1

딜', 즉 회담 결렬까지 생각하면서 하노이에 왔다. 미 측은 사전 협상에서 '최종적이고 완전히 검증된 비핵화(FFVD)'가 되어야 한다는 점을 강조했으나 북한 측은 비핵화 문제는 김정은만이 결정할 수 있다고 되풀이했다. 결국 정상회담에서 트럼프 대통령은 비핵화와 상응 조치에 관한 큰 그림을 갖고 협상을 요구했고 특히 비핵화 정의에 대한 합의, 모든 대량파괴무기(WMD)와 미사일 프로그램 동결, 비핵화 로드맵 도출에 우선순위를 두었다. 아울러 트럼프 대통령은 비핵화의 최종상태를 담은 문서를 김정은에게 전달했다.

트럼프 대통령의 완전한 비핵화 요구에 대해 김정은은 대응할 준비가 안 되어 있었던 것 같다. 김정은은 비핵화의 최종상태에 대한 미국 측 입장을 거부함으로써 북한이 생각하는 비핵화가 미국의 개념과 다르다는 것을 노출했다. 만약 김정은이 트럼프의 제안을 바로 거부해 버릴 것이 아니라 비핵화의 최종상태에 대해서는 대체로 동의하는 척하면서 비핵화 과정의 속도와 순서, 반대급부 등에 대해서만 문제를 제기하였다면 협상 국면을 좀 더 복잡하게 만들 수 있었을 것이다.

싱가포르 회담 성공에 도취 된 낙관적 분위기, 김영철, 김혁철 라인의 전문성 부족, 사전 협상 과정이 경시된 톱다운방식의 허점이 작용하여 이러한 결과로 이어졌다. 하지만 근본적으로는 한반도 비핵화라는 표현을 이용한 북한의 가짜 비핵화 놀음은 언젠가 제동이 걸리게 되어 있었다고 보아야 한다. 향후 협상 과정과 관련해서 가장 중요한 김정은의 실책은 제재해제에 너무 집중함으로써 협상에 일가견이 있는 트럼프 대통령에게 북한의 약점을 노출해 버렸다는 점이다. 저서 '거래의 기술'(The Art of the Deal)에 나와 있는 것처럼 트럼프 대통령은 상대의 약점을 집요하게 물고 늘어지는 스타일이므로 북한에 대한 제재를 쉽게 풀어주지 않을 것이다.[11]

4. 하노이 이후와 '연말 시한'

하노이 회담 결렬은 김정은에게 큰 충격이었다. 김정은의 베트남 방문과 트럼프 대통령과의 회담계획을 대대적으로 보도했던 북한 매체들이 회담 8일 후에야 6면 귀퉁이에 회담에서 합의가 없었다고 조그맣게 보도한 것만 보아도 김정은의 고민을 느낄 수 있다. 하노이 회담 결렬 이후 숙고 모드에 들어갔던 김정은은 4.12 최고인민회의 제14기 1차 회의 시정연설에서 하노이 회담에서의 미국 태도에 대해 불만을 쏟아내고 미국이 새로운 접근법을 가지고 나오라고 압박을 가했다. 대신 트럼프와의 개인적 관계는 여전히 훌륭하다고 안전판을 깔아놓는 신중함도

---

11. 트럼프 대통령의 저서, 『The Art of the Deal』, 53쪽에는 "The worst thing you can possibly do in a deal is seem desperate to make it. That makes the other guy smell blood, and you're dead"라고 되어있다.

보였다. 하지만 김정은 메시지의 핵심은 "올해 말까지는 인내심을 갖고 미국의 용단을 기다려볼 것"이라는 이른바 연말 시한을 제시한 것이었다.

6월 30일 미북 정상이 판문점에서 세 번째로 깜짝 회동을 했지만 내용면에서는 큰 의미가 없었다. 유일한 합의는 미북 실무협상을 열기로 한 것인데 우여곡절 끝에 10월 초 스웨덴에서 한 차례 실무협상이 열렸지만 협상은 북한의 결렬선언으로 아무 성과 없이 끝나고 말았다.

김정은의 생각은 대선을 앞둔 데다 하원의 탄핵 결의안 가결로 국내적으로 어려움에 처한 트럼프를 몰아붙여 유리한 합의를 만들려는 것이다. 그래서 미국의 대화 요청은 거부하면서 도발 카드를 흔들고 있다. 북한의 상투적인 전술이기는 하지만 11월부터는 김영철 아태평화위원장, 최선희 외무성 제1부상, 김계관 외무성 고문, 리수용 당 중앙위 부위원장, 박정천 군 총참모장, (익명의) 국무위원회 대변인을 총출동시켜 미국을 압박하는 담화를 연이어 발표했다. 특히 12월 9일에는 김영철 아태평화위원장과 리수용 당 중앙위 부위원장이 5시간 간격으로 잇달아 담화를 발표하는 일까지 있었다.

또 북한은 2018년 싱가포르 회담 때부터 삼가왔던 트럼프에 대해 아슬아슬한 수위의 비난을 재개했다. 김영철은 "이렇듯 경솔하고 잔망스러운 늙은이여서 또다시 '망령 든 늙다리'로 부르지 않으면 안 될 시기가 다시 올 수도 있을 것 같다"고 트럼프를 겨냥한 독설을 쏟아냈다. 말뿐이 아니었다. 북한은 12월 7일과 13일 장거리 미사일 엔진시험인 것으로 보이는 '중대한 시험'을 했다고 발표하여 미국에 대한 압박수위를 높였다. 북한은 12월 28일 당 중앙위 전원회의를 소집했는데 회의 결과에 대해서는 밝히지 않고 있지만 과연 미국에 대한 고강도 도발을 벌일지는 조만간 드러날 것이다. 만약 대륙간탄도미사일(ICBM) 발사가 미국의 강한 대응을 촉발할 것이라고 걱정한다면 인공위성 발사 가능성이 높아 보인다.

5. 현재까지 미북 협상에 대한 평가

북한이 현란한 협상술을 동원하고 있지만 이번 트럼프와 김정은이 직접 나선 북핵 협상도 이미 1년 반 이상 진행되었기 때문에 현재까지의 협상 결과에 대한 객관적 평가가 가능한 시점이 되었다.

첫째, 회담은 많았으나 실제 비핵화 진전은 미미하다. 2018년 비핵화 협상이 재개되었으나, 실제로 북한이 취한 조치는 핵실험 중단과 장거리 미사일 발사중단, 그리고 풍계리 핵실험장 폭파뿐이다. 그리고 이 조치들은 모두 2018년 6월 12일 싱가포르 미북 정상회담 이전에 이루어진 것이다. 미북 정상이 세 차례,

이순신 정신과 리더십

남북 정상이 네 차례, 북·중 정상이 다섯 차례 만났음에도 불구하고 북한 비핵화는 1년 반 이상 제자리걸음을 하고 있다. 또 북한의 조치들은 미국 안보에는 도움이 되지만 이미 북한의 핵미사일 사정권 안에 놓여 있는 한국 안보에는 큰 의미가 없다는 점도 잊지 말아야 한다.

둘째, 비핵화 협상의 내용면에서도 이렇다 할 진전이 없었다. 근본적 이유는 미북 간 비핵화 개념의 차이, 다시 말해 북한이 핵포기 결단을 내리지 않은데 기인한다. 2019년 하노이 미북 정상회담에서 미국은 비핵화의 개념에 합의하고 비핵화 로드맵 협상을 시작하며 북한의 모든 핵 활동을 중단시키자는 요구를 했다. 바꿔 말하면 1년 반이 흘렀지만 이러한 첫 단계 조치들이 하나도 이루어지지 않았다는 의미이다. 특히 비핵화 개념에 대해 북한이 한미와 다른 생각을 하고 있는 것은 협상에 근본적 장애를 조성하고 있다. 그동안 우리 정부는 김정은이 비핵화 결단을 내렸다고 공언해 왔는데, 북한의 '한반도 비핵화' 개념에 대한 이해 부족 때문인지 '보고 싶은 것만 보려는' 태도 때문인지는 알 수 없으나, 국제사회에서 우리 정부에 대한 신뢰를 손상시킨 일이었다.

셋째, 한미 간 연합방위태세에 심각한 문제가 생기고 있다. 트럼프 대통령은 2018년 싱가포르에서 우리 정부와는 아무 협의 없이 한미연합훈련 중단이라는 큰 선물을 북한에 줘버렸다.

2019년에 들어 북한은 2017년 12월 이래 중단했던 미사일 발사를 1년 반 만에 재개하여 2019년 5월부터 지금까지 무려 13차 례나 신형 단거리 미사일과 '신형대구경조종방사포' 발사를 했다. 나아가 김정은은 북방한계선에서 불과 18Km 떨어진 창린도까지 와서 해안포 발사를 지휘하는 남북 군사합의를 정면으로 위반하는 도발을 감행했다. 이들 도발은 우리에 대한 직접적 위협인데도 미국은 대단한 일이 아니라는 태도를 취하고 있다. 더 큰 문제는 당사자인 한국이 이런 일들을 마치 별일 아닌 것처럼 다루고 있는 것이다. 한국 안보를 한국 정부가 신경 쓰지 않으면 어느 나라가 관심을 쓰겠는가.

넷째, 통미봉남(通美封南)이 고착화되고 있다. 동맹국과 주적(主敵)이 우리가 없는 자리에서 협상을 벌이는 것은 그 자체로 잠재적 위기상황이다. 그래서 역대 한국정부는 미국이 북한과 양자 협상을 벌이는 것을 꺼려왔고 부득불 그렇게 되면 마치 우리가 협상장에 있는 것처럼 한미간 밀착 공조를 할 것을 요구해 왔다. 지난 하노이 미북 회담 때 당일 오전까지도 회담이 결렬될 줄 전혀 모르고 허둥대는 모습을 드러낸 걸 보면 한미공조에 대해 걱정을 금할 수 없다. 또 6월 말 판문점에서 미북 정상이 깜짝 만남을 가졌을 때 우리 정상이 그 자리에 갔음에도 불구하고 3자 회동이나 남북회동을 갖지 못한 것은 우리의 딱한 처지를 그대로 보여주었다. 만약 트럼프 대통령이 잠깐이라도 문재인 대통령과 3자 회동을 해야 한다고 강하게 밀어붙였다면 과

연 이런 일이 일어날 수 있었을까.

끝으로 북한의 배은망덕(背恩忘德)과 적반하장(賊反荷杖)이 일상화됐다. 한때 쿠바 외에는 고위인사 교류가 불가능할 정도로 고립됐던 북한의 숨통을 터준 것은 평창올림픽을 활용한 우리 정부의 도움이었다. 또 우리 정부는 특사단을 방북에 이어 방미시켜 미북 정상회담의 길을 열어주었다. 북한으로서는 한국 정부에 감사해야 마땅한데 오히려 우리 대통령을 "삶은 소대가리도 웃을 일"이라는 등 차마 입에 담을 수 없는 말로 모욕하고 있다. 품격 없는 북한에 맞서 일일이 대응할 필요는 없지만 지켜야 할 선을 한참 넘어선, 그리고 반복되는 북한의 언동에 대해서는 따끔하게 주의를 주어야 한다. 국가를 대표하는 정상에 대한 막말은 우리 국민 모두에 대한 모욕이기 때문이다. 통미봉남을 성취한 북한이 배은망덕한 모습을 보이는 것은 충분히 예상되는 일이었지만 우리에게 막말까지 하는건 무슨 곡절이 있는지 궁금하다. 또 우리가 F-35 스텔스 전투기를 도입하는 건 남북 군사합의 위반이라고 억지를 부리면서 자기네들은 해안포 발사라는 명백한 합의 위반행위를 벌이는 적반하장은 또 뭐란 말인가.

6. 북한 비핵화의 해법 모색

북한 비핵화를 위해서는 먼저 완전한 비핵화 (FFVD, CVID) 목표를 하향 조정하는 일이 없어야 한다. 특히 핵폐기 시간표 합의가 없는, 즉 기약 없는 동결 합의는 금물이다. 북한의 핵보유를 공인해주는 결과가 되기 때문이다. 북한의 분명한 핵폐기 약속과 시간표 있는 로드맵이 나와야만 진정한 비핵화의 길이 열릴 수 있다. 또 제대로 된 비핵화 로드맵이 나오려면 북한이 보유한 모든 핵물질과 핵무기, 핵시설을 파악해야 한다. 즉 북한의 신고가 필요하다. 만약 핵폐기 약속과 시간표 있는 로드맵이 합의된다면 첫 이행 단계로서 북한은 은닉 농축시설이 포함된 비핵화 조치를 국제검증하에 취하고 국제사회는 부분적 제재완화를 포함한 반대급부를 제공하는 방안도 고려할 수 있을 것이다.

가능성이 적지만 만약 비핵화 협상이 순항한다면 경제적 반대급부를 넘어서 우리 안보에 중요한 문제들이 협상테이블에 오를 수 있다. '한반도 평화체제 구축' 의제 하에서 논의될 수도 있다. 그런데 바로 이 문제를 다루었던 90년대 4자회담에서 전혀 진전이 이루어지지 않았다. 입장 차가 너무 컸기 때문이다. 특히 한미동맹, 주한미군, 확장억제, 그리고 평화협정의 당사자 문제 등이 다시 난제가 될 것이다. 긴밀한 한미공조를 통해 한국 안보에 돌이킬 수 없는 해악을 끼치는 '나쁜 거래'가 없도록 만전을 기해야 한다.

지난 수십 년간 국제사회의 접근방법은 북한이 안전보장, 미북 관계 정상화, 경제지원을 받는 대신 핵무기를 포기하도록 설득하는 것이었다. 이러한 접근방법은 본질적으로 한계가 있다.

이순신 정신과 리더십

왜냐하면 설사 북한이 안전보장 약속을 받고 미국과 수교하며 상당한 경제지원을 받는다고 해도 이것이 북한 체제의 안전으로 이어진다는 보장이 없기 때문이다. 경제발전만 해도 그 과정에서 불가피하게 늘어날 외부와의 접촉을 잘 통제하지 못하면 '독이 든 사과'처럼 오히려 체제에 위협이 될 수도 있다.

진정한 비핵화의 유일한 길은 30대인 김정은 위원장이 먼 장래를 내다보면서 핵포기의 결단을 내려야만 가능하다. 김정은이 이 결단을 내리지 않으면 이번의 비핵화 협상도 실패로 끝날 수밖에 없다. 그러면 핵무장은 했지만 나날이 더 빈곤해지는 북한 때문에 한반도와 동북아는 냉전시대와 같은 불안정과 대결에서 벗어 날 수 없을 것이다. 북한의 위험부담이 만만치 않아서 자발적으로 이러한 결단을 내릴 가능성은 없다고 봐야 한다. 따라서 비핵화 협상의 성공을 위해서는 북한의 선택을 핵이냐 경제냐, 핵이냐 체제안전이냐의 양자택일로 좁혀야 한다. 핵무기를 보유하는 것 보다, 어렵지만 핵무기를 포기하고 경제발전의 기회를 갖는 것이 김정은 정권의 안전에 더 나은 선택지가 되도록 만들어야 한다. 한국과 미국이 앞장서서 유엔 제재를 지켜낸다면 북한의 선택을 양자택일로 만드는 것도 불가능한 일만은 아니다. 김정은은 2018년 4월 당시 미 중앙정보국(CIA) 국장이었던 마이크 폼페오 국무장관이 평양을 방문했을 때 "자신의 자녀들이 평생 핵을 지니고 살기를 원하지 않는다"[12]고 했다고 한다. 그의 말 그대로 하도록 만들어야 한다.

7. 우리의 올바른 접근방법

북한 비핵화가 지난한 과제라는 점에서 북핵 협상은 성공의 경우와 실패의 경우 모두에 대비하는 것이 필요하다. 과거의 협상 실패 경험과 안보는 '돌다리도 두들겨보고 건너는' 신중함이 필요하다는 견지에서 오히려 협상 실패의 경우에 무게를 두어야 한다.

협상 타결의 경우에는 북한의 핵포기를 확실히 확보하고 우리가 주어서는 안 되는 반대급부가 포함되지 않도록 한미간에 치열하게 공조해야 한다. 설사 비핵화가 이루진다고 해도 주한미군 철수나 확장억제 무력화 등 우리 안보를 심각하게 저해하는 양보를 해야 한다면 이런 합의는 결코 해서는 안 된다. 또 앞으로의 협상 과정에서 미 본토에 대한 위협을 줄이는 대신 우리 안보를 저해하는 반대급부를 제공하는 나쁜 거래의 위험성을 경계해야 한다.

---

12. 2019.2.22. 앤드루 김, 前 CIA코리아미션센터장의 스탠포드대 공개 강연 내용 중 (2.23 연합뉴스 보도), https://www.yna.co.kr/view/AKR20190223015451071

이순신 정신과 리더십

협상 실패의 경우에 대비해서는 성공을 앞서서 과신하고 우리 안보를 흔드는 자충수를 두거나 남북경협에 과도하게 매달려 한미공조를 깨뜨리지 않도록 신중을 기해야 한다. 협상이 실패하면 한반도 긴장이 고조되고 미국의 군사옵션 검토도 뒤따를 텐데 이 과정에서 우리의 발언권이 있으려면 한미공조가 튼튼해야 한다.

끝으로 협상 성공과 실패 어느 경우에도 장래 우리나라를 튼튼히 지켜줄 방위력 증강계획을 늦추거나 스스로 안보태세를 허물어 버리는 일들을 해서는 결코 안 될 것이다. 그런 점에서 2018년 9월 19일 합의한 남북 군사합의는 실로 실망스러운 합의다. 많은 문제가 있지만 비행금지구역 설정으로 우리 군이 애써 구축했던 북한 장사정포 대응능력의 핵심인 무인정찰기가 무용지물이 된 것과 북한 반대방향으로도 발사훈련을 할 수 없어 연평도와 백령도의 K-9 자주포를 배로 실어다가 김포반도에서 훈련을 하고 다시 실어가야 하는 것은 큰 문제고 정말 이해가 안 가는 합의다. 게다가 다음번 군사합의에서 합의할 의제를 사전에 정해놓은 것도 독소조항이다. "대규모 군사훈련, 무력증강 문제, 정찰행위 중지 문제, 서해 평화수역과 시범적 공동어로구역 설정 문제" 등에서 북한에 잘못 약속을 해주게 되면 한국군의 단독훈련, 첨단무기 도입과 개발, 정찰위성 발사계획 등에 차질을 빚거나 우리 군이 지켜온 북방한계선(NLL)이 무력화될 위험성이 있다.

북한의 핵무기 개발 의도와 관련해서 북한의 의도를 고정적이라고 생각하는 것은 오류다. 김정일 시대에는 체제 유지라는 방어적 목적에 방점이 있었더라도 김정은 시대에는 다를 수 있다. 지금의 북한은 한반도의 전략적 주도권을 확보하여 대한민국이 더 이상 북한 체제의 위협이 되지 않도록 만들려고 하는 목표를 세우고 있을 것이다. 북한의 의도를 객관적인 시각에서 평가하고 최악의 시나리오까지 감안하면서 대응책을 마련하는 것이 옳은 방향이다.

IV. 맺음말

대한민국의 지정학적 여건은 최악이라는 말들을 한다. 5천만의 인구, 세계 11위의 경제 규모, 만만치 않은 군사력을 갖춘 대한민국은 세계 어느 지역에 갖다 놓아도 지역강국이 될 수 있다. 그런데 동북아에서는 설사 통일 이후에도 여전히 가장 작은 나라로 남게 된다. 그런 대한민국도 1989년 냉전종식 때부터 2009년 월가 금융위기 때까지 20년간은 지정학적 황금기를 구가했다. 그 시기 대한민국은 처음으로 북한의 남침 걱정 없이 동맹국인 미국 주도의 지역, 범세계 질서 속에서 중견국가로써 능동적 역할을 할 수 있었다. 그러나 이제 지정학적 황금기가 끝나고 우리가 제2차 세계대전 이후 겪어보지 못한 험난한 길로 접어드는 느낌이다.

이순신 정신과 리더십

도광양회(韜光養晦)와 화평굴기(和平崛起)를 벗어던진 중국, 평화 헌법의 족쇄를 벗어던지고 '정상국가'를 지향하는 일본, 탈냉전 시대 무력감을 떨치고 존재감을 되찾으려는 러시아, 그리고 동북아가 지각변동(tectonic shift)에 들어간 바로 이때 '아메리카 퍼스트'를 내걸고 일방주의와 고립주의로 회귀 하고 있는 듯한 우리의 동맹국 미국. 게다가 핵무기라는 '만능의 보검(万能의 宝劍)'을 휘둘러 한반도에서의 전략적 우위를 되찾겠다고, 아니 이미 되찾았다고 나서는 북한. 제대로 대처하지 못하면 걷잡을 수 없는 안보의 '퍼펙트 스톰'으로 자라날 위험들이 우리를 둘러싸고 있다.

2019년 7월 23일 하루에 벌어진 상황은 우리가 어떤 안보 도전에 직면하고 있는지를 극명하게 보여주었다. 먼저 중국과 러시아가 동해에서 최초의 연합공군훈련을 실시했다. 이들은 한국의 방공식별구역(KADIZ)을 자기 안방처럼 드나들었다. 러시아 군용기가 독도 영공을 두 차례나 침범했고 우리 군용기들은 경고사격을 가했다. 이 와중에 일본은 (독도가 자기네 영토라면서) 러시아 군용기의 독도 상공 침범에 대해 항의를 했다. 이 모든 일들이 제2차 세계대전 이후 처음으로 벌어진 것이다. 우리를 둘러싸고 있는 중·러·일이 어떤 나라들인지, 우리와 어떤 국익 충돌이 있는지, 우리가 방심하면 무슨 일이 벌어질지 마치 영화 대본을 쓴 것처럼 보여주었다. 필자는 7월 23일의 사건이 우리에게 좋은 예방주사라고 생각한다.

그리고, 임진왜란 때의 상황과 오늘의 안보 도전을 단순 비교할 수는 없겠지만, 이순신 장군의 선승구전(先勝求戰), 결과지향적(結果指向的), 실사구시(実事求是), 주인의식(主人意識) 리더십이 대한민국이 처한 위기극복에 여전히 유용하다고 믿는다.

이순신 정신과 리더십

[참고 문헌]

1. 이순신, 『개정판 교감완역 난중일기』, 노승석 옮김, (도서출판 여해, 2016)

2. 류성룡, 『징비록』, 이재호 옮김, (㈜위즈덤하우스, 2007)

3. 김성수 외, 『9인의 명사 이순신을 말하다』 (자연과인문, 2009)

4. 이민웅, 『이순신 평전』, (성안당, 2012)

5. 송복, 『위대한 만남』, (㈜지식마당, 2007)

6. 한승주, 『외교의 길』, (올림, 2017)

7. 정종욱, 『정종욱 외교비록』, (도서출판 기파랑, 2019)

8. 송민순, 『빙하는 움직인다』, (창비, 2016)

9. 크리스토퍼 힐, 『크리스토퍼 회고록 : 미국 외교의 최전선』, 옮긴이 이미숙, (메디치미디어, 2015)

10. 태영호, 『3층 서기실의 암호』, (도서출판 기파랑, 2018)

11. 한국안보문제연구소, 『북한 핵 미사일 위협과 대응』, (북코리아, 2014)

12. Joel S. Wit, Daniel B. Poneman, and Robert L. Gallucci, 『Going Critical : the first North Korean nuclear crisis』, (The Brookings Institution, 2004)

13. Donald J. Trump, Tony Schwartz, 『The Art of the Deal』, (The Random House Publishing Group, 1987)

14. Bob Woodward, 『Fear』, (Simon & Shuster, 2018)

지용희

미국 University of Washington 졸업
(경영학 박사)
서강대학교 경영대학 명예교수
숙명여자대학교 글로벌서비스학부 석좌교수
사단법인 한국경영연구원 원장
한국국제경영학회 회장
한국중소기업학회 회장
사단법인 이순신리더십연구회 이사장

명랑대첩과
이순신의
위기극복 리더십

13

명량대첩과 이순신의
위기극복 리더십

I. 머리말

지금 우리는 북핵으로 인한 안보위기, 저성장으로 인한 경제위기에 직면하고 있다. 이러한 위기를 극복하기 위해 국민의 단합이 중요하지만, 오히려 우리는 빈부갈등, 이념갈등, 세대갈등, 지역갈등, 남녀갈등, 노사갈등이 심화되어 국민분열의 위기에도 직면하고 있다. 설상가상으로 코로나바이러스로 인한 역병(疫病)까지 번지고 있어, 국민의 생명이 위협받고 있음은 물론 경제위기도 더욱 악화되고 있다.

이와 같이 여러가지 위기들이 동시에 다가오고 서로 상승작용을 일으킬 수 있어, 마치 둘 이상의 태풍이 동시에 몰려와 그 피해가 폭발적으로 증가하는 '퍼팩트 스톰(Perfect Storm)'이라는 최악의 위기 가능성도 있다. 이에 대비하기 위해, 우리는 충무공 이순신이 많은 악조건에도 불구하고 명량대첩을 성공적으로 끌어내 수군의 괴멸이라는 최악의 위기를 어떻게 극복했는가를 되새겨 보고 이를 벤치마킹할 필요가 있다.

II. 명량대첩 : 위기극복을 위한 최고의 교과서

옥포해전을 시작으로 당항포해전, 한산도해전, 안골포해전, 부산해전 등 모든 해전에서 이순신에게 연전연패한 일본은 전선이 부족해 군수물자를 본국에서 조달하기가 어려워지고, 수륙병진책도 추진할 수 없게 되었다. 또 의병의 봉기와 명나라의 참전으로 육지에서의 전투도 일진일퇴를 거듭하자, 일본은 적극적으로 싸울 의지가 없던 명나라와 지루한 강화협상을 벌렸다. 이에 따라 전쟁이 소강상태에 빠지자 임금 선조는 일부 사람들의 모함과 일본 간첩 요시라의 간계에 넘어가 1597년 2월 26일, 이순신을 함거에 가두어 한성으로 압송했다. 이 시기 침략의 원흉 도요토미 히데요시는 강화협상에 만족하지 못해 14만여 명에 달하는 왜군의 재침공 준비를 마친 상태였으나, 임금인 선조는 어이없게도 백전백승한 장수인 이순신을 감옥에 가두어 버린 것이다.

한 달여 후인 4월 1일 가까스로 석방된 이순신은 도원수 권율의 휘하에서 백의종군하라는 명을 받고, 직위도 없이 싸움터에 나가야 했다. 이순신이 백의종군한 지 약 3개월 후인 7월 18일, 이순신은 통한의 소식을 들어야 했다. 원균이 이끄는 조선수군

이순신 정신과 리더십

이 칠천량해전에서 전멸하다시피 패배했다는 비보였다. 이순신은 그때의 심정을 "통곡함을 참지 못했다"라고 난중일기에서 토로했다. 도원수 권율이 백의종군 중인 이순신에게 대비책을 마련해 줄 것을 요청하자 이순신은 군관 9명과 함께 직접 현장 점검에 나서게 되었다.

한편 수군의 괴멸에 놀란 임금 선조는 8월 3일 이순신을 다시 삼도수군통제사로 임명한다는 장문의 교지를 이순신에게 보냈는데, 일부만 소개하면 다음과 같다.

"짐은 이와 같이 이르노라. 어허, 나라가 의지해 보장을 삼는 것은 오직 수군뿐인데, 하늘이 아직도 화를 거두지 않아…… 3도 수군이 한 번 싸움에 모두 없어지니 근해의 성읍을 누가 지키며, 한산진을 이미 잃었으니 적이 무엇을 꺼릴 것이랴. 생각건대, 그대는 일찍이 수사 책임을 맡던 그 날 이름이 났고, 임진년 승첩이 있었던 뒤부터 업적을 크게 떨쳐 변방군사들이 만리장성처럼 든든히 믿었는데, 지난번 그대의 직함을 갈고 그대로 하여금 백의종군하도록 했던 것은, 역시 사람의 모책이 어질지 못함에서 생긴 일이었거니와, 오늘 이와 같이 패전의 욕됨을 당하게 되니, 무슨 할 말이 있으리오, 무슨 할 말이 있으리오. 이제, 특별히 그대를 상복 입은 그대로 기용하는 것이며, 또 그대를 백의(白衣)에서 뽑아내어 다시 옛날같이 전라좌수사 겸 충청·전라·경상 삼도수군통제사로 임명하노니……."

그 당시 우리 수군은 이미 괴멸된 상태였으므로 임금은 이순신을 군사, 전선, 무기, 군량도 없는 해군사령관에 임명한 셈이다. 이와 같은 최악의 위기상황에서 이순신은 다시 삼도수군통제사가 되어 빠른 시간에 패잔병을 수습하고 10여 척의 전선으로 대규모 일본 함대를 격파한 명량대첩을 이끌어 내어 나라를 구했다.

이루 말할 수 없는 악조건 속에서 명량대첩이라는 기적과도 같은 승리를 이끌어낸 이순신의 위기극복 리더십은 세계적으로도 비슷한 사례를 찾아보기 힘들며, 지금 우리가 당면하고 있는 각종 위기를 극복하기 위해 벤치마킹할 수 있는 최고의 교과서라고 할 수 있다.

III. 이순신의 위기극복 리더십

1. 희생정신과 서번트 리더십(servant leadership)

이순신은 백성이나 부하를 부림의 대상이 아니라 섬김의 대상으로 본 진정한 서번트 리더(servant leader)였다. '서번트 리더의 조건'의 저자 알렉산더 버라디(Alexander J. Berardi)는 "역사상 가장 위대한 리더들은 섬기는 것이 자신의 역할이라고 생각하는 사람들이었으며, 그들은 그런 섬김의 필연적인 결과로 리더의 지위

이순신 정신과 리더십

를 떠맡았다. 간디, 테레사 수녀, 예수, 부처, 알베르트 슈바이처 등과 같이 묵묵히 자신의 역할을 행한 사람들이 역사에 이름을 남긴다. 그들은 보이지 않는 곳에서 즐거운 마음으로 봉사하다가, 직접 나서서 사람들을 지도하지 않으면 안 될 때 비로소 모습을 드러낸다"[1]라고 서번트 리더의 특징을 지적한 바 있다.

이순신이 억울한 누명을 쓰고 백의종군하던 중에 우리 수군이 괴멸당하자 '서번트 리더의 조건'에서 지적한 바와 같이 이순신은 '섬기는 것이 자신의 역할'이라고 생각하고 죽음을 무릅쓰고 아무도 맡기 싫어하는 삼도수군통제사라는 독배를 들었다.

왜 이순신은 최악의 조건하에서 삼도수군통제사를 떠맡아 죽음을 무릅쓰고 수군 재건에 매진하였을까? 후회한다는 임금의 교지에 감읍하였거나, 임금에 대한 맹목적인 충성심 때문은 아니었을 것이다. 왜적의 침략으로 이루 말할 수 없는 고통을 당하고 있는 백성들의 참상을 보고, 이순신은 자신의 목숨이라도 바쳐서 백성들을 구하겠다는 희생정신으로 앞장선 것이다. 이러한 점에서 이순신은 서번트 리더의 표상이라고 할 수 있다.

이순신은 수군을 밑바닥에서부터 다시 조직하지 않으면 안 되었다. 그는 일본군의 추격을 피해 피난민들 사이를 다니면서 군

---

1. Alexander J. Berardi, 『서번트 리더의 조건』, 이덕열 역, (시아출판사, 2003)

지용희 — 명량대첩과 이순신의 위기극복 리더십   469

사를 모았다. 이순신이 나타나자 도망갔던 군사들이 모여들기 시작했다. 그러나 군사의 수뿐만 아니라 무기도 형편없었다. 군량도 모아야 했고, 피난민을 위로하고 민심을 수습하는 일까지 도맡아야 했다. 수군 재건의 길은 그야말로 고난의 연속이었다.

이순신은 주로 민가에 머물렀다. 가끔은 빈집에서 자기도 하고 지방 수령이 도망가 버린 빈 관사에서 잠을 청하기도 했다. 빈손의 수군 재건은 매우 위험한 일이었다. 이순신이 다녔던 길은 왜적이 진군했던 바로 그 길이었다. 적의 보급병이나 정찰병과 언제든지 조우할 수 있는 곳이었다. 그런데도 이순신은 그 현장을 찾아다녔다. 오로지 민심을 수습하고 수군을 재건하려는 일념에서였다.

이순신은 다시 삼도수군통제사가 되었으나 백성들과 함께하는 그의 자세에는 변함이 없었다. 이순신은 지나가던 길이 피난가는 사람들로 가득 찬 것을 보고 "말에서 내려 피난민들의 손을 마주 잡고 당부했다"라고 난중일기에 쓰고 있다. 그 당시 장군들은 일반 백성들 앞에서는 길을 비키라고 호령하면서 말을 그대로 타고 가는 것이 관행이었다. 그러나 이순신은 말에서 내려 손수 피난민들의 손을 마주 잡고 위로하며 꼭 살아남으라고 당부한 것이다. 자신을 낮추고 백성들과 함께 아픔을 공감하는 이순신의 모습을 본 피난민들은 그를 진정으로 따르게 되었다.

이순신 정신과 리더십

이순신은 수군 재건을 위하여 혼신의 노력을 기울였으며, 이러한 이순신의 모습에 감동한 피난민들은 이순신을 여러 면에서 도와주려고 하였다. 이순신은 "피난민들이 길가에 늘어서서 다투어 술병을 가져다 바치는데, 받지 않으면 울면서 받을 것을 권하였다"라고 난중일기에 기록하고 있다. 피난민들은 자신들이 피난 가서 마시려고 아껴두었던 술까지도 어떻게 해서든지 이순신에게 주려고 애썼던 것이다.

7년간의 임진왜란 동안 무수히 많은 백성들이 굶어 죽었다. 굶주림을 견디다 못해 우리나라 사람들끼리 서로 잡아먹었다는 끔찍한 기록이 있으며, 중국의 명나라 군인이 술 먹고 토해 놓은 것을 핥아 먹으려고 많은 사람들이 싸우기까지 했다는 기록도 있다. 아수라장 같은 전쟁의 와중에서 피난민들이 울면서 술병을 권할 정도로 이순신을 아끼고 도우려고 할 줄은 이순신 스스로도 상상할 수 없었을 것이다. 남을 위하여 진정으로 봉사하고 헌신한다면 바라지 않아도 그 대가는 예상 밖으로 다양하게 돌아올 것이며, 이에 따른 보람과 뿌듯함은 아주 클 수밖에 없을 것이다.

이순신은 떠돌아다니는 피난민들이 정착할 수 있도록 잘 보살펴 왔으므로, 이순신이 수군 재건을 위하여 빈손으로 동분서주할 때 피난민들이 이순신을 보자 소리 내어 곡을 하며 "장군이 다시 오시니 우리들은 이제 살게 되었다"고 모여들고 이순신을 따라 다니기도 하였다. 심지어 일부 피난민들은 명량해전이 벌어진 울돌목까지 따라왔다. 다음은 명량해전이 있던 날의 피난민들에 대한 '이충무공행록'에 나오는 기록이다.

"그날 피란하는 사람들이 높은 산 위에 올라가 바라보면서 적선 들어 오는 것을 300까지는 헤아렸으나 그 나머지는 얼마인지 몰랐다. 그 큰 바다가 꽉 차서 바닷물이 안 보일 지경인데 우리 배는 다만 10여 척이라 마치 바윗돌이 계란을 누르는 것 같을 뿐만 아니라 여러 장수들이 막 패전한 뒤에 갑자기 큰 적을 만난 것이라 기운이 죽고 혼이 빠져 모두들 달아나려고만 할 뿐이었다. 다만 공(公: 이순신)만이 죽겠다는 결심으로 바다 복판에 닻을 내리자 적에게 포위를 당하니 마치 구름과 안개 속에 파묻힘과 같을 뿐이요 시퍼런 칼날이 공중에 번뜩이고 대포와 우뢰가 바다를 진동하였다. 피난하는 이들이 서로 보고 통곡하며, '우리들이 여기 온 것이 다만 통제사 대감만 믿고 온 것인데 이제 이렇게 되니 우린 이제 어디로 가야 하오' 하였다"[2]

그러나 전투가 끝난 후 우리 측 전선은 한 척도 침몰되지 않고 적선을 대파한 기적과 같은 승리를 거둔 장면을 직접 목격한 피난민들은 감격의 환호성을 질렀다. 이에 이순신은 피난민들에게 "큰 적들이 바다를 뒤덮었는데 너희들은 어쩌자고 여기 있느냐"

---

2. 이은상 역, 『완역 이충무공 전서』(하), (서울: 성문각, 1992), 34~35쪽

라고 묻자 피난민들은 "저희들은 다만 대감님만 바라보고 여기 있는 것입니다"라고 대답하였다. 또 이순신에게 감복한 피난민들은 자신들이 갖고 있던 옷과 식량을 갖고 와서 수군을 도왔다.

피난민들과 현지 주민들은 이순신을 돕기 위해 적의 움직임에 대한 정보는 물론 해상 의병으로 이순신과 같이 싸우기도 했으며, 100여 척의 민간 어선들은 전선으로 위장하여 우리 측의 전선이 많아 보이도록 하기 위한 이순신의 위장전술에도 긴밀하게 협력했다.

2. 신뢰자산의 힘

위급한 전쟁의 와중에서 이순신은 빈손으로 그것도 빠른 기간 안에 군사와 물자를 모았다. 또 많은 사람들이 스스로 돕겠다고 모여들었다. 이순신이 곡성군 옥과면에 다다르자 5리 밖까지 사람들이 나와서 환영해 주었다. 이순신 함대의 거북선 돌격장으로 맹활약하던 이기남도 "앞으로 어떤 구덩이에 쓰러져 죽을지 모르겠다"고 한탄했지만, 이순신이 나타났다는 소문을 듣고 순천에서 이순신을 스스로 따라나섰다. 의병장으로 활동하던 정사준 형제와 군관들도 이순신의 대열에 합류했다.

어떻게 이것이 가능할 수 있었을까. 많은 사람들이 이순신을 믿고 존경하였음은 물론, 연전연승한 장군으로서 그가 갖고 있는 통솔력, 전략전술 능력 등 핵심역량(Core Competence)을 높게 평가했기 때문이다. 물질적으로 가진 것은 적었지만 이순신은 '신뢰'라는 자산을 크게 쌓았다. 그가 주위로부터 신뢰받을 수 있었던 것은 정직하고 원칙에 충실한 몸가짐 때문이었다. 그는 출장 갈 때 지급 받은 쌀을 남은 것이 있으면 도로 가져와 반납했다. 또 상관이 자기와 친한 사람을 무리하게 승진시키려 하자, 이순신은 "서열을 건너뛰어 진급시키면 당연히 진급해야 할 사람이 진급하지 못합니다"라는 이유를 들어 이를 저지시킨 적도 있다.

이후 이순신은 좌천되었으며, 1년 반 후에는 결국 파면되고 말았다. 이순신이 강직한 성품 때문에 부당하게 8품계나 강등당해서 다시 미관말직의 무관으로 근무하면서 활쏘기 연습에 열중하던 시절에 지금의 국방장관 격인 병조판서가 이순신의 전통(箭筒: 화살을 담는 통)을 달라고 요구한 적이 있었다. 병조판서에게 전통을 바치면서 자기의 억울함을 호소할 수 있는 절호의 기회가 온 것이다. 그러나 이순신은 자신의 억울함을 호소하기는커녕 불이익을 각오하고 윗사람의 요구를 거절하였다.

이순신은 자신의 출세를 위하여 청탁을 하지 않았음은 물론 출세를 위한 좋은 기회가 와도 이를 물리쳤다. 율곡(栗谷) 이이와 이순신은 같은 덕수(德水) 이씨로서 친척 간인데, 대신의 자리에 있던 이이가 미관말직에 있던 이순신을 만나보자고 했으

이순신 정신과 리더십

나 이순신은 "율곡과 나는 같은 성씨이므로 서로 만나는 것도 좋다. 그러나 그가 벼슬을 주는 대신의 자리에 있는 동안에는 만나보지 않겠다"라는 말로 거절하였다.

이순신은 강직한 성품 탓에 윗사람에게는 미움을 사기도 했으나 부하들이나 주위 사람들은 그를 진심으로 신뢰했다. 우리는 예부터 진퇴가 분명해야 훌륭하고 믿음직한 사람으로 여겼다. 이순신은 다음과 같은 말을 자주 했다고 한다.

> "장부로서 세상에 태어나 나라에 쓰이면 죽기로서 최선을 다할 것이며, 쓰이지 않으면 들에서 농사짓는 것으로 충분하다. 권세에 아부해 한때의 영화를 누리는 것은 내가 가장 부끄럽게 여기는 바이다"

이순신은 부하들을 무척이나 아끼고 사랑했다. 전시에는 부하들의 희생을 줄이기 위하여 최선을 다했고 평시에는 부하들과 같이 동고동락하면서 항상 한 몸이 되고자 노력하였다. 이순신은 죽은 부하들까지도 정성을 다하여 돌보았다. 이순신은 전사한 부하들의 시체를 거두어 고향에 묻히도록 배려하였으며, 제사를 지낼 수 있도록 쌀을 보내주기도 하였다. 이와 같이 이순신이 부하들을 아끼고 돌보았기 때문에 그의 휘하에는 사람들이 몰려들었고, 이순신을 마음속 깊이 존경하고 따랐다.

이순신은 오랫동안 쌓은 신뢰라는 자산을 바탕으로 위급한 상황에서도 군사를 모으고 수군을 재건할 수 있었다. 지금은 불확실성의 시대이므로 어떠한 조직이든 생각하지도 못한 위기에 봉착할 수 있으며, 이러한 위기를 극복할 수 있으려면 리더가 구성원들로부터 신뢰를 받아야 한다. 리더가 구성원들을 아끼고 사랑한다는 믿음, 리더의 능력이라면 어떠한 위기라도 극복할 수 있을 것이라는 신뢰가 있다면, 리더는 구성원들의 마음속 깊은 곳으로부터의 동참을 이끌어 내어 위기를 극복할 수 있을 것이다.

이순신은 부하를 사랑하고 종들의 공로까지 최대한 포상하려고 노력했지만 부하들의 죄는 용납하지 않았다. 난중일기에는 이순신이 도망간 병사 등 부하들의 죄를 처벌한 사례가 96건이나 나타난다. 자기의 부하를 처벌한다는 것은 누구에게나 괴로운 일이다. 이순신은 특히 부하들을 아끼고 사랑하였으므로 부하들을 처벌할 때마다 무척 괴로워했을 것이다. 그러나 전쟁에 승리하기 위해서는 군율을 칼날같이 세워야 하기 때문에 부하들의 죄를 엄격하게 다스릴 수밖에 없었다. 이와 같이 이순신이 잘못한 부하를 엄격하게 벌을 주어도 신상필벌의 기준이 투명하고 공정했으므로 부하들은 이순신을 믿고 따랐다. 리더가 조직 구성원들로부터 신뢰를 받으려면 리더가 희생정신과 청렴성에서 솔선수범해야 함은 물론, 신상필벌도 공정하게 해야 한다.

이순신 정신과 리더십

그러나 지금 우리 사회에는 상을 남발하고, 벌은 제대로 주지 않는 경향이 팽배하다. 심지어 큰 부정부패를 저질러도 적당히 넘어가는 경우도 있다. 벌을 제대로 주는 악역을 기피하면서 마치 관대하고 통이 큰 리더인 것처럼 행세하는 경우도 있다. 이러한 리더들이 많을수록 공정한 사회가 될 수 없음은 물론, 위기극복을 위한 결속력도 약화된다. 잘하거나 잘못하거나 똑같이 대우한다고 해서 공정한 것이 아니다. 잘하는 사람에게 상을 주고, 잘못한 사람에게 벌을 주는 것이 공정한 것이다. 이래야만 조직 구성원에게 동기부여가 이루어져 조직의 경쟁력과 결속력도 강화될 수 있다.

3. 불굴의 용기와 냉철한 위험 감수

이순신은 천신만고 끝에 패잔병과 12척의 전선을 수습하여 수백 척이 넘는 일본전선의 진격을 저지하려고 했으나, 패배를 두려워한 부하들이 겁에 질려 도망가려고 했다. 심지어 임금까지도 패배할 수밖에 없는 전투이므로 포기하라고 지시하자, 이순신은 임금에게 다음과 같은 글을 올렸다.

"임진왜란이 터진 이래 5~6년간 적이 감히 호남과 충청에 쳐들어오지 못한 이유는 우리 수군이 적의 수군을 막았기 때문입니다. 지금 신에게는 아직도 12척의 전선이 있으므로 죽을 힘을 다하여 싸우면 적 수군의 진격을 막을 수 있습니다. 만일 지금 수군을 없앤다면 적이 바라는 대로 하는 것이며, 적은 호남과 충청의 연해안을 돌아 한강으로 올 것입니다. 신은 이것을 두려워하지 않을 수 없습니다. 전선의 수가 적고 미미한 신하에 불과하지만 신이 죽지 않는 한 적이 감히 우리를 얕보지는 못할 것입니다"

여기서 우리는 이순신의 비장한 각오와 불굴의 용기를 볼 수 있다. 이순신은 임금의 명령을 따르기만 하면 목숨을 잃을지도 모르는 불리한 전쟁을 기피할 수 있었다. 그러나 그는 "아직도 12척의 전선이 있으므로 죽을 힘을 다해 싸우면 적 수군의 진격을 막을 수 있습니다"라며 오히려 임금을 설득하고 앞장서서 싸웠다. 서번트 리더십을 처음 주창한 그린리프 (Robert K. Greenleaf)가 "서번트 리더는 불굴의 의지로 위험을 껴안는 사람이다"[3]라고 지적한 바와 같이 이순신은 서번트 리더로서 불굴의 용기를 보여주고 있다.

명량해전 이전에 이순신은 손자병법의 승병선승이후구전(勝兵先勝以後求戰) 전략, 즉 "승리하는 군대는 먼저 승리할 수 있는 조건을 만들어 놓은 후에 전쟁에 임한다"라는 전략에 충실하였다. 이순신은 미리 이길 수 있는 조건을 만들어 놓은 후에 전투를 벌여 우리의 피해를 최대한 줄이면서 항상 승리할 수 있었다.

---

3. Robert K. Greenleaf, 『서번트 리더십 원전』 강주현 역, (참솔, 2006), 369쪽

이순신 정신과 리더십

이순신은 선승구전 전략으로 옥포, 사천, 당항포, 한산도, 안골포, 부산, 웅포, 진해 등에서 벌어진 수많은 해전에서 일본 수군에 한 번도 패하지 않고 항상 승리할 수 있었다. 또한, 이순신은 우리 수군의 피해를 최소화하면서 승리했다. 예를 들면 일본 수군은 옥포해전에서 26척, 한산도해전에서 59척의 전선과 많은 군사를 잃었지만 우리 수군은 한 척의 전선도 잃지 않았고 인명 피해도 아주 적었다. 이순신이 패배할 수 있는 위험을 철저히 줄이려고 했기 때문이다.

이순신은 패배할 수밖에 없는 무모한 공격은 하지 않았다. 임금인 선조가 잘못된 정보와 판단에 따라 적의 소굴로 쳐들어가라고 명령했지만, 이렇게 무모하게 공격하면 패배할 수밖에 없다고 판단한 이순신은 임금의 명령이라고 해도 이를 따르지 않았다. 다음은 이순신이 1594년 9월 3일에 쓴 난중일기의 일부분이다.

"새벽에 밀지(密旨: 임금이 비밀리에 내리는 명령)가 왔다. 임금께서 '수륙 여러 장수들이 팔짱만 끼고 서로 바라보면서 한가지라도 계책을 세워 적을 치는 일이 없다'라고 하셨지만, 3년 동안 해상에서는 그런 일이 없었다. 여러 장수들과 함께 죽음을 맹세하고 원수 갚으려고 하루하루를 보내지만 적이 험난한 소굴에 웅거하고 있으므로 경솔히 나가 칠 수는 없다. 더구나 '나를 알고 적을 알아야만 백 번 싸워도 위태롭지 않다'라고 하지 않았던가. 종일

큰바람이 불었다. 초저녁에 불 밝히고 혼자 앉아 생각하니 국가의 일이 어지럽건만 안으로 구제할 길이 없으니 이 일을 어찌하리오"

전쟁에서 승리하기 위해서는 우리 편은 물론 상대방의 군대 수와 사기, 무기 및 장비의 수와 성능, 군량 등 군수물자의 비축 정도, 병력의 배치 상황 등 승패를 좌우하는 모든 요소들을 비교 분석해서 전투 시기와 방법을 결정해야 한다. 멀리 떨어져 있는 임금이 최전선의 상황을 현지에 있는 뛰어난 장수인 이순신보다 더 잘 파악할 수는 없다. 따라서 임금이 이순신에게 위와 같은 밀지를 보내지 말았어야 했다. 손자병법에도 장수가 유능하고 군주가 간섭하지 않으면 전쟁에서 승리한다고 쓰여 있다. 이순신은 임금의 지시를 따르지 않은 데 따른 개인적인 불이익과 희생을 각오하고, 무모한 공격에 따른 참패의 위험을 방지하려고 한 것이다.

이러한 일이 있고 난 뒤에도 임금인 선조는 일본 간첩 요시라가 건네준 잘못된 정보로 이순신에게 적을 공격하라는 명령을 내리지만, 이때에도 이순신은 이에 따르지 않았다. 이 결과 이순신은 감옥에 끌려가고 백의종군하는 곤욕을 당하게 된다. 그 사이 이순신 대신 삼도수군통제사가 된 원균이 임금의 지시에 따라 무모한 공격을 감행한 결과, 우리 수군은 칠천량해전에서 전멸에 가까운 참패를 당하게 되었다. 이순신은 개인적인 불이

익을 감수하면서까지 국가를 위해 위험관리를 철저히 했음을
알 수 있다.

 이와 같이 이순신은 전쟁에서 패배하게 되는 위험을 최대한
줄이려고 노력했지만, 꼭 필요하다고 판단하면 목숨까지도 잃
을 수 있는 위험까지도 감수하겠다고 나섰다. 명량해전 전에 이
순신이 12척(나중에 추가로 한 척이 참전하여 모두 13척이 전
투에 임했음)의 전선으로 수백 척에 달하는 적선의 침입을 저지
하려고 하자, 패배할 수밖에 없다고 생각한 임금은 수군을 없애
고 육군에 합류하라는 지시를 내렸다. 이에 대해 이순신은 임금
에게 다음과 같은 보고서를 올려 명량해전을 포기해서는 안 되
는 이유를 밝히고 있다.

> "만일 지금 수군을 없앤다면 적이 바라는 대로 하는 것이며, 적
> 은 호남과 충청의 연해안을 돌아 한강으로 올 것입니다. 신은 이
> 것을 두려워하지 않을 수 없습니다"

 명량해전을 포기하면 적들이 전선을 타고 서해안을 돌아 한
강까지 쳐들어와 또다시 한성을 점령하게 될 것이며, 이렇게 되
면 나라가 패망할 수도 있다고 이순신은 염려했다. 나라가 망한
후에는 수군이 있어도 아무 소용이 없을 것이므로, 이순신은 이
길 수 있는 가능성이 아주 작더라도 반드시 싸워야 한다고 생각
했다. 즉 그는 명량해전에서 승리할 수 있는 확률이 아무리 적

다고 하여도, 명량해전 포기에 따른 국가 패망의 위험성이 크다고 판단하고 목숨을 걸고라도 싸워야 한다고 판단했다. 이에 따라 이순신은 임금과 부하들을 설득하고, 죽음을 무릅쓰고 앞장서서 싸워 명량대첩을 이끌어낸 것이다. 이순신은 기피해야 할 위험과 감수해야 할 위험을 냉철하게 판단해서, 국가 존망의 위기에서 나라를 구할 수 있었다.

이와 같이 경우에 따라서는 큰 위험이라도 과감하게 이를 감수할 필요가 있다. 이러한 경우에도 부담하게 될 위험의 크기와 심각성은 물론 그러한 위험이 나타날 수 있는 가능성 또는 확률을 종합적으로 분석, 평가하여 위험을 감수할 것인가 또는 말 것인가를 결정하여야 한다. 지금과 같은 불확실성과 위기의 시대에서는 의사결정에 따른 위험부담과 그 가능성을 더욱 철저히 평가, 계산하지 않으면 안 된다. 즉 계산된 위험 감수(Calculated Risk Taking)의 틀에서 위기관리를 냉철하게 해야 한다.

4. 사즉생 정신과 탁월한 전략

이순신은 12척의 전선으로 수백 척에 이르는 일본 전선의 침입을 저지하기 위한 명량해전을 앞두고 고립무원의 처지에 있었다. 심지어 바로 밑의 장수인 경상 우수사 배설은 겁이 나서 도망가 버렸다. 또한 엄청난 격무, 좌절감과 스트레스로 건강도 악화되어 토사곽란(吐瀉癨亂)에 시달렸다. 새벽 2시경부터 10여

이순신 정신과 리더십

차례 토하고 밤새도록 앓았다고 일기에 쓰기도 했다. 이러한 상황에서는 이순신이라고 해도 좌절할 수밖에 없었을 것이다.

그러나 이순신은 좌절감을 떨쳐내고 불굴의 투혼으로 다시 일어섰다. 이순신은 명량해전 하루 전에 수많은 적선이 침입하고 있다는 척후보고를 받은 후 부하들을 모아놓고 "죽고자 하면 살고, 살고자 하면 죽는다(必死則生, 必生則死)"라는 비장한 자세로 함께 싸워야 한다고 말했다. 또한 "한 사람이 길목을 지키면 천 명도 두렵게 할 수 있다(一夫當逕 足懼千夫)"라고 하면서 부하들의 분발을 촉구했다.

그러나 막상 다음날 벌어진 명량해전에서 수백 척의 적선이 쳐들어 오자, 부하들은 겁에 질려 싸우려 하지 않았다. 이때 이순신은 "적선이 비록 많다고 해도 우리 배를 침범하지 못할 것이다"라며 이순신이 탄 전함 한 척만이 먼저 적함들과 싸우기 시작했다. 또한 이순신은 부하들에게 도망가지 말고 싸우라는 엄명을 내렸지만, 같이 싸운 부하들이 곤경에 처하게 되자 부하들을 구출하는 데 앞장섬으로써 부하들의 분투를 이끌어냈다.

육군사관학교가 발행한 '군대윤리'라는 책자에 따르면, 세계 최강인 미국 군대에서도 1964년부터 8년 반 동안 계속된 베트남 전쟁에서 1,016명의 미군 장교와 하사관이 그들의 부하들에게 살해되었다고 한다.[4] 이러한 사실에서 평소에 신뢰받지 못하는 지휘관이 자신의 몸은 아끼면서 부하들에게 죽음을 무릅쓰고 싸우라는 독전(督戰)을 하다가는 전투에서 승리하기는커녕, 부하들에게 살해당할 수도 있음을 알 수 있다. 목숨을 걸고 싸우라는 독전은 이만큼 어려운 것이다.

절대적으로 불리한 상황 속에서도 이순신이 부하들에게 목숨을 걸고 싸우라는 독전에 성공할 수 있었던 요인은 무엇이었을까? 이순신은 최고 지휘관으로서 죽음을 무릅쓰고 맨 앞에서 싸우는 솔선수범을 실천함으로써 부하들의 분투를 이끌어냈다. 가뜩이나 절망적인 상황 속에서 만약 지휘관인 이순신마저 앞장서서 싸우지 않고 주춤거렸다면, 적군의 위세에 눌려 이미 겁을 잔뜩 집어먹은 부하들이 목숨을 걸고 싸우기는커녕 모두 도망갔을 것이다. 이순신은 일본 수군 장수의 목을 베어 적의 기세를 꺾고, 우리 수군의 사기도 크게 진작시켰다.

이순신의 아낌없는 부하사랑도 부하들의 동참을 이끌어냈다. 평소에도 이순신은 부하들을 아끼고 보살폈으며, 전투 시에는 부하들의 안전을 무엇보다도 중시하였다. 명량해전에서도 이순신은 적의 집중공격으로 곤경에 처한 거제현감 안위를 앞장

---

4. 민병돈, 「타고난 장재, 이순신의 리더십」, 『9인의 명사 이순신을 말하다』 (자연과 인문, 2009), 104쪽

이순신 정신과 리더십

서서 구하였다. 이러한 이순신의 모습을 본 부하들은 더욱 분발하여 싸우게 되었다.

이순신은 자신의 핵심역량을 최대한 활용하여 기적과 같은 명량대첩을 이끌어냈다. 이순신은 병법, 전략, 전술에 통달했으며, 지휘관으로서 부하들의 분투를 이끌어낼 수 있는 통솔력도 탁월했다. 또한 각종 전함과 화포의 사용법을 꿰뚫고 있었으며, 명궁이었다. 이와 같이 이순신은 장군에게 꼭 필요한 핵심역량을 두루 갖추었다. 이러한 핵심역량이 있어 이순신은 연전연승의 신화를 만들어 낼 수 있었으며, 부하들에게도 이순신을 믿고 열심히 싸우면 이길 수 있다는 자신감을 심어줄 수 있었다.

이순신은 명량해전에서도 '이길 수 있는 전략과 전술'을 활용했다. 이순신은 지형, 조류 등 지리적 여건을 최대한 활용하기 위해 명량해협의 좁은 물목(물이 흘러들고 나가는 어귀)을 전투 장소로 선택했다. 명량해협의 폭은 평균 500m이지만 해협 양안에 암초가 있어 배가 다닐 수 있는 너비는 평균 400m 정도에 불과하다. 명량해협 중에서도 울돌목은 너비가 가장 좁다. 이순신은 이곳에서 적의 침입을 저지하기로 결심했다. 이렇게 함으로써 많은 전선을 갖고 있다는 일본수군의 강점은 크게 사라지게 되었다. 일본전선 중 가장 크고 전투력이 강한 전투함인 아다케(安宅船)는 직접 전투에 참여하지 못하게 되었으며, 규모가 작은 세키부네(關船) 133척만 전투에 참여할 수 있었다. 또한 이순신은 유리한 위치에서 좁은 물목을 어렵게 빠져나올 수밖에 없었던 일본군선들에게 화포를 집중포격하여 수많은 적선을 침몰시키는 큰 성과를 거두었다.

명량해협은 우리나라에서 조류가 가장 빠른 곳이므로 이순신은 이러한 특성을 최대한 활용했다. 일본수군은 우리 수군 쪽으로 거세게 밀려오는 조류를 타고 쳐들어 왔다. 그러나 전투 중 조류의 방향이 바뀌게 되어, 우리 수군을 향해 몰아치던 조류가 일본 수군을 향해 흐르기 시작했다. 일본 수군은 순식간에 역류를 만나 혼란에 빠지고, 진용이 흐트러지게 되었다. 이 틈을 이용하여 이순신은 일제히 대반격을 감행하여 우리 전선은 한 척도 침몰하지 않으면서 적선 31척을 격침시키는 압도적인 승리를 거두었다.

5. 헌신적 몰입(沒入)과 겸양의 미덕

명량해전 14일 전에 이순신의 바로 밑의 장수인 경상우수사 배설이 겁이 나서 도망갔다. 이 와중에 임금과 조정은 자격 미달인 김억추를 전라좌수사로 임명하여 내려보냈다. 이에 대해 이순신은 명량해전 8일 전의 난중일기에 김억추는 "장수의 임무를 맡길 수 없는데, 좌의정 김응남이 그와 친밀한 사이라고 해서 함부로 임명하여 보냈다"라면서 때를 잘 못 만난 것을 한탄하였다.

이순신 정신과 리더십

이와 같은 고립무원의 상태에서 이순신은 명량해전 5일 전 난중일기에 "흐리고 비가 내릴 듯했다. 홀로 배 위에 앉았으니 이 생각 저 생각으로 눈물이 났다. 천지간에 어떻게 나 같은 사람이 있으리오. 아들 회가 내 심정을 알고 매우 괴로워했다"라고 외로움을 토로했다. 이와 같이 어려운 상황 속에서도 이순신은 명량해전에서 반드시 승리해서 나라를 구하겠다는 일념으로 전략 수립에 골몰했다.

　　이순신은 잠도 제대로 자지 못하면서 전략 수립에 몰입했던 것 같다. 명량해전 하루 전인 1597년 9월 15일에 이순신은 난중일기에 "이날 밤 신인(神人)이 꿈에 나타나서 가르쳐 주시기를 이렇게 하면 크게 이기고, 이렇게 하면 패하게 된다고 했다"라고 기록하였다. 이러한 이순신의 꿈에 대해 '이충무공 일대기', '난중일기 해의', '충무공의 생애와 사상'을 저술한 이순신 전문가인 이은상(李殷相)은 이순신의 지성소치(至誠所致)의 결과라고 하였다.

　　이순신은 고립무원의 위기상황에서 지극한 정성으로 명량해전의 승리를 기원하면서, 잠을 자다 깨다 하면서 명량해전 승리를 이끌어낼 수 있는 전략 수립에 몰입한 결과가 꿈으로 나타났다고 해석할 수도 있다. 다른 모든 것을 잊고 초긴장 상태에서 간절한 목표를 달성하는 것에만 몰입하게 되면, 자신의 최대 능력과 창의성을 빠른 속도로 발휘할 수 있는 비상한 능력이 발휘되어 최선의 의사결정을 하는 것이 가능하다고 한다.

이순신은 나라를 구하기 위해 헌신적으로 전쟁 대비에 몰입했다. 이충무공전서에 이순신은 "매일 밤 잘 때도 띠를 풀지 않았다. 그리고 겨우 한 두 잠자고 나서는 사람들을 불러들여 날이 샐 때까지 의논하고 또 먹는 것이라고는 아침, 저녁 5, 6합뿐이라 보는 이들은 공이 먹는 것 없이 일에 분주한 것을 깊이 걱정하였다"는 기록이 있다. 이순신과 함께 싸운 명나라 제독 진린(陳璘)도 "이순신은 창을 베개 삼고 갑옷을 휘감은 채 날이 새도록 여가가 없었으며, 배를 수리하고 무기를 만들며 해가 다 하도록 조금도 쉰 일이 없었다"라고 회고한 바 있다. 이와 같은 이순신의 헌신적 몰입 자세는 부하들을 감동시키고, 무적함대를 만드는 원동력이 되었다.

이순신은 이루 말할 수 없는 악조건하에서도 죽음을 무릅쓰고 명량대첩을 이끌어냈지만, 명량대첩 당일의 난중일기에 "이번 일은 실로 천행(天幸: 하늘이 내린 큰 행운)"이라고 모든 공을 행운에 돌리는 겸양의 미덕도 보여주었다.

저명한 경영 컨설턴트인 짐 콜린스(Jim Collins)는 경쟁기업을 압도하는 탁월한 성과를 내고 이를 오랫동안 유지하는 위대한 기업을 만든 리더들의 공통적인 특징을 연구했다. 그에 따르면 이들 리더들은 뛰어난 업무 능력, 팀워크 능력, 관리자로서의

이순신 정신과 리더십

역량, 비전 제시와 동기부여 역량은 물론, '헌신과 겸양의 미덕'
이 있다는 것이다. 그는 '헌신과 겸양의 미덕'을 갖추어야 가장
높은 5단계 리더가 될 수 있으며, 이러한 리더는 매우 드물지만
위대한 기업을 만든다는 것이다. 5단계 리더는 불굴의 의지를
갖고 헌신적으로 일해 엄청난 성과를 올린다. 이렇게 값진 성공
을 이끌어냈음에도 이들은 그 공적을 자기 자신이 아닌 다른 사
람에게 돌리며, 공적을 돌릴 수 있는 특정한 사람을 찾지 못하
면 운이 좋아 성공했다고 겸손해한다는 것이다

마쓰시다 전기를 창업해 세계적인 기업으로 성장시키고 일본
에서 경영의 신으로 추앙 받고 있는 마쓰시다 고노스케는 성공
을 운의 덕으로 돌리고, 실패는 자신의 탓으로 돌리라고 충고한
바 있다. 그는 성공을 운의 덕으로 돌리는 겸손한 경영자는 작
은 실패 하나하나에 깊이 반성한다고 지적했다. 또 윗사람일수
록 교만함을 깨우쳐주는 사람이 드물기 때문에 항상 버릇처럼
자신이 겸허한지 자문자답해야 한다고 충고한 바 있다.

IV. 맺는말

이순신은 많은 악조건에도 불구하고 희생정신과 서번트 리더
십, 신뢰자산의 힘, 불굴의 용기와 냉철한 위험 감수, 사즉생의
정신과 탁월한 전략, 헌신적 몰입과 겸양의 미덕으로 수군 괴멸

이라는 최악의 위기를 극복하고 명량대첩을 이끌어내 나라를 구했다. 위기시대에 살고 있는 우리는 이와 같은 이순신의 위기 극복 리더십을 벤치마킹해야 할 것이다. 임금과 조정의 위기불감증과 무능으로 이순신을 최악의 위기상황에 내몰려도 이를 극복했지만, 돌이켜 보면 그러한 최악의 위기가 나타나지 않도록 예방하고 관리하는 것이 더 중요하다. 이러한 관점에서 보아도 이순신은 탁월한 위기관리 리더십을 보여 주었다.

이순신은 유비무환의 정신으로 전라좌수사로 부임하자마자 전쟁에 철저히 대비하기 위해 현장을 누비면서 병력 충원과 훈련, 각종 무기의 제조, 전선건조, 군량 등 군수물자의 확보에 매진했다. 또 거북선 개발에 혼신의 노력을 기울여 임진왜란 하루 전에 화포의 시험 발사에도 성공해 거북선 개발을 완료했다. 이순신은 적에 대한 정보도 적극적으로 수집하고 활용하였다. 정보원과 정탐선을 파견해 적의 규모와 이동상황 등을 세밀히 파악했다. 이순신은 이렇게 수집한 정보를 토대로 일본 수군을 선제공격함으로써 기선을 제압하고 적이 공격해 올 여지를 봉쇄했다.

그러나 임금 선조와 조정은 위기불감증으로 전쟁에 제대로 대비하지 못했다, 임진왜란 전에 통신사의 부사로 일본에 갔다온 김성일이 "도요토미의 눈은 쥐와 같고 외모로 보나 언행으로 보나 하잘것없는 위인이니 두려울 것이 없다"라고 한 말을 믿고

이순신 정신과 리더십

전쟁 대비를 제대로 하지 않았다.

선조와 조정은 일본에 대한 정보수집조차 등한시했다. 필자는 사단법인 이순신리더십연구회 회원들과 같이 왜적의 선봉대장인 고니시 유키나가(小西行長)와 그의 부하 1만8천여 명이 부산에 상륙하기 직전에 10여 일간 머물렀던 대마도의 전초기지인 포구를 답사한 적이 있는데, 날씨가 좋으면 부산에서도 육안으로 볼 수 있는 대마도에 이러한 대규모의 침략군과 전선들이 집결해 있었다는 정보를 임금과 조정이 전혀 갖고 있지 못했다는 사실에 크게 실망했다.

필자는 도요토미 히데요시가 조선 침략을 위한 본거지로 구축한 나고야 성터, 침략군 부대들의 진영터, 나고야성 박물관도 답사했다. 나고야성은 표고 888미터이며, 총면적은 17만 제곱미터에 이르는 매우 큰 성이다. 혼마루(텐슈다이)에서는 대마도까지 볼 수 있을 정도로 부산과의 거리도 가깝다. 이렇게 가까운 곳에 대규모 침략군의 본거지인 성이 건설되고, 많은 병력과 전함들이 집결하고 있었는데도 이를 제대로 파악하지도 못한 사실이 안타까울 뿐이다.

우리는 지금도 안보불감증으로 북핵위기가 심화되어 심각한 안보위기에 직면하고 있다. 북핵위기도 임진왜란과 같이 국가의 존망을 좌우할 수 있는 심각한 위기다. 또 북핵위기도 임진왜란의 경우와 같이, 위기 가능성을 예측하기가 매우 어려운 '검은 백조(Black Swan)형' 위기가 아니라, 위기를 일찍 포착 대비할 수 있는 전형적인 '회색 코뿔소(Grey Rhino)형' 위기[5]라 할 수 있다. 그러나 북핵위기도 임진왜란의 경우와 같이 안보불감증, 자만과 오만, 희망적 사고로 인한 위기의 외면으로 위기가 악화되었다는 공통점이 있다. 이순신이 보여준 빈틈없는 위기대비 태세로 북핵위기에 대처했다면 이미 위기는 해소되었을 것이다.

'대변동: 위기, 선택, 변화'라는 책의 저자인 재래드 다이아몬드(Jared Diamond) 교수는 개인과 국가의 경우 대부분의 위기는 오랜 기간 축적된 점진적 변화의 결과이며. '위기'는 오랫동안 쌓이고 쌓인 압력이 갑자기 폭발할 때 닥친다[6]며, 대부분의 위기는 미리 대비할 수 있음을 지적하고 있다.

대형사고도 어느 순간 갑자기 발생하는 것이 아니라, 발생하기 전 일정 기간 이와 관련된 여러 번의 경고성 징후와 전조들이 반드시 존재한다는 사실을 실증적으로 밝힌 하인리히 법칙이 있다. 하인리히 법칙은 대형사고 전에 나타나는 사소한 징후를 무시하면 대형사고로 번질 수 있다는 사실을 경고하고 있다.

---

5. 회색 코뿔소의 위기에 대해서는 Michele Wucker, 『회색 코뿔소가 온다』, 이주만 역, (비지니스북스, 2016)를 참조하기 바람.
6. Jared Diamond, 『대변동: 위기, 선택, 변화』 강주현 역 (김영사, 2019), 24쪽

이순신 정신과 리더십

2019년 4월 17일에 발생한 '진주 방화 및 흉기 살인사건'도 이를 경고하는 7번의 징후가 있었으나, 이를 방치한 결과 끔찍한 대형사고로 번지게 되었다.

지금과 같은 위기의 시대에 리더는 이순신의 유비무환 정신으로 위기불감증을 철저히 경계하고 위기에 대한 빈틈없는 대비태세를 갖추어야 한다. 위기의식을 부하들에게 불어 넣기 위해 리더는 이순신과 같이 먼저 온몸으로 위기에 대처하는 모습을 보여주어야 하며, 이렇게 하면 조직 구성원들도 위기에 대한 긴장의 끈을 놓지 않게 될 것이다. 위기에 대비하는 자세에 있어서도 리더의 솔선수범이 꼭 필요한 이유다.

많은 분야에서 불확실성이 더욱 커지고 있으므로 언제 어느 분야에서 위기라는 먹구름이 나타날지 모른다. 따라서 우리는 위기불감증을 철저히 경계하고 있을 수 있는 다양한 위기의 발생 가능성을 점검할 수 있는 시나리오(Scenario)를 만들어야 하며, 이를 토대로 위기가 발생할 경우 즉각 활용할 수 있는 비상계획(Contingency Plan)을 수립하여야 한다. 또한, 위기에 대한 조기경보 체계를 강화하고, 효과적인 위기정보전달 체계도 확립해야 한다.

李舜臣

추규호

외교부 아시아·태평양局長, 代辯人

주일본한국대사관 參事官, 公使

주시카고總領事, 주英國大使

성균관대학교 國家戰略大學院 敎授

(사)韓日未來포럼 理事長

사단법인 이순신리더십연구회 이사

넬슨에
비추어 본
이순신의 리더십

14

I. 서론 : 이순신의 리더십은 무엇이 다른가?

1. 영국이 자랑하는 해군 제독 넬슨(Horatio Nelson)과 한국의 성웅(聖雄)으로 일컬어지는 이순신(李舜臣)은 구국의 영웅으로서 공통점이 많다. 넬슨은 18세기 말 이후 프랑스 나폴레옹의 유럽제패 야욕을 나일강 전투, 트라팔가 해전 승전 등을 통해 좌절시킨다. 이순신 장군은 16세기 말 일본 도요토미 히데요시(豊臣秀吉)의 한반도 침략을 해전에서 상승(常勝)을 통해 저지한다.

두 사람은 특히 전쟁의 마지막 결정적 전투에서 목숨을 바쳐 승리를 거두어, 극적인 모습으로 국가의 영웅이 된다. 넬슨은 1805년 10월 21일 트라팔가 전투에서 완승을 확인한 후, 함상에서 숨을 거두기 직전에 "신에게 감사드린다. 나는 내 의무를 다했노라(Thank God. I have done my duty)"**1**라는 말을 남긴다. 이순신

---

1. Andrew Lambert, 『넬슨』, 박아람 역, (서울: 생각의 나무, 2004), 477쪽

도 정유재란 시 명량해전(1597년 9월 16일 음력)을 앞두고 휘하 장수들에게 "병법에 이르기를 반드시 죽고자 하면 살고, 살려고만 하면 죽는다(必死則生, 必生則死)"고 정신무장을 강조한다.[2] 이 두 영웅은 목숨을 걸고 임무를 완수한다는 점과 명확한 전략적인 안목으로 상대방의 전략을 무력화시켰다는 점에서 공통점이 있다.

2. 그러나 각기 살았던 나라와 시기가 다른 두 영웅에게는 판이한 몇 가지 상이점이 존재한다고 생각된다.

첫째, 18세기 후반 이후 영국은 산업혁명의 선도국으로서 나폴레옹 군에 대항하여 거국적인 전쟁 수행 지원, 병력의 총력동원 체제가 가능한 사회였다. 반면, 조선은 1592년 4월 13일 일본에게 기습당했으며, 수군에 있어서는 왜란 발발 이전은 물론, 정유재란 시 명량해전 직전에도 폐지가 공식 거론될 정도로 전쟁 수행 능력이 의문시되고 있었다.[3] 이순신은 조선이 육전에서 연패하는 상황에서, 해전에서는 홀로 철저한 전투대비와 전투 역량의 극대화를 통해 23전 23승의 기적을 이룬 것이다.

둘째, 두 영웅은 승리를 쟁취하는 방식이 다르다. 두 사람 모

---

2. 이민웅, 『이순신 평전』 (서울: 성안당, 2012), 337쪽
3. 제장명, 『이순신 백의종군』 (서울: 행복한 나무, 2011), 137~138쪽

이순신 정신과 리더십

두 전투대비의 철저성, 솔선수범과 신뢰의 리더십, 전투원의 단결과 사기 고양 등 면에서 명장의 면모를 공유한다. 그러나, 넬슨의 경우는 국력의 뒷받침이 충분하였기 때문인지 전장에서 과감한 작전을 불사하여 패전하는 경우도 있었으며, 여러 차례 부상을 당한다. 이순신의 경우는 먼저 승리의 여건을 만들어놓고 전쟁을 하는 선승구전(勝兵先勝而後求戰)의 자세로 전투에 임하였기 때문에 7년 전쟁의 전 기간에 걸쳐 한 번도 패하지 않는다. 당시 백척간두(百尺竿頭)의 위기에 처한 조선에게는 그야말로 구국의 장군인 것이다.

셋째, 두 사람은 인격의 측면에서 차이가 있다. 넬슨은 수신제가(修身齊家)의 측면에서 문제점이 있다. 특히 나폴리주재 영국대사 해밀턴의 부인 엠마(Emma)와의 연인관계는 당시 영국의 사회규범상으로도 문제시되었다. 이순신은 효심 깊고 건실한 가장이었으며, 본인 인사의 면에서도 인연에 힘입어 혜택받는 것을 거절하는 등 공사 구분이 매우 엄격하였다.

3. 하기 본론에서는 넬슨의 일생을 전반적으로 조명하면서, 나폴레옹의 영국침공을 저지한 '트라팔가' 해전을 중심으로 하여 전쟁 리더십을 분석해 본다. 이에 기초하여 넬슨과 이순신의 리더십을 비교 분석하고, 한국사회에 주는 시사점을 정리해 보고자 한다.

II. 넬슨 일생의 조명

1. 성장과 출세 : 1758~1782

1) 넬슨(Horatio Nelson)은 1758년 9월 29일 잉글랜드 노퍽(Norfolk) 북부의 버넘소프(Burnham Thorpe)에서 11남매 중 여섯째로 태어났다. 아버지 에드먼드 넬슨(Edmund Nelson)은 영국 국교회의 교구 목사였으며, 어머니 캐서린 서클링(Catherine Suckling)은 명문 월폴(Walpole) 가문 출신이었다. (영국의 초대총리 월폴의 조카 손녀) 어머니는 넬슨이 9세 때 사망했는데, 아버지는 이후에도 재혼하지 않고 아이들을 돌보았다. 훗날 넬슨 제독의 희생정신은 이러한 아버지의 영향을 받았던 것으로 보인다.[4]

2) 당시 영국은 서인도제도(지금의 미주대륙) 등지에서 스페인과 식민지 확보 경쟁을 하고 있었으며, 넬슨은 외삼촌 모리스 서클링(Maurice Suckling) 대령의 주선으로 13세가 되던 1771년에 해군에 입대한다.[5] 넬슨은 서인도제도 무역선에 승선하고 왕립협회의 북극항해에도 참여한 후, 1775년 프리깃함에 승선하여 인도양 작전에 참가한다. 그는 풍토병인 말라리아에 걸려 1776년 초에 고향으로 송환된 후 사경을 헤매는 요양 생활을 거친

---

4. Andrew Lambert, 『넬슨』 49~50쪽
5. 위의 책, 52~53쪽

다. 넬슨은 이 과정에서 '왕과 나라'에 대한 하느님의 뜻(神意)을 체험하며 영웅이 될 것을 다짐했다고 한다.[6]

3) 넬슨은 1777년 4월 장교로 임관되는데 이는 특혜에 해당된다. 왜냐하면, 만 20세가 되지 않아 나이가 부족하였고, 또한 장교임관 필수 근무 기간을 다 채우지 못했기 때문이다. 당시 장교 인사 평가단 의장이던 외삼촌 서클링이 영향을 미친 것으로 보인다.[7] 넬슨은 해군 소위로서 로커(William Locker) 함장의 프리깃함에 승선하였는데, 로커 함장은 넬슨을 높이 평가하여 1778년 7월 파커(Peter Parker) 제독의 기함에 자리를 마련해 준다.

4) 1779년 영관급 함장이 된 넬슨은 자메이카 원정군을 호위하는데 지역 정보가 매우 부족하여 호위작전에 실패하였으며, 심한 풍토병인 열대 설사병에 걸려 귀국한다. 그 후 바스(Bath) 등에서 장기 요양하여 목숨을 건지고 수족을 사용할 수 있게 된다. 넬슨은 1781년 8월에 28문 프리깃함 앨버말(Albermarle)의 함장에 임명되는데, 보직을 기다리던 함장 후보들이 많았던 점에 비추어 외삼촌 서클링이 육군 장관에게 영향력을 행사한 결과였다고 추측된다.[8]

---

6. 위의 책, 55쪽
7. 위의 책, 55~56쪽
8. 위의 책, 60쪽

2. 미주대륙 근무와 상관의 발탁

1) 넬슨은 1783년에 28문 프리깃함인 보레아스(Boreas) 함장에 임명되어 서인도제도의 도서군을 보호하고, 불법 무역을 단속하는 평범한 임무를 맡는다. 영국은 미국이 독립한 후에도 칙령(Navigation Act)을 통하여, 미국 선박이 영국과 직접거래하는 것만을 허용한다. 그러나 현지 실상은 이를 위반하는 밀무역이 발생하게 된다. 넬슨은 법을 위반한 미국 선박을 나포하는 데 있어서 원칙주의에 입각하여 엄격히 행하는데, 이는 사령관 휴스(Hughes) 제독과의 마찰로 이어지며, 넬슨은 내부적으로 고립된다. 그러나 넬슨은 의무와 규정, 명예를 중시하는 입장에 서서 본국의 요인들에게 현지 사령관의 방침이 잘못된 것임을 적극적으로 지적한다.

2) 넬슨은 파견 근무를 하던 서인도제도의 '네비스섬'에서 1787년 3월 프랜시스 니스벳(Frances Nisbet)과 결혼한다. 5살 아들이 있는 동갑의 미망인 니스벳과의 결혼은 열렬한 사랑의 결과라기보다는 오랜 해외 파병 근무에서 오는 외로움에서 벗어나고자 하는 감정에서 이뤄진 것으로 전기 작가들은 분석한다. 넬슨은 결혼 이후인 1787년 6월 귀국하며 이후 4년간 무직자 생활을 한다.

3) 1793년 들어 프랑스가 덴마크의 항구 앤트워프(Antwerp)를

　　　　　　　　　　　　　이순신 정신과 리더십

점령한 것은 영국의 안보를 뒤흔든 큰 사건이었다. 영국 정부는 1793년 2월 11일 프랑스에 전쟁을 선포한다. 이후 4년간 넬슨은 지중해 함대에서 프랑스의 영향력 확대를 저지하는 작전에 참여하면서 두각을 나타낸다. 지중해 총사령관 새무얼 후드(Samuel Hood) 제독 휘하에서 프랑스 남부의 최대군항인 툴롱(Toulon)항 점령 작전을 펼쳤으나 실패하고, 대신 봉쇄책으로 돌아선다. 한편 넬슨은 코르시카섬 확보, 기지화 작전에는 성공하였으며, 이 작전 중 칼비 전투에서 오른쪽 눈에 부상을 입는데 나중에 실명한다.[9]

4) 넬슨의 전투 스타일은 기회를 포착하여 적극적으로 공격하는 것으로서 극도의 자만심을 지닌 인물이라는 평을 낳는다. 그의 스타일은 전쟁에 관해 항상 공격적인 관점을 견지하는 후드 사령관으로부터 크게 영향을 받은 것으로 보인다. 넬슨은 최상의 역할 모델들에 자신의 방식과 스타일을 덧씌우며 끊임없이 선배들에게 인정받으려고 노력하는 모습을 보인다.[10] 후드의 후임 지중해함대 총사령관인 존 저비스(John Jervis)는 군인정신이 충만한 지휘관으로, 넬슨의 적극적인 프로 정신을 높이 평가하여 준장으로 영전시킨다. 저비스는 부하인 넬슨에게 제노아 방면 전대사령관 지위를 부여하여 함대를 독립적으로 운영하게

---

9. 위의 책, 107쪽
10. 위의 책, 130~133쪽

해 준다. 영국 해군의 최고 현장 사령관이 넬슨의 능력을 알아보고 취한 조치로서, 두 사람의 관계는 상하이면서도 전역의 동반자 관계로 발전한 것이다.

3. 나일강 전투와 넬슨의 영웅화

1) 넬슨은 1797년 2월 저비스 사령관 휘하에서 치러진 세인트 빈센트 곶 전투에서 사령관의 침로 변경 신호와 상관없이 후방에서 독자적인 상황 판단으로 스페인 함선 두 척을 쫓아가 승선, 나포한다. 이 행위는 무모한 탈선행위였으나, 승리했기 때문에 감탄을 불러오는 무용담이 된다.

한편 넬슨은 그해 7월에 치러진 테네리페(Tenerife) 상륙작전에서 총알에 오른팔을 관통당해 함상에서 팔을 절단했는데 사망에 이를 뻔했다. 넬슨은 이 전투에서 적정을 제대로 파악하지 못한 채 무리하게 야간 기습을 감행하였다. 전투 후 넬슨은 모든 책임을 떠안고 부하들의 영웅적인 행동을 칭찬한다. 넬슨의 이런 자세 때문에 많은 사람들이 그를 따르고 싶어 한다.[11]

2) 넬슨은 1798년 프랑스해군 약 35,000명이 주둔한 남부 툴롱항 봉쇄 임무를 맡는다. 이 시기에 치른 나일강 전투는 후일

---

11. 위의 책, 181쪽

이순신 정신과 리더십

의 트라팔가 해전 못지않은 대첩이다. 이집트에 출정 중이던 나폴레옹은 이집트를 통제한 이후, 영국령 인도 침공 계획까지 세웠었는데, 이 해전으로 그 계획은 좌절된다.

당시 영국은 육전에서 상승을 자랑하던 프랑스군이 해상을 통해 아메리카 대륙이나 아프리카 또는 인도 등에 진출할 가능성을 놓고 전전긍긍하였으며 프랑스 함정의 움직임에 신경을 곤두세우고 있었다. 1798년 여름 영국 해군은 수개월 간의 숨바꼭질 끝에 프랑스해군이 나일강 아부키르(Aboukir)만을 통해 이집트 알렉산드리아에 상륙한 것을 탐지한다.

3) 나일강 아부키르만 전투는 넬슨 함대가 분산하여 적선을 탐지하는 중에, 8월 1일 넬슨의 기함 뱅가드(Vanguard)가 알렉산드리아에 도착함으로써 시작된다. 당시 넬슨 함대는 대형을 완전히 갖추지 못한 데다가, 일부 함정이 전투대형을 갖췄을 때는 일몰시간이 가까워 야간전투의 위험이 있었다. 전함 수는 14 대 13으로 비슷한 전력이었다. 넬슨은 그 위험을 감수하고 정박해 있는 적함에 기습공격을 감행한다. 전투는 한밤중에 가서야 프랑스 대형 기함인 오리앙의 폭발(프랑스군 함장 '브로이'전사)로 막을 내린다. 이 전투에서 넬슨은 쇠구슬을 이마에 맞아 일시적으로는 죽는 상황을 경험하며, 선상에서 응급 수술을 받는다.[12]

---

12. 위의 책, 213~219쪽

이 전투의 승리 요인은 프랑스 함정이 미처 전투대형을 갖추지 못한 상태에서 기습 공격한 것, 영국 해군도 진형이 완벽하진 않았으나 함정 운용의 신속성, 함정 간 유기적인 협조, 화력집중 면에 있어서 프랑스군을 압도한 것을 꼽을 수 있다. 이 전투의 승리로 영국은 프랑스의 전보, 나폴레옹의 편지 등을 노획한다. 프랑스해군은 후방의 빌뇌브 제독이 전함 2척, 프리깃함 2척만을 가지고 전장을 벗어나는데, 그는 7년 후 트라팔가에서 프랑스-스페인 연합함대를 지휘한다.

4) 나일강 전투의 승리로 넬슨은 유럽에서 나폴레옹 군을 제압할 수 있는 영웅으로 각인되었으며, 남작(Lord Nelson) 작위를 받는다. 또한, 이때부터 넬슨의 불명예가 시작되었는데, 이는 운명적인 것이다. 나일강 전투 후 넬슨 함대는 나폴리에 주둔하면서 제해권을 행사하는 데, 프랑스, 스페인, 오스트리아, 러시아 등 세력의 착종현상 속에서 영국의 영향력을 최대한 확보하려는 데 목적이 있었다. 당시 넬슨의 임무는 러시아, 오스트리아, 영국 간 동맹을 추구하는 과정에서, 미노르카, 시칠리아, 나폴리, 몰타를 장악하거나 통제하는 것이었다.

넬슨은 나폴리주재 영국대사 윌리엄 해밀턴(William Hamilton)과 긴밀한 협조 관계를 유지한다. 해밀턴 대사의 부인 엠마 해밀턴(Emma Hamilton)은 나폴리 사교계의 꽃 같은 존재였는데, 넬슨은 2년 가까운 주둔 기간 중 엠마와 연인관계를 맺으며, 엠마는 귀

이순신 정신과 리더십

국 후 1801년 넬슨의 딸 호레이샤(Horatia)를 낳는다.[13]

5) 나폴리 주둔 기간 중 넬슨이 처한 또 하나의 어려움은 주둔
군 사령관으로서 상관의 명령을 가끔 무시해야 하는 것이었다.
예를 들어, 전역 사령관인 키스(Keith)는 넬슨에게 미노르카 보호를
위해 전함 파견 명령을 내리는 데, 넬슨은 이 명령이 부적절하다
고 판단, 나폴리 해역에서 프랑스군을 축출한 이후에 미노르카로
향하겠다고 하면서, 명령을 무시한다. 키스사령관은 결국 넬슨을
몰타 봉쇄 지휘관으로 강등시키는데, 넬슨은 1800년 4월 본국에
휴가를 요청, 귀향한다. 당시 넬슨은 전상의 후유증으로 두통, 흉
부 통증이 심하였으며, 오른쪽 눈은 실명 상태였다.

6) 넬슨은 해밀턴 대사 부부와 육로로 귀국하게 되는 데, 오스
트리아 빈 등 지역을 지날 때는 유럽의 명사로 환대를 받는다.
음악가 하이든은 1798년 8월 '공포 시기의 서곡'(Mass in Time of
Fears)을 작곡, 넬슨의 나일강 전투 승전을 축하하였는데, 넬슨의
빈 방문을 계기로 이 곡을 다시 연주해 준다.[14]

넬슨은 1800년 말 의회에서 국왕을 왕좌로 안내하고, 개원연
설을 하는 영예를 얻으며, 1801년에는 중장으로 승진한다. 이

---

13. 위의 책, 285~287, 373~374쪽
14. 위의 책, 287~288쪽

시기에 영국은 외교적으로 고립된다. 오스트리아가 호리엔텐 전투에서 완패한 후 전쟁에서 완전히 손을 떼게 되고, 러시아는 이미 전쟁을 수행하지 않는 입장에 있었기 때문이다.

4. 발트함대 부사령관, 지중해 사령관

1) 1800년에 들어서서 프랑스와 친교를 원하는 러시아는 발트 해를 자국의 영해로 간주하는 발트체제를 구축하고자 하였으며, 12월에 무장중립국협정을 조인, 약소국을 러시아 대국주의의 앞 잡이로 만든다.[15] 이에 대응하여 영국은 무역 등 이익을 지키기 위해 경제적 봉쇄책을 취할 수밖에 없었다. 이에 따라 영국에게 는 중립국 선박 임검 문제가 대두되었으며, 결국 덴마크를 영국 에 따르게 하기 위하여 덴마크 공격전이 전개된다.[16] 전통적으로 영국 해군은 해안 공격작전 참가는 꺼리는 경향이 강했는데, 시 대가 넬슨과 같은 공격적인 제독을 불러내게 된 것이다.

2) 1801년 9월 영국은 하이드 파커(Hyde Parker)를 발트함대사 령관에, 넬슨을 부사령관에 임명, 코페하겐 항구전을 치르게 된 다. 코펜하겐 항구전은 항구에 모래톱이 많아 접근전이 어려운 형세였으며, 파커사령관은 후방에서 지휘를 맡았다. 넬슨의 전

---

15. 위의 책, 307쪽
16. 위의 책, 304쪽

방 공격함들은 넬슨이 좋아하는 숫자기 '16'(적에게 더 접근해 교전하라)을 앞세우고 상대적으로 우수한 포술을 이용, 덴마크 전함과 포대를 거의 제압하기에 이른다. 그러나 후방에서 전투 상황을 완전히 파악지 못한 채 염려하고 있던 사령관 파커는 전투중지 신호를 보낸다. 이 명령은 영국군에 '확실한 파멸'을 초래할지도 모르는 것이었다.[17] 이때 넬슨은 전방지휘관으로서 후방의 명령을 무시하고, 근접 공격을 계속하여 덴마크의 항복을 받는다. 전투 결과 영국은 254명 전사에 689명이 부상을 당했고, 덴마크는 대략 두 배에 해당하는 사상자를 낸다.[18] 이 전투 직후 넬슨은 사령관 파커 해임 의견을 내서 관철시키며, 정부는 넬슨을 사령관으로 임명하게 되나, 그는 귀국 직후 사령관직 사임서를 제출한다.

3) 넬슨은 귀국 후 부인과의 생활은 사실상 정리된 채로, 해밀턴 경 부부와 함께 사는 시간이 많았다. 이 시기 영국 정부는 프랑스의 영국침공에 대비하여 넬슨에게 해협방어 전대사령관 직책을 맡긴다. 1802년 7월 넬슨은 46일간의 국내 명예여행을 하는데, 옥스퍼드대의 명예박사 수여 등 국민적인 인기가 뜨거웠다. 나폴레옹은 튈르리(Tuileries) 궁전에 존경의 표시로 두 명의 영국인 흉상을 배치했는데, 한 명은 프랑스의 친구인 찰스 폭스이고, 다

---

17. 위의 책, 338쪽
18. 위의 책, 331쪽

른 한 명은 전쟁의 신으로 묘사되는 적장 넬슨이었다고 한다.[19]

4) 영국-프랑스 간 아미엥조약(1802년)에 따라 영국은 요충지 몰타에서 철수하는데, 그 후 나폴레옹은 이탈리아, 독일 등에서 일방적으로 영향력을 강화해 나간다. 이를 계기로 지중해에 전운이 드리워지게 되며, 넬슨은 1803년 3월 지중해함대 사령관에 임명된다. 넬슨은 프랑스의 툴롱항 해역, 나폴리, 지브롤타 등 넓은 전역을 효과적으로 지휘하기 위해 주로 사르데냐 해안에 머문다. 이 함대의 임무는 프랑스의 전략적 움직임(남부 툴롱함대 주력이 지중해를 벗어나 서부 브레스트 함대와 연합작전에 투입되는 일, 그리고 궁극적으로 영불해협을 건너 영국을 침공하는 일)을 저지하기 위하여 몰타, 시칠리아, 사르데냐 등지에서 프랑스군의 움직임을 감시하고 봉쇄하는 것이다.

5) 그러나 빌뇌브(Villeneuve)가 이끄는 툴롱의 프랑스 함대는 1805년 7월 영국함대의 감시를 벗어나 서인도제도(아메리카 제도)로 향했다가, 추적을 피해 스페인 서부 카디스만(灣)으로 이동, 1805년 8월 스페인과 연합함대를 구성한다. 본국에서 휴가 중이던 넬슨은 9월 14일 포츠머스에서 기함 빅토리에 승선하여 동 연합함대 격파를 위한 장정에 나선다. 영국이 이 전투에서 패하면 나폴레옹 군대가 영국 본토를 침공할 것임을 아는 군중

---

19. 위의 책, 383쪽

들은 포츠머스에 몰려나와 넬슨의 옷을 만지려거나, 무릎을 꿇고 기도를 하거나 눈물을 흘리거나 환성을 질러댄다.[20]

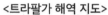
<트라팔가 해역 지도>

III. 트라팔가 해전, 넬슨의 전술과 리더십

1. 카디스만의 동태를 감시하던 영국 해군은 1805년 10월 19일 아침 프랑스-스페인 연합함대가 카디스 항을 떠나 지브롤터

---

20. 위의 책, 446쪽

쪽으로 남하하는 것을 원거리서 관측하고 이틀간의 추격 끝에 10월 21일 오전 트라팔가곶 근해에서 따라잡는다. 영국 해군과 이에 대항하는 프랑스-스페인 함대의 전력은 하기 비교표에서 보는 바와 같이 영국이 함정 수, 병력 면에서는 약간 열세였다.

< 영국 vs 프랑스-스페인의 전력 비교 >

구분	영국	프랑스-스페인	비고
참전 함정 수	27척	33척	프 : 18척
참전 병력	17,000명	30,000명 (추정)	스 : 15척
(전함 크기) 포 98문 이상	7척	4척	포(3톤) 1문당 최소 6명 포수
포 64~98문	20척	29척	
(함포의 수)	2148문	2640문	
(주요 무기) 68파운드 포탄 18~32파운드탄 Grape-shot Canister Musket 총 Pistol 수류탄 Cutlass (칼) 도끼, 단창	유	무	별명'smasher' 포구경13.5Cm~ 등선저지용 등선저지용 2인 1조 원칙 2인 1조 원칙

* 전함 간 신호방법 : 기(旗)를 주로 사용 (숫자, 암호, 알파벳별)
* 시계 사용 : 항해일지 기록용으로 모래시계를 비치하였으며, 장교는 휴대용시계를 사용함. 시계의 정밀도가 낮아 함정 간 15분까지 차이가 남.
* 근접전시 18~32파운드 탄은 30야드 내에서 발사하면 적함 측면을 뚫고 반대 측면까지 날아가 박히는 위력 있었음.
* 영국은 68파운드 탄도 사용, 근접전시 상대방보다 파괴력이 높았음.
* 자료출처 : Nelson's Trafalgar (Roy Adkins, 2004)

이순신 정신과 리더십

2. 넬슨의 전투 계획

1) 넬슨은 전투를 준비하면서 10월 9일 미리 각 함장들에게 각서를 배포하여 전투 계획을 소상히 파악하고 토론토록 한다. 전투 계획의 핵심은 넬슨 터치(Nelson Touch)로 알려졌는데, 전투 초반에 단횡진(單橫陣)으로 공격하는 전통의 방식을 취하지 않고 2열 종진(縱陣)으로 적함에 돌진, 우선 적 전열을 차단한 다음 근접전에서 일제사격에 철저, 우세한 화력으로 적을 섬멸하는 (annihilate) 것을 목표로 하였다. (해전도1 참조)

2) 이 전술은 위험을 수반하는 것이었다. 왜냐하면 종진으로 적함에 접근하는 경우, 전투 초반에는 화력을 집중하기 어렵고 오히려 상대방의 화력에 노출되는 수세적 상황(calculated risk)을 감내해야 하기 때문이다. 해전 당일은 바람이 약했기 때문에 영국 함들은 불과 2~3 노트의 속력밖에 내지 못했으며, 새벽에 적 함대를 발견하고 접근하여 실제로 전투가 시작되기까지는 여섯 시간 정도 걸렸다.[21] 넬슨 함대는 적함에 접근 시 초기에는 포격을 받더라도 대응포격을 하지 않는다. 영국함이 초반 피격의 위험을 무릅쓰면서 이 작전을 구사할 수 있었던 것은 당시 함포의 원거리사격 정확도가 아주 낮았기 때문이다. 하기 해전도1의 분석에 의하면 적(연합함대)은 10분에 포탄 약 1,000발의 양을

---

21. Andrew Lambert, 『넬슨』, 463쪽

발사한 것으로 추정된다. 이 수세적 상황은 전투원의 사기에 미치는 영향이 크기 때문에 함정 지휘관들은 악대가 군가를 연주하게 하는 등 전투태세 고양에 고심하였다.

3) 넬슨의 기함 빅토리는 반격하지 않고 접근하는 1시간 이상의 시간 동안 넬슨의 공무 비서 스콧을 포함하여 이미 50명이 전사하거나 부상을 당한다.[22] 넬슨의 기함은 적선이 유효사격 거리(약 200~300미터)에 들어선 이후, 그리고 적 라인을 돌파하는 순간 양쪽 현의 함포를 일제히 운용하여 화력을 집중한다. 적 전열을 차단한 후에 혼전이 전개될 때에는 각 함장의 재량 지휘에 일임하였는데, 이는 기(旗)신호, 숫자신호(暗號冊) 등 사령관의 명령 전달에 한계가 있었기 때문이다.

3. 연합함대의 전술

이에 대응하는 연합함대(사령관은 프랑스의 빌뇌브)의 전술은 단횡진으로 전개하여 측면 일제사격을 시도하는 것으로서 전통적인 해전 방식이었다. 연합함대는 카디스항을 나와서 남동쪽으로 항해하다가 넬슨 함대가 접근해 옴에 따라 방향을 180도 회전하여 카디스방향 회항을 시도하였는데, 이 때문에 전투대형에 혼란이 초래된다. 연합함대는 영국군의 차단, 포위전술을 예상

---

22. 위의 책, 470쪽

하였으나 각 함의 대비태세는 부족하였으며, 빌뇌브 사령관 명령체계의 혼선으로 뒤마느와르(Dumanoir) 제독이 이끄는 선두 8척의 전함(스페인함 3, 프랑스함 5, 해전도2 참조)은 영국군에 후방 전열이 돌파된 이후에도 북진을 계속하여 전장을 이탈하는 결과를 초래한다. 이것은 넬슨의 차단 전술이 노리는 것이었으며, 결과적으로 이날 전투에서 결정적 장면의 하나가 된다.[23]

(해전도 1 : 10.21. 12:00 포격전 직전 상황)
* 부사령관 콜링우드의 R. Sovereign호(13번함), 12:00 직후 피격 시작, 12:11경 적 라인 돌파, 공격 개시

* 출처 : Nelson's Trafalgar (P. 103)

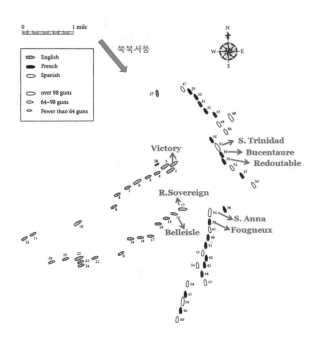

---

23. Roy Adkins, 『Nelson's Trafalgar』, 「The Battle that Changed the World」, (London, Penguin Books, 2004), 126~128쪽

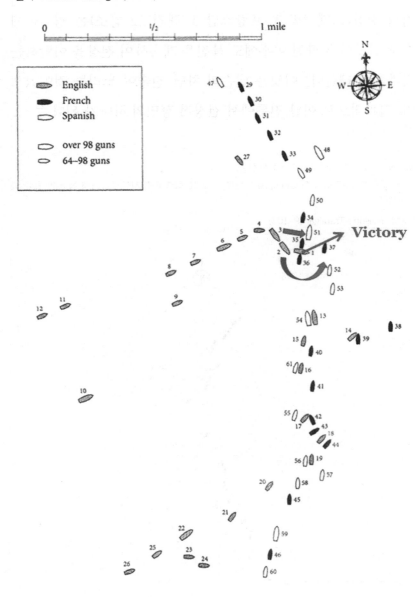

이순신 정신과 리더십

4. 전투결과

1) 넬슨 함대는 차단에 성공한 이후 근접전에서 화력집중 면에서 우위를 점하여 연합함대를 제압하게 된다. 넬슨의 빅토리호는 연합함대 기함 부상테르(Bucentaure, 35번함)에 근접한 다음 한차례의 일제사격으로 200명 이상을 사상시켰으며, 84문 중 20문의 대포를 파괴한다.[24] 근접전시 넬슨함대는 상대방보다 더 규칙적이고 신속한 사격으로 압도하였다. 연합함대가 함포 사격 시 화승(火繩)을 사용하는 데 비해, 넬슨 함대는 점화시간이 일정한 부싯돌을 사용하여 정확성에서 앞섰으며, 1분당 1회 일제사격을 목표로 하여 신속성에서도 앞선 것으로 나타난다.

2) 넬슨의 기함 빅토리는 적진 차단 직후 연합함대의 부상테르, 르두터블 (Redoutable) 등 함정에 갇힌 채 세 방향의 적과 교전을 벌인다. (해전도2 참조). 넬슨은 기함 빅토리에서 오후 1:15경 왼쪽 어깨와 폐에 피격당한다. 함정의 속도가 느렸기 때문에 이 시점까지도 영국 함은 반 정도만 전장에 도착해 있었다.[25] (해전도2 참조). 넬슨은 3시간여 후인 4:30경 절명한다. 그러나 그는 죽는 순간까지 본인 부상을 알려지지 않게 하는 한편, 부관과 소통하면서 전투를 지휘한다. 그는 영국군의 완벽한

---

24. Andrew Lambert, 『넬슨』 470~471쪽
25. Roy Adkins, 『Nelson's Trafalgar』 149쪽

승리를 확인한 후에 숨을 거뒀으며, 수차례 '신에게 감사한다. 나는 내 의무를 다했노라'라는 말을 남긴다.[26]

3) 연합함대 기함 브상테르의 빌뇌브 제독은 오후 2:15 영국의 5번함 (Conqueror)에 항복하였으며, 결국 연합함대는 오후 4:30경 항복한다. 영국함대는 침몰, 피납이 없는 반면, 연합함대는 19척이 침몰하거나 좌초되고, 4척이 나포되며, 4척은 전장을 이탈한다. 인적 피해 면에서 영국군은 전사 449명, 부상 1,241명인데 비해, 연합함대는 전사 4,400명, 부상 2,500명, 포로 7,000~8,000명으로 추정된다.[27] 연합함대의 전상자, 포로의 숫자가 추정치로 나타나는 것은 10월 21일 전투 종료 후 당일 밤부터 시작된 극심한 폭풍우 (Hurricane)와 관계가 있다. 약 10일간 지속된 카디스, 트라팔가 앞바다의 폭풍우로 항복함 14척이 침몰하거나 좌초되었고, 침몰선과 함께 선원들도 수장되었다. 영국함도 폭풍우로 파손되었으며, 익사자도 다수 발생하였다.[28]

4) 당시 영국 해군은 전사자를 의식 없이 그대로 바다에 던져 수장하는 관습이 있었는데, 넬슨이 자신의 시신은 관습대로 바

---

26. Andrew Lambert, 『넬슨』 472~478쪽
27. Roy Adkins, 『Nelson's Trafalgar』 249쪽
28. 『Ibid』 249쪽

다에는 던지지는 말라고 부탁하였기 때문에[29] 예외적으로 본국으로 운반된다. 넬슨의 시신은 부패 방지를 위해 브랜디를 채운 오크통에 보관되며, 함대는 폭풍우를 피한 후 11월 4일 지브롤터를 출항, 한 달 만에 본국 플리머스항에 입항한다. 조기를 게양한 넬슨의 기함 빅토리는 파손이 극심하여 예인되어 귀항한다. 승전 후 함대를 지휘하게 된 부사령관 콜링우드는 넬슨의 시신을 빅토리호보다 안전한 함에 옮겨 싣고자 하였으나, 빅토리호의 선원들이 반란에 가깝게 저항하는 바람에 그대로 둔다.[30]

5. 트라팔가 해전의 승리 요인

1) 우선 승리의 가장 중요한 요인으로는 넬슨의 천재적 리더십을 꼽을 수 있다. 훈련과 상하 소통, 부하 사랑 등을 통해 전투에 철저히 대비하였고, '넬슨 터치' 등 전투 계획에 독창성이 있었다. 그리고 과감한 선두지휘로 전투원들의 사기를 고양하고 단결을 이뤄낸 것이 돋보인다. 트라팔가 해전 후 몇 명의 함장들은 넬슨이 선두 기함에 선 채 사령관복을 벗지 않고 지휘한 것이 너무 용맹을 과시한 것이었다고 지적하기도 한다. 그러나 완벽한 승리를 거둬야 한다는 의무와 명예를 누구에게도 양보하려 하지 않은 임전무퇴의 정신이 넬슨의 정신세계를 지배하

---

29. Andrew Lambert, 『넬슨』, 477쪽
30. Roy Adkins, 『Nelson's Trafalgar』, 293쪽

고 있었다고 본다.[31]

2) 둘째로, 영국 전투력의 상대적 우위를 꼽을 수 있다. 영국 함들은 근접전투 시 일제사격의 정확성, 파괴력 면에서 상대를 압도한다. 혼전 중에 현측(舷側)에서 일제사격을 계속하여 상대를 압도하는 것은 고된 훈련을 요하는 어려운 것이었다. 풍랑에 흔들리며 전투를 행하던 당시 사격의 정확성을 제약하는 요인은 롤링(rolling) 이외에 점화시간, 화약의 양, 제작된 포탄의 정밀도 등 다양한 것이 있었다.

3) 셋째로, 영국의 전쟁지휘 체제의 우수성을 들 수 있다. 영국 해군성은 전장 관련 정보의 수집과 분석, 그리고 전략적 판단에 민첩하였다. 본국 지휘부는 전장과 항상 긴밀하게 소통하였으며, 실제 전투는 현장 사령관의 판단과 지휘에 일임하였다. 당시 전장과 본국의 소통은 선박과 파발마를 통한 문서의 전달에 의존하여 여러 날이 걸렸다. 연합함대의 치명적인 문제점은 현장 상황을 정확히 파악하지 못한 나폴레옹이 사령관 빌뇌브에게 전출시키겠다고 위협하면서까지 영국침공 작전을 재촉한 결과, 전투대비가 미비한 채 출동하게 된 것이다.[32] 당시 영국은 경

31. Andrew Lambert, 『넬슨』, 466~467쪽
32. James Davey, 『In Nelson's Wake』「The Navy and the Napoleonic Wars」, (New Haven: Yale University Press, 2015), 92~93쪽

이순신 정신과 리더십

제력 신장과 함께 군사력 동원능력을 강화할 수 있었다. 에딩턴 (Addington) 수상은 상비군 증강과 민방위 체제 개혁 등으로 전투 원을 50만 명으로 증가시켰으며, 피트(Pitt) 수상은 최초로 일반소 득에 과세하는 등 정부의 재정혁신에 성공하고 있었다.[33]

IV. 명량해전, 이순신의 전술과 리더십

이순신과 넬슨의 리더십을 비교해 보기 위해, 이순신이 전적 으로 열세인 상황에서 전투를 준비하여 대승을 거둔 명량해전 을 개략적으로 살펴본다.

1. 이순신은 전쟁을 수행 중이던 1597년 2월 26일 한산도에서 체포되어 3월 4일 한양에 투옥된다. 당시 선조의 자의적인 판 단, 일본군의 간계, 당쟁에 따른 조정 일부 신료들의 모함이 복 합적으로 작용한 것이다. 27일 동안의 옥살이 후 4월 1일에 풀 려 난 이순신은 초계(합천 율곡)에 있던 도원수 권율의 진영에 가서 백의종군을 하게 된다.[34]

새로운 통제사 원균은 도원수 권율의 재촉을 받은 후 1597년

---

33. Andrew Lambert, 『넬슨』 416쪽
34. 제장명, 『이순신 백의종군』 53쪽

7월 14일 거제도 부근의 가덕도, 영등포 등지에 출정하나 부하 장수들을 제대로 통제하지 못한 데다, 일본군의 매복 작전에 고전하며 후퇴한다. 이후 원균의 수군은 7월 15~16일 아침 사이에 칠천량에서 일본군의 포위전, 근접전에 농락당하고 참패한다. 이 해전에는 조선수군의 총 160여 척 정도가 참전한 것으로 보이는데 약 150척 정도의 전선이 피해를 입어 수군은 돌이킬 수 없는 타격을 입게 된 것이다.[35] 조정은 백의종군 중이던 이순신을 전사한 원균을 대신하여 7월 22일 다시 삼도수군통제사로 임명하는데, 조선은 전쟁 초기부터 갖고 있던 제해권을 상실하여 위급한 상황에 처해 있었다.

2. 이순신의 전투 준비

1) 이순신의 일생에서 가장 힘들었던 시기를 명량해전 직전의 열흘간으로 보는 견해가 있는데,[36] 이는 궤멸된 상태의 수군을 일으켜 승전까지 하는 과정의 어려움을 가리킨 것이다. 이순신은 통제사 재임명교서를 받은 다음 날인 8월 4일부터 전라도의 곡성, 옥과, 순천, 낙안, 보성, 강진, 장흥 등지를 거치며 거제현령 안위(安衛) 등 장졸을 수백 명 수습하고, 군량 확보에 주력한다. 이순신은 회령포에서 8월 19일 경상우수사 배설로부터 전

---

35. 위의 책, 111쪽
36. 위의 책, 304쪽

이순신 정신과 리더십

선을 인수 받은 후 어란포(於蘭浦)를 거쳐 8월 29일 진도의 벽파진(碧波津)으로 진을 옮긴다. 진도는 농경지가 넓게 발달한 큰 섬으로 벽파진은 수군재건에 유리한 조건을 두루 갖추고 있었다.

2) 이순신은 명량해전 전날인 9월 15일 우수영으로 진을 옮길 때까지 탐망군관 임준영 등을 통해 여러 곳에서 적군의 동태를 파악하며 벽파진에서 전투를 준비한다. 이 기간 일본 수군은 어란포, 벽파진에 소규모 수군을 보내어 조선수군과 탐색전을 펼치는데, 격퇴된다. 이순신은 중(僧) 혜희를 의병장에 임명하는 등 전력의 극대화를 도모하는데, 경상우수사 배설은 9월 2일 도주한다. 의병들은 병참 지원 활동은 물론, 전방 전투에 참여하기도 한다.

3) 수군의 전의를 살리는 일은 지난했다. 도망자가 있었으며, 거짓 경보를 한 자들은 효시하기도 하였다.[37] 이순신이 8월 15일에 받은 편지에서 선조가 "지난 해전에서 패한 결과로 해전이 불가능할 경우 육지에 올라 도원수를 돕는 것도 가하다"고 한데 대해, 이순신은 수군 운용의 전략적 중요성을 강조하며 "신에게는 아직도 12척의 전선이 있습니다(今臣戰船 尚有十二). 죽을 힘을 내어 항거해 싸운다면 오히려 할 수 있는 일입니다"라고 상소한다.[38]

---

37. 위의 책, 133쪽
38. 위의 책, 138쪽

4) 이순신은 벽파진에서 명량을 등지고 진을 칠 수는 없었기 때문에 결전 전날인 9월 15일 우수영으로 진을 옮긴다. 판옥선 13척, 초탐선 32척의 군세였는데, 판옥선만 전투력이 있었다. 이에 대적하는 일본 수군은 200여 척이었으며, 명량 수로에 진입한 것만 해도 130여 척이었다.[39] 우수영 작전회의에서 이순신은 "반드시 죽고자 하면 살고, 살려고만 하면 죽는다(必死則生, 必生則死)"라고 병법을 인용하면서, 죽을 각오로 전투에 임하자고 부하들을 독려한다.[40]

<명량 해역 지도>

* 왜선이 울돌목을 통과, 양도 앞바다가 주전장이 된 것을 상정한 지도
  < 참고 : 제장명, 『이순신 백의종군』, (154쪽) / 노병천, 『이순신』 (204쪽) >

---

39. 위의 책, 136, 149쪽
40. 이민웅, 『이순신 평전』 337쪽

이순신 정신과 리더십

3. 전투결과

1) 9월 16일 아침에 시작된 명량(울돌목) 전투에서 조선 함대는 좁은 수로(폭이 좁은 곳은 280미터)와 빠른 유속(최강 유속 11.6노트)을 잘 이용하여 함선 수의 열세(13 대 133)를 극복하였다. 일본의 함선이 많기는 하였으나 전투 진형을 넓은 횡대로 유지하기 어려운 수로였으며, 또한 오후 1시경부터는 일본군을 후방으로 밀어내는 남동류의 조류가 발생하여 조선수군이 더욱 효과적으로 공격할 수 있었다.[41]

2) 이순신은 13척의 판옥선 이외에 피난선 100여 척을 후방에 포진시켜 기만전술도 활용한다. 이순신의 대장선은 전투 초반부터 선두에서 분전하는데, 다른 군선들이 300미터 이상 후방에서 전진해 오지 않아 적어도 약 30분 이상 홀로 버틴다. 이순신의 독촉을 받은 후에야 첨사 감응함과 현령 안위가 대장선으로 접근해 와 전면적인 전투가 이뤄진다.[42] 일본의 주력선인 관선(關船, 세키부네)은 빠른 조류의 영향을 받은 가운데, 조선의 판옥선이 크고 높았기 때문에 장기인 등선육박전을 하지 못하며, 오히려 조총보다 사거리가 긴 조선의 함포에 큰 피해를 입는다.

---

41. 제장명, 『이순신의 백의종군』, 144~149쪽
42. 이민웅, 『이순신 평전』, 341~342쪽

3) 전투가 벌어진 곳은 명량을 바로 지난 양도 쪽으로 본다.[43] 조선수군은 오후 3시경부터는 최강류로 흐르는 남동류와 북풍을 이용하여 화공전을 펼친다. 이 해전의 결과 조선의 판옥선은 1척도 분멸되지 않았다. 일본군은 31척의 전선이 분멸되고 90여 척이 파손되어 퇴각하였다. 일본군은 장수 마다시, 쿠루시마 미치후사가 전사하는 등 큰 피해를 입는다.[44]

4. 명량해전의 승리 요인

명량해전의 승리는 일본 수군의 서해진출, 수륙병진 작전을 저지하는 전략적 의미가 컸으며, 조선수군 재건의 발판을 마련한다. 승리의 요인을 몇 가지로 정리해 본다.

1) 첫째로 정규, 비정규군(의병, 피난민)을 아우르며 인적, 물적 면에서 전투력을 극대화한 이순신의 리더십이다. (상세는 위에서 기술하였으므로 생략)

2) 둘째로 전선과 무기체계의 위력이다. 조선수군은 판옥선에서 상대적으로 높은 자리에서 내려다보며 전투에 임하였으며, 비전투원 노군(櫓軍)을 판옥선 안에서 보호할 수 있었다. 일

---

43. 제장명, 『이순신의 백의종군』 154쪽
44. 위의 책, 158쪽

이순신 정신과 리더십

본 수군이 유효사거리 50미터(사정거리 200미터)인 조총을 주무기로 쓴 데 대해, 조선수군의 대형화포(천자, 지자, 현자, 황자총통 등)는 일시에 40~400발의 조란환을 10여 리의 거리에서 발사할 수 있었으며 사정거리 1,000보 전후의 장군전 등도 발사할 수 있었다.[45]

3) 셋째로 조선수군의 다양한 전술이다. 조선수군은 일본의 대형 안택선이 명량의 좁은 수로와 얕은 수심 때문에 진입하지 못하고, 관선 위주로 진입할 것으로 예측, 대비하였다. 조선수군은 닻을 내려 일자진을 형성, 좁은 수로를 막고 화력을 집중한다. 조류가 바뀌고 북풍이 불 때 화공을 구사하여 적을 유린한다.[46]

4) 넷째로 연안 백성의 전폭적인 지원과 참전이다. 이 해전에는 많은 피난민 우두머리들이 참여하여 군량, 군복을 조달하거나 피난선을 이용한 응원전을 펼쳤으며, 마하수(馬河秀) 일가의 참전과 전사는 대표적인 것이다. 의병들은 명량 수로와 가까운 장흥, 강진, 해남, 영암 등 해안지대에서 수군과 협력하여 유격전을 전개하기도 한다.

---

45. 위의 책, 160~161쪽
46. 위의 책, 165~170쪽

V. 이순신과 넬슨의 리더십 비교

1. 두 영웅은 다른 나라에서 다른 시대를 살았으나, 영웅의 다양한 공통점을 갖고 있다. 각기 도요토미와 나폴레옹의 침략을 앞장서서 전략적으로 저지한 점, 그리고 최후의 결전에서 나라를 위해 목숨을 바친 점 때문에, 각기의 시민들은 자국의 영웅을 더 높게 평가할 수 있다. 그러나 러일전쟁 때 1905년 대한해협에서 러시아 해군을 무찔러 일본의 영웅이 된 토고 헤이하치로(東鄕平八郞)는 자신을 넬슨에 버금가는 군신이라고 칭찬하는 말을 듣고 "영국의 넬슨은 군신이라 할 정도의 인물이 못 된다. 해군 역사상 군신이라고 할 수 있는 제독이 있다면 이순신 한 사람뿐이다"라고 이순신에 대한 존경을 표현했다.[47]

이순신이 넬슨과는 달리 국력의 뒷받침이 매우 미약한 가운데서도 해전에서 한 번도 패하지 않았음을 높게 평가한 것이라고 본다. 이하 두 영웅의 리더십을 몇 가지 각도에서 조명하여 비교해 본다.

2. 두 사람은 나라를 구하는 전쟁에 임하는 전략안을 공유하고 있다. 넬슨은 유럽대륙을 석권하고자 하는 나폴레옹군에 대항하여, 나일강 전투(1798년)와 트라팔가 해전(1805년)에서 보여주었듯이 프랑스의 동방진출이나 영국침공을 저지한다는 명

---

47. 지용희, 『경제전쟁시대 이순신을 만나다』 (서울: 디자인 하우스, 2015), 15쪽

확한 목표하에 전투를 치른다.

　이순신은 서해 수로 봉쇄라는 명확한 전략 목표하에 명량해
전을 치른다. 또한 이순신은 임진왜란 발발 13일 전에 선조가
각도 수군에게 육지로 올라와 방어에 임하라고 명령한 데 대해,
해상 수비 포기에 반대하고, 해상방어를 계속하였다.[48] 그러나
전투의 승패를 기준으로 볼 때, 넬슨은 테네리페 전투(1797년)
에서 적정 파악을 잘못하여 패배하는 등 수차례의 실패가 있었
던 반면, 이순신은 정확한 군사 정보를 기초로 모든 해전에서
주도권을 확보하며 승리한다. 이순신이 정유재란 시 가토 기요
마사가 부산 앞바다로 올 것이라는 일본 첩자의 정보를 속임수
로 의심하여 출동치 않은 것은 옳은 판단이었으나, 결국 왕명
거역을 구실로 하옥 당한다. 나중에 일본 측의 간계가 드러났다
는 점에서 이순신의 선승구전(先勝求戰)의 리더십은 더 빛난다고
하겠다.

　3. 유비무환의 정신으로 전쟁에 대비한 점에서도 두 영웅은
공통점이 있다. 이순신은 1591년 2월, 전라좌수사로 부임한 뒤
가능한 모든 분야에서 전쟁을 대비했다. 함선을 건조하는 한편,
최초의 장갑함 거북선을 창제하여 임진왜란 발발 직전인 1592

---

48. 박광용, 『역사를 전환시킨 해전과 해양개척인물』, (해상왕장보고기념사업회,
　　2008), 151쪽

년 3월 27일과 4월 12일 포사격을 훈련한 것은 이순신의 준비 태세를 극명하게 보여준다.[49] 넬슨의 경우에도 트라팔가 해전 10여 일 전에 해상에서 각서를 배포하여 휘하 함장들이 독창적인 작전을 숙지하게 한다. 또한 최초로 구입한 집을 포츠머스 군항에 접근하기 좋은 곳인 머튼(Merton)에 두어서 언제든지 전장에 나갈 수 있도록 대비한다.

4. 이순신과 넬슨은 소통과 설득 면에서도 공통점이 있다. 예를 들어 이순신은 한산도에 운주당(運籌堂)을 짓고 장수들과 밤낮으로 전쟁에 대한 일을 논의한다. 또한 임금에게는 장계로 소통했고, 조정대신 들과도 공문, 편지로 소통했으며, 진린 등 명나라 지원군과는 실사구시 실용외교로 소통하여 위대한 소통자의 모습을 보인다.[50]

넬슨도 전투 이전에는 물론 전투 중에도 부하들에게 적극적으로 적절한 메시지를 보내 전의를 최고조로 유지시킨다. 트라팔가 해전 개시 직전 넬슨은 "영국은 모든 대원이 각자의 의무를 완수할 것이라고 믿는다"(England expects that every man will do his duty)라는 신호문을 기함에 게양하여 부사령관 이하 전투원

---

49. 노병천, 『이순신』, (서울: 양서각, 2005), 40쪽
50. 방성석, 『역사 속의 이순신, 역사 밖의 이순신』 (서울: 행복한 미래, 2015), 157~159쪽

이순신 정신과 리더십

들의 감동을 일으킨다.[51]

5. 공사구분(公私區分)과 수신제가(修身齊家)의 면에서는 어떻게 달랐을까? 이 부문에서는 두 영웅에 대한 평가가 다를 수밖에 없다. 이순신은 공사구분이 매우 엄격하였다. 당시 병조판서가 서녀를 첩으로 추천한 데 대해서는 권세에 의탁해 출세를 도모하지 않겠다고 거절하고, 같은 문중의 이율곡이 이조판서였는데 판서로 있는 동안에는 만나보는 것이 옳지 못하다면서 역시 거절한다.[52] 모친에 대한 효심은 난중일기 곳곳 모친 생신일 기록 등에 잘 나타나고, 부인과 가족들에 대한 사랑도 편지 등을 통해 잘 나타난다.

넬슨이 초급 장교 시절 복무상 배려를 받은 것은 외삼촌 서클링의 주선에 힘입은 바 컸는데, 이는 당시 장교를 키워 내는 과정에서 용인되던 관행이다. 그러나 나폴리 주재 영국대사 부인 엠마와의 연애와 딸의 출산은 이혼이 성립되지 않은 상태에서 이뤄진 것으로 그 당시 영국사회의 규범에 비추어도 부도덕한 것이었다. 또한 나폴리의 영국 영사는 함대의 보급품 공급과 관련하여 넬슨을 근거 없이 비난하다가, 나중엔 넬슨과 엠마, 해밀턴 대사를 중상모략하는데 본국에서는 이를 '어두운 전

---

51. Andrew Lambert, 『넬슨』 465쪽
52. 해군충무공수련원, 『충무공 이순신』 (해군교육사령부, 2004), 355쪽

설'(Black legend)로 거론하게 된다.[53]

VI. 한국사회에 주는 시사점

1. 넬슨이 수행한 전쟁에는 거국적인 지원이 있었고, 시신이 플리머스항에 입항한 다음 날(12월 5일)은 국가 감사일로 지정되었으며 국장이 거행된다. 영국은 1835년에 런던 중심부에 트라팔가광장을 조성하여 57미터 높이의 넬슨 기념 기둥까지 설치하여 오늘에 이르고 있으며, 이 영웅에 대한 현양은 끊임없이 다양한 형태로 이뤄지고 있다.

2. 이순신에 대한 평가는 선조 집권기 일부와 광해군 시기를 제외하고는 모두 긍정적이었다.[54] 그러나 그에 대한 평가는 시대적으로 기복이 있었다. 조선 숙종 조에 현충사를 짓고, 정조 대에 이르러 '이충무공전서'를 발간함으로써 현양이 본격적으로 이뤄진다.[55] 한편, 조선 후기에 들어와서는 오히려 일본과 같은 나라에서 군사적인 면에서 이순신을 더 연구하고 평가하였다

---

53. Andrew Lambert, 『넬슨』, 265~266쪽

54. 제장명, 『조선시대 이순신에 대한 인식의 변화과정』, 「이순신연구논총」, 제5호, (순천향대학교 이순신연구소, 2005), 22쪽

55. 최지혜, 『충무공 이순신에 대한 인식의 시대별 변화』, 「이순신연구논총」, 제21호, (순천향대학교 이순신연구소, 2014), 7쪽

는 것은[56] 한국사회가 깊이 생각해 보아야 할 점이다. 이순신과 넬슨을 비교해 볼 때, 한국사회가 영웅을 인정하고 현양하는 데 인색하다는 인상을 지울 수 없다.

3. 국내외의 일부 전쟁사가들은 필자와 같이 넬슨의 리더십은 이순신에 못 미친다고 평가한다. 그러나, 조선과 대한민국의 국력이 뒷받침되지 않았기 때문인지 세계적으로 이순신의 인지도는 높지 않다. 한국이 국가운영(governance)의 효율성을 높이고 강소국(强小國)으로 도약해 나가야 하는 이유가 여기에 있다.

---

56. 노병천, 『이순신』 9쪽

【참고문헌】

1. 김일상, 『군사논단』 제8호, 「충무공 이순신과 넬슨 제독의 해전 비교연구, 1996」

2. 노병천, 『이순신』, (양서각, 2005)

3. 박광용, 『해상왕장보고기념사업회』, 「역사를 전환시킨 해전과 해양개척인물, 2008」

4. 방성석, 『역사 속의 이순신, 역사 밖의 이순신』, (행복한 미래, 2015)

5. 윤지강, 『세계 4대해전』, (느낌이 있는 책, 2007)

6. 이민웅, 『이순신 평전』, (성안당, 2012)

7. 제장명, 『이순신 백의종군』, (행복한 나무, 2011)

8. 제장명, 『이순신연구논총 제5호』, 「조선시대 이순신에 대한 인식의 변화과정」, (순천향대학교 이순신연구소 2005)

9. 지용희, 『경제전쟁 시대, 이순신을 만나다』, (디자인 하우스, 2015)

10. 최지혜, 『이순신연구논총 제21호』, 「충무공 이순신에 대한 인식의 시대별 변화」, (순천향대학교 이순신연구소 2014)

11. 해군충무공수련원, 『충무공 이순신』, (해군교육사령부, 2004)

12. Andrew Lambert, 『넬슨』, 박아람 역, (생각의 나무, 2005)

13. Giuseppe Fioravanzo, 『세계사 속의 해전』, 조덕현 역, (해군사관학교, 2006)

14. Ian Bowers, 『이순신 연구논총』, 「영국인과 유럽인들이 알고 있는 이순신 제독」, (순천향대학교 이순신연구소 2017)

15. James Davey, 『In Nelson's Wake』「The Navy and the Napoleonic Wars」, (New Haven, Yale University Press, 2015)

16. Robert Southey, 『The Life of Nelson』, (1886)

17. Roy Adkins, 『Nelson's Trafalgar』, 『The Battle that Changed the World』, (London, Penguin Books, 2004)

18. Encyclopedia Britannica, 『Lord Nelson』, (pp 947-950)